Bomba de humo

Laura Santolaya

Bomba de humo

SUMA
de letras

Papel certificado por el Forest Stewardship Council®

MIXTO
Papel procedente de
fuentes responsables
FSC® C117695
FSC
www.fsc.org

Penguin
Random House
Grupo Editorial

Primera edición: junio de 2022
Primera reimpresión: junio de 2022

© 2022, Laura Santolaya
© 2022, Penguin Random House Grupo Editorial, S.A.U.
Travessera de Gràcia, 47-49. 08021 Barcelona

Printed in Spain – Impreso en España

ISBN: 978-84-9129-600-3
Depósito legal: B-7553-2022

Compuesto en Blue Action
Impreso en Rodesa,
Villatuerta (Navarra)

SL 96003

A mis amigas, Rosa, Trini, Vero y Mélanie.
No olvidéis celebrar siempre quiénes sois

1

No hay nada más falso que la sonrisa de una azafata de vuelo.

Tras ella puede aparentar ser la persona más feliz y paciente de la Tierra. Sin embargo, la realidad es que su trabajo consiste en reprenderte sin cesar y recoger tu basura con la calma y la compostura de un dalái lama puesto de Lexatin.

Estoy segura de que, bajo esa indiferencia imperturbable, arde un odio tan feroz y poderoso que liberarlo supondría una muerte segura para todos los que estamos a bordo. Sí, los auxiliares de vuelo también odian, y no les culpo, ya que tienen motivos más que suficientes para hacerlo.

La de mi vuelo lleva un vestido azul marino entallado hasta la rodilla, un pañuelo atado al cuello a modo de soga, un moño tirante que culmina en un gorrito y va maquillada como en un tutorial de YouTube. La he visto ir y venir por el pasillo con el carrito de bebidas los últimos veinte minutos y he leído el menú que tengo entre las manos quince veces; sin embargo, cuando me ha preguntado qué quería me he quedado en blanco.

—¿Sabe ya lo que quiere? —me ha increpado por segunda vez mirándome fijamente.

Estoy segura de que mientras lo decía pensaba: «Claro, tómate tu tiempo, total, solo tengo a otros trescientos pasajeros por delante a los que atender».

Tener los auriculares puestos mientras pides un café con un chorrito de Jack Daniel's tampoco es una buena idea si no quieres que la gente en un ratio de diez asientos a tu alrededor se entere de que estás bebiendo alcohol a las nueve de la mañana, pero no soy tan valiente como para hacer lo que estoy a punto de hacer solo a base de cafeína. Y menos con resaca.

En el asiento de delante, un padre le grita a su hijo que no camine descalzo por el pasillo. Yo también me he quitado los zapatos en cuanto he embarcado. Me pregunto qué fuerza sobrehumana te empuja a hacerlo y a poner los pies descalzos sobre la moqueta cuando subes a un avión, aun sabiendo que cientos de personas han hecho exactamente lo mismo todos los días desde que se construyó hace más de diez años.

El padre intenta persuadir a su hijo para que vuelva a su sitio sacando un cuaderno de una mochila y preguntándole si le apetece dibujar. El soborno le funciona y el niño regresa corriendo mientras el padre abre y cierra los bolsillos de una mochila buscando en vano un bolígrafo. Finalmente, decide pulsar el botón de llamada que hay en el techo y la azafata acude tras unos segundos.

—Perdone, ¿tiene algo para que el niño pinte?

—Claro, aquí tiene un boli —contesta la azafata sacándose uno del bolsillo frontal del vestido—, no olvide devolvérmelo cuando aterricemos.

Casi he podido escuchar sus pensamientos: «Otro imbécil que se lo quedará y que piensa que mi uniforme es un generador ilimitado de bolígrafos».

La azafata continúa por el pasillo y se dirige hacia una mujer que se ha levantado de su asiento.

—Disculpe, no puede levantarse mientras la luz roja está encendida —le recrimina.

—Pero… necesito ir al baño —responde la mujer haciendo un puchero, y vuelve a su asiento.

—Lo siento, son las normas —le dice la azafata sin dejar de sonreír.

Cuando se da la vuelta no queda ni rastro de la sonrisa.

Me acomodo en mi asiento y miro por la ventana. La misma fuerza sobrenatural que me ha hecho descalzar me empuja a coger el móvil y sacar una foto del ala. El carrete de mi teléfono está lleno de imágenes de cielos que casi nunca miro de nuevo.

Saco un libro, pulso un botón para encender la luz del techo, pero no funciona, a pesar de eso continúo por donde lo había dejado. Me relaja leer durante los viajes, aunque no suelo mantener la concentración durante más de dos páginas seguidas, sobre todo si a la vez estoy escuchando música. Envidio a esa gente que es capaz de hacer las dos cosas a la vez. Estoy leyendo *Madame Bovary*, de Gustave Flaubert, por segunda vez. Leí este libro en mi adolescencia y la historia de su protagonista, una mujer incomprendida e infeliz, me conmovió; sin embargo, esta vez le daría un par de hostias al personaje, una pesada que debería tomar las riendas de su vida y dejar de joder a los demás.

No he leído ni tres líneas cuando la azafata se planta a mi lado para preguntarme qué necesito. La miro con extrañeza, pues no entiendo a qué viene la pregunta, y me contesta que he pulsado el interruptor de llamada que está junto al de la luz. Tres veces. Me disculpo diciéndole que me he equivocado de botón y se aleja sin decir nada con su eterna sonrisa, aunque puedo sentir el odio en sus ojos.

Intento volver a mi lectura, pero estoy nerviosa y me despisto fácilmente. Todavía tengo dudas de si he hecho lo correcto cogiendo este vuelo a Atenas y dejando atrás todo sin dar ninguna explicación.

Tengo miedo y me siento egoísta. No solo por pensar en mí, sino por haber construido mi propio mundo, uno en el que no ser responsable ante nadie. Tengo familiares y amigos, sí, pero nadie con quien tener la obligación de justificarme. También una jefa y responsabilidades, pero trabajo para mantenerme a mí misma y satisfacer únicamente mis necesidades. Eso implica que no tengo que fingir. Si estoy de mal humor, no sonrío y si tengo un mal día, no necesito ser amable en casa, pues vivo sola. Si estoy cansada, me tumbo; si quiero hacer deporte, me voy al gimnasio. En resumen, hago girar el mundo a mi alrededor sin preocuparme por nada más que por hacerme feliz. Sin embargo, no lo soy; ese mundo se ha parado y me siento vacía, tan vacía que dudo de si me queda aire en los pulmones.

También lloro casi todos los días desde hace seis meses, cuando mi última relación terminó en una devastadora ruptura. Llevábamos tres años juntos y habíamos planeado nuestra vida en torno a todo aquello que se supone que debes hacer a partir de los treinta: boda, casa, hijos. Contemplábamos esas opciones, pero ninguno de los dos hacía nada para que sucedieran. En nuestro caso, ver que todos nuestros amigos iban cumpliendo una a una aquella trinidad le añadía presión a la relación. Si todo el mundo era capaz de hacerlo, ¿por qué nosotros no? Éramos felices y todas las piezas encajaban, se suponía que aquel era el momento perfecto. Pero no lo fue. Así que, de la noche a la mañana, simplemente acumulé una historia más en mi cajón de relaciones fallidas y traumáticas. Desde entonces me dediqué en cuerpo y alma a mi familia, mis amigos y mi trabajo, olvidándome de mí. Llevaba tiempo abatida y exhausta, viviendo en una enajenación permanente. Pasé de ser una mujer decidida y segura a convertirme en una inestable emocional que vivía en un mar de dudas y que no sabía elegir ni su champú. Fue así como decidí poner toda mi vida en un limbo y desaparecer.

Me distraigo mirando por la ventana. Siempre me invade una sensación de asombro cuando veo el cielo desde allí arriba; aunque estoy acostumbrada a coger aviones asiduamente por trabajo, esta vez es distinta. Hay algo mágico en las alturas, donde parece que el tiempo se detiene y se te olvida quién eres, cómo te llamas y hasta cuáles son tus problemas. El contraste entre el blanco y el azul del cielo tiene el mismo efecto analgésico que una droga y siento que podría pasarme así varios días de *rave* contemplativa. Me devuelve a la realidad un grupo de nubes que pasan a toda velocidad por delante de la ventanilla seguidas de algo que parece granizo. En un momento, las nubes pasan de blanco a gris y el cielo se oscurece. El avión empieza a moverse rápidamente como si estuviera en una coctelera y una lluvia intensa comienza a chocar contra el cristal. La calma de hace unos minutos se convierte en una tormenta con truenos, rayos y hasta el mismísimo Thor. Las luces rojas del techo se encienden indicando que todo el mundo debe ponerse el cinturón, y por los altavoces suena una voz masculina.

—Señores pasajeros, les habla el comandante. Les informo de que debido a la climatología vamos a atravesar una zona de turbulencias. Estimamos que serán solo unos tres o cuatro minutos, no tienen de qué preocuparse. Tenemos que bajar la temperatura de la cabina unos grados, pero podemos dejarles algunas mantas si lo necesitan. Disculpen las molestias.

Genial, nada me fastidia más que pasar frío, aunque reconozco que soy friolera por naturaleza. En realidad, me incomodan muchas cosas, como mis vecinos, la gente que conduce mal o que cambien de lugar las cosas en el supermercado, pero pasar frío también es una de ellas. Me he dejado la chaqueta en el compartimento de la maleta y ahora no puedo levantarme a cogerla, así que intuyo que mañana amaneceré con anginas o, peor, con cistitis.

El traqueteo del avión debido a la tormenta hace que se me pase el frío y me agarro con fuerza al reposabrazos. Intento buscar con la mirada a la azafata para asegurarme de que todo está bien, pero la veo sentada a lo lejos con los ojos cerrados y el cinturón abrochado. A medida que avanzamos, se hace más evidente que nuestro avión vuela de lado a lado intentando mantener la estabilidad mientras el viento sopla en nuestra contra.

Cojo el móvil, abro Spotify y le doy al *play*. Suena *My baby just cares for me* de Nina Simone. Mi madre me la ponía para dormirme cuando era tan solo un bebé y, desde que tengo uso de razón, esa canción ha tenido en mí un efecto de bálsamo tranquilizador, así que le subo el volumen. Los recuerdos de cada una de las veces que la he escuchado pasan por mi cabeza mientras escucho el piano acompañado del contrabajo en los primeros acordes, desde prepararme para los exámenes del instituto y recorrer el camino hacia mi primer trabajo hasta cuando lo dejé con alguna de mis exparejas.

Por ese motivo, siempre quise llamarme Nina, sin embargo, me pusieron Helena, con hache, en honor a la hija de Zeus. Es lo que tiene tener una profesora de Cultura Clásica apasionada por la historia griega como madre. Su interés le venía de mi abuela, quien sentía devoción por María Callas y Nana Mouskouri, y en cuya casa solo permitía que se escuchasen sus óperas y canciones. Con veintidós años, mi madre se licenció en Historia del Arte y se fue a vivir a la isla de Corfú, donde se especializó en mitología griega. Entre mis libros favoritos de pequeña estaba uno de mitos ilustrados que ella misma había comprado allí pensando en una futura yo mucho antes de ser madre. Las historias que se narraban en él eran extrañas y salvajes, llenas de mujeres poderosas y dioses impredecibles. También eran extremas: familias que se asesinaban entre sí, misiones inalcanzables, amores crueles e imposibles, guerras y viajes. Pero además había magia en un mundo unas veces emocionante y otras peligroso. Las historias eran obviamente fantásticas, aunque decían la verdad: la guerra devastaba a inocentes, los amantes se separaban, los padres lidiaban con el dolor de perder a sus hijos y las mujeres sufrían violencia. Mostraban los extremos de la humanidad: catástrofe y fortuna, paz y guerra, amor y odio; reforzaban la cultura, explicaban muchas cosas y, sobre todo, proporcionaban un sentido a la vida. Ese libro y sus historias se infiltraron en mi imaginación infantil y fueron uno de los motivos por los que siempre quise viajar a aquel país, sin embargo, mi madre nunca me llevó. Ella siempre hablaba con nostalgia de aquel lugar, por eso nunca quiso volver. Decía que prefería guardar el dulce recuerdo de aquella época, pues ahora se había convertido en una mujer diferente y seguramente si regresaba no sentiría lo mismo. Contaba que, durante el año que estuvo, había aprendido todo lo que necesitaba saber de la vida. Allí aprendió algo de su idioma, su historia y hasta de su gastronomía, lo que la convirtió en griega de adopción.

En Corfú también conoció a mi padre biológico, un arquitecto con delirios de grandeza y algo esnob que desapareció antes de que yo naciera. Al parecer, se consideraba un alma libre que no quería afrontar las responsabilidades de la paternidad, así que cuando mi madre le comunicó su embarazo, se esfumó de la noche a la mañana sin dar explicaciones y mi madre decidió volver a España.

Yo sentía devoción por ella; después de todo, me había criado sola en una época en la que no podía recurrir a las redes sociales para quejarse de lo difícil que era ser madre, y eso tenía mucho mérito. Aun así logró sacar adelante a una hija algo retraída y delirante.

Cinco años más tarde agradecí que apareciera en nuestra vida mi padrastro, un hombre bueno y cariñoso, que me cuidó y me educó como si fuera su propia hija y al que siempre llamé «papá». Resultaba sorprendente cómo genéticamente no teníamos ningún ADN común y, sin embargo, éramos muy parecidos en cuanto a carácter y manera de ser: mismos gustos, mismas manías, reacciones y personalidad.

Mi madre era profesora de instituto y una abanderada de la cultura griega, tanto era así que entre sus virtudes destacaban la templanza, la fortaleza y la justicia. De ella había heredado la prudencia y la terquedad a partes iguales y, aunque yo siempre intentaba decir lo que pensaba, cuando tenía que ser emotiva o sentimental fracasaba. A ella, sin embargo, no le costaba proclamar sin reservas su amor por las personas o las cosas con una asiduidad inquietantemente frecuente, llegando incluso a abrazar con efusividad a personas que acababa de conocer. En ocasiones, este tipo de actitudes me resultaban molestas. Quizá porque me costaba identificarme con virtudes que yo no podía concebir fácilmente. Era fuerte y valiente, y había vivido haciendo lo que le daba la gana sin incordiar a los demás. Siempre vital y alegre, sus excentricidades se reflejaban no solo en su aspecto, pues vestía con muchos colores, estampados y brazaletes, sino en su actitud algo histriónica. Y, por supuesto, también en cómo decidió llamarme: Helena.

Con el paso de los años, «Helenaconhache» se había convertido en un único nombre, ya que era inevitable incidir en ello cuando alguien lo preguntaba para apuntarlo.

Las personas que tenemos un nombre más o menos raro sabemos perfectamente que lo repetiremos, al menos una vez, a nuestro interlocutor. Si no nos lo pide, es porque seguramente no lo haya entendido o lo haya escrito mal. Después viene la pregunta de dónde es y qué significa. «Sí, ya sé que no lo habías visto escrito así». «Significa "antorcha" en griego». «No, no me importa mucho si conoces a otra Helena».

La parte positiva es que no pueden regalarte suvenires con tu nombre —porque no los hay—, y lo mejor: puedes tener un diminutivo. En mi caso era Lena.

Con este historial, y teniendo en cuenta que las burlas sobre el nombre son la forma más común de *bullying* en los colegios, contaba con todas las papeletas para terminar arrancándome las cejas en la última fila de la clase. Sin embargo, mi corpulencia, algo superior a la media, conseguía intimidar un poco a los abusones, aunque no evitaba que me llamaran «Lena la Rellena». Hasta yo terminé riéndome de mi nombre y de mi tamaño al hacer chistes sobre mí misma, utilizando el humor para escapar de esa incómoda realidad. Una actitud que adopté para toda la vida haciendo de la ironía y del sarcasmo mis señas de identidad. Lo que aprendí con el tiempo fue que la incomodidad debía ser escuchada y aceptada, no negada y enterrada a través de la sorna.

Como ocurre con casi todas las rarezas, el paso de los años hace que deriven en una personalidad peculiar y cierto carisma, aunque a veces la gente solía resumirlo con un sencillo «eres rara».

Eso es precisamente lo que me acaba de decir la señora que tengo sentada a mi lado en el avión, tiene los ojos muy abiertos y parece estar disfrutando.

—Disculpe, señora, ¿qué ha dicho? —le digo quitándome uno de los auriculares.

—Que eres rara —me contesta mientras se ríe a carcajadas. La risa comienza en su boca y termina en su barriga, donde reverbera como sobre gelatina.

Debe de rondar los ochenta años, lleva el pelo gris muy cardado con ondas, unas gafas enormes de cristales amarillos, los labios pintados de rojo y mucho mucho colorete. De las orejas le cuelgan unos enormes pendientes dorados, que combinan con una bomber morada de lentejuelas, un pantalón blanco, una camiseta rosa de cuello alto y un collar de perlas de tres vueltas. Todo ello, por imposible que parezca, le da un aire retro y muy *cool.*

—Pues a mí, querida, me encantan las turbulencias. La adrenalina me produce cosquillas en el estómago y me hace sentir que estoy viva —sentencia al tiempo que se acerca un cigarrillo de plástico a la boca y simula darle una calada.

Después abre su bolso y saca un táper con unas galletas de mantequilla.

—¿Quieres una? —me dice acercándome el táper a la boca—. Llevo muy mal lo de que no dejen fumar en los aviones, ¿sabes? Así que tengo que calmar la ansiedad de algún modo.

—No, gracias, la mantequilla no me sienta muy bien.

—¿Ves como eres rara?, ¿a quién no le gusta la mantequilla?

—No he dicho que no me guste, simplemente que no me sienta bien.

—A mi marido le encantaban mis galletas. Estuvimos casados cincuenta y tres años y nunca dejamos de comer juntos.

—Vaya, eso es muchísimo tiempo comiendo galletas.

—En una relación de pareja, la pasión, el sexo y la comunicación vienen y van, pero la comida es para siempre. Los jóvenes de hoy en día estáis más preocupados de sacarle fotos que de saborearla. Invertís todo vuestro dinero en ahorrar para lo que vendrá: casas, coches, el colegio de los niños… y os olvidáis de emplearlo en disfrutar de la vida. Yo, sin embargo, el dinero y el tiempo que me quedan quiero dedicarlos a viajar.

Me contó que se llamaba Candy, de Cándida. De joven no viajó mucho porque su marido trabajaba y ella tenía que encargarse de sus dos hijos, pero al cumplir los setenta y cinco, viuda y con la vida más o menos resuelta, decidió que quería ver mundo. Me dijo que había recorrido Vietnam en la parte trasera de una motocicleta, probado comida local muy picante y bebido muchos cócteles y que, después, una revista inglesa publicó el reportaje de su viaje y le dieron un buen dinero. Toda su pensión la invertía en financiar sus aventuras. También me dijo que compraba y restauraba ropa de segunda mano y la vendía después por internet para aumentar su presupuesto.

Viajaba sola porque decía que así conocía más gente.

—¿Sabes, querida? Me resulta fácil hacer amigos cuando estoy de viaje, porque mucha gente se interesa por mi edad y me quiere ayudar. También es cierto que cuando estás algo senil, como es mi caso, tienes la sensación de estar conociendo gente nueva constantemente, pero yo tampoco soy tonta y me dejo ayudar. Me enseñan lo mejor de las ciudades, me llevan a ver el mar y hasta me recomiendan restaurantes… Viajar supone una vida nueva allá donde voy, ¿no es maravilloso?

—¿Y no le da miedo viajar sola?

—No tengo nada a lo que tener miedo porque solo puedo morir una vez y ocurrirá algún día de todos modos. Además, si te soy sincera, también sentía que me moría un poco todos los días sentada sola en el sofá de mi casa sin hacer nada.

Mientras las turbulencias desaparecen me doy cuenta de que mi vida es como una gran tormenta donde todo está arrasado. Me muero de la vergüenza pensando en el espectáculo de mi última borrachera y en mi resaca de ayer. Pero era de esperar; la soledad, las dudas, el distanciamiento de mis mejores amigos Vera y Mauro y los problemas en el trabajo no auspiciaban un buen desenlace. O al menos no uno en el que no hubiera alcohol. Es probable que la gota que colmara el vaso fuera la inseguridad que me creó descubrir que en mi vida nada era como me había imaginado, o tal vez fue simplemente la falta de neuronas la que me empujó a comprar ese billete sin decir nada a nadie.

Poco a poco las turbulencias terminan y todo vuelve a la calma. Me ha tranquilizado hablar un rato con la señora y veo cómo esta se desabrocha el cinturón. Al segundo, la azafata aparece a nuestro lado como por arte de magia.

—Disculpe —le dice sonriendo—, no puede quitarse el cinturón hasta que no se apague la luz roja, son las normas.

2

«Se está mucho mejor sola», me dije a mí misma unos meses antes mirándome al espejo mientras por mi cara se deslizaban dos lagrimones. Las pastillas no funcionaban. Llevaba tomándolas un tiempo, pero no me hacían nada. Mi psiquiatra decía que tuviera paciencia y me explicaba casi de manera infantil que, a veces, todos necesitábamos un poco de ayuda. «Tú sigue con tu vida, yendo a trabajar y haciendo deporte», me dijo la última vez que la visité. Como si ese fuera el remedio para todo: seguir con la vida.

Lo cierto era que las ojeras, los ojos hinchados, el pelo sucio y el pijama rosa de estrellitas que me había comprado mi madre por Navidad tampoco ayudaban mucho. Además, estaba demacrada, algo lógico teniendo en cuenta que solo iba a trabajar y luego regresaba a casa para ver series hasta quedarme dormida. Eso sí, por lo menos dormía, aunque fuera durante tres horas. Después el insomnio volvía.

La decisión de comprarme una casa había surgido el fin de semana posterior a mi ruptura. Era sábado y no tenía ningún plan salvo compadecerme de mí misma y llorar. Al menos, hasta que fuera a comer a casa de mis padres y entonces ellos también lo hicieran. Por lo menos no iría en pijama.

La comida de mi madre era espectacular. Había aprendido a cocinar durante su año en Grecia. Allí encontró un piso con un alquiler barato en el interior de una peluquería. Para poder acceder a él debía atravesarla, y tanto la dueña como las clientas le explicaban a diario cómo preparar cada plato, además de contarle los últimos cotilleos del vecindario. De ese modo también aprendió algo de griego, cuyas expresiones todavía utilizaba en casa, pero yo nunca presté atención, pues me parecía un idioma feo, viejo y sin ninguna utilidad.

Ese día había preparado musaka y tzatziki, dos de mis platos favoritos, pero ni siquiera la comida me reconfortaba. Cuando vivía con ellos y tenía un mal día bastaba con algo preparado con especias por mi madre para hacerme sentir mejor. Yo odiaba cocinar porque me parecía una pérdida de tiempo, pero a veces compraba esos platos precocinados o congelados en el supermercado para experimentar la misma sensación, aunque no funcionaba.

Una de las cosas que más me sorprendía cuando iba a casa de mis padres era que allí los problemas no existían. Cada vez que sacaba algún tema médico o que les incomodaba, como el de mi reciente ruptura, alguno de los dos decía: «¿Podemos hablar de algo más agradable?». Ni siquiera se podía pronunciar su nombre, así que nos referíamos a él simplemente como «Ese». Era como estar comiendo con un elefante en el salón del que nadie hablaba. Los tres sabíamos que estaba ahí, pero ninguno se atrevía a reconocerlo. A veces me preguntaba por qué me guardaba tanto las cosas, por qué me costaba tanto decir cómo me sentía. Pues bien, ahí estaba el motivo. Mis padres eran muy cariñosos y extrovertidos con los demás, pero en casa no se hablaba abiertamente de nuestras emociones. Tampoco los culpaba, la inteligencia emocional nunca fue algo propio de su generación, aunque yo siguiera pensando que, además de un abrazo, con un «¿Necesitas hablar?» sincero habría sido suficiente. Pero eso nunca pasaba.

Ellos creían que lo mejor para recuperarme era empezar de cero en otro sitio, dejar el piso en el que habíamos vivido juntos y comprar una casa en condiciones. Durante el postre aprovecharon para sacar el tema y yo me volví a negar en rotundo, pues no necesitaba tapar mi tristeza con otras cuatro paredes y una mudanza.

Después de comer mi madre se empeñó en que viéramos los tres juntos *Mamma Mia!* A ella la ponían de buen humor los musicales, aunque yo los odiaba. No es que no me gustaran la alegría, la emoción o la música, pero ver una película sobre los preparativos de una boda fue como experimentar la tortura en su máxima expresión. Habría preferido ver otra más épica y con algo más de testosterona como *Troya* o *300*, alguna comedia del tipo *Mi gran boda griega* o incluso una más intensa como *Antes del anochecer*, la cual adoraba por sus diálogos. Pero precisamente la que vimos me trasladó al mismísimo infierno. Quizá todas aquellas películas, junto a las adornadas historias de mi madre, habían hecho que me formase una imagen idealizada de lo que era Grecia, donde la vida transcurría fácil con cantos entre casas blancas y mares azules; un lugar donde enamorarse y vivir libremente las mayores pasiones. Todas sus tramas estaban repletas de protagonistas atractivos, descubrimientos, aprendizajes, historia y filosofía, por lo que me imaginaba a sus habitantes guapos, leídos y cultos.

De vuelta a mi casa, me quité las zapatillas, los pantalones y el sujetador. No quería que nada me oprimiese. Me senté en el sofá con el móvil, tenía varios wasaps sin leer. Uno era de mi amiga Vera, que no entendía que no hubiera nada más jodido para alguien con el corazón destrozado que el hecho de que le estuvieran preguntando constantemente por la parte de su cuerpo que estaba rota en pedazos. «Rota en pedazos», mira que me gustaba ser dramática. Y otro era de Mauro, me preguntaba si me apetecía ir al gimnasio al día siguiente.

Vera, mi mejor amiga, a quien conocía desde que entré a trabajar en la agencia, me preguntaba incesantemente cómo estaba, pero no hacía nada para consolarme. Se limitaba a mandarme mensajes, pero nunca tenía tiempo para tomarse una cerveza o un café porque estaba muy ocupada con la casa o el niño. Cuando coincidíamos en la oficina y me veía hecha un asco, me decía cosas como «Imagino que ahora no te apetecerá, pero estoy aquí para cuando lo necesites». Y yo pensaba: «Te necesito ahora, ¿no es evidente?». También utilizaba la técnica del «Yo no te digo nada para no agobiarte» que utilizan las personas que más que en ti piensan en ellas. Aunque no la culpaba. En realidad, a nadie le apetece amargarse escuchando las miserias de otros. Vera no entendía que, una vez acabada mi relación con Ese, no quisiera embarcarme en otra, pues desde que se había casado y sido madre despreciaba la soltería como si nunca la hubiera practicado. Ella y yo habíamos sido inseparables. En seis años forjamos una amistad de las de para toda la vida; sin embargo, ahora sentía que no compartíamos ni el aire que respirábamos.

Por otro lado, Mauro y yo sí éramos amigos desde hacía muchos años. Nos conocimos en la universidad cuando nos pusieron de pareja en las prácticas de radio. Había que inventarse un formato diferente e innovador y se nos ocurrió proponer el informativo de un minuto. A ninguno de los dos nos interesaban especialmente los temas de política o actualidad, pero nos daba tanto la risa cuando estábamos juntos en el estudio que decidimos que cuanto más breve, menos tiempo tendríamos para reírnos. A la profesora le gustó tanto la idea que terminó por darnos un espacio diario en la radio de la facultad. Vera y él trabajaban juntos en la agencia y cuando dejó su puesto, yo entré a sustituirle. Los tres compartíamos muchas risas y aficiones como el spinning o salir a tomar vermú, por lo que nos hicimos muy amigos.

Aunque nuestra amistad había sido intermitente, Mauro era uno de mis incondicionales y siempre había podido confiar en él, pero desde que empezara con su nuevo novio, Chema, lo sentía lejos. Como fiel defensor de la vida en pareja no recuerdo que Mauro hubiera conseguido estar más de dos meses soltero, pues siempre volvía con su ya conocido «Creo que me he enamorado». No lograba saber si era un romántico, un dependiente emocional o una mezcla de ambas. Cuando lo dejé con Ese tardé un mes en contárselo y no se lo tomó bien. No sé por qué lo hice, no pretendía escondérselo, pero me sentía avergonzada y no quería ser una carga para él ahora que por fin le veía feliz con Chema y con su decisión de adoptar un hijo. Se lo confesé un día entre lágrimas hablando por teléfono y a los quince minutos se presentó en mi casa; me demostró, una vez más, que era mi amigo de verdad, pues estos acudían donde estuvieras sin preguntar cuando tenías un problema.

Tumbada en el sofá me hundía en la pérdida y el dolor, sin ni siquiera leer los consejos de la gente que me quería, pero estaba agotada de escuchar siempre lo mismo. «Ya se te pasará», «Lo que necesitas es tiempo», «Con distancia lo irás viendo», mi WhatsApp era una enciclopedia de topicazos y frases hechas para rupturas, así que mandé el móvil a paseo.

Encendí la tele y me tumbé en el sofá mirando al techo. De pronto, me fijé en el cuadro que colgaba de la pared con una foto de Albuquerque, Nuevo México. Lo había comprado con Ese en Ikea cuando nos mudamos juntos a este piso. Era una foto real de la entrada a la ciudad por la noche, en la que los destellos de las luces de los coches y los neones de los edificios contrastaban con el negro del cielo. En realidad no sabía si la gente que iba en esos coches llegaba a la ciudad o se iba. Por un momento me imaginé montada en uno de ellos, huyendo. Claro que para eso tendría que haberme duchado y seguramente no me marcharía dejando la casa hecha un desastre.

Conseguí reunir todas mis fuerzas en el cerebro, que dio la orden a mis piernas para que se levantaran y me llevaran a la ducha. Me desnudé lentamente y me miré en el espejo intentando encontrar alguna razón por la que alguien me pudiera encontrar deseable. Me puse a llorar de nuevo. Entré en la ducha y me sumergí bajo el agua que salía de la alcachofa, donde mis lágrimas se mezclaron con las gotas y el champú. Aguanté la respiración como si estuviera en una piscina, esperando que, cuando saliera a la superficie, todo estuviera en orden. No funcionó. Salí, me sequé y paseé desnuda por la casa recogiendo y limpiando. Después me volví a poner el pijama y me tiré de nuevo en el sofá. Puse algo en Netflix, de cuyos capítulos previos ni me acordaba. En eso consistía últimamente mi vida: en servirme una copa de vino, darle al *play* y olvidarme de todo. Pero no podía. Las imágenes de lo que había vivido hacía un par de meses me venían a la cabeza una y otra vez, como *flashbacks* de la serie que estaba viendo.

Era realmente triste. Estaba ahí tirada, un sábado por la noche, viendo entre capítulo y capítulo mi reflejo en la pantalla de la televisión. Fuera había hecho un día increíble y yo me lo había pasado en casa llorando. Cuando le pedí a Ese que se casara conmigo y que me dijera que sí también hizo un día acojonante. Aunque al siguiente lo acojonante fuera descubrir que me engañaba con otras. Se había marchado con unos amigos dejando el WhatsApp abierto en el ordenador y cuando me metí en él para hacer la compra online, este me reveló que llevaba una vida más secreta que la de Superman. Era lo que tenía guardar tu doble vida en un ordenador; los superhéroes por lo menos la dejaban en una cabina, no la subían a casa.

Tendría que haberlo visto venir. Era consciente de que la rutina era jodida, sabía que eran muchas las horas que tenía que invertir en el trabajo para conseguir mi ascenso, pero iba por buen camino, o eso pensaba.

Me había apuntado a spinning hacía un año. Al principio, no se trataba solo de ejercicio, sino de confianza. El entrenamiento era algo que podía controlar y las cosas que podía controlar me gustaban. Acudía dos, tres, incluso cuatro veces a la semana después del trabajo, haciendo que Ese y yo apenas coincidiéramos. Llevábamos tres años de relación. Él se había quedado en paro y se pasaba los días en el sofá, yo llegaba tarde y él se acostaba pronto, ni siquiera compartíamos la cena, solo la cama, que a veces sentía como la de un faquir. Me gustaba hacer deporte y medir cada minuto, cada caloría, cada segundo de culpa y de tristeza. Puede que mi corazón estuviera adormecido, pero me consolaba saber que todavía podía latir.

Creía que, si pedaleaba fuerte, podría volver a alcanzar a mi pareja, reencontrarnos de nuevo, cerrar los ojos y hallarnos en un lugar donde tal vez habría otra oportunidad para nosotros. Cada pedalada me hacía acercarme a la esperanza, pero esta iba más rápido.

A los meses de mi nueva rutina comencé a fijarme en otro. Al principio, el profesor era solo una de las paradas que hacían mis ojos durante la clase de spinning, solo era parte del escenario. Tenía un cuerpo envidiable, de esos por los que la gente va al gimnasio. Entonces comenzamos a vernos. Nada serio. De hecho, no creo que él lo supiera. Nos reuníamos en mis sueños para protagonizar las escenas más tórridas en bici que había imaginado nunca y se convirtió en el motivo por el que seguía yendo a esas clases. Que algo pudiera pasar entre el profesor y yo era absurdo, y lo sabía, pero lo deseaba igualmente. Él era el capitán de la sala de ejercicios y luego estaba yo, en el pelotón, en la bicicleta número catorce.

Un día Ese me preguntó vacilante: «¿Hay alguien más?». Me había pillado. Pensé en mi noviazgo del gimnasio. ¿Eso contaba? ¿Contaban las fantasías en la vida real? No, no había nadie más. En realidad, mis ilusiones solo revelaban lo que le echaba de menos, y si él estaba listo para intentarlo de nuevo, para darnos otra oportunidad, entonces la respuesta estaba clara. Aun así, no podía evitar sentirme culpable, tenía que buscar otro gimnasio.

El día que fui a clase por última vez, mientras me bajaba de la bici el profesor se detuvo a mi lado y me dijo: «Buen trabajo». Fue la primera vez que intercambiamos algunas palabras. Empezamos a hablar de camino al vestuario y después nos despedimos. «Nos vemos», me dijo. No le conté que no iba a volver más porque la fantasía a veces era más poderosa y fácil que la realidad. Sin embargo, lo complicado era volver a lo difícil con Ese en el mundo real.

Pero lo hicimos, nos esforzamos juntos día a día, dándonos la mano, y yo terminé enamorándome más que en toda mi vida. Él encontró trabajo, salíamos a cenar, volvimos a tener un sexo increíble y recuperamos la ilusión. Hasta hicimos planes de futuro. Aparentemente lo teníamos todo por delante para ser felices. Yo seguía trabajando muy duro, incluso durante los fines de semana, así que él hacía sus planes y yo los míos, pero siempre encontrábamos un hueco para ver una serie abrazados en el sofá. Yo me quedaba embobada mientras lo miraba en silencio y pensaba «¿Cómo es posible tener tanta suerte?».

Si hubiera sabido que las cosas se iban a torcer de ese modo tan solo unos meses más tarde, no habría pensado lo mismo. No me importaba que no pasáramos mucho tiempo juntos siempre que siguiéramos compartiendo momentos para nosotros. Aunque yo nunca había creído en el «para siempre» y todas esas chorradas, desde que lo conocí supe que quería pasar toda mi vida con él, así que decidí que había llegado el momento de pedirle que se casara conmigo. Y lo hice a lo grande. Alquilé una avioneta para sobrevolar Madrid y allí arriba me dio el «sí, quiero». Después fuimos a hablar de los preparativos y a celebrarlo en un buen restaurante con carne, mucho vino y una exquisita tarta de queso. El caso es que la intuición no suele fallar y, aunque vi comportamientos y actitudes extrañas en él, preferí acallarla. Las corazonadas; esas sensaciones viscerales que aparecían en señal de alerta, pero de las que yo preferí no fiarme. Al día siguiente noté que algo no iba bien y cuando abrí el ordenador para hacer la compra ¡booom!, la verdad me explotó en toda la cara descubriéndome infinitas conversaciones de WhatsApp que revelaban varios engaños y mentiras.

Siempre había pensado que los cuernos eran una parte de la vida por la que todos pasábamos inevitablemente situados en un lado u otro. Por alguna razón, la sociedad se empeñaba en crear códigos para discutir qué contaba o qué no en ese arte. Algunos decían que un beso no era una infidelidad, otros que solo la había con sexo, unos que el *sexting* no contaba o que si estabas borracha se podía perdonar, pero la realidad era que cualquier cosa que involucrase a una tercera parte se consideraba una actividad extra en una relación monógama. Mentir y engañar a tu pareja simplemente evidenciaba que algo no funcionaba en la relación.

Una de las cosas que peor llevé de que nos separásemos y se marchara de casa fue perder la regularidad. La de desayunar juntos, acurrucarnos en el sofá, la sexual y, sobre todo, con el insomnio y la desgana: la regularidad intestinal, pues, sin duda, en la edad adulta creo que era lo que valoraba por encima de todo. Sin embargo, lo que más me dolió fue ver cómo pasamos de ser la pareja que mejor se conocía del mundo a convertirnos en un par de desconocidos. En el fondo de toda esa incongruencia estaba el hecho de que los dos habíamos hecho algo que a la otra persona le parecía imposible: a él nunca se le pasó por la cabeza que yo le pidiese matrimonio, y yo jamás habría imaginado que me engañaría de ese modo.

Todo eso me hizo caer en una profunda depresión. La ruptura afectó de forma directa a mi autoestima y me provocó una tormenta emocional que derivó en un enfado permanente con él, con los demás, con el mundo y conmigo misma. Mi vida se hizo trizas y pasé de ser una mujer alegre y segura a un pozo infinito de angustia, lágrimas y sufrimiento. Fue entonces cuando comenzó la fase previa a la demacración y empecé a llorar sin descanso, lo que hacía que me mirase al espejo y no me reconociera. Y ahí me encontraba, en el capítulo final de una relación: la cruel devaluación de mí misma.

Le di un largo trago a la copa de vino y me cayeron unas gotas en el pijama. Me dio igual. Estaba para tirar, pues tenía lamparones de tomate que no se iban de aquella semana entera que me pasé comiendo lasaña. En realidad, todo en mi vida estaba para tirar. Cogí el mando de la tele y subí el volumen para ver si, por lo menos, se rompía ese silencio que me ahogaba. «¿Qué quieres ver?», me preguntó Netflix. Como si yo tuviera la respuesta. Si lo supiera, lo pondría directamente. Estaba empezando a ponerme nerviosa con tantas opciones, así que me rellené la copa de vino y me volví a sentar en el sofá. Varias lágrimas se deslizaron por mis mejillas. Yo sabía que eran pasajeras, porque solo era la sexta vez que lloraba ese día, a partir de ahí la cosa mejoraba.

Iba todos los días a trabajar llorando y volvía a mi casa a llorar, repitiéndome una y otra vez que estaba mejor sola. Me duchaba llorando, me vestía llorando e hiciera lo que hiciera lo hacía llorando. Tenía insomnio, ansiedad, culpa y sentía la soledad golpeando con más fuerza que nunca. A todo eso se le sumaba que no notaba el apoyo incondicional de mis amigos Vera y Mauro o de mis padres, a quienes no podía culpar porque ya tenían bastante con sus problemas. Me embargaba la sensación de que todos lo veían como un mal menor, como cuando la declaración de la renta te salía a pagar o no quedaba el vestido de tu talla en la tienda, y no como la causa de que me estuviera replanteando por completo mi vida. Un par de meses después de mi ruptura ya nadie se acordaba de lo que había pasado, y lo peor, a nadie parecía importarle.

Sabía que tenía dos opciones: o volver con Ese, del que seguía enamorada a pesar de todo, o salir adelante y pasar el mal trago en condiciones absolutamente insalubres que perjudicaban mi estabilidad emocional. Elegí la segunda, al fin y al cabo, nadie moría por nadie, y tampoco alguien que no fuera yo tenía el poder de joderme la vida.

3

El día que firmé los papeles de mi nueva casa sonaba *My baby just cares for me* en los altavoces del salón de mi piso de alquiler. Me desperté mucho antes de que sonara el despertador y me preparé medio litro de café con unas tostadas quemadas. A mis treinta y cinco años podía afirmar con seguridad que había tres cosas que no era capaz de hacer bien: pintarme la raya del ojo, ser puntual y cocinar. Aunque en mi cocina la comida no estaba lista hasta que no lo decía el detector de humo, me indignaba que la gente se metiera con mis dotes culinarias. No soportaba cuando alguien afirmaba que algo era facilísimo de hacer y argumentaba que cocinar solo era cuestión de organización. Nada era solo cuestión de organización.

Para celebrar aquel momento importante de mi vida había organizado una fiesta. Mi móvil empezó a vibrar al otro lado de la cocina. Vera me envió un wasap con una foto de su hijo pequeño sosteniendo una casita de juguete en la que ponía: «Cuando quieras te ayudamos a decorarla. Luego te veo». Mi amigo Mauro me mandó un emoji con un gorrito y confeti seguido de: «¿El fiestón en tu nueva casa sigue en pie? Vete preparando el argumento para cuando venga a desalojarnos la policía», aunque sabía de sobra que se marcharía antes de las diez lo suficientemente borracho como para darse cuenta de que, si se quedaba más tiempo, podría terminar haciendo el ridículo. Sabía que en realidad a ninguno de los dos les apetecía ir, ya que siempre se quejaban de lo cansados que estaban, de lo dura que había sido esa semana o de que todo lo que se salía de su rutina era un incordio. Así que no dudaba que en el último minuto cualquiera de los dos cancelara su asistencia.

Cuando estaba a punto de entrar en la ducha sonó el telefonillo. Pregunté quién era y un mensajero me respondió con el nombre de la empresa de paquetería. Me puse una bata vieja y me quedé a esperarlo en el descansillo con la puerta abierta. El repartidor salió del ascensor, me entregó un paquete y me deseó un buen día como si mi aspecto dijera lo contrario. Una vez dentro del piso, miré la etiqueta y vi que lo enviaban mis padres. Rompí la bolsa que lo envolvía y en su interior había una cajita con un llavero en forma de antorcha. Lo acompañaba una nota que decía:

Disfruta de tu nueva casa y celébralo como se merece.

PD: Esta vez no pensamos ayudarte con la mudanza. Te queremos.

MAMÁ Y PAPÁ

Mis padres eran las personas más detallistas que conocía, siempre dedicaban tiempo a su familia y amigos y se preocupaban por los demás. No se les pasaba una ocasión especial, felicitar un cumpleaños o irte a buscar al aeropuerto, algo que pensaba que solo ocurría en las películas y en mi familia. A veces me sentía mal por no ser como ellos y no acordarme de sus citas médicas o de su talla de zapatos, pero intentaba compensarlo con alguna llamada de vez en cuando y visitas esporádicas. Aunque no me lo dijeran, sentía que me estaba ganando a pulso el premio a la peor hija del año.

Me acabé el café, me di una ducha rápida y mientras terminaba de contestar unos mails me puse delante del espejo del armario. Quizá no era el mejor momento para someterme desnuda a mi propio escrutinio, pero cuanta más prisa tenía, más detalles encontraba en los que perder el tiempo. Me di cuenta de que se me estaba cayendo bastante el pelo, me sangraban las encías y empezaban a salirme algunas arrugas de expresión alrededor de la boca. No soportaba a la gente que decía que salían de tanto sonreír, y la gravedad... La gravedad era muy jodida.

Tenía unas piernas largas y tonificadas gracias a las clases de spinning y un vientre bastante plano para la cerveza que había ingerido a lo largo de mi vida, pero me costó reconocerme en el reflejo, pálida, ojerosa y triste. Una vez mi madre me contó que, cuando era joven, había dejado a un novio porque no tenía candor en los ojos. Recuerdo haberme reído a carcajadas, no solo porque no había escuchado a nadie que no fuera poeta utilizar la palabra «candor», sino porque me pareció la excusa más cursi y ridícula para dejar a alguien que había escuchado jamás. Sin embargo, en ese mismo instante frente al espejo creí por fin entender a qué se refería. Me fijé en que en los míos no había ni rastro de ese candor, ni siquiera de brillo. Intenté sostenerme la mirada en el reflejo. No existía un momento de mayor honestidad y franqueza con una misma que el de mirarse a los propios ojos, pues ahí no servía de nada ocultarse o fingir, pero yo me sentía incapaz de hacerlo. Para más inri tenía la sensación de que me estaba volviendo fea y eso, en este momento de mi vida, tampoco me venía nada bien.

Me había vuelto a dejar el pelo muy largo, a pesar de que las revistas de moda defendían que a partir de los treinta y tantos debías llevar melena corta. El pelo largo, junto con las canas, se había convertido en un nuevo hito social que abría debates y permitía mostrar quién eras. Para mí no se trataba de una moda, sino de una declaración de intenciones, una apertura hacia nuevos tipos de feminidad y estereotipos, y una lanza a favor de romper viejos esquemas. Una vez leí en Twitter que una reconocida diseñadora había dicho que solo las mujeres sin clase llevaban el pelo largo a partir de los treinta y yo pensaba que solo las mujeres sin clase les decían a otras mujeres cómo llevar el pelo. Tampoco invertía mucho tiempo en maquillarme, aunque era incapaz de aparecer en público sin hacerlo. Hacía tiempo que había sucumbido al *cosmetriarcado* y no me sentía segura ni competente sin máscara de pestañas, colorete y unos labios muy rojos.

Últimamente me vestía a toda prisa y me arreglaba cada vez menos. No tenía muy claro qué debía ponerme para la entrega de llaves de mi nueva casa. Me vestí despreocupada con unos vaqueros desgastados, una camisa de colores con escote que me tapaba el culo y una blazer. A pesar de mantenerme bien, no había conseguido superar del todo el complejo adolescente de culona que me había creado un niño emitiendo aquel boing boing boing cada vez que pasaba por su lado. Durante mis años de instituto llevé anudado un jersey a la cintura para evitar cualquier tipo de mirada. Ay, la adolescencia, esa época fascinante y desconcertante en la que te despertabas cada mañana con una inseguridad nueva. Un día te mirabas al espejo y descubrías algo absurdo, como que tenías los brazos gordos, y entonces te pasabas años sin llevar camisetas de tirantes en verano porque además de complejo de extremidades amorfas creías que la gente te miraba y pensaba: «Dónde va esa tía con esos brazos». Absurdo.

Mientras salía de casa mandé un mensaje al agente inmobiliario para comunicarle que me retrasaría cinco minutos. Yo era ese tipo de persona que decía que estaba «de camino» cuando todavía me encontraba en la ducha. La que nunca tenía en cuenta el tráfico y llegaba a la cita veinte minutos tarde completamente agotada. Que no hubiera perdido un vuelo en mi vida no era ningún milagro, sino solo una prueba más de que era perfectamente capaz de llegar a tiempo. No me gustaban los sermones sobre lo desconsiderada que era mi impuntualidad, era consciente y luchaba con todas mis fuerzas por estar a la hora acordada: elegía mi ropa la noche anterior, trataba de salir diez minutos antes, incluso probé a llevar adelantado mi reloj de pulsera. Aun así, en el último momento siempre me encontraba exprimiendo los minutos del reloj en busca de mis llaves o mi teléfono, incluso había desarrollado un sexto sentido con el que podía notar la cara de decepción de la persona que me esperaba a kilómetros de distancia. Si el destino quería que llegase tarde, ¿quién era yo para impedirlo? Era consciente de que este aspecto influía de forma negativa en la imagen que proyectaba en los demás y suponía una contradicción importante en mi personalidad, ya que también me preocupaba que me vieran como una persona educada, respetuosa y una adulta completamente funcional.

Una vez leí que la tardanza era el reflejo de una mala planificación, pero eso no cuadraba con mi forma de ser, pues me consideraba una persona bastante organizada —tenía que serlo por mi trabajo—, pero por mucho que me esforzara en cambiar, el hábito permanecía. Después de mucho tiempo llegué a la conclusión de que se debía a algo más profundo: la adrenalina. Si quedaba para tomar un café con una amiga o tenía una cita médica, era capaz de retrasarme hasta una hora; sin embargo, si se trataba de una fecha límite urgente o una reunión importante de trabajo, acudía con puntualidad suiza.

Aparecí en la notaría veinte minutos tarde y cuando entré la recepcionista me acompañó al despacho donde se encontraban el agente que me había vendido el piso y el notario.

—Buenos días, siento el retraso —dije poniendo mi mejor cara y tomando aire mientras notaba cómo un par de gotas de sudor resbalaban por mi espalda.

—No te preocupes, Lena, toma asiento, por favor —me dijo el notario.

Sentí alivio al escuchar que utilizaba mi apodo y no mi nombre completo, sin embargo, me sentí mal por hacerles esperar.

Había dos carpetas con un montón de folios sobre la mesa y, junto a ellos, una preciosa pluma negra con detalles dorados. El notario me dijo que podía utilizarla y que me tomara el tiempo que necesitase para leerlos y firmarlos. Lo hice, le dediqué exactamente tres minutos a cada montón, al fin y al cabo siempre fingía leer un documento importante antes de firmarlo. Una vez estuvo listo todo el papeleo, me entregaron las llaves de mi nueva casa y, con una mezcla de adrenalina y mucha angustia, salí de aquel despacho y me fui directa a buscar una pastelería.

Como en la mayoría de las empresas españolas, la comida ocupaba un lugar importante en mi oficina. No había cumpleaños, embarazo o estado climatológico que no se celebrara con una mesa repleta de dónuts, pizza, cruasanes o tortilla de patata. Llevaba varias semanas hablando de este día, así que me parecía de recibo compensar con pasteles y azúcar a mi equipo por aguantar mis disertaciones sobre esta nueva etapa de mi edad adulta.

Trabajaba en una agencia de publicidad, en una oficina que ocupaba la quinta planta de un edificio modernista en uno de los barrios más antiguos y caros de Madrid. La decoración se alejaba de esos espacios grises y anodinos de las multinacionales donde había trabajado en el pasado, y combinaba muebles modernos con materiales naturales creando un entorno agradable. La sala principal era uno de esos llamados *open spaces*, con varias mesas grandes alargadas donde la gente trabajaba una frente a otra sin separación, y estaba presidida por grandes ventanales que dejaban entrar la luz natural durante todo el día. Los despachos quedaban reservados para las diez personas que formábamos parte del equipo directivo.

Unas sesenta personas se distribuían entre los diferentes departamentos y se desplazaban de unas mesas a otras comentando ideas, diseños o presupuestos. El equipo de PR o *Public Relations* era el más veterano y el que más alboroto generaba, pues además de ser el más grande, sus teléfonos no paraban de sonar con llamadas de periodistas reclamando una u otra información. El área digital, por el contrario, lo formaban jóvenes nacidos en la década de los noventa que hablaban de redes sociales e influencers y cuyas bromas nadie entendía. El Departamento de Producción y el de Creatividad estaban en los extremos y entre ellos proliferaba el intercambio de información sobre grupos de música modernos, restaurantes caros y marcas de melatonina y CBD.

El caos y el barullo imperaban desde primera hora. La gente corría por la sala, hablaba muy alto por el móvil y se comunicaba a gritos de un departamento a otro. Por no hablar de las interrupciones, algo a la orden del día si estabas concentrada, por lo que era común ver diferentes letreros en las sillas con mensajes como «No estoy aquí».

Solo había un momento en el que reinaba el silencio más absoluto durante veintidós minutos: la pausa para el café de media mañana. Ese era el tiempo que se tardaba exactamente en ir a tomar uno al bar de al lado y fumar un cigarrillo.

El momento en el que me di cuenta de que el café era el alimento básico de la adultez fue en mi primer trabajo. Si bebías café, tenías que hablar de lo mucho que te gustaba, de lo que lo necesitabas y de que desearías que te pusieran una vía intravenosa con él en el brazo. Por el contrario, si decías que no lo tomabas o que preferías el té, debías prepararte para que la reacción fuera parecida a decir que matabas crías de foca. Incluso eso se perdonaba, no tomar café no.

Mi puesto era el de directora de Servicios a Cliente y ocupaba uno de los puestos directivos de la agencia. Después de un doble grado en Publicidad y Marketing, un máster en Planificación estratégica e Innovación, tres idiomas y varios trabajos en empresas multinacionales, había logrado un puesto de responsabilidad. El camino hasta allí no había sido fácil, pero como decía mi abuela materna: «La que se encuentra en la cima de una montaña no está allí porque se dejó caer». Esa frase la dijo mientras veíamos *Tal como éramos*, una película romántica de los años setenta. Yo siempre había odiado las películas antiguas, aunque era cierto que, a veces, la belleza de la época dorada del cine en la que todo parecía tener sentido podía resultar reconfortante, pero, por Dios, ¿por qué eran tan lentas y aburridas? En ella, a Robert Redford la vida le había resultado fácil y yo me preguntaba cómo era posible que hubiera personas a las que la vida se les presentara sencilla. Quizá el truco estaba en no flaquear cuando se ponía difícil, en seguir intentándolo una y otra vez hasta que esta se cansara y te mostrara su cara bonita. Esa con días de una luz maravillosa, sábanas limpias y olor a café recién hecho. Esos días existían de verdad. Supongo que a eso era a lo que yo llamaba realmente éxito.

Trabajaba allí desde hacía más de seis años y me encantaba. La gente me solía tildar de *workaholic*, pero a mí simplemente me gustaba mi trabajo. Si años atrás alguien me hubiera dicho que sería de lo que más orgullosa me sentiría en la vida, me habría reído en su cara, pero a mí trabajar me hacía sentir viva. A pesar de eso, a veces no podía evitar compararme con los demás y sentirme una fracasada por haber hecho de mi trabajo mi prioridad vital. Abría LinkedIn y veía dónde habían llegado algunos de mis compañeros de universidad —cargos directivos, conferencias, artículos…— y todo ello corriendo maratones, con matrimonios e hijos. A veces me acordaba de las palabras de una profesora de Marketing advirtiéndonos en clase de lo duro que era ascender en una agencia de publicidad, donde se trabajaba más de sesenta horas a la semana a un ritmo frenético, no se veía la luz del sol y hacía que te olvidases de la comida casera para siempre. Trabajar allí era como hacerlo en un taller clandestino, pero con mucha cafeína.

Después de mi ruptura decidí entregarme en cuerpo y alma a mi trabajo, al fin y al cabo, si no tenía amor, quería tener poder. Siempre había escuchado que cuanto mejor eras en tu trabajo, más te odiaba la gente, y yo era muy buena en mi trabajo. Era la responsable de un equipo de treinta personas con edades comprendidas entre los veintitrés y los cuarenta. Sabía que algunas no me soportaban y que otras me apreciaban. Las segundas, en ocasiones, también me odiaban, pero no las culpaba, pues yo pasaba por esas dos fases conmigo misma varias veces al día. Allí dentro conseguía ser metódica, perfeccionista, ambiciosa y organizada; sin embargo, en cuanto me iba todo eso desaparecía. Hasta yo misma me preguntaba cómo podía resolver con éxito los problemas de mis clientes cuando era incapaz de solucionar los míos.

Había dejado los pasteles en la mesa de la cocina, que estaba justo enfrente de mi despacho, y varios compañeros ya se habían abalanzado sobre ellos y me habían dado las gracias con la boca llena. Eran las once y cuarto de la mañana y Vera entraba por la puerta arrastrando el bolso, despeinada y con un café extragrande en la mano. Se encargaba de la comunicación de los clientes de moda y belleza y siempre estaba al tanto de los mejores tratamientos cosméticos y de las últimas tendencias en ropa. Era culta, inteligente, divertida y constante, no como yo, que tardaba dos meses en terminar un tratamiento blanqueador de dientes de siete días.

—No me da la vida —dijo Vera soltando el bolso encima de la mesa que estaba frente a mi despacho. Esa era su manera de empezar cualquier tipo de conversación.

—Buenos días a ti también, ¿o debería decir tardes? —me burlé.

—Te perdono ese comentario cargado de ironía porque has traído mi pastel favorito, tartaleta de crema con frambuesas. No me creo que por fin sea viernes, por Dios, esto es justo lo que necesito ahora mismo —dijo mientras se acercaba a la cocina y engullía el dulce cerrando los ojos para saborearlo mejor—.

Muchas gracias por contribuir a mi colesterol. Los últimos análisis no me salieron precisamente bien y debería controlarme un poco.

—Anda ya, si estás estupenda —dije mintiendo un poco.

Vera tenía el pelo rubio, casi blanco, los ojos muy azules y siempre iba vestida con prendas originales de diseñadores. Desde que la conocía, solo la había visto sin maquillar dos veces: un día de resaca después de una noche muy larga y el día después de dar a luz. Nunca salía de casa sin *eyeliner* y los labios pintados, sin embargo, desde que había sido madre iba casi todos los días con la cara lavada y usaba jerséis con bolitas. No la culpaba, era consciente de lo difícil que resultaba compaginar la maternidad con cualquier otra cosa, pero sabía que no poder mantener sus altos estándares de perfección le causaba frustración.

—Estoy muerta, menuda mañanita llevo… Ayer por la noche estuvimos en urgencias porque el niño tenía treinta y ocho de fiebre y no había manera de que le bajara, así que nos plantamos allí y no volvimos a casa hasta las tres de la mañana.

—Qué me dices, menudo susto, ¿y está ya bien?

—Sí, se ha quedado con mi madre, pero he tenido que esperar a que llegara para darle el biberón y marcharme. Por cierto, el metro va fatal últimamente, ¿verdad?

—No lo sé, hace mucho que no lo cojo, ya sabes que siempre voy andando.

—Eso es porque no tienes hijos. Si los tuvieras, irías corriendo a todas partes y no tendrías tiempo ni de darte un paseo.

—Tía, tienes un hijo, no una sanguijuela.

—Ya lo sé, quería decir que un hijo te ocupa prácticamente todo el tiempo y, si no fuera por él, conseguiría llegar puntual a todas partes, ya me conoces *my dear* —dijo exagerando el acento inglés.

¿Por qué la gente con hijos no podía dejar que te quejaras libremente sin hacer de ello una competición? «Estoy muy cansada». Y eso que no tienes hijos. «Qué mal he dormido». Y eso que no tienes hijos. «Me pica la nalga». Y eso que no tienes hijos. Todo era menos doloroso, menos agotador o menos importante porque no tenías hijos.

Vera tenía muchas cualidades, pero entre ellas no destacaba la empatía. Como buena *fashion victim*, estaba segura de que era capaz de entender antes lo que sentía un jersey de cachemir que a su mejor amiga. A pesar de eso, sí se preocupaba por conocerse a sí misma, lo que le había llevado a hacer terapia durante más de diez años. Decía que su terapeuta le había salvado la vida y una de las cosas más valiosas que le había enseñado era a vivir en paz con los demás y consigo misma. A veces hablaba de esas sesiones como una yonqui del psicoanálisis. Cuando lo hacía, abría y cerraba mucho los ojos y hasta podía notar cómo se le salían de las cuencas deseando que llegase la próxima sesión. Necesitaba tener su dosis semanal para poder llevar lo que ella llamaba una vida equilibrada.

—En un mundo sin amor y sin ética, a las personas sensibles solo nos queda la estética —decía para justificar la frivolidad de su profesión.

A pesar de eso, Vera era una mujer madura y con sentido común, lo que la convertía en una de las personas a las que siempre recurría cuando necesitaba un buen consejo. Era hija única y sus padres se separaron al poco tiempo de nacer. Ambos la colmaban de caprichos y evitaban reprenderla cuando se portaba mal con tal de evitar el conflicto, lo que la llevó a ser extremadamente caprichosa. Su madre era relaciones públicas de varias joyerías, por lo que en su casa siempre había eventos y fiestas de etiqueta llenas de *socialités*. Estar rodeada de tanta gente la hizo desarrollar un carácter extrovertido y la actitud de alguien mayor para su edad. Incluso hoy, a sus treinta y siete años, tiene el espíritu de una octogenaria antitecnología y su sueño es vivir en una casa aislada en el campo sin internet.

A finales de los ochenta, cuando Vera tenía siete años y las muñecas dejaron de parecerle divertidas, decidió pasar directamente al entretenimiento adolescente de las bromas telefónicas. Estaba con una amiga en casa de su abuela y en un despiste de esta cogieron el teléfono inalámbrico del salón. Vera era capaz, en segundos, de convencer a su interlocutor para que se presentara en algún sitio o sacar de quicio a cualquier persona mayor. El juego consistía en llamar a un número al azar y empezar una conversación de la nada. Ganaba quien conseguía estar más tiempo al teléfono con la otra persona. Ese día Vera no marcó un número de teléfono cualquiera, sino el de la policía, para fingir un secuestro. La niña, que a esa edad ya era una teatrera nata, puso voz de susurro, simuló unos sollozos y dijo con un hilillo de voz que fueran pronto a rescatarla para después colgar sin dar más detalles. Las niñas se rieron un buen rato y siguieron jugando sin acordarse de su hazaña, sin embargo, la policía, que había localizado la calle a través del número desde el que habían llamado, se presentó en la casa minutos más tarde. Cuando la abuela abrió la puerta y vio a los policías, se pegó un buen susto, y cuando estos le preguntaron si era la autora de un secuestro, casi le da un infarto. Lo malo de la historia es que el castigo le duró prácticamente hasta la universidad; lo bueno, que nunca entendió de límites. Vera todo lo hacía a lo grande.

A Vera le gustaba utilizar expresiones en inglés, por eso, siempre comíamos en los restaurantes más *foodies*, leíamos revistas *lifestyle* y, al terminar de trabajar, nos íbamos de *afterwork*, aunque era una manera fina de decir que salíamos a emborracharnos. Empezábamos con unas cervezas, después pasábamos al vino blanco y terminábamos con unos gin-tonics hasta que cerraban el bar. Un par de veces al mes acabábamos bailando en alguna discoteca o comiendo pizza a las tantas en la casa de algún estudiante de Erasmus que habíamos conocido esa noche.

Nos bastaban un par de horas de sueño reparador para levantarnos al día siguiente y volver al trabajo. Me acordaba con nostalgia de aquella época, en la que lo mejor de ella no era levantarte sin resaca, sino lo felices que éramos y cuánto nos divertíamos.

Mientras Vera se preparaba un café en la cocina, empezamos a hablar de banalidades como el frío que hacía para esa época del año o lo caros que eran los pañales.

—Mira cómo me ha dado hoy los buenos días Leo —dijo mientras me acercaba la pantalla del móvil a la cara para mostrarme una foto de su hijo manchado de algo blanco que parecía leche.

—Ojalá todo fuera tan fácil cuando eres adulta —respondí echándome un poco de agua en un vaso—. Imagínate que todo mejorase con un biberón.

—Créeme que lo hace.

—Tiene que ser increíble saber que puedes controlar a otro ser vivo con un poco de comida. Aprovecha esta etapa porque, cuando crezca, cambiará la leche por alcohol.

—Ni me lo menciones, que últimamente utilizo cosas peores.

—¿Como por ejemplo?

—El iPad. He cogido la costumbre de ponerle la pantalla delante cuando necesito mantener una conversación adulta con alguien, y me siento fatal. Estoy haciendo todo lo que un día dije que no haría con mi hijo. Soy una madre horrible.

—Venga hombre, si todos los padres y madres lo hacen.

—Sí, supongo que es inevitable, aunque para compensar le leemos *El principito*, jugamos al Tangram y le ponemos música de Bowie. Somos unos padres modernos y *cool*, no podemos permitir que crezca influenciado por Pepa Pig. Además, creemos que es superdotado porque ya tira de la cadena solo.

La falsa humildad había durado apenas unos segundos y de nuevo venía la superioridad, su hijo no solo tenía que ser el más estimulado, sino también el más listo. Bebí un largo sorbo de agua.

—Por cierto, casi se me olvida, señora propietaria, ¿cómo ha ido la entrega de llaves de tu nueva casa?

Pensaba que no me lo iba a preguntar nunca.

—Bastante bien, aunque me lo esperaba más emocionante, quizá con gente aplaudiendo a la salida y alguien tirando confeti y descorchando una botella de champán.

—No sabes cuántas ganas tengo de ir a la inauguración, a ver si consigo escaparme un rato. Creo que no he vuelto a ese barrio desde que íbamos a esa discoteca para guiris. Todavía no puedo creer que sigas queriendo vivir en el centro.

—Bueno, en realidad, las dos nos hemos criado en el centro y, salvo por nuestra adicción al crack, creo que hemos salido bastante bien, ¿no? —bromeé.

—Yo me crie en el barrio de al lado, en el de Salamanca, donde todavía había parques, aceras anchas y podías caminar sin miedo a que te robaran el bolso. Ahora no me voy a vivir al centro ni loca, no sabes lo bien que estamos a las afueras, respirando aire limpio, sin el ruido de los coches y rodeados de otros papás y mamás que llevan la misma vida familiar que nosotros.

«Otros papás y mamás». Bebí otro trago de agua.

—Claro, ya sabes que siempre tendrás una cama cuando te apetezca huir de ese mundo idílico de unicornios y purpurina y hablar sin diminutivos.

—Lo sé, gracias —dijo dándome un abrazo—. Estaremos solo a media hora en tren, que es lo mismo que se tarda desde el centro a cualquier sitio, con la salvedad de que puedes ir sentada en un asiento cómodo leyendo o mirando por la ventana.

—Eso es verdad, te espero allí esta noche en la inauguración.

Su casa estaba a tomar por culo, pero no tenía ganas de discutir, así que preferí darle la razón.

Algunas de las personas que habían ido a tomar el café al bar de abajo entraron de golpe en la oficina devolviendo a la agencia su barullo habitual.

—¿Esa es una foto de tu hijo? —le preguntaron a Vera, que todavía tenía el móvil en la mano con la pantalla encendida—. ¡Cómo se parece a ti! —dijeron al unísono.

Todos se agolparon alrededor del teléfono y comenzaron a emitir ruidos y gemidos acompañados de palabras como «cosita» y «cuqui».

Decidí retirarme sigilosamente y volver a mi despacho, desde donde todavía se escuchaba el alboroto de la cocina. Cerré la puerta e intenté concentrarme en la presentación que tenía que entregar esa tarde. Me pagaban por generar soluciones innovadoras a mis clientes, pero si había algo que de momento no iba a generar, era descendencia. Lo que no estaba incluido en el sueldo era conocer exactamente qué dijo la descendencia que generó otra persona y que era tan adorable. Si bien no descartaba la idea de tener hijos algún día, mi nivel de crianza y dedicación se extendía a una planta de interior. Intentaba poner atención cuando mis compañeros hablaban de sus familias y, aunque a veces hubiera preferido hacerme una limpieza de colon a conocer algunos detalles de sus vidas, respetaba su decisión de reproducirse simplemente por el sacrificio y dedicación que suponía. El problema era cuando invadían mi espacio y me obligaban a escuchar historias de catarros o posibles talentos artísticos con macarrones y plastilina, lo que me llevaba a tener pensamientos suicidas sobre cómo podía usar el material de oficina y planear una muerte repentina.

Una de las cosas que más me gustaba de trabajar con las redes sociales de mis clientes era que podía bloquear o silenciar una conversación; sin embargo, esas opciones no existían en la vida real y, según había podido comprobar, cualquier intento de implantar estas soluciones en la oficina estaba mal visto. En aras de mantener la paz con mis compañeros y mis niveles homicidas al mínimo, mostraba interés por el crecimiento de sus hijos de vez en cuando con alguna pregunta del tipo: «¿Cómo está tu pequeño?» y asintiendo después con la cabeza, aunque no podía evitar desconectar en cuanto escuchaba la palabra «sacaleches».

No me importaba comprobar cómo crecían esos pequeños cabroncetes, que eran la viva imagen de sus progenitores, pero ¿por qué tenían que acosarme con su foto en un mail, sobre la mesa o en una alfombrilla de ratón? Por no hablar de que no estaba suficientemente retribuido que te obligasen a ver durante su embarazo una de esas imágenes de ultrasonido con las que después tenía pesadillas. A pesar de eso, si alguien traía a su hijo a la oficina, salía de mi despacho y comenzaba a hablar con voz aguda mientras le abrazaba y acariciaba, pues sabía que si no lo hacía, perdería el respeto de mis compañeros.

Intenté dejar de pensar en chupetes y bebés para concentrarme en terminar la propuesta. Me puse mis cascos con cancelación de ruido Bose, colgué un cartel en la puerta que rezaba DO NOT DISTURB y empecé a trabajar en la presentación. Tras media hora, en pleno momento álgido de inspiración, la puerta de mi despacho se abrió de par en par y una de las chicas de producción entró sin dejar de mirar el montón de papeles que sostenía.

—Lena, ¿tienes un momento para ver este presu…

—¿Es que no has visto el cartel en la puerta? —le solté tajante quitándome los cascos y sin dejar que terminara la frase.

—Perdona… no me he fijado —me dijo disculpándose.

—Una hora, solo pido una maldita hora sin interrupciones, ¿es que acaso es eso mucho pedir?

—Lena, perdona, no he visto el cartel, solo quería…

—Solo quería, solo quería… —dije imitándola y elevando mi tono de voz sobre el suyo—, todo el mundo quiere algo, ¿es que no puedo concentrarme sin que venga todo el edificio, qué digo todo el edificio, la jodida ciudad entera, a hacerme una maldita pregunta? Joder, ¿no sabéis hacer vuestro puto trabajo sin venir a molestarme cada dos por tres? Así es imposible trabajar.

La chica me observaba inmóvil esperando una disculpa que no pensaba darle. Sabía que mi reacción había sido exagerada porque estaba a punto de caerle una lágrima por la mejilla y le temblaba el labio inferior. Aunque era consciente de que hablarle así no había estado bien, no le dije nada más. Ella se dio la vuelta y, sin mediar palabra, cerró la puerta y se marchó. No me hacía falta salir del despacho para saber que iría directa al baño a llorar. Por el camino alguien la vería y en uno de los aseos me pondrían a parir.

Llorar en el trabajo era algo común e inevitable, todo el mundo lo había hecho en alguna ocasión, incluso yo. El llanto de oficina no entendía de departamentos o jerarquías. Si algo nos igualaba eran las gotas saladas, aunque también pensaba que, cuando llorabas, regalabas poder. Lo mejor era aguantar estoicamente y fingir serenidad ante los demás. Ahogar tu propio grito impasible, completamente deshecha pero digna. Evitar que brotasen las lágrimas y llorar solo por dentro mojando tus entrañas con una media sonrisa en la cara. Solo me permitía hacerlo al llegar a casa, y eso me generaba unas cuantas úlceras y algún que otro trauma por resolver.

Me sentí mal por haber perdido de aquella manera los papeles y haber pagado mi estrés con aquella pobre chica, pero también pensaba que era una falta de respeto pensar que tenía que estar disponible para todo el mundo las veinticuatro horas. Todavía con las mejillas rojas y algo alterada, volví a concentrarme en la pantalla de mi ordenador. Una hora más tarde terminé de escribir «Plan estratégico transversal de marketing» y le di al botón de enviar. A veces me preguntaba cómo era capaz de vender semejantes estupideces, pues lo único transversal de verdad era la estupidez.

A menudo lidiaba con afirmaciones como la de que en publicidad se vendía humo y, si bien sabía que los que nos dedicábamos a ella no realizábamos una labor esencial para la sociedad, no estaba del todo de acuerdo. Creía que tenía mucho que ver con los negocios, la investigación, las tendencias y la psicología. La publicidad también hacía del mundo un lugar más estético, pues requiere curiosidad, amar la cultura, desmenuzar la realidad, saborearla, ser observador y fijarse en los detalles y en las situaciones cotidianas. Si trabajaras en el mundillo, a ese tipo de cosas las llamarías *insights* y ganarías mucho dinero con ellas. A pesar de eso, fuera de este ámbito, decir que trabajabas en publicidad era como contar que pertenecías a una élite que se dedicaba a la venta de promesas exageradas, los coachings cambiavidas y los combates de lucha de egos.

A los cinco minutos recibí un mail de Colette, mi jefa y socia de la agencia, en el que me pedía que fuera a verla a la sala de reuniones.

Salí de mi despacho y caminé por el largo pasillo viendo a través de los cristales el interior de los diferentes despachos. La directora creativa hacía dibujos sobre una pizarra e intentaba explicar algo a dos becarios que la miraban atónitos. En otro, una *social media manager* hablaba por teléfono y anotaba algo en un cuaderno con cara de angustia mientras, en la puerta, dos chicas se hacían una foto con un café para uno de nuestros clientes. Una posaba con el envase en la mano cambiando de postura y la otra se agachaba para captarla desde diferentes ángulos.

—La tenemos, ¡a positivar! —gritó una de ellas a mi espalda.

Colette se encontraba sentada junto a la ventana con el portátil sobre las piernas y los cascos puestos, parecía estar terminando una videollamada. Tenía el pelo negro recogido en un moño alto y el flequillo despeinado, lo que le daba un aire despreocupado. Había pasado ya los cincuenta y, aunque tenía las arrugas provocadas por el sol de alguien que ha pasado su juventud tostándose bajo el sol de la Riviera Francesa, todavía conservaba el aspecto juvenil de una chica de instituto. Poseía una belleza delicada, discreta y con un toque rebelde. Sus ojos eran de un color gris muy claro y tenía una mirada intimidante, de esas que a veces costaba mantener, pero también sincera. Era una mujer independiente, segura, culta y exigente, y disfrutaba hablando de banalidades. Emanaba glamour por los cuatro costados, fruto de sus orígenes franceses, y llevaba el *style épurée* hasta su máxima expresión combinando discreción y austeridad con buen gusto. Aún conservaba algo de su estilo hippy, con pantalones acampanados, camisetas básicas y Converse. Su armario guardaba pocos complementos, pero siempre llevaba unas enormes gafas de ver de carey. Su estilo, unido a su actitud, la seguridad en sí misma y un toque de arrogancia, le proporcionaban un aura magnética.

Pero lo más cautivador de Colette era el revulsivo que generaba en todas las personas con las que se encontraba sin darse ni cuenta. Era capaz de verbalizar los pensamientos más complejos o los más superficiales y convertirlos en sentencias universales. Una vez me dijo: «Si te gusta el café, debes tomarlo sin leche, sin azúcar y con un poco de canela», desde entonces solo lo tomaba de ese modo, o «La buena vida es cara, la hay barata, pero no es vida», desde entonces utilizaba esa frase como justificación cada vez que me daba un capricho. Era la mujer más fascinante que había conocido nunca y estar con ella resultaba de lo más inspirador.

Colette se levantó de la silla en cuanto entré a su despacho.

—Lena, siéntate —me ordenó mientras se quitaba las gafas y las colocaba sobre la cabeza.

Cuando estaba a punto de continuar con su discurso, un chico se asomó por el cristal que había junto a la puerta y ella lo animó a pasar haciendo un gesto con la mano.

—Colette, disculpa —dijo con nerviosismo—, pero te reclama Alberto.

—¿Quién es Alberto? —preguntó.

—El nuevo *chief happiness officer* —respondió.

—¿El qué?

—El nuevo director de Recursos Humanos; se cambió el cargo. Dice que este refleja mejor lo que hace. Es el responsable de atraer y retener el talento haciendo felices a las personas. —Colette lo miraba con los ojos muy abiertos y la mandíbula desencajada, esperando a que terminara la explicación—. Me ha comentado que si puedes acercarte a verle.

—Dile que si quiere verme concierte una cita con mi asistente, para algo soy la dueña del chiringuito —contestó sin dar más explicaciones y se volvió hacia mí.

El chico se quedó inmóvil durante unos instantes y comprendió que era el momento de marcharse.

—Cada día me sorprendo más con esta empresa. Desde que nos fusionamos con aquel grupo de comunicación americano casi no reconozco la agencia que fundé. ¿Desde cuándo tenemos un director de la felicidad? Vender felicidad es perverso, *mon Dieu*.

Sabía que acabaría utilizando esa expresión tarde o temprano. Alguien me hablaría de coachs motivacionales y yo afirmaría que vender felicidad era perverso.

—No soporto a los gurús de la psicología positiva que te dicen que el dinero no da la felicidad y luego se forran. No me extraña que cada día más gente pase por mi despacho pensando en marcharse. En fin, vayamos al grano: la presentación.

—Sí, dime —contesté insegura.

—La he leído y…

—No te ha gustado —dije antes de que terminara la frase.

—Siento decirte que no.

Siempre había agradecido la sinceridad de Colette y sabía que, cuando lo era, algo no estaba bien. Llevaba varios años trabajando allí y todas las veces que me había llamado a su despacho guardaban un motivo de peso.

—No tiene el enfoque que buscamos. Has presentado una propuesta muy táctica cuando lo que desea el cliente es una estrategia a largo plazo.

—Ya, entiendo.

—No te lo tomes mal, pero… —parecía que buscaba las palabras para no herirme— tus últimas propuestas no están a la altura. Piénsalo, les estamos intentando vender las ruedas cuando lo que quieren es el coche entero. Hay que replantear el documento por completo.

—Creía que podíamos empezar con algo sencillo y después presentarles una segunda fase.

—No, tenemos que comenzar de cero. No necesitan una campaña de anuncios en Instagram, sino un planteamiento que integre todos sus canales digitales.

La notaba decepcionada. Me había costado muchas reuniones y comidas con su directora de Marketing que aquella hotelera entrase como cliente en la agencia y pensaba haber entendido lo que necesitaban, pero estaba de acuerdo con que podíamos ofrecerles algo más de lo que decía esa presentación. Saqué el móvil para tomar apuntes en un gesto que ella interpretó como de falta de atención.

—¿Lena, me estás escuchando?

Pude percibir su enfado.

—Sí, perdona, estaba revisando mis notas —me disculpé.

Colette tenía mucho genio, pero era una buena persona, decía que difícilmente alguien podía mostrar su amor si no mostraba su enfado, ya que este surgía fruto de la honestidad y la búsqueda de la verdad.

—Has trabajado con el piloto automático, faltan muchas cosas y los números no están bien. Nuestros clientes no quieren robots, sino propuestas con alma y pasión.

—No sé si estoy segura de lo que es eso últimamente, Colette.

Recordé una de las series que acababa de terminar, en la que cada capítulo de ciencia ficción tecnológica sucedía en un mundo distópico bastante inmediato y posible. Uno de ellos trataba sobre un humanoide que cubría el puesto de un conserje en la administración rusa. Pensé si en un futuro no muy lejano podríamos construirnos nuestro propio autómata, que nos reemplazara en el trabajo y hasta en nuestra vida personal. Que sustituyera a la Roomba mientras pasaba la escoba recordándote que debías tomarte la pastilla. ¿Serán algún día los robots tan predecibles como las personas? No tenía claro si me daba más miedo que los autómatas se volvieran humanos o que yo misma me convirtiera en un androide sin humanidad ni esperanza. Me había ido entregando cada vez más al trabajo hasta caer en una rutina que me había hecho estancarme. Estaba claro que, si no hacía nada nuevo, no se me ocurrirían cosas nuevas. Quería aspirar a lo más alto y seguir ascendiendo dentro de la empresa, pero Colette tenía razón, estaba estancada.

—Joder, Lena, date un respiro, pareces un holograma, por el amor de Dios. Eres la primera en llegar a la oficina y la última en marcharte, pero esto no puede ser lo único a lo que dediques el tiempo. Sal por ahí, folla con alguien, tómate unas copas, haz bikram yoga, yo qué sé, ¡desconecta, libérate un poco!

—Liberarme, hecho. —Y apunté la palabra en mi móvil.

—Lena, no pretendo darte lecciones o hablarte como una directora de la felicidad, *mon amour*, pero la vida me ha enseñado que el trabajo no es lo único importante y te veo atascada. Sé que estás trabajando duro para el puesto de directora general, pero no puedes seguir así.

—Soy consciente de que últimamente he perdido un poco los nervios.

—No te digo esto para que te vengas abajo, pero te noto desinflada y sin fuerza. Tus últimos trabajos se han vuelto repetitivos y parece que vivas en el día de la marmota.

Tenía razón. Hasta ese momento pensaba que la rutina y lo cotidiano significaban tranquilidad y confort, pero no que derivasen en una especie de piloto automático, que me hacía transitar por el sendero de la conformidad, la aceptación de las circunstancias y la autocomplacencia. Estaba intentando centrarme en el trabajo para olvidarme de mi ruptura. Esta inercia me mantenía en una posición que creía cómoda y segura pero exenta de vitalidad e ilusión por nada.

—No sé si conoces el experimento «The money tree», «el árbol del dinero», de una columnista de *The New York Times* a quien se le ocurrió colgar cien billetes de un dólar de un árbol en una calle de Chicago. Su objetivo era descubrir cuál sería la reacción de las personas al ver semejante rareza en plena vía pública. Lo que ocurrió fue que, al menos la mitad de los transeúntes pasaron de largo y no fueron capaces de ver un árbol repleto de billetes a tan solo unos centímetros de sus narices. *Cherie*, busca el vídeo en YouTube y póntelo, tú te has convertido en una de esas personas.

—Lo haré… La verdad es que no sé muy bien qué decir.

—Tómate un descanso, no puedes ser productiva si estás mental y físicamente agotada. Quizá tu ruptura te ha afectado más de lo que piensas.

—No necesito descansar, simplemente no sé hacerlo de otro modo. No soy capaz de trabajar sin dar lo mejor de mí y entregarme al máximo, y sé que soy dura exigiendo lo mismo a los demás, pero es posible que necesite relajarme y delegar un poco, aunque eso no siente muy bien al equipo. ¿Qué pensarán de mí si con todo el trabajo que hay desaparezco? Me ha costado mucho llegar hasta aquí y no me gustaría que me vieran como alguien débil o que se rinde a la mínima.

—No te preocupes por eso y deja la coraza, los demás siempre van a cuestionarte, sobre todo en tu posición. Las mujeres solemos añadirnos presión cuando se trata de trabajo, siempre hay que estar haciendo, proponiendo, demostrando… Pero tenemos que liberarnos de cargas y prejuicios, ten en cuenta que la libertad es una conquista mental.

«La libertad es una conquista mental», frase anotada para mi colección personal.

—Y cambiando de tema, ¿cómo va lo de tu casa nueva?

—Hoy me han dado las llaves y no sé si me provoca más ilusión o miedo.

—Yo nunca he sido partidaria de los pisos en propiedad, quizá porque he vivido en muchas ciudades y países diferentes, aunque he de reconocer que me gustan las mudanzas. Encuentro en ellas algo liberador al tirar y deshacerme de cosas entre una y otra. En realidad, nunca he sentido mucho apego por los objetos materiales.

—Qué suerte, yo les tengo pavor, y vivo a través de los recuerdos que me provocan las cosas que guardo. El otro día empecé a meter algunas en cajas y no sé si aquello eran mis álbumes de fotos de adolescente o ejemplares del *National Geographic.*

Las dos nos reímos mientras ella se dejó caer en la silla. Cogió las gafas que tenía puestas en la cabeza y comenzó a mordisquear una de las patillas, como si fuera parte del ritual con el que alumbraba consejos vitales, y de repente anunció:

—Quizá deberías empezar a quedar con alguien.

4

Me quedaba mucho que preparar para la fiesta de inauguración que celebraba esa noche; sin embargo, al salir de la oficina me fui directa a clase de spinning. Para mucha gente ir al gimnasio suponía simplemente una ocasión para liberar tensión y hacer ejercicio. Yo acudía porque me motivaba ver sufrir a otra gente. Hubiera preferido matarme a repeticiones viendo una serie en la soledad del salón de mi casa, pero me gustaba asistir a estos templos de tortura para ver cómo se mortificaban otros seres humanos mientras regurgitaban arroz con pollo. Me deleitaba viendo las expresiones de sufrimiento y las caras de dolor de las personas a mi alrededor, y reconozco que necesitaba que los monitores me gritasen y hasta humillasen para que me tomara en serio el ejercicio. Además, había pasado por demasiadas situaciones humillantes a lo largo de mi vida en el gimnasio como para saber que lo único con lo que me sentía cómoda era pedaleando sentada sobre una bici.

Subí las escaleras hacia el vestuario para cambiarme. Su olor se percibía a metros de distancia. Nunca había estado en el zoo, pero debía de parecerse al del recinto de los elefantes después de la fusión de un día de lluvia y orina salvaje. El olor a sudor se mezclaba con el de los desagües, los perfumes y el desinfectante. Una niebla húmeda lo impregnaba todo, haciendo que miles de minúsculas gotas de agua corrieran por paredes y espejos y, en ocasiones, hasta del techo. Las duchas eran pequeños cubículos con pelos pegados en las paredes en los que no podías —ni debías— darte la vuelta. El sonido del agua corriendo se fundía con el de los secadores y los jadeos provocados por el ejercicio, causando un murmullo continuo. Charcos de agua, ropa empapada y una sensación de humedad impregnaba el ambiente.

Para evitar todo aquello solía acudir ya vestida con la ropa de deporte y, cuando terminaba, corría a casa para ducharme. Si, como aquel día, tenía que cambiarme allí, elegía un lugar apartado y oscuro para hacerlo lo más rápida y discretamente posible. Para mí una taquilla en mitad del pasillo era lo más parecido al infierno en la tierra. No me incomodaba la exhibición de las demás mujeres, para quienes esta experiencia comunitaria no suponía ningún tipo de problema, sino la mía propia.

Nada más entrar me choqué contra el cuerpo desnudo de una mujer y le pedí disculpas con una mueca entre asco y perdón. No es que me molestara la desnudez; sin embargo, a veces resultaba impactante encontrártela de golpe, sobre todo después de comer. No me consideraba una persona especialmente pudorosa, pero pensaba que un vestuario no era una playa nudista. Una cosa era ir a la ducha desnuda y otra hacer vida social en pelotas, como sucedía con las mujeres de mi gimnasio, entre las que parecía no haber complejos, pero sí sororidad. Se contaban cómo les había ido el día, se animaban, se hacían cumplidos sobre la ropa y se felicitaban las unas a las otras por haber completado tal entrenamiento. La edad, forma física, estatus social o ideología parecían no importar cuando ponías un pie allí, cualquier mujer era bien recibida y, si eras nueva, las más veteranas te daban la bienvenida y te lo explicaban todo con detalle. Aunque todas coincidían en que el objetivo de ir al gimnasio era dedicarse un tiempo a ellas mismas y sentirse bien, las extremidades libres de celulitis o las nalgas duras eran alabadas como dioses del Olimpo y, por supuesto, quedaban registradas y subidas a Instagram. No tenía nada en contra de que vivieran la naturalidad de los cuerpos desnudos como animales gregarios, pero nunca entendí por qué allí estaba tan extendida la depilación integral.

Tanta variedad también hacía que allí se mostraran todo tipo de comportamientos, desde los más miserables, como rellenar un bote propio con gel de la ducha; los más espontáneos, como levantarse sin mirar de una taquilla baja y rozar la mejilla contra un pecho perdido; hasta los más fascinantes, como comer un sándwich en pelotas disfrutando del espectáculo de ver a alguien secarse el pelo. Sí, aunque no estuviera permitido, también se comía en el vestuario.

Terminé de cambiarme y bajé las escaleras hasta la clase. Mientras esperaba en la cola me invadió la angustia y me recriminé a mí misma qué hacía allí con todo lo que tenía pendiente. Nunca conseguía relajarme y dedicarme tiempo sin sentirme culpable. Me pasaba el día saltando de una actividad a otra: el trabajo, la agencia, las reuniones, los amigos, la familia… Cuando estaba en el trabajo, me sentía mal por no pasar más tiempo con mis padres; cuando estaba con mis padres, lo hacía por no hablar más con mis amigos; cuando pasaba tiempo con ellos, me culpabilizaba por no estar trabajando en esa propuesta o moviéndome para conseguir andar diez mil pasos al día. En definitiva, me costaba disfrutar del ocio y de mi tiempo libre sin sentirme culpable por no estar trabajando, pensando o haciendo. ¿Es posible que tuviera miedo a estar sin hacer nada? O, peor, a estar a solas conmigo misma.

«El aburrimiento es necesario y fomenta la creatividad», le había escuchado decir a la directora creativa de mi agencia. «Y un cuerno», le respondí. Menuda tontería, el aburrimiento era una pérdida de tiempo y yo no sabía lo que era eso desde que iba al colegio. La mayoría de la gente fantaseaba con dormir más de ocho horas y desconectar con la mirada puesta en el horizonte, arena de playa y la promesa de un buen libro, pero a mí esa idea me aterraba, sentía que era tiempo perdido, pues me faltaban horas en el día para hacer todo lo que quería. Necesitaba estar activa y me angustiaba el hecho de no tener nada que hacer.

—¡Vamos, que no tengo todo el día, podéis ir entrando!

El grito de la monitora me devolvió a la realidad e hizo que me fijara en sus piernas acordándome del verdadero motivo por el que estaba allí. ¿Que para qué entrenaba? Estaba claro, para la vida —y para tener unos muslos de acero—, pero sobre todo para la vida.

Al entrar en la clase siempre hacía muchísimo frío, pues el aire acondicionado estaba muy fuerte, aunque la temperatura iba subiendo a medida que se llenaba de gente. La sala era un espacio enorme con varias filas ordenadas de bicicletas estáticas. Me recordaba a uno de esos cementerios militares de Estados Unidos con miles de cruces puestas en línea en honor a los soldados caídos, al fin y al cabo, el spinning era lo más parecido a la muerte que había experimentado hasta el momento. Presidía la habitación una tarima con una pantalla enorme, en la que se proyectaba un gráfico con la duración e intensidad de la clase, y una bici en sentido opuesto al resto reservada para los monitores. En el techo, cientos de focos se movían y cambiaban de color al son de una música repetitiva, que sonaba a todo volumen por dos enormes altavoces.

En cuanto se abría la puerta, cincuenta personas vestidas con mallas y zapatillas con anclajes corrían hacia su bicicleta favorita, evitando aquellas que no funcionaban bien, las cuales quedaban asignadas a los últimos en llegar.

Me apresuré hacia una de las de la primera fila y me senté mientras el resto iba ocupando las demás.

«¿Por qué el sillín no sube más? Mierda, *es* la número cinco, no puedo creer que no me haya acordado de que esta no funcionaba bien». En realidad daba igual qué bicicleta cogiera, siempre tenía la sensación de que no estaba bien ajustada.

Era consciente de que me había convertido en el tipo de persona que odiaba. Un ser despreciable que se deleitaba con el exquisito dolor de empujar pedales y formar parte de un pelotón durante una hora al día. En mi primera clase me juré no volver nunca más, pero antes de que me diera cuenta estaba enganchada a las endorfinas e increíblemente motivada. Me había convertido en una fanática que se apuntaba a una *master class* los fines de semana y abrazaba el ciclismo *indoor* con una intensidad que solo rivalizaba con la que sentía por Jason Momoa. Intentaba mantener la compostura cantando la letra de las canciones y moviéndome de izquierda a derecha al ritmo, pero mi cerebro no podía parar de pensar en miles de cosas para superar aquellos sesenta interminables minutos.

«Son las cuatro de la tarde de un viernes y la clase está llena, ¿es que nadie se echa la siesta?».

—Nos vamos sentando y ajustando la bicicleta —dijo la monitora mientras daba un par de palmaditas y se colocaba en la suya.

Empecé a pedalear al son de una música machacona mientras pulsaba «iniciar» en mi Apple Watch. Ser responsable era la última obsesión del fitness, nada te hacía más responsable que usar un dispositivo que te dijera cuántas calorías habías quemado. No solo calculaba los pasos y medía las pulsaciones, sino que podía registrar la ingesta de alimentos y si el entrenamiento era intenso. Aunque, por supuesto, la última responsabilidad era tuya, si solo habías quemado cien calorías en la bici no había justificación para comerte esas croquetas; bueno, sí, si decidías no registrarlas.

—Hoy en día los entrenadores y estos aparatos —señaló su reloj— reemplazan a los médicos en la gestión de la salud,

¿no crees? —me dijo una chica de mi edad que estaba a mi lado buscando un poco de complicidad.

—Es cierto, pasamos más tiempo con ellos que con nuestro médico de cabecera —le contesté sonriendo.

—Me encanta venir aquí. La gente es amable, lo da todo y viste ropa cómoda... Hasta mirar el horario de las clases me hace sentir en forma. ¿Crees que es grave y que debería hacérmelo mirar?

—Mejor pídele cita a la monitora.

Las dos nos reímos mientras la profesora nos miraba molesta desde el otro lado de la clase. A veces se me olvidaba lo bien que sentaba un poco de espontaneidad y los buenos ratos que provocaban algunas conversaciones con gente desconocida. Mi madre siempre decía que la gente que era amable con alguien desconocido lo era contigo. A mí, sin embargo, la mayoría de la gente me caía mal hasta que me demostrara lo contrario. Me resultaba difícil encontrar aquella con la que reírme, pero sentía una conexión inmediata si conseguía sacarme una sonrisa. Quizá Colette estaba en lo cierto y me vendría bien quedar con alguien.

Siempre había un momento cuando sonaba la tercera canción en el que pensaba que no tenía que haber ido; también lo conocía como aquel en el que creía que iba a vomitar.

—¡Vamos! No dejes de pedalear, si no te esfuerzas al máximo, ¿cómo sabrás dónde está tu límite? —gritó la monitora mientras nos pedía que ajustásemos nuestra resistencia.

No soportaba a los monitores que hacían de predicadores. Siempre venían bien unas palabras de ánimo y motivación durante el ejercicio, pero no parar de hablar escupiendo mensajes sobre lo importante que era ser feliz, que la vida era para los luchadores, que no podías rendirte o que había que esforzarse más me parecía demasiado. Solo quería desconectar durante una hora sin tener que aguantar que me evangelizaran.

—Respondedme, ¿qué queréis?, ¿qué queréis de vuestra vida, eh? ¿Qué queréis? —volvió a gritar por el micro la entrenadora.

«Que te calles, ¿es eso mucho pedir?».

La gente se movía a un lado y a otro al compás de la música como abducida por algún tipo de fuerza sobrehumana. La sala, casi a oscuras, se iluminaba con una exhibición de luces parpadeantes que cambiaban de color y te atrapaban llevando tu cuerpo al ritmo. Sentía que estaba embarcada en una fiesta de baile épica, en una *rave* clandestina en plena tarde de agosto, y en la que antes de darme cuenta hubiera llegado a una colina imaginaria. Mis piernas ardían y sentía que también lo hacía mi cuerpo empapado en sudor. En lugar de dejarme intimidar por el calor, lo abrazaba y sentía que hasta podía manejarlo a mi antojo.

Estaba en pleno clímax de endorfinas y las sensaciones que experimentaba en mis ingles eran lo más excitante que había tenido en semanas. Muy triste. La monitora anunció el final de la clase, que fue recibido como un buen orgasmo. Me di cuenta de que el spinning era como el sexo, quizá no siempre apetecía, pero sentaba bien, solo había que esforzarse.

Me bajé a duras penas de la bicicleta y decidí saltarme los estiramientos para evitar ese momento final en el que la monitora chocaba la mano con todos los asistentes. Solo pensar en chocar esa palma que había tocado decenas de manos sudorosas me hacía preferir la amputación.

Subí de nuevo hasta el vestuario y maldije cada uno de los escalones, recogí mis cosas y emprendí empapada el camino hacia mi nueva casa.

Nunca tuve la necesidad ni las ganas de comprarme una casa, pero en plena treintena mis padres pensaban que era algo que debía hacer. Yo tampoco sabía muy bien cómo llenar aquel vacío existencial, así que decidí hacerles caso. Virginia Woolf recomendó una habitación propia, pero llegaba un momento en la vida en que preferías una casa toda para ti. Había leído que más de la mitad de la gente que adquiría una lo hacía sin pleno convencimiento empujada por la presión social y los convencionalismos de la edad adulta, y que una vez superada la emoción inicial, llegaba la fase de arrepentimiento. Bien, pues yo estaba en esa fase. No sé muy bien por qué lo hice, por más que lo buscaba no encontraba el motivo. Tenía la sensación de que hacerme mayor consistía, en gran medida, en hacer cosas que no me apetecían con gente que no me caía bien en sitios donde no quería estar. Quizá fue en un impulso para que mi madre me dejara de sermonear con la idea de que pagar un alquiler era tirar el dinero, aunque yo no lo veía de ese modo. Desde que me independicé, había vivido en casas alquiladas en el centro de Madrid, cerca de lugares que me interesaban y que me permitían ir andando a cualquier parte. Pensaba que como de verdad se tiraba el dinero era pagando al banco unos intereses, que casi siempre eran excesivos. A pesar de tenerlo tan claro, no me explicaba cómo había terminado siendo propietaria de un piso de dos habitaciones y terraza en pleno corazón de Chamberí. Era un piso pequeño en la sexta planta de un edificio antiguo. Cuando leí el anuncio de Idealista «Agradable, tranquila y vieja. Necesita un lavado de cara», no sabía si estaba describiendo mi futura casa o a mí misma. Tenía el parqué de un color café que me gustó desde el primer momento y, aunque las habitaciones eran pequeñas, daba sensación de amplitud. Tenía un baño estrecho con bidé, plato de ducha y un viejo papel de pared que sujetaba los deteriorados azulejos de debajo. El salón era espacioso y tenía grandes ventanas que daban a una terraza alargada. El edificio de enfrente quedaba a menor altura, lo que hacía que entrara mucha luz y que el atardecer desde allí fuera espectacular. La cocina era, junto al baño, lo más antiguo de la casa, todavía con cocina de gas y sin calefacción. Sabía, desde que puse un pie en aquel piso, que la reforma de ese agujero me llevaría tiempo y dinero, y que todavía tardaría más en considerarlo mi hogar; aun así me gustaban los retos y, qué narices, había pagado un riñón, más me valía que así fuera.

Si bien ser la dueña de una casa suponía una nueva y responsable etapa en mi vida, había algunas cosas que desearía que alguien me hubiera explicado antes de firmar esa hipoteca con la sangre de mi alma y la pluma de aquel agente. Era consciente de que, al vivir sola, toda la responsabilidad de pagar religiosamente la hipoteca mes a mes recaería en mí, pero había algunos detalles en los que no reparé, como que de repente todo era caro. ¿Unos armarios a medida de cinco mil euros? Qué buen precio. ¿Tres mil por los azulejos del baño? Sin problema, aceptáis tarjeta, ¿verdad? La ilusión también disminuía a medida que el susto del pago inicial se desvanecía junto con algún tabique. En poco tiempo me encontré comparando precios de pinturas de pared tan caras como el caviar ruso y deseando que volviera a estar de moda el gotelé.

La casa estaba prácticamente vacía, a excepción de algunos caprichos decorativos que había ido comprando y varios muebles viejos que decidí mantener y no tirar para la fiesta. Terminé de colocar sobre la destartalada mesa del salón la comida, que consistía en bandejas de queso y embutido, patatas fritas, pepinillos, tortilla de patata precocinada, musaka congelada, pan, hummus, tzatziki de bote, vino y cerveza. Todo iba servido en unos coloridos platos de cartón del chino. Sabía que con ese menú no me darían el premio a la chef del año, pero ¿qué podían esperar mis invitados de alguien cuyo plato estrella eran los cereales con leche? Me quedé mirando fijamente el triste bodegón y me sentí aliviada de haber comprado una cantidad ingente de alcohol. Mis invitados podrían tacharme de cutre, pero nunca de rácana. El sonido del microondas me avisó de que los nachos con queso también estaban listos.

En mi casa nueva todo emitía algún pitido o crujido. La lavadora pitaba cuando había finalizado el programa, la nevera si la dejabas abierta y el suelo crujía como una señora mayor. Por no hablar de la arcaica instalación eléctrica y los interruptores, ¿cuántos eran realmente necesarios en una casa de sesenta metros cuadrados? ¿Quinientos? Cada vez que entraba en una habitación encendía y apagaba tantos distintos que estaba segura de que en algún lugar de Alaska se organizaba una fiesta disco improvisada, eso sí, en mi propia casa, ni rastro de luz.

Me quité la ropa del gimnasio y puse una lista de Spotify que se llamaba «Fiesta en casa» mientras me metía en la ducha. Hacía mucho que no organizaba una, así que elegí una ya creada de la aplicación. La primera canción que sonó fue *Hate to say I told you so* de The Hives y me alegré de que empezara con una canción de rock energizante. Tenía las mismas ganas de que me atropellase un camión que de ejercer de anfitriona aquella noche, así que tras la ducha saqué una de las copas de vino modelo Josephine, del diseñador Kurt Zalto, que había comprado y me puse un vino. Habían sido una recomendación de Vera, quien me avisó de que era la copa más ligera del mundo y tan transparente que incluso desaparecía en la mano. Según ella, estaban de ultimísima tendencia. Una tendencia que costó la friolera de cuarenta y seis euros por copa. Compré diez. A veces mi deseo de aparentar gustos e intereses refinados superaba a mi sentido común, pero prefería no pensarlo mucho.

Decidí celebrar mi mala decisión con una fiesta de inauguración, lo cual me parecía algo estresante y desgarrador. Además de fingir amabilidad y simpatía, tenía que atender a los invitados y cuidar de que no se rompiera nada. Había invitado a unas treinta personas, de las que al final vinieron veinte. La mayoría eran amigos, compañeros del trabajo y la universidad y sus cónyuges. Tenía como política no opinar sobre las decisiones que tomaban mis amigos en general, ya que creía que todos ellos eran personas adultas, independientes, inteligentes y sabían qué hacer con sus vidas. Todavía me mantenía más firme cuando se trataba de opinar sobre sus relaciones. Podía escucharlos, aconsejarles, apoyarles, pero jamás jamás emitir un juicio sobre sus parejas. Prefería no meterme en sus relaciones y si tenían la pelea definitiva con ese gilipollas previamente conocido como *amor, peque* o *gordi*, yo en nombre de la solidaridad y el amor infinito que les profesaba también les despreciaba, los mandaba a la guillotina y les hacía la cruz. Todo para que al día siguiente se reconciliasen y yo me tuviese que retractar de todos y cada uno de mis comentarios hasta nuevo aviso. Por supuesto que tenía una opinión de las parejas de mis amigos, pero prefería guardármela. Sabía, desde que entraron por la puerta, que ellos se juntarían en un grupo y, mientras bebían cerveza y licor café, pasarían la noche hablando de cuál era la mejor barbacoa para una terraza y qué tipo de carbón tenía buena relación calidad-precio. A pesar de eso, podía hacerme una idea de cómo eran sus parejas según se comportaban mis amigos cuando estaban cerca. Si brillaban, sonreían y parecían felices, era capaz de entregarles la última cerveza fría de mi nevera, pero si por el contrario los veía tristes, apagados o nerviosos, simplemente me esforzaba en hacerles notar mi desprecio de manera asertiva.

Las conversaciones del grupo de las novias no eran mucho más interesantes y giraban en torno a las palabras «mamis» y «peques». En ambos grupos había temas que generaban silencios incómodos como el procés, el Brexit o la gestación subrogada. Si además alguien hablaba del tiempo, de sus hijos o de alguna intimidad conyugal, yo lo elevaba a la categoría de pelma mayor. ¿En serio estás intentando desmantelar el sistema político con alguien que acabas de conocer? ¿De verdad crees que el cambio climático es una invención? En general, las parejas de mis amigos eran una fuente inagotable de conocimientos aburridos, pero desde que me había convertido en propietaria de una casa yo también lo era. Por ejemplo, no tenía ni idea de la graduación de los cristales de mis gafas, pero podía recitar de memoria el número y la referencia de la pintura de mi salón. Este tipo de conocimientos solían resultar muy útiles cuando me quedaba sin tema de conversación y tenía que interactuar con alguien nuevo.

De todos ellos, la única pareja con la que de verdad solía divertirme eran Mauro y Chema. Mauro fue quien me recomendó para el puesto en la agencia, pues él dejaba el cargo para irse como directivo a una empresa tecnológica. Era una de las personas más inteligentes que conocía y también con la que más me reía. Tenía esa habilidad natural para entablar conversación con cualquiera y hacer que la gente se sintiera cómoda en cualquier situación. Aunque nos veíamos en ocasiones contadas, nuestra amistad era tan sólida como aquel hummus de bote. Habíamos pasado juntos algunas de las noches más locas de nuestras vidas, sin embargo, ahora había sustituido sus divertidas anécdotas con las que amenizaba cualquier reunión por consejos sobre recetas vegetarianas o los beneficios del yoga. Chema y él eran la pareja más graciosa, apasionada y tolerante que había conocido nunca, siempre libres de prejuicios o tabúes, recibían de manera abierta cualquier opinión o comportamiento que se saliera de la norma. Ahora, a pesar de reconocerse unos urbanitas empedernidos, habían dejado sus respectivos pisos en el centro para mudarse a una vivienda unifamiliar a las afueras, se habían casado, comprado un coche y un chihuahua y comenzado los trámites de adopción de un bebé. De la noche a la mañana habían dejado de ser quienes eran y sucumbido a todos y cada uno de los convencionalismos que tanto habían rechazado durante años, y lo peor: criticaban a aquellos que no lo hacían.

Estuvieron en la fiesta exactamente una hora y media, el tiempo que tardó Mauro en emborracharse, aunque los dos iban bastante perjudicados. Les pregunté si querían que les pidiera un taxi, a lo que me respondieron al unísono que sí. Saqué el móvil y pedí uno por la aplicación. Siempre había sabido que el momento en el que se terminaba tu noche era cuando alguien te preguntaba si te pedía un taxi.

—Nena, lo sentimos mucho, pero estamos muertos. Antes de marcharnos queremos darte esto —me dijo Mauro marcando mucho las eses y acercándome una bolsa de Aqua di Parma. El cansancio era la principal enfermedad de la edad adulta, por eso se organizaban fiestas, para que se nos olvidara.

—Oh, no teníais por qué —contesté mientras desenvolvía el regalo—. ¡Una vela! Muchas gracias.

—No es solo una vela, es *la* vela. Después de haberla probado no querrás que tu casa huela a nada más. Y créeme, querida, te va a hacer falta con ese local de kebabs que tienes debajo.

—Muchas gracias, me encanta, sois los mejores —les dije dándoles un abrazo mientras veía en la aplicación que el taxi ya estaba abajo.

Odiaba las velas. Nunca había entendido esa obsesión de las revistas por incluirlas en el top de sus listas de regalos. El regalo de una decía: «No te conozco mucho, pero no me importaría que pareciera un incendio accidental». Me imaginaba a los dos comprándola unas horas antes y diciendo: «En ese barrio seguro que hay muchos apagones, Lena va a necesitar una, sin duda».

Los acompañé al ascensor y, cuando bajaban, pude escuchar a Chema preguntarle a Mauro si antes de subir al taxi se pedían unos kebabs. Cerré la puerta y volví a la fiesta.

—Neni, *my God*, te llevo buscando un buen rato —me dijo Vera apareciendo de repente por el pasillo. Nos ha costado la vida aparcar.

Iba de la mano de Santos, su marido, y hacían una pareja increíble. Él era uno de los mejores y más valorados críticos musicales del país y escribía para diferentes periódicos. Era implacable, una mala reseña suya de un concierto y el artista descendía automáticamente a los infiernos musicales, donde nunca más se le escuchaba. Por el contrario, si el grupo gozaba de su beneplácito y le dedicaba buenas palabras en alguno de sus artículos, era catapultado al número uno en las listas de ventas. En el mundo musical, Santos era Dios.

—Perdona, estaba con Mauro y Chema, les acabo de pedir un taxi, vaya cogorza se han cogido.

—Para variar, siempre son los primeros en llegar y en irse. Oye, ¡estás fantástica! ¿A que sí, Santos? —Él asintió con la cabeza—. No te habrás hecho aquella limpieza de colon que te recomendé, ¿verdad?

—Vaya, gracias, esto... No. Todavía tengo algunas dudas sobre eso. ¿Queréis que os enseñe la casa?

—No, tranquila, ya la hemos visto por nuestra cuenta hace un rato. Nos hemos permitido abrir algunas puertas y cajones, espero que no te importe. Necesita una buena reforma, pero antes de nada —dijo sacando un mechero de su chaqueta— tienes que pedir un deseo.

—¿Un deseo? ¿Por qué? No es mi cumpleaños.

—Forma parte del ritual de inauguración de tu nueva casa.

Encendió un mechero y me lo puso delante a modo de vela. De verdad, no sabía lo que le había dado a la gente esa noche con las velas.

—Ahora cierra los ojos y dime qué pides.

—Pero, para que se cumpla, ¿no debería ser un secreto?

—Bueno, sí, pero quiero saberlo, venga dime, ¿qué quieres?

—Emoción. —Soplé la llama.

—¿Emoción? ¿Qué tipo de deseo es ese?

—Sí, me gustaría que hubiera un poco más de emoción en mi vida. Últimamente siento que todo es más de lo mismo.

Trabajo, gimnasio, casa, amigos, ¿es esto lo que me espera para siempre?

—Venga ya, no te pongas melodramática, no digas eso. —Me miró sin darle mucha importancia—. Yo en tu lugar hubiera pedido encontrar a alguien, un piso en la playa o aprender a cocinar, porque, tía, reconócelo, vaya asco de cena has preparado... Hasta Leo lo hubiera hecho mejor. Podías haber hecho tzatziki, a ti te encanta el tzatziki, ¿verdad? Aunque, si lo piensas, todo está relacionado, ¿quién va a querer estar con alguien que se alimenta a base de hummus y gazpacho de tetrabrik?

Ese había sido un golpe bajo directo al estómago. No sé muy bien a qué había venido ese comentario, pero me había dado cuenta de que era algo que la gente hacía cuando llegaba a cierta edad, creían que tus propias decisiones eran un juicio hacia las suyas. Por ejemplo, que me hubiera comprado un piso en pleno centro lo interpretaba como un ataque a su decisión de vivir en las afueras para demostrarle que mi vida era menos convencional y más *cool*. Y decirle que no quería pareja lo consideraba una especie de ofensa ahora que estaba casada.

Ya llevaba soltera unos meses. Cuando rompí con Ese, intenté recuperar el tiempo perdido en un alarde desbordante de libidinosidad, pero a lo único que llegué fue a acostarme con un tío. Entre el trabajo y las reuniones me costaba encontrar un hueco en mi agenda en el que coincidir y, al final, terminó en un aquí te pillo, aquí te mato con el que ni siquiera disfruté. Con el sexo me ocurría lo mismo que cuando llegaba tarde, si no había adrenalina, si sabía desde el principio que iba a terminar en la cama con alguien, automáticamente perdía el interés. Me gustaba la incertidumbre, la duda, el jugueteo, pero saber lo que iba a pasar desde el principio era como conocer el final de una serie antes de verla.

—Ya te he dicho varias veces que ahora no quiero pareja, Vera.

—Es verdad, tienes razón. No te enfades, solo quería chincharte un poco, ¿verdad que no te importa?

Sí me importaba, pero no dije nada para no estropear el ambiente.

—Tengo algo para ti —dijo Vera sacando un sobre de su bolso y ofreciéndomelo ceremoniosa.

—Vaya, qué sorpresa, esto sí que no me lo esperaba, ¿qué es? Reconozco que me hacía ilusión.

—Estoy segura de que te va a encantar y me lo acabarás agradeciendo.

—No será uno de tus bolsos Mercules, te aseguro que te estaré eternamente agradecida, pero no puede ser porque no cabe en un sobre.

Fui despegando la solapa y saqué una tarjeta en la que se podía leer escrito a mano:

«Vale por un curso de cocina griega el próximo viernes».

Rectificación. Solo había algo peor que que me regalaran una vela, que me regalasen un curso de cocina.

Me quedé sin palabras. Tanto Vera como el resto de nuestros amigos conocían perfectamente mis inexistentes habilidades y desinterés por la cocina. Un buen ejemplo de ello era que siempre me encargaban llevar el hielo a las fiestas. A unos se les confiaba el postre, a otros el vino, a mí directamente me pedían que llevase las bolsas de hielo. Hubiera preferido como regalo limpiar el váter de todo el vecindario e incluso hacerle la declaración de la renta a todos los asistentes a la fiesta. Cualquiera de esas opciones me hubiera hecho más ilusión, pero no iba a quedarme callada, tenía que decirle lo que diría cualquiera en mi situación: «¡Me encanta!».

—Sabía que te gustaría. Cuando vi la oferta en internet pensé que llevaba tu nombre. Aprenderás a hacer tzatziki, ese aperitivo a base de yogur que siempre coméis en tu casa, un postre y el plato que se ha puesto tan de moda y hace todo el mundo en TikTok con tomates y queso feta, ¿no es genial? Y oye, quién sabe, quizá allí conozcas a alguien.

No sabía muy bien por qué, pero aquel día Vera estaba especialmente desagradable. Quizá esa era su verdadera esencia y su amabilidad y cordialidad habían sido siempre mentira. La simpatía se podía fingir, pero ser una hija de puta era algo que salía directamente del alma.

—Muchísimas gracias, en cuanto lo haya hecho, seréis los primeros en probar mis avances culinarios.

Les di un beso a cada uno y me fui con el resto de invitados.

Sobre las doce ya se había marchado todo el mundo. Los regalos que me habían hecho me habían dejado preocupada. Me preguntaba qué tipo de imagen proyectaba en la gente que me conocía para que pensaran que me podían gustar aquellas cosas. Sabía que regalar no era tarea fácil, tenía algo de arte y de psicología, porque además de conocer a la otra persona también había que imaginarla olvidándote de ti. El error era cuando nos olvidábamos de ella y la disfrazábamos de nosotros. Pero ¿cómo era posible que objetos tan distintos entre sí estuvieran dirigidos a la misma persona, o sea, a mí? Si lo único que quería era que me regalaran vino, pero del bueno, del de calidad. Si alguien me regalaba un vino vulgar, tenía claro que no me conocía y hasta yo misma me arrepentía de conocerla. Era así de sencillo.

Además de la vela y el curso de cocina, me habían regalado un cactus —a mí, que mataba hasta las plantas artificiales—, un pijama, varios libros y una lámina de una conocida influencer de Instagram. Sus collages eran el reflejo de situaciones surrealistas en las que fusionaba imágenes reales con ilustraciones, dando vida a un mundo en el que no existían reglas. Colette, que siempre regalaba cosas con estilo, había tenido el detalle de pasarse un rato por la fiesta y me había regalado uno compuesto por una foto antigua en blanco y negro en la que tres hombres en bañador formaban una torre en acrobacia. En la cima, una mujer sostenía un botellín enorme de cerveza y vertía su contenido en una copa, donde otra nadaba alegremente sobre un flotador. Nunca había deseado con tanta fuerza trasladarme a una imagen. A veces, cuando me encontraba en una fiesta o multitud, era capaz de abandonar el plano físico y llegar a un lugar emocionalmente menos exigente. No estaba segura de dónde era, pero sentía que allí nadie podía contactar conmigo. Lo peor era la cantidad de explicaciones que tenía que dar a los demás cuando regresaba al mundo real, pero prefería volver a él ya en mi cama.

No tardé mucho en limpiar y recoger el piso; la ausencia de muebles y los platos de cartón lo hicieron fácil. Solo tuve que fregar las copas Josephine, las cuales milagrosamente sobrevivieron intactas; llevar las bolsas de basura al contenedor e irme andando a mi antigua casa.

Cuando llegué, abrí una tarrina de helado y me tumbé en el sofá con un documental sobre villanas de la historia de fondo. Después me puse el pijama, me desmaquillé y me lavé cuidadosamente los dientes con el cepillo eléctrico. Me sentía insatisfecha tras la fiesta, y también extraña, como si cada una de las piezas de mi vida fuera un puzle imposible de encajar.

Encendí la dichosa vela y me tumbé en la cama. Lo tenía claro, no pensaba perder el tiempo en un maldito curso de cocina.

5

El sábado y domingo posteriores a la inauguración los pasé enteros tirada en el sofá en pijama y sin quedar con nadie. Quizá la lluvia y el mal tiempo de finales de mayo contribuyeron a ello, pero me sentía triste y atrapada. Mi salón parecía un campo de batalla lleno de restos de comida, había pedido tanta a domicilio que tenía la sensación de que en cualquier momento el repartidor me iba a poner una orden de alejamiento. Mientras veía la tele, miles de pensamientos viajaban por mi cabeza salpicados por preocupaciones, errores y fracasos del pasado, que aparecían desde los rincones más oscuros de mi memoria. Aquellos temores parecían surgir de la nada, o quizá de lo más profundo, y me preguntaba si ya había pasado por esto otras veces o si me ocurría porque sentía que se estaban yendo por el desagüe los mejores años de mi vida.

Volver a la oficina el lunes fue liberador. No aguantaba estar más tiempo a solas con mis pensamientos, me estaba volviendo loca.

Como todos los días, llegué la primera a la oficina. Abrí la puerta con la llave, desactivé la alarma y, todavía a oscuras, fui directa a prepararme un café. Me gustaba el silencio que reinaba a aquella hora. Mientras encendía la cafetera escuché un ruido en el pasillo. Instintivamente cogí un cuchillo de uno de los cajones y salí de la cocina con el corazón acelerado, pues nunca aparecía nadie hasta por lo menos una hora más tarde.

—Joder, tía, Vera, ¡qué susto me has dado!, ¿qué haces aquí a estas horas? —le grité, ya que me extrañó verla tan temprano.

—Por Dios, suelta ese cuchillo, ¿de dónde sales, de Hell's Kitchen? Me he marchado de casa hoy un poco antes —dijo incómoda—. No es mucho más temprano de lo que suelo levantarme los domingos. Desde que soy madre no hay quien duerma más de cuatro horas seguidas, no como tú, que seguro que el sábado después de la fiesta te levantaste a las mil.

—Sabes de sobra que nunca he dormido mucho —solté con parquedad.

No estaba dispuesta a pasar por alto esa afirmación. No tener hijos no me convertía en ninguna holgazana que se dedicaba a la vida contemplativa. Además, no me consideraba ninguna vaga, solo alguien de participación selectiva.

—Lo que tú digas —afirmó con una sonrisa.

Llevaba con ella menos de cinco minutos y no veía el momento de irme a mi despacho y abrir uno a uno los doscientos cuatro mails que parpadeaban en mi bandeja de entrada.

La evidencia de que una amistad se había estropeado era cuando te dabas cuenta de que ya no querías estar a solas con esa persona. Era como cuando no querías seguir con tu pareja y tenías una sensación constante de que había algo que no funcionaba, pero tampoco estabas segura de querer solucionarlo. Hacía mucho tiempo que no quería quedarme a solas con Vera. Desde que había sido madre, tampoco me había propuesto hacer nada juntas, a pesar de que cuando se quedó embarazada hicimos mil promesas de que seguiríamos saliendo a cenar o yendo de compras borrachas, nuestro plan favorito. En alguna ocasión se había quedado a tomar algo después del trabajo y aprovechamos para recordar con nostalgia anécdotas pasadas. Hablaba de esa época añadiendo las coletillas «qué tiempos» y «quién me lo iba a decir ahora», como si hubiera pasado todo este tiempo en una clínica de desintoxicación y le hubieran practicado una lobotomía. Desde hacía mucho, cada vez que estaba sola con Vera quería que apareciera un equipo de fútbol y hasta el Séptimo de Caballería.

Me serví un café americano muy largo, sin azúcar y canela y me preparé para salir por la puerta.

—¿Ya sabes qué te vas a poner para el curso de cocina griega de este viernes?

—Ah, sí, eso… Pues, la verdad es que me viene fatal, Vera.

—Pero tienes que ir, ya no puedo cancelarlo.

—Es que iba a ir a cenar a casa de mis padres justo ese día, ¿sabes? Mi madre iba a preparar musaka.

—Vaya…

Hubo un breve silencio mientras yo buscaba mentalmente otra excusa más convincente.

—¿Qué? —pregunté.

—Nada.

—Sé que pasa algo, Vera, cuéntamelo.

—Bueno, es que tienes que ir sí o sí.

—¿Por qué?

—Verás, ¿te acuerdas de Gabriel, el compañero de trabajo de Santos?

—Sí, me has hablado de él alguna vez.

—Pues resulta que también va a ir al curso de cocina griega, qué casualidad, ¿eh?

—¿Cómo? ¿Me has organizado una cita a ciegas? Eres increíble —le dije mirándola a los ojos.

—No te pongas así, solo quería que no te sintieras sola.

—A ver si te enteras de que no me siento sola, joder, no tengo tiempo de hacerlo.

Sé que lo último no estuvo bien, pero tampoco quería que me tratara con condescendencia.

—¿Has hablado con Mauro últimamente? —me preguntó sin venir a cuento.

—¿Y eso qué tiene que ver? Le vi en mi fiesta de inauguración, pero apenas pude hablar con él tal y como iba, tengo que llamarle para que me ponga al día.

—Yo estuve con él este sábado. Santos y yo fuimos a cenar con Chema y con él a ese restaurante vasco-japonés nuevo que han abierto.

Reconozco que eso me molestó. No tenía nada en contra de que la cocina vasca y la japonesa se fusionaran, seguro que salían cosas riquísimas, sino de que no me hubieran avisado. Vera nunca hacía planes conmigo, cada vez que habíamos quedado para cenar o ir al cine había que planificarlo con cuatro semanas y, un día antes, o incluso el mismo, acababa cancelándomelo.

—¿Y qué tal fue? —pregunté.

—Bien, nos estuvieron poniendo al día de sus planes con el bebé y su nueva casa. Los dos pensamos que encajarías bien con Gabriel.

—¿Cómo? ¿Mauro también lo sabe? O sea, que ha sido cómplice, estupendo.

—Sí, de hecho fue idea suya.

—La próxima vez podéis invitarme a mí también a vuestras cenas en pareja y así lo debatimos juntos. Eso sí, avisadme con tiempo para que pueda buscarme un acompañante, parece que es la única forma de veros —sugerí con un tono irritado.

—Tomo nota. Por cierto, Gabriel es un chico genial, te va a encantar.

—Joder, te voy a matar. Y ¿se puede saber cómo es el tal Gabriel?

—Pues es alto, inteligente y un poco intenso. Le encanta esquiar, el cine y hace CrossFit.

—¿Es divertido?

—¿Divertido? Ni idea, ¿qué más da eso? ¿Quieres más café? —me preguntó.

—No, gracias, tengo que ir a mi despacho.

—Entonces ¿le digo que irás el viernes? Ve pensando lo que vas a ponerte.

—Creo que me pondré un delantal sin nada debajo, pero no te prometo nada —bromeé para destensar un poco el ambiente—. Eso sí, solo iré con una condición: que me prestes tu bolso de Mercules. —Y salí de la cocina.

Siempre había escuchado que quien tiene un amigo tiene un tesoro, pero con el paso de los años me había dado cuenta de que los amigos de verdad pasaban con facilidad a la categoría de amigos de mierda. La gente hablaba con demasiada simplicidad de esa familia que uno elige, pero, a diferencia de la de sangre, esta desaparecía más fácilmente. Sabía que volver a la casilla de salida de una amistad era difícil, y a pesar de que Vera y yo teníamos pendiente una conversación larga e incómoda llena de reproches, ninguna iba a dar el paso. No estaba segura de cuántos silencios podría soportar una amistad, pero cuando llegase el momento de hablar, quizá fuera demasiado tarde.

El día en la oficina transcurrió entre *briefings*, *retrotimings* y *deadlines*. Cuando estaba estresada, aliviaba mi ansiedad ordenando mi despacho, borrando notificaciones del móvil, cepillándome los dientes o haciendo ejercicio. Tendía al orden y a la organización en la oficina, no en mi casa; lo único que me quedaba por hacer para calmar el estrés de ese día era un poco de deporte.

Eran las ocho menos diez de la tarde y Mauro me esperaba en un banco a la entrada del gimnasio. Habíamos quedado para ir juntos a spinning y quemar los excesos del fin de semana.

—Nena, como no te des prisa no llegamos —me dijo poniéndose de pie mientras me acercaba a él.

Llevaba un maillot amarillo a juego con unas mallas acolchadas del mismo color, una cinta en la cabeza, una toalla al hombro y zapatillas con anclajes. Todo ello lo acompañaba con un olor muy fuerte a perfume de Jean Paul Gautier.

—¿De dónde vienes, de subir el Tourmalet? —pregunté con guasa.

—El deporte también es cuestión de actitud, querida.

Pasamos por los tornos de entrada agarrados del brazo como si fuéramos al altar y nos pusimos en la cola para entrar a clase.

—¿Seguro que quieres entrar? —me preguntó.

—Sí, te lo he propuesto yo, ¿recuerdas?

—Vale, vale, solo quería asegurarme. Es que estoy muerto, me he pasado la noche en vela —dijo agotado mientras sacaba una barrita de proteínas del bolsillo.

—¿Y eso? ¿Está todo bien?

—Ojalá lo estuviera, ayer Chema y yo discutimos y he dormido en casa de mis padres.

—Vaya, ¿por qué?

—Estábamos cenando y hablando de cómo organizar el cuarto del bebé y me soltó que no estaba seguro de querer ser padre.

—¿Así, de sopetón?

—Como lo oyes. Después de todo lo que hemos pasado me dice que no está preparado para tener una responsabilidad como esa —afirmó con la mirada perdida mientras se comía el último trozo de barrita.

—¿Y cómo estás?

—No estoy seguro, creo que necesito un vino.

Nos salimos de la cola, volvimos a cruzar los tornos esta vez en sentido contrario y fuimos directos a buscar un bar.

No conocía a nadie tan vital, divertido e imprevisible como Mauro, ni tan diferente a mí. Lo más característico de él era que no tenía miedo a nada y abrazaba cualquier decisión sin pensar en las consecuencias. Siempre estaba dispuesto a probar cosas nuevas: si conocía a alguien que le gustaba el surf, se apuntaba a un curso el verano siguiente; si un amigo le contaba que hacía cerámica, buscaba unas clases en algún taller cercano, y si alguien le decía que había probado el mejor ramen de la ciudad, reservaba en un restaurante sin pensarlo. En el último año se había apuntado a pilates, a boxeo, a un curso de japonés, había aprendido a hacer pan y se había comprado una máquina de coser con la que se había hecho unas cuantas camisas. Una vez, estando de vacaciones en Tenerife, conocimos a un grupo de chicas en el hotel, que nos dijeron que había una fiesta en la otra punta de la isla. No dudó en apuntarse y, aunque era la última noche de las vacaciones y nos quedaba el dinero justo para volver en taxi al hotel, Mauro pensó que era mejor invertirlo en tomarnos la última copa y ya pensaríamos después cómo regresar. Anduvimos tres horas hasta caer rendidos en la cama, eso sí, nunca olvidaré las risas durante aquel interminable camino. Esta actitud la aplicaba a todos los aspectos de su vida, incluido el trabajo, en el que no duraba más de uno o dos años en el mismo puesto.

A menudo solía responder a cualquier cosa que me contaba con un «estás loco», pero la realidad era que le envidiaba. Ansiaba ese punto de locura y sus ganas de divertirse eran contagiosas. A veces pensaba que todo lo que hacía era fruto de una constante insatisfacción; sin embargo, lo único que demostraba eran sus ganas de vivir.

Nos sentamos en una terraza a dos manzanas del gimnasio.

—Cuéntame, ¿qué ha ocurrido? —pregunté.

—Pues que Chema no quiere ser padre.

—¿Y se ha dado cuenta ahora? ¿Después de todos los trámites que habéis realizado?

—Eso parece, aunque todo ha sido muy rápido, apenas hemos tenido tiempo de madurarlo mucho. Llevamos juntos un año y nunca nos hemos parado a pensar el cambio que tendría algo así en nuestra vida.

Me había dado cuenta de que a medida que pasaban los años los plurales eran más habituales en las conversaciones adultas. Cuando estabas en pareja, la individualidad pasaba a un segundo plano y ya a nadie le interesaba cómo estabas tú, sino «¿Qué tal os va?» o «¿Dónde pasareis las vacaciones este año?».

Mauro le dio un sorbo grande a su copa de vino blanco y se quedó pensativo mientras una suave y cálida brisa veraniega le movía los rizos del pelo. El sol del atardecer le daba de cara y se reflejaba en su copa otorgándole un halo casi místico.

—¿No te arrepientes de haber ido tan rápido con él? —pregunté.

—¿Arrepentirme? ¿Por qué iba a hacerlo? Todo ha ido surgiendo de manera fácil y a los dos nos apetecía seguir adelante, pero ahora... —Apuró de un trago la copa—. Oye, ¿quieres otro vino?

—No, yo no, tengo que trabajar luego.

—¿Camarero, me pone otra? —dijo gritando y señalando con el dedo su copa—. Si vuelvo a la soltería, tendré que acostumbrarme a beber solo, que no digo que me importe, pero no me apetece quedarme los domingos de invierno sentado en el sofá mientras todo el mundo disfruta en pareja.

—Oye, que yo no la tengo y no es tan deprimente. No puedes pensar en tu futuro solo estando en pareja —le dije—. Eso es muy triste.

—Es posible, pero no sé estar soltero, nunca lo he estado. Y sin Chema no sé si sabré criar a un bebé yo solo.

—¿Por qué no? Tú siempre has querido ser padre.

—Sí, lo sé, pero antes de plantearme la paternidad, quizá sea el momento de tomarme un año sabático —dijo mientras asentía con la cabeza en señal de agradecimiento al camarero por traerle el vino.

Sabía que iba a responder así. Su continua búsqueda de nuevas piezas que añadir al puzle de su vida siempre conseguía despertarme un gran interés. A pesar de tener una personalidad increíble y de irradiar energía positiva por los cuatro costados, era emocionalmente dependiente de sus parejas, hasta tal punto que se empeñaba tanto en complacerlas que se olvidaba de complacerse a sí mismo.

—Yo creo que con o sin pareja o hijos nunca dejamos de buscar algo más, no creo que nadie sea más feliz o viva más tranquilo que los demás.

—Para mí ser feliz es estar con alguien —dijo.

—Pero ¿cómo lo sabes si nunca has estado solo? Me da la sensación de que siempre pones tus expectativas en algo o alguien y planeas tu vida en función de eso, y cuando te decepciona, buscas otro algo o alguien.

—¿Y qué tiene de malo eso? No es una cuestión de dependencia, sino de probar y descubrir. Hay que quemar para crecer, aunque es posible que tengas razón. —Se quedó unos segundos callado, como si estuviera procesando lo que acababa de decirle, terminó su segunda copa y me preguntó cambiando de tema—. Por cierto, al final ¿qué vas a hacer con ese curso de cocina?

—De eso quería hablarte, ¿cómo se os ocurre a Vera y a ti organizarme una cita a ciegas?

—Creímos que era una buena oportunidad para que mataras dos pájaros de un tiro: aprender a cocinar y echar un polvo, nena, que estoy seguro de que se te ha olvidado ya. Camarero, ¿me pone otro vino?

—De creímos nada, que sé que fue idea tuya. Que sepas que no tengo ningunas ganas de ir, pero lo voy a hacer por vosotros, por no dejaros mal con el tal Gabriel.

—Déjate de tonterías y ponle un poco de emoción a la vida. Además, ¿qué tienes que perder? Si no te gusta, te bebes unas cervezas cocinando y para casa.

—Pues también es verdad.

—Creo que he bebido muy rápido.

6

Era curioso lo despacio que pasa el tiempo cuando estás esperando algo. En una ciudad donde se suponía que la vida era tan rápida, una fecha próxima en el calendario convertía los días en agujeros negros y, aunque no tenía intención de reconocérselo a nadie, deseaba que llegase el viernes.

Los días pasaron lentos y pesados, con la densidad de los primeros coletazos del verano donde el ritmo frenético de la rutina se ralentizaba por culpa del calor y el agotamiento. La ciudad comenzaba a quedarse vacía, y sus habitantes, a disfrutar de los primeros días de vacaciones. Cielos azules, calor y muchas horas de sol, demasiadas. Fotos de paellas y cuerpos en bañador en la playa inundaban las redes sociales, donde todo el mundo era agresivamente feliz. Resultaba agotador, aunque a la vez me sentía mal por no querer unirme a esa euforia colectiva.

Durante toda la semana me costó concentrarme en cualquier tipo de tarea. En la oficina, en el supermercado, en el gimnasio, mientras me duchaba, comía o miraba el móvil. No podía evitar imaginar en mi cabeza cómo sería aquel encuentro y crearme innumerables expectativas. Pensaba en que, quizá, después de cocinar, podría proponerle ir a tomar algo y contarnos las vidas que no teníamos interrumpiéndonos y con emoción. Era posible que nos rozáramos distraídamente y nos sonriéramos mirándonos a los ojos. Después nos besaríamos y terminaríamos follando apasionadamente en una de nuestras casas, para más tarde enamorarnos, viajar por el mundo y redimirnos. Estaba segura de que, en las primeras citas, si la otra persona supiera la cantidad de vidas que nos inventamos, no nos preguntaría ni el nombre. El caso es que mi mente era un generador inagotable de conversaciones que no había tenido, incluso de lugares en los que no había estado. Vera siempre decía que todo lo que buscábamos también nos buscaba a nosotros y que, si nos quedábamos quietas, ese algo nos encontraría. Sin embargo, yo tenía mi propia «teoría de la incoincidencia», que se basaba en pensar que en esos lugares en los que nunca íbamos a estar encontraríamos lo que estábamos buscando. Estaba segura de que todos teníamos paraísos abandonados en rincones por descubrir.

En realidad, el curso de cocina me daba igual y, como decía un Murphy más visionario que pesimista: «Si algo podía salir mal, entonces saldría mal». Lo que me aterraba eran todas esas inseguridades que me creaban las primeras veces y el sinvivir del «¿le gustaré?», «¿qué pensará de mí?», «¿le pareceré divertida?», y todas esas puñetas que te aterran cuando conoces a alguien. Lo que más me había sorprendido era que ni siquiera le había buscado en Google o en redes sociales, lo cual quería decir o que estaba madurando, o que era una completa inconsciente. Más bien lo segundo, sabía que generalmente una primera cita casi nunca te llevaba a una segunda, y si, a pesar de todo, ese primer encuentro salía mal, prefería echarle la culpa antes a Murphy que a mí misma.

Me costó decidir qué ponerme, como si eso en realidad importara mucho, pues si le gustaba nada más verme, estaría deseando desvestirme. Al final opté por una minifalda vaquera, una blusa de manga corta blanca con escote y unas sandalias con cuñas de esparto. Me di cuenta de que no me había vestido para mí, sino para el tal Gabriel, pues era muy diferente vestirse para alguien en particular que para una misma, o para nadie, que era lo que hacía últimamente. Había escuchado que la ropa era un sustituto del sexo, o al menos la cobertura para conseguirlo, y yo ni siquiera tenía ganas de ir de compras. Llevaba la melena suelta y mientras andaba creaba un movimiento ondulante y repetitivo. Iba embobada escuchando música por los auriculares y mirando el móvil cuando una mujer me tiró del brazo a la vez que gritaba: «¡Alto!». Me salvó de ser embestida por el retrovisor de un autobús mientras esperaba en el paso de cebra. Le di las gracias todavía con el susto encima y recordé cuando mi madre utilizaba esa misma palabra para prohibirme la entrada en la cocina. «¡Alto! No, no puedes entrar aquí», me decía, y yo me quedaba en la puerta observándola. Tenía cinco años y, una mañana, mientras ella dormía, vi los platos brillar como diamantes y decidí probar mi primera experiencia como chef preparándome una tortilla. Había visto a mi madre hacerlo, así que no podía ser tan difícil. Cogí los huevos, los batí, eché un poco de jamón, encendí la sartén y añadí unas gotas de aceite en ella y también en el suelo. Todo fue bien hasta que vertí la mezcla y tuve que darle la vuelta. Corrí por toda la cocina buscando un utensilio mientras la tortilla se iba tostando. Mi madre apareció como por arte de magia y se enfadó al ver la cocina hecha un desastre. El castigo fue comerme la tortilla quemada. A partir de entonces decidí dejar de experimentar con la cocina, ya que me entraban náuseas cada vez que veía a alguien batir unos simples huevos.

Hoy en día, la cocina seguía fuera de mis límites, así que no me creía que estuviera yendo a un maldito curso para aprender a preparar comida griega. Lo que hacía el aburrimiento, o la desesperación, no estaba segura.

Después de media hora andando, llegué al local y me detuve en la puerta, debajo de un letrero azul en el que ponía MYTHOS. Sabía que esa palabra significaba «cuento» en griego y que también daba nombre a una conocida marca de cerveza. La fachada evocaba las típicas casas helenas, con paredes pintadas de blanco, ladrillo visto y puertas y ventanas pintadas de azul. El interior, aunque sencillo, parecía acogedor, uno de esos lugares que te hacían sentir como si estuvieras en el salón de tu casa. Algunas personas ya se habían colocado alrededor de una mesa alargada repleta de diferentes ingredientes, especias y utensilios de cocina. Ninguna de ellas parecía ser Gabriel, pues la mayoría eran parejas y grupos de amigos. Me quedé fuera mirando por la ventana y jugueteando con el móvil hasta que escuché una voz masculina.

—Hola, ¿puedo ayudarte?

Cuando levanté la vista me encontré apoyado en el marco de la puerta a un chico de unos treinta y tantos. Tenía la piel de color oliva y la nariz muy recta, como el David de Miguel Ángel. Sonreía tensando sus labios gruesos sin dejar de mirarme en actitud cercana y amable. Tenía los ojos oscuros con las pupilas muy grandes que ocultaba detrás de unas gafas de pasta negras y las pestañas pobladas y con volumen, igual que el pelo. Iba vestido con una camiseta blanca de manga larga remangada por los codos, vaqueros, un delantal azul y sostenía en las manos unas ramitas de lo que debía ser tomillo. Parecía cansado y con ojeras, incluso su piel morena estaba algo pálida, como si llevara varios días sin dormir. A pesar de eso conservaba el encanto de las personas que no son conscientes de su atractivo.

—Esto… Hola —respondí—, por el momento no —dije sonriendo también.

—¿Vienes al curso?

—Sí, pero todavía estoy esperando a alguien.

—Estupendo, empezaremos en cinco minutos. Por cierto, soy Nikolaos, seré vuestro profesor —hablaba en un perfecto castellano, salvo porque las eses lo delataban.

—De acuerdo, encantada, enseguida entro.

Seguí esperando fuera diez interminables minutos, empezaba a sentir cierta empatía con todas aquellas personas a las que yo había hecho esperar. Vi por el cristal que la gente iba ocupando sus posiciones en la mesa y decidí llamar a Vera para preguntarle por Gabriel. No me contestó, ni a la llamada ni al mensaje, así que lo intenté con Mauro, cuyo móvil salía apagado. Genial, por lo menos esperaba que dentro sirvieran alcohol. Nikolaos me lanzó una mirada desde dentro a través del cristal y supe que no tenía escapatoria, era el momento de entrar.

Nada más poner un pie en aquel salón sentí que viajaba al país del Olimpo. Desde fuera no se veían las columnas de estilo dórico que adornaban el salón o los racimos de uvas y sugerentes esculturas que se distribuían por el local.

Antes de empezar y mientras los asistentes todavía charlaban, Nikolaos me hizo ocupar uno de los dos sitios que quedaban libres a su lado.

—Creo que mi acompañante va a retrasarse —dije odiándome por disculparle.

—No te preocupes, guardamos un sitio junto a ti, creo que no falta nadie más.

—Disculpa, Nikolaos, ¿sería mucho pedir una cerveza?

—Niko.

—¿Cómo?

—Que puedes llamarme Niko —me dijo dedicándome una de sus sonrisas—. Ahora te la traigo.

Se dio la vuelta y desapareció detrás de un mostrador y regresó con una Mythos fría en la mano.

—Muchas gracias, Lena.

—¿Cómo dices?

—Que me llamo Lena.

Niko se limitó a sonreír y comenzó su discurso de bienvenida dando las gracias a los asistentes. Nos contó que era informático y que había dejado los ordenadores para continuar con el negocio familiar y con su pasión por la cocina. Mientras escuchaba atenta, miré de reojo el móvil por si Vera, Mauro o Gabriel daban señales de vida. Nada. Di un trago largo a la cerveza y me preparé mentalmente para lo que me esperaba. «Vamos, Lena, seguro que es divertido», me autoanimé. No funcionó. ¿Y si le había pasado algo a Gabriel? Las emergencias ocurrían. Si ese era el caso, más vale que viniera con una disculpa sincera y exagerada del tipo: «He esquivado una ráfaga de balas de unos narcotraficantes colombianos y tenemos que celebrarlo».

Niko continuaba hablando sobre las virtudes de la cocina mediterránea y los ingredientes principales de la griega. La gente le hacía preguntas y parecía realmente interesada en adquirir nuevas habilidades culinarias, al fin y al cabo, ¿a quién no le apetecía sorprender a sus invitados transformando verduras en fascinantes permutaciones a base de especias? Conmovedor.

Empezamos a preparar la primera de las recetas: tzatziki, una salsa para aperitivo que se acompañaba con pan o con verduras hecha a base de yogur. Todo el mundo se puso a cocinar en parejas, menos yo, que lo hacía sola. En realidad, no me importaba, lo que menos necesitaba en ese momento era cualquier tipo de interacción social.

Empezamos pelando el pepino y rallándolo con un rallador muy fino hasta que quedó una especie de puré. Lo dejamos en un escurridor para que fuera soltando el agua mientras mezclamos yogur griego, aceite, un diente de ajo picado y zumo de limón. Del cuenco salía un olor refrescante que me recordó a las duchas veraniegas después de un día de piscina cuando era pequeña. Mi madre compró durante años la misma marca de gel, que combinaba el perfume a pepino y a té verde. Cerré los ojos un momento intentando transportarme al baño de nuestra casa, donde mi madre me esperaba fuera de la bañera con la toalla abierta para envolverme suavemente y sentarme en sus rodillas para secarme.

—¿Estás bien? —me preguntó Niko poniéndome una mano en el hombro.

—Sí, el olor del tzatziki me ha traído buenos recuerdos.

—Eso es porque el olfato y la memoria están relacionados; de hecho, los olores están unidos con la parte más emocional del cerebro.

—Ah, ¿sí? Pues si eso es verdad, nos vamos a comer un plato riquísimo de melancolía —bromeé.

—La comida también nos hace conectar con los recuerdos. En mi caso, toda mi vida se podría contar en un plato de pastitso, desde un domingo en casa de mi abuela, la guitarra de mi tío Fausto, el olor de casa de mi madre... A veces consigo reproducir el mismo aroma, no sé si fue porque añadí más laurel o menos orégano, pero ese día mi cocina huele a mi vida. Oye, ¿y tu pareja finalmente no va a venir? —dijo de repente cambiando de tema.

—No es mi pareja, es... —balbuceé— un amigo. —No me apetecía dar más explicaciones—. Creo que, después de cuarenta minutos, puedo ir haciéndome a la idea de que me ha dado plantón.

—Vaya, ¿quieres beber algo más? ¿Otra cerveza? ¿Vino?

—Otra cerveza está bien y, ya que estamos, ¿tienes algo más fuerte?

—Vienes a darlo todo, ¿eh? Tengo una cosa que quizá te guste, ahora vuelvo.

Niko volvió a entrar detrás del mostrador y trajo otra Mythos y una botella de un líquido transparente parecido al vodka. Después sirvió un poco en un vaso de chupito.

—¿Qué es?

—Es raki, un aguardiente típico de Turquía, aunque también se bebe en Grecia, sobre todo en Creta. Allí lo tomamos como aperitivo o durante las sobremesas. Dicen que su fuerte sabor ayuda a aclarar la boca y la mente. Lo normal es dejar la botella en la mesa e ir sirviéndose, solamente hay dos regl...

Cogí el vaso y me lo bebí de un trago apurando hasta las últimas gotas y después di un sorbo a la cerveza. Niko dejó de hablar y me miró con la boca y los ojos muy abiertos.

—Decía que hay dos reglas: nunca beberlo con el estómago vacío ni de un solo trago, siempre con agua. Y una tercera: guardar el teléfono móvil para disfrutarlo.

—Uy, vamos, que lo he hecho todo mal —dije guardando el móvil en el bolso.

—Dicen que es el licor de la amistad, pues se bebe en compañía, y no se puede estar seguro de que esta es verdadera hasta que con esa persona se comparte un viaje, un préstamo y una cena con raki. Si se superan esas tres situaciones, se trata de un amigo para toda la vida.

Pensé en Vera, con quien solo me faltaba la última.

—Así que a la ejecutiva agresiva le gusta el licor fuerte, ¿eh?

—¿Por qué deduces eso?

—Porque estás pálida, como si no te hubiera dado el sol en semanas y tienes los hombros tensos, casi tocándote las orejas, algo típico de quien se pasa horas delante del ordenador con mucho estrés.

—Deberías hacerte detective privado.

—No creo que tuviera mucho trabajo en un restaurante, esto es bastante aburrido, ¿sabes? Además, hoy es el último día que abrimos, vamos a cerrarlo después de quince años, mis padres quieren jubilarse y yo no me siento capaz de llevar solo el negocio.

—Pues tienes pinta de emprendedor y este sitio está mucho mejor que el garaje donde empiezan muchos. Por cierto, ¿de dónde eres? Tienes un acento... raro.

—Nací en Antíparos, una pequeña isla de Grecia, ¿has estado alguna vez?

—No, aunque siempre he querido ir allí, mi madre es una apasionada de la cultura griega. Me llamo Lena, por Helena, ya sabes, la hija de Zeus… ¿Llevas mucho tiempo en España?

—Sí, me vine con mi familia a vivir aquí con quince años, unos primos abrieron un negocio en Barcelona. Después, mis padres, mi hermana y yo nos mudamos a Madrid y abrimos este restaurante.

—Antíparos…, ¿de qué me suena ese nombre?

—Es posible que hayas visto a Tom Hanks veraneando allí en alguna revista. Es una de las llamadas islas cícladas en el mar Egeo, pasé allí mi adolescencia, donde la vida pasa despacio y el mar es azul turquesa.

Noté algo de melancolía en su última frase.

—Ese tipo de lugares no son para mí, me moriría del aburrimiento en un sitio pequeño donde los días son eternos. Una de las cosas que más me gusta de ser adulta es que parece que los días pasan más rápido. Por eso no volvería a la pubertad por nada del mundo. Menos mal que al final el tiempo pasa, lento pero pasa. La vida es sabiamente despiadada, te jode y te jode hasta hacerte creer que entonces estabas mejor que ahora.

Le di un trago a la cerveza y le pregunté si había vuelto allí. Negó con la cabeza.

—Llegar allí es una tortura, hay que coger aviones, coches, ferris… Necesitaría varios días y trabajando en el restaurante no he tenido muchas vacaciones, aunque ahora que va a estar cerrado, quizá sea el momento de hacerlo. Y hablando de torturas, algo habrás hecho para que te castiguen dándote plantón.

—Ojalá lo supiera, no me lo recuerdes… Oye, ¿me puedes echar un poco más de ese licor?

Abrió la botella y me puso otro chupito.

—Debes de tener cuidado con el raki, porque además de aclarar la mente y curar el corazón dicen que tiene el poder misterioso de desinhibir hasta a la persona más reservada.

Se giró hacia el resto de las personas y comenzó a explicarles la siguiente receta, era el turno de ese plato que se había hecho tan viral en TikTok y que consistía en pasta con queso feta y tomate al horno. Explicó que lo único de griego que tenía la receta era el queso, pero se había hecho tan conocida que la mayoría de la gente que venía a sus cursos la pedía. Niko la había modificado y mejorado hasta hacer de ella una auténtica delicia apta para los paladares más exquisitos.

Intentaba seguir el hilo de la receta, pero me resultaba imposible. Puede que no fuera agradable pensarlo, pero ¿había alguna posibilidad de que Gabriel hubiera muerto? Me eché un chupito más de raki, he de decir que al principio me pareció asqueroso, pero conforme lo iba tomando me gustaba más.

La gente volvió a ponerse en parejas para preparar el plato. Niko se acercó a mí y me trajo un bloque de queso feta para que lo pusiera en la fuente y le agregara los tomates y las especias. Al pedirme que le pasara el aceite casi tiro la botella, que quedó tambaleándose sobre la mesa.

—Eeey, por los pelosss —dije arrastrando mucho las eses.

—¿Eres siempre así de patosa?

—Si las botellas se mueven, sí.

Y si me acompañaba el poder del raki, también.

Niko cogió todas las fuentes y las metió en varios hornos que había en la cocina. Una vez horneada la mezcla, tras quince minutos, solo había que añadirla a la pasta y *voilá*, quedaba un plato exquisito.

—Vamos con el último plato —comunicó ceremonioso Niko—. Se trata de un postre llamado revani o ravani. Es un pastel hecho con sémola, almendras molidas, yogur y cáscara de cítricos. Prepararemos una masa, que después hornearemos y, más tarde, humedeceremos con jarabe de limón. Os he dejado varias recetas con las cantidades y el paso a paso encima de la mesa.

El raki, las especias, el orgullo, la culpa, el calor de los hornos, la humillación... Todo se batía y mezclaba en mi cabeza. Me serví otro chupito y me pasé las reglas por el mismísimo bebiéndomelo de un trago. Noté cómo el líquido me quemaba y bajaba por mi garganta, tráquea, esófago y llegaba de un plumazo al estómago. Miré a mi alrededor y escuché reír a mis compañeros mientras cocinaban. Las risas, el barullo, el olor fuerte a queso y el aumento de la temperatura en el salón no ayudaban. Me noté una arcada, pero la aplaqué con un trago de cerveza.

Niko me miró de reojo y comenzó a servir los platos que habíamos preparado en la mesa mientras terminaba de hacerse el postre. Había tzatziki para alimentar a toda una ciudad durante días, por no hablar de la pasta con queso feta, era posible invitar a todo TikTok y que sobrara para un par de táperes. Niko además había sacado Mythos y vino para todos. La gente se abalanzó hacia la comida, menos yo, que creía que si probaba un bocado de cualquier cosa terminaría vomitando.

De repente comenzó a sonar por los altavoces una música interpretada por una especie de guitarra aguda. Niko nos explicó que se trataba del sirtaki, una canción con un baile típico que se popularizó en los años sesenta a través de la película *Zorba el griego*, protagonizada por Anthony Quinn y que se bailaba abrazado. Nos hizo ponernos a todos de pie e imitarle. Puso un brazo sobre mi hombro y me guiñó un ojo. ¿Era posible que estuviera coqueteando conmigo o era el raki? No era capaz de distinguirlo.

—¡A bailar! —grité mientras me dejaba llevar. «¿Estaré haciendo el ridículo?», pensé.

Comenzamos a dar vueltas agarrados alrededor de la mesa, levantando primero una pierna y después la otra al compás de la música. El ritmo al principio era lento y después se fue acelerando. Me agarré a mi otra compañera sin soltar la cerveza y casi la vierto por completo por encima de ella.

—Ten cuidado —me gritó al sentir mojada su camiseta.

—Perdón. —No fui capaz de decir nada más.

Me miró enfadada alisando su camiseta con la mano como si pudiera secarla.

El pedo subía más y más conforme me movía. Notaba cómo se me encrespaba el pelo y se me humedecían las axilas.

Agradecí que el baile solo durase unos minutos más y que la música parase. Estaba empezando a marearme. Me senté en la silla y le di el último trago a la cerveza, que ya ni siquiera estaba fría.

Niko apareció con un carrito lleno de platos y comenzó a repartirlos entre los asistentes. Nos contó que debíamos cogerlos y estrellarlos contra el suelo al grito de «Opa», pues era el rito tradicional en las bodas griegas para atraer la buena suerte y la fortuna de los novios. Aunque también se consideraba una manera de olvidar lo material para disfrutar el momento.

Anoté mentalmente esa frase: «Olvidar lo material para disfrutar el momento», aunque estaba segura de que no la recordaría en un margen de tres segundos.

El alcohol eliminó de mi cuerpo cualquier atisbo de timidez, así que cogí uno de los platos y lo estampé con fuerza contra el suelo. Fue liberador. Me quedé con los brazos levantados unos segundos y decidí coger otro y repetir la operación. Lo hice un total de diez veces hasta quedar totalmente exhausta. Cuando levanté la vista, descubrí a todos mirándome.

—Lo siento, me he dejado llevar —me disculpé.

—No tienes por qué hacerlo, para eso están. Además, la espontaneidad me parece una cualidad admirable —me dijo Niko de camino a la cocina a por el postre.

La gente siguió comiendo y bebiendo y me quedé mirando al infinito desconectada de todo. Estaba cansada. Y aburrida. Cogí la cerveza y le di un trago sin reparar en que estaba vacía, así que me eché un poco más de raki. Sabía que no debía beber más. Miré el móvil. Nada. Lo presentía. Llegaba el momento de la bajona. Mi parte más racional me decía que me quedara quieta un rato, pero el raki estaba invadiendo mi cuerpo a pasos agigantados y empecé a agobiarme.

Tenía la impresión de que había el doble de gente que cuando empezó el curso y me costaba enfocar a aquellos que comían, bebían y reían, pues me causaban repulsión. Hacía mucho calor. Comencé a notar cómo me caían varias gotas de sudor por el cuello y la camisa se me pegaba. Debía irme a casa. ¿Y si aparecía Gabriel y me encontraba en ese estado lamentable?

Necesitaba tomar el aire. Me levanté tambaleándome e intenté enfocar la vista en la puerta de entrada. Visualicé la salida. Por el camino me resbalé con los restos de los platos rotos que aún quedaban en el suelo. Di un traspiés, pero logré agarrarme a una de las columnas del salón. Respiré profundamente y llené de aire mis pulmones para coger fuerza. Tenía que salir de ahí. Quería llegar a mi casa, meterme en la cama y que se me pasara esta sensación. Y también la borrachera. Logré cruzar la puerta y salir a la calle. Una vez fuera, noté cómo me desplomaba mientras alguien me decía algo que no pude entender.

7

Sabía que tenía resaca porque cuando intenté abrir los ojos la luz atravesó mis pupilas y me quemó hasta el alma. Odiaba las resacas, aunque había conseguido acostumbrarme a ellas. Hacía tiempo que había cambiado las mariposas del estómago por las de la cabeza, y sabía que empezaba a soportarlas a partir del segundo café. Lo que no aguantaba era despertarme con la boca seca como un cenicero y el estómago revuelto por los excesos de la noche anterior. Cuando me desperté, tenía tanta sed que tuve que despegar la lengua del paladar como si fuera cinta adhesiva. Quería lavarme los dientes para ver si así desaparecía el malestar y conseguía encontrarme mejor, pero era incapaz de incorporarme.

La luz cegadora, que entraba a borbotones por la ventana del salón, me indicaba que había dormido en el sofá. Llevaba puesta todavía la ropa del día anterior. Deslumbrada y sintiéndome igual que si estuviera muerta, me hice la promesa infantil de no volver a beber. Había pocas cosas peores que despertar en ese lamentable estado y, aunque ya había pasado por ello antes, también sabía que volvería a hacerlo de nuevo tarde o temprano.

Intenté descifrar el rompecabezas de la noche anterior y de cómo había llegado a casa, pero lo último que recordaba era estar rompiendo platos siendo víctima de algún tipo de posesión demoniaca. Cualquier recuerdo era confuso, como si estuviera escrito en la ventanilla de un coche empañado y después borrado con las yemas de los dedos. Recordé haber mezclado cerveza, vino y ese licor… Un ruido sordo taladraba mi cabeza, como si alguien me presionara las cuencas de los ojos con los pulgares. Sentía que podía alejarme de mis globos oculares y salir de mi cuerpo para mirarme desde fuera. Algún nervio era el causante de que mi párpado derecho se agitara incontrolablemente y mi cráneo se sintiera perforado por una bala del tamaño de una naranja. Tenía ganas de vomitar y me sentía ingrávida. Estaba bastante segura de que mi alma había abandonado mi cuerpo escapando de mi penoso estado y de que todo lo que me amarraba a mí misma se había soltado, haciéndome sentir una ligereza extraña.

Me dolía todo el cuerpo, aunque mi estado físico no era lo más lamentable. Me sentía triste, humillada y con el orgullo por los suelos. Había pocas maneras peores de despreciar a alguien como no acudiendo a una cita. Para mí, el hecho de haberme dado plantón en un curso de cocina lo hacía todavía más denigrante. Gabriel no solo no se había presentado, sino que había sido incapaz de decirme por qué. Sabía que había miles de cosas que podían salir mal en una primera cita: una broma equivocada, un accidente con la comida o tener gustos totalmente opuestos, pero todo era peor cuando te dejaban plantada. Ahí ni siquiera tenía la oportunidad de demostrar quién era o de cometer errores que me enseñarían lecciones de vida importantes. Seguro que Gabriel tenía sus motivos, pero mientras tanto mi cabeza disfrutaba imaginándole desangrándose en las urgencias de un hospital o ahogado en su propio vómito en algún callejón decrépito. Para colmo no me acordaba de ninguna de las malditas recetas que me habían enseñado en aquel curso.

Conseguí a duras penas ponerme de pie tapándome los ojos con el brazo. Desorientada, con las piernas inestables y todavía tambaleándome busqué mi teléfono por toda la casa hasta encontrarlo en la cocina sumergido en un bote de arroz. Aproveché que estaba allí para prepararme un café que me supo a rayos. Me sentía como una de esas detectives de las series intentando resolver el thriller de mi propia vida, ¿qué habría pasado?, ¿cómo había llegado a casa?, ¿por qué estaba mi móvil en arroz otra vez? Conseguí encenderlo y, como un milagro, la pantalla se iluminó. Tenía ocho llamadas perdidas y le quedaba un tres por ciento de batería. No estaba segura de que mi cerebro pudiera articular frases con sentido sin tartamudear. Además, mi garganta solo era capaz de emitir sonidos guturales. A pesar de eso decidí llamar a Vera, quien contestó al momento.

—Hmmmla —balbuceé.

—¿Lena? ¿Eres tú?

—Sí, sí, soy yo, o lo que queda de mí. Tengo una resaca monumental. Ayer Gabriel no se presentó y decidí ahogar las penas en alcohol y tza, tz… tzatziki. Por cierto, ¿sabes algo de él?, ¿te dijo algo? Ayer te dejé varios mensajes.

—Sí, bueno… Me llamó a última hora para decirme que no iba a poder ir.

—¿Perdona? —Noté cómo se me revolvía el estómago.

—Me comentó que estaba de suplente para hacer un programa de voluntariado en Ghana y le habían avisado de que se quedaba una plaza libre, así que tenía que coger un vuelo esa misma noche. Me dijo que no iría al curso porque tardaría unos treinta minutos en llegar al restaurante, donde solo podría estar contigo otros treinta, para después salir pitando en dirección al aeropuerto.

—¿Y se puede saber por qué cojones no me avisaste?

—Perdona, Lena, pensé que era mejor no decírtelo para que, por lo menos, pudieras divertirte en el curso de cocina.

—Di… di… ¿divertirme? ¿Lo dices en serio? ¿Crees que fui capaz de concentrarme en algo que no fuera mi dignidad gratinada como el queso feta? Por no hablar de la humillación de tener que cocinar sola mientras todo el mundo lo hacía en pareja. Jod… jua… Joder, Vera, eres increí…

La batería del teléfono se apagó como por arte de magia liberándome de esa tensa conversación. Estaba furiosa. ¿Cómo podía Vera no haberme dicho nada? ¿Qué tipo de amiga era capaz de deleitarse viendo cómo me hundía? Por no hablar de su falta de empatía, ¿acaso era incapaz simplemente de ofrecerme un poco de apoyo? ¿Por qué no me avisó de que Gabriel no iba a aparecer? Era consciente de que despertar interés en alguien que no te conoce resulta difícil, que corrían malos tiempos para el esfuerzo y que la incertidumbre te atrapaba, pero no presentarse a una cita era algo de muy mal gusto. Vera y el mamón de Gabriel parecían no tener principios, aunque sí superioridad moral, algo a lo que se aferraba la gente sin convicciones, pues preferían limpiar su conciencia con silencio o yéndose de voluntariado a no herir mis sentimientos.

Haciendo eses y todavía con una sola sandalia, recorrí todo el piso en busca de mi bolso. Lo encontré abierto en el salón y me apresuré a comprobar si tenía la cartera dentro. Por suerte ahí estaba junto con las llaves. Me sentí aliviada, aunque asustada por no recordar cómo había llegado a casa. Puse el móvil a cargar y me tumbé en el sofá intentando recordar mentalmente cada paso de la noche anterior. Casa, calle, conato de atropello, cocinar, cerveza, raki, platos, nada. Después de romper los platos no había nada. ¿Cómo llegué a casa? Algunos flases aparecieron en mi cabeza, primero fue el baile y después los platos, ¿o fue al revés? Quizá me lo esté inventando todo. Lena, esto no puede volver a pasarte, joder, ya tienes una edad como para tener lagunas. Una angustia empezó a invadirme con fuerza, una desazón que ya había experimentado antes. Y cuando salí del restaurante, ¿hablé con alguien? Creo que sí, ¿qué le dije? Joder. No estaba segura de nada, pero sentía una vergüenza terrible. Me llevé las manos a la cara y me tapé con fuerza los ojos. El esfuerzo por recordar estaba haciendo que me fuera a explotar la cabeza. Intenté rellenar los espacios en blanco, pero no estaba segura de si esos recuerdos eran reales o inventados. La angustia y la vergüenza crecían por momentos y unas enormes ganas de vomitar se apoderaron de mí. Necesitaba no pensar.

Cogí el teléfono y llamé a Mauro. No contestó. Probé con mis padres, tampoco respondieron. Comencé a sentir una presión en el pecho, dos lágrimas salieron de mis ojos y me entraron unas ganas enormes de montar en metro. «What the fuck?». Eché de menos su espontaneidad, el contacto visual con alguien en un vagón, una sonrisa casual en el andén o una mirada furtiva en las escaleras mecánicas. El anonimato de las grandes ciudades te otorgaba una fuerza única y libre que te hacía conectar de inmediato con el resto de las personas, pero hacía tiempo que no la sentía y tenía la sensación de que la gente que me importaba me ignoraba. Me asustaba convertirme en una de esas personas que comían solas en un restaurante un sábado por la noche rodeada de vida y darme cuenta de que era la única que no tenía una.

Estaba asustada. Asustada porque mi vida parecía un puto accidente. Asustada porque tenía la sensación de que no quería hacer nada de lo que estaba haciendo. Asustada por no estar segura de si quería seguir en esta ciudad. Asustada porque parecía que todos los demás sabían exactamente lo que querían hacer con su futuro y trazaban su plan para llegar allí. Asustada por no sentirme la reina, la diosa empoderada que decía Instagram que debía ser —desde que la bondad se había puesto de moda, las redes sociales eran muy aburridas—. Y en ocasiones asustada por no estar asustada. Mi antiguo piso se veía viejo y decadente, aunque tampoco deseaba mudarme a mi nueva casa. Tenía un trabajo estable y prometedor, pero ¿quería seguir haciendo eso el resto de mi vida? Me gustaba estar soltera y adoraba mi independencia, sin embargo, a veces echaba de menos un poco de emoción. Bueno, y un orgasmo en condiciones.

Llevaba meses preguntándome: «¿Qué quieres hacer con tu vida, Lena?». Me decía a mí misma que no saberlo era normal. Que seguro que a todas las mujeres en la treintena les pasaba lo mismo. Quería convencerme de que lo que me pasaba era la típica crisis de mediana edad, aunque nunca supe exactamente cuántos años se tenían en ese momento. Veía a mis amigos entusiasmados con sus nuevas casas, hijos, coches, hipotecas y tratamientos de fertilidad. Habían querido eso toda la vida. Veía la alegría en sus caras y podía reconocerla. Era la misma que había iluminado la mía cuando el año pasado Colette me había mandado a Bruselas a hablar con esa multinacional cervecera. Y pensé: «Mientras que comprarme una casa no me haga tan feliz como ir a Bruselas a investigar sobre la cerveza, no me compraré una». Había tardado un año en cagarla.

¿Cómo podía haber llegado a ese punto si solo hacía unos días que había firmado los papeles? ¿Por qué no me ilusionaba la idea de vivir en una casa en condiciones en lugar del cuchitril donde estaba ahora? ¿Acaso no me sentía orgullosa de todo lo que había trabajado para comprarla? O de la estabilidad que había conseguido tras mi ruptura, de los amigos, de las fiestas… ¿Si yo había participado conscientemente de todo eso, por qué tenía la sensación de que la cosa no iba conmigo? ¿Acaso estaba cansada de ser la ejecutiva de éxito, la amiga fiel, la hija responsable, la organizadora de fiestas y la pseudociclista a tiempo parcial? Llevaba tiempo cayendo en picado sin hacer nada, comportándome como una lunática, sabiendo que me pasaba algo y evitando enfrentarme a ello.

¿Qué quería realmente? «Un buen plato de lasaña griega ahora no estaría mal». Eso, y sentirme libre. No creía en la reencarnación, pero ¿y si la diosa Niké me hubiera poseído? Ella personificaba el éxito a través de su mayor virtud: la velocidad.

¿Y si hubiera resucitado e invadido mi cuerpo? Ella era el símbolo del triunfo en la mitología griega y se la representaba como una pequeña mujer con alas. Cuenta la leyenda que pasó sus primeros años de vida entre los mortales, pero que al conocer el lado oscuro de la humanidad decidió regresar al Olimpo. Al igual que ella, yo solo pensaba en luchar y huir. Quizá era el momento de dejar la cara mala del mundo para lanzarme a mirarlo desde lo alto de la acrópolis.

La indecisión me paralizó y, mientras sudaba gotas de alcohol en el sofá, me encontré cayendo mentalmente en un vórtice de pánico y pavor. Era incapaz de pensar en mi repugnante futuro porque mi presente ya era lo suficientemente repugnante. Tenía miedo. Hasta mis problemas sonaban como los de otra persona, una que no me importaba y a la que tampoco quería escuchar. ¿Y si me fuera una temporada? ¿Y si hiciera una bomba de humo? Seguro que nadie se daría cuenta.

Tomar cualquier tipo de decisión en medio de un bajón provocado por el alcohol no era recomendable. La angustia y el malestar no eran buenas consejeras, en realidad no eran buenas para nada. Solo necesitaba una ducha, comer y un segundo café para pensar con claridad, procesar lo ocurrido y verlo todo desde otra perspectiva. Con el estómago lleno me sentía capaz de analizar las cosas sin alterarlas y llegar a conclusiones sensatas y acertadas, pero a mi terquedad y a mi dramatismo no les bastaba. Podía atrincherarme en mi sofá, ver una serie, tratar de relajarme, respirar y poner la mente en blanco. O también podía ir hasta Grecia a pensar frente a su mar turquesa. «Lena, no digas tonterías».

Estaba bloqueada. Me levanté para prepararme otro café y ver si la angustia desaparecía. Metí la taza en el microondas y al cerrar la puerta vi mi reflejo. ¿En qué momento me había convertido en una mujer decrépita y gris? Definitivamente necesitaba salir de allí —y un buen corte de pelo—, pero ¿qué pasaría con mi carrera? Mi responsabilidad me gritaba desde dentro. ¿Estás segura de que quieres dejarlo todo mientras todos los demás siguen con la seguridad de sus vidas? La callé con un trago largo de café ardiendo. La Lena con sentido común salía cuando perdía el control y no sabía lo que estaba haciendo, cuando contemplaba ideas que incomodaban. La escuché decirme que me quedara donde estaba y hasta creí oír al mundo rogarme que no hiciera una locura, pero pensamientos espontáneos salían libremente y sin filtro de mi cabeza, dejando entrar también a mis más oscuros y profundos miedos.

Fui a la nevera y vi sujetas con imanes en la puerta las diferentes listas de compras que nunca hice. Tenía tanto sueño que mis ojos eran incapaces de enfocar lo que ponía en todos esos papeles. Abrí el frigorífico buscando algo que calmara mi ansiedad, pero recordé que hacía tiempo que no hacía la compra. Mi nevera seguía las leyes del minimalismo: agua, una cerveza, una bolsa de lechuga pocha y un yogur caducado. Cogí el yogur y miré la fecha de caducidad. «Meh, solo han pasado quince días», pensé. Le quité la tapa y le eché un poco de edulcorante. Al meterme la primera cucharada en la boca noté el regusto a agrio y lo solté vertiendo todo su contenido en el suelo. Corrí a escupirlo en el fregadero y derramé también la taza de café. Ya era demasiado tarde. Su olor y sabor me habían provocado una arcada y no estaba segura de ser capaz de llegar a vomitar al baño. Me apoyé en la encimera y volví a escupir en la pila un par de veces. Noté cómo los músculos de mi estómago se contraían y cómo el vómito recorría mi esófago hasta ser expulsado por la boca alcanzando a su paso un par de mechones de pelo y la puerta de la nevera. Sentía las contracciones rítmicas en mi abdomen que iban haciendo que me vaciase. Permanecí ahí apoyada con las piernas temblando varios minutos hasta expulsar por fin la bilis. Su sabor amargo me devolvió la corporeidad y me recordó que había tocado fondo. Más bien había tocado el fondo que estaba en el fondo de aquella vez que creí haber tocado fondo.

Mi cocina parecía un cuadro de Pollock, pero no tenía la suficiente energía para limpiarlo. Ni en las películas más gore había visto tanta mezcla de fluidos juntos. Mientras mis pulsaciones bajaban y mi hígado se recuperaba, volví al sofá y encendí la televisión. Con un poco de suerte estarían reponiendo uno de esos programas de citas de la semana anterior. A veces pensaba que lo que no lograba sentir en la vida real al menos podía hacerlo a través de la pantalla. Me gustaban los realities con personas normales porque eran un reflejo de la vida, en la que solo distinguía a dos tipos de personas: a las que me gustaría parecerme y las que no soportaba. Me hubiera gustado ser de ese tipo de gente que veía documentales para poder citarlos cuando me preguntasen mi opinión sobre algún tema de actualidad. Para mi desgracia prefería la telebasura, donde encontraba algo de masoquismo, ya que era como ver la vida real y esta ya era de por sí bastante dura. Salté de un canal a otro, pero nada de lo que veía me interesaba. Ni siquiera las imágenes de unos niños hambrientos en un documental de Papúa me conmovieron. Los niños eran cabrones por naturaleza, ya fuera en una tribu o en la gran ciudad. Un canal musical emitía un videoclip de una canción de El Columpio Asesino:

Estoy más que cansada de estar siempre esperando.
Estoy más que cansada de estar siempre buscando,
pero ya he terminado y estoy preparada…

Sin pensar, cogí el teléfono ya cargado y abrí la aplicación para buscar vuelos. Introduje el destino y, tras unos segundos, en la pantalla apareció una lista con opciones. Mi dedo pulsó el primer resultado. Aceptar. No, no quería seguro de cancelación. Confirmar.

Estaba decidido, no había vuelta atrás. Acababa de comprarme un billete de ida para Atenas que salía al día siguiente.

A las dos únicas personas a las que avisé de que me marchaba fueron a mi madre y a Colette. Esa misma noche fui a despedirme a casa de mis padres. Encontré a mi madre en la cocina cortando pepino y queso feta. Llevaba unos pantalones de yoga negros ajustados, una camisola larga de color amarillo, un pañuelo en el pelo a modo de diadema e iba adornada con su joyería clásica: un brazalete dorado de estilo griego, grandes pendientes de oro y un collar con un nazar, una piedra azul que simulaba un ojo. Tenía las piernas delgadas y le había salido un poco de tripa y algo de papada en el último año, pero seguía estando guapísima. Su carácter amable y jovial resultaba igual de reconfortante que una camada de gatitos y su extravagancia y buen humor provocaban un magnetismo arrollador. Yo no había heredado ninguna de esas cosas. Tenía el ordenador encendido, del que salía una voz masculina que hablaba sobre cómo funcionaba nuestro cerebro.

—¿Qué escuchas? —pregunté.

—Un pódcast que se llama *Entiende tu mente*.

—¿Y desde cuándo te ha interesado a ti la psicología?

—Bueno, nunca es tarde para aprender sobre inteligencia emocional. ¿Te parece mal?

—Qué va, mami —asentí—, me parece genial que tengas tanta curiosidad.

Me pareció entrañable que se tomara la molestia de intentar entenderme y le di un beso sonoro en la mejilla.

—Me he cogido unos días libres y me marcho a Grecia mañana.

—¿Por qué? ¿Conoces a alguien allí?

—No, a nadie, voy sola, pero como tú siempre hablas de aquel viaje…

—Ya veo, eres hija de tu madre, no hay duda.

—¿Por?

—Porque, aunque te cueste reconocerlo, tienes los mismos genes, ¿a qué parte de Grecia vas? —dijo poniendo en marcha la batidora, por lo que tuve que elevar mi tono de voz.

—De momento solo tengo un billete para Atenas. Una vez allí, iré viendo sobre la marcha.

—¿Y qué vas a hacer allí?

—Todavía no lo sé…

—No pareces muy emocionada, ¿no?

—No… es que estoy cansada, no he pasado unos buenos días últimamente, pero no te preocupes.

—¿Que no me preocupe?, ¿cómo no me voy a preocupar? Eso es imposible, soy tu madre, llevo la preocupación en la sangre desde el día que naciste. Le pediré a Zeus que te proteja.

—No empieces con eso, mamá, por favor. —Me daba vergüenza ajena cuando se ponía en plan místico.

—Sé que ese viaje te irá bien y, si no, siempre puedes volver. —Escuchar eso me reconfortó—. Estoy segura de que por lo menos comerás bien, ¿quieres quedarte a cenar?

—No, gracias, mami, me marcho a hacer la maleta.

—Llámame cuando llegues, estaré pensando en ti —me dijo dándome un fuerte abrazo.

La visita a mi madre me animó. Me fui a casa pensando en todo lo que me faltaba, en todos los problemas que había tenido y los que vendrían, pero sabiendo que siempre sentaba bien saber que había un lugar al que podía volver.

A Colette la fui a ver al día siguiente, justo antes de marcharme. La llamé por la mañana para decirle que necesitaba hablar con ella de manera urgente y me dijo que estaba en la agencia, así que terminé de hacer la maleta y me planté allí a primera hora. Cuando llegué la oficina se hallaba desierta. Todo parecía en calma, ordenado, y reinaban el silencio y el eterno olor a café. La abordé justo cuando estaba a punto de coger un sándwich de la máquina de *vending*.

—¿Se puede saber qué haces aquí un domingo por la mañana?

—*Oh, bonjour*, Lena. Me gusta estar aquí, me relaja… Me siento más en casa que en la mía propia, sobre todo los domingos porque nadie me molesta con reuniones. Lo que me gustaría saber es qué te trae a ti por aquí y que es tan urgente.

—Necesito marcharme, tomarme un descanso —anuncié.

—Ya sabes que me gusta la gente que asume riesgos, pero, por favor, nunca elijas el sándwich de gambas —comentó sin dejar de mirar a la máquina.

—Colette, hablo en serio…

—Ah, ya lo entiendo, sufres enajenación mental transitoria, ¿verdad?

—Nada de eso, pero necesito unas vacaciones.

—Claro, ¿igual que hace un año cuando querías hacer ese máster en San Francisco y después de hablar con los socios te echaste atrás?

—Ya te dije que lo sentía, mi madre se puso enferma, pero esta vez lo hago por mí y va en serio —le dije mirándola a los ojos y notando como me salía la voz directamente del estómago. Eso solo me pasaba cuando era totalmente sincera.

—Ya sabes que siempre te he apoyado, pero necesito que seas responsable y asumas que esto puede tener consecuencias. Ocupas uno de los cargos directivos y están a punto nombrarte directora general, no puedes marcharte así como así ahora. No es un buen momento —dijo Colette guardando la otra mitad del sándwich en la caja.

—¿Y qué tengo que hacer, tener un hijo? A quienes los tienen no les ponen tantos problemas cuando quieren cogerse una excedencia, casi se la regalan. El resto no ve ningún problema, ¿pero yo necesito tomarme unos días de mis vacaciones y hay inconvenientes? No lo entiendo —dije enfadada.

—*Oh là là*, no te pongas a la defensiva, no estoy cuestionando tus motivos, sino la manera de hacerlo, Lena. Desde luego que todo sería más fácil si fueras becaria, pero eres directora de una de las áreas más importantes de la agencia y están a punto de ascenderte. ¿Qué parte no entiendes? —Se tomó un momento para coger aire—. Veamos, ¿cuántos días necesitas?

—Pues, de momento, he cogido un billete a Atenas solo de ida, ¿qué tal un mes?

—Lena, no puedo darte tanto tiempo en esta época del año, la gente empezará a pensar que somos familia…

—Lo sé, sabes que no te lo pediría si de verdad no creyera que lo necesito. Se me está yendo la pinza, Colette, no estoy segura de nada, el otro día estuvieron a punto de atropellarme y me cogí tal pedo que no sé ni cómo llegué a casa. Por favor, tienes que ayudarme.

—Está bien, está bien, *mon Dieu* —asintió levantando las manos con aire de derrota—, márchate y dentro de dos semanas hablamos. Organízalo mañana con el equipo y no te preocupes por nada, por cierto, ¿cuándo te vas?

—El vuelo sale en tres horas, ¡sorpresa! —Sonreí.

—¿Qué? *Mon amour, tu es incorrigible.* Se acercó a mí y cogiéndome por los hombros en un gesto paternalista me miró a la cara. Solo te voy a pedir una cosa, que aproveches el tiempo, al fin y al cabo no puedes consumirte si no ardes.

—Gracias, Colette.

«No puedes consumirte si no ardes», repetí mentalmente. No tenía muy claro lo que significaba esa frase, pero estaba segura de que la recordaría.

8

Puedo ver Atenas desde la diminuta ventana del avión. Siento vértigo. Nunca he viajado sola. Ni siquiera se me había pasado por la cabeza, así que no sé si lo haré bien o si me gustará. Según he visto en los programas de citas de la tele, cuando una persona le pregunta a otra por sus aficiones, esta responde «viajar». Siempre he pensado que en realidad debería decir que le gusta irse de vacaciones, pues viajar es un eufemismo arrogante para pretender que un viaje parezca algo más intelectual de lo que es. Es como llamar a un restaurante «gastrobar» o a un cómic «novela gráfica».

También sé que yo no soy buena viajando porque he conocido a gente que sí lo es. Gente que lleva la aventura en el ADN. Que es capaz de hacer el Camino de Santiago en chanclas o ir de Interrail con una bolsa de plástico de supermercado como único equipaje. Personas que pueden aprender un idioma en dos semanas y traducir la Biblia en esa lengua sin pestañear, incluso que se mimetizan tanto con los lugares que pueden pasar por gente normal.

Yo, sin embargo, no soy ese tipo de persona. No es que no me considere normal, pero siempre que viajo tengo la sensación de llevar un letrero en el que pone «Sí, soy turista, y me encanta todo lo que tú odias de tu ciudad». Larga, morena y de piel pálida, lejos de parecer común, destaco. Una vez en París, aunque yo me esforcé en vestirme como las parisinas de las que me hablaba Colette, un señor me insultó: «Putain de touriste», por hablar demasiado alto. Según él, mi voz tenía más decibelios de los que toda Francia podía soportar. En fin, que no había forma humana de irme de viaje sin parecer una idiota integral.

Tampoco soy buena planificando. Salvo en el trabajo, nunca tengo tiempo para documentarme o informarme sobre el lugar al que viajo porque mi día a día me lo impide (y porque, siendo sincera, me invade la vagancia). Como siempre viajo por trabajo, mi asistente se encarga de todo. Gestiona desde el transporte hasta el alojamiento, por lo que no tengo que preocuparme de nada más que de montarme en el avión. Esto, que funciona muy bien para los viajes de negocios, también demuestra mi incapacidad evidente para desenvolverme fuera de ellos. Mi aspecto cuando se trata de apañármelas en lugares desconocidos es más bien el de una persona empanada y muy atractiva para ladrones y estafadores. Soy carne de cañón para que me vendan algo al doble de su precio o para pagar una suma millonaria por un viaje en taxi al aeropuerto. Tampoco tengo una especial habilidad para socializar o conocer a gente. No me enorgullece decirlo, solo dudo que sea algo que pueda cambiar fácilmente de la noche a la mañana. No soporto a esas personas que nada más conocerme me cuentan detalles íntimos sobre sus vidas, sus parejas o sus opiniones políticas. Algo que me funciona con ellas es soltar un «Anda, si tienes un tatuaje, ¿qué significa?». Y automáticamente cualquier charla incómoda consigue bajar al inframundo de las conversaciones banales, que son las únicas que me interesan con gente desconocida. Sí, tengo un imán para que otras personas me agoten dándome la chapa, pero si hay algo que me cansa todavía más que tener que ser simpática con ellas es fingirlo. Este viaje no lo emprendo para hacer amigos y tengo claro que no me voy a hacer un puñetero tatuaje. Mi cuerpo es ya suficientemente deplorable como para empeorarlo con un tribal o mi nombre mal escrito en griego.

Nos preparamos para aterrizar y Candy me coge la mano.

—Qué pena no haber empezado a viajar antes, hija.

—Es usted una persona muy fuerte y no lo digo por el apretón de manos.

—Para viajar no se necesita ser fuerte. Mi lema en la vida es que prefiero cansarme que oxidarme.

—¿Dónde se queda en Atenas?

—En un albergue juvenil.

—¿En serio?

—Claro, hija, los hoteles se salen de mi presupuesto. Los albergues son mucho más baratos y es la mejor manera de hacer amigos para toda la vida. Te los recomiendo.

—Creo que no están hechos para mí.

—Déjame darte un consejo, viajar no solo consiste en visitar sitios, sino en conocer a gente y vivir intensamente. A mí dame unos ojos para ver, unos pies para caminar y una mente que me sepa llevar a los sitios, y pienso seguir haciéndolo mucho tiempo.

Por fin aterrizamos en Atenas y Candy me da su Instagram por si quiero seguirla en redes y continuar en contacto.

—¿Quiere que la acompañe a por su maleta? —le ofrezco.

—¿Maleta? No, querida, yo solo viajo con esto —dice mostrándome su mochila—, mientras más ligera viajo, más lejos llego.

Antes de levantarse se despide de mí con un fuerte abrazo en el que noto su perfume a vainilla y pienso en que ojalá pueda parecerme un poco a ella algún día.

El resto de los pasajeros empieza a levantarse para coger el equipaje situado en los compartimentos superiores. Esperan de pie mientras la tripulación abre la puerta delantera y dice por los altavoces no sé qué de «armar rampas» y «cross check».

Nada más poner un pie fuera noto un golpe de calor sofocante que me hace marearme cuando bajo por las escaleras hacia el autobús que nos llevará a la terminal. Creo que todavía me dura la resaca. Una vez allí, consigo sentarme en uno de los asientos y recuperarme con el aire acondicionado. Estoy desorientada, no sé ni qué hora es ni cuánto ha durado el vuelo. Saco el móvil del bolso, lo enciendo y veo una llamada perdida de Mauro y un mensaje suyo.

> Nena, ¿dónde andas? Voy a clase de spinning, ¿te apuntas? Ya sé que es domingo, pero necesito quemar la cena de ayer. Preferiría hacerlo prendiéndome fuego, pero no tengo un bidón de gasolina cerca, ¿nos vemos allí?

No contesto.

Me gustan los aeropuertos. Lo que más me gusta de ellos es la sensación de estar un poco atrapada en el tiempo. No me refiero a estancada en el sentido de que el tiempo se detiene, sino más bien a que el mundo exterior y sus problemas dejan de ser relevantes. El aeropuerto de Atenas parece anticuado, aunque todos los aeropuertos lo son, con suelos brillantes, ventanas fotocromáticas, barreras y etiquetas de equipaje. En un mundo tecnológico y digital, todo ahí dentro es tan manual y analógico que resulta un alivio. Una vez dentro, estás a horas de cualquier parte de la Tierra. Son como puertas de entrada al mundo.

Cientos de personas recorren los pasillos de la terminal de Eleftherios Venizelos llenándola de movimiento. No importa el sexo, la religión, el dinero o el color de piel. Ni siquiera quién eres, pues no hay prejuicios ni se juzga a nadie. Los aeropuertos representan todo lo que no somos como sociedad, son como aldeas globales que aceptan a cualquiera que espera o sale de un avión, pues hay una historia detrás de todos ellos. También hay aburrimiento, controversia, secretos, vida. Hay tanta humanidad acechando… ¿Adónde van? ¿De dónde son? ¿Por qué están allí? ¿Viajan por negocios o por placer? ¿Son felices o están tristes? Y a mí, ¿se me nota que lo estoy? Siento curiosidad. Quizá tiene que ver con la sensación de soledad comunitaria. Mire donde mire la gente está consumida por el lugar de donde viene o hacia el que va.

Todos me resultan familiares. Tienen cara de haber salido en un programa de la tele diciendo que les encanta VIAJAR, con mayúsculas, y para quienes el combustible de los aviones es su crack. ¿Puede haber algo más increíble para ellos que estar allí haciendo eso, un viaje? Porque en vacaciones les encanta salir de su país y conocer a otros viajeros que también lo hacen. En verano viven por y para viajar. En verano ellos son el viaje. Rezo para no terminar convirtiéndome en uno de ellos.

Me dirijo a la cinta a por mi maleta. La gente se agolpa alrededor de ella expectante y va cogiendo las suyas. Menos yo. Faltan solo cinco por recoger, pero ninguna es la mía. Me siento a esperar en el suelo. Una a una todas desaparecen de esa noria del infierno que se niega a escupir mi equipaje.

Me acuerdo de Vera diciendo que ella nunca factura por si le pierden la maleta. «Joder, ¿por qué tiene que tener siempre razón?». También de cuando me dijo que de pequeña creía que las maletas que se dejaban en la cinta transportadora viajaban a su destino en esas cintas. Se imaginaba carreteras infinitas de maletas en el cielo que las llevaban a gran velocidad hasta sus destinos. Desde que me lo contó me acuerdo de esa historia cuando pongo un pie en un aeropuerto. La echo de menos.

Me siento a esperar en un banco durante una hora. Tengo hambre. Estoy cansada y enfadada, aunque más lo primero. Quiero tumbarme en una cama.

—¿Y si se la ha llevado alguien por equivocación? —digo en voz alta.

Empiezo a angustiarme. ¿Cómo voy a empezar un viaje sin mis cosas? Allí llevo todo lo que necesito. Mi plancha de pelo, mis vestidos, mi maquillaje, mi cazadora de Massimo Dutti...

Me dirijo a la ventanilla de reclamación de equipaje, donde sorprendentemente solo estoy yo. «Genial, soy la elegida en la lotería de pérdida de maletas de hoy, cómo no». Una señora de mediana edad aparece y empieza a hablarme en un idioma que no entiendo. Lleva el pelo negro con ondas y los ojos muy pintados. Va vestida con una camisa y falda de uniforme que están a punto de explotar y masca chicle de manera exagerada. A pesar de su sonrisa, estoy dispuesta a no marcharme de allí sin mi maleta.

—*Kaliméra...*

—Disculpe, no la entiendo.

—*English?* ¿Español?

—Española, sí.

—Buenos días, ¿su maleta? —repitió con acento griego.

—Sí, exacto, mi maleta, no ha salido por la cinta.

—Entiendo, ¿desde dónde viene?

—Desde España.

—Déjeme su pasaporte, voy a comprobarlo, un momento, *parakaló*.

Puedo notar cómo se va formando la úlcera de mi estómago. Me hierve la sangre. ¡A la mierda! Venir a Atenas ha sido una estupidez. Intento contener mi enfado, respiro hondo y desbloqueo el móvil navegando de una aplicación a otra de manera automática. La señora teclea con fuerza en el ordenador muy concentrada sin dejar de sonreír. Vuelvo a insistir de nuevo intentando parecer calmada y adoptando una actitud más amable.

—Perdone, señora, he estado esperando durante una hora y mi maleta no aparece. Es la primera vez que viajo sola y necesito lo que hay en su interior, ¿lo entiende? —le digo mirándola fijamente.

—*Né, né*, señora, estoy en ello —dice sonriendo mientras yo estoy a punto de perder los nervios—. *Parakaló*, aquí está —me indica señalando la pantalla.

Respiro aliviada. Gracias, karma.

Me mira. La miro. Me sonríe. Le sonrío. Me devuelve la sonrisa estirando todavía más la cara y yo le enseño mucho los dientes abriendo la boca. «¿Qué pasa? ¿A qué tipo de tortura de amabilidad diabólica me está sometiendo esta señora?».

—*Né*. Su maleta está en Singapur.

—¿En Singapur? ¿Y qué demonios hace en Singapur? ¡Me cag...!

—No se preocupe, *kyría*, su maleta aparecerá en un par de días —dice sin dejar de sonreír—, dígame dónde quiere que se la enviemos cuando llegue.

«¿Cómo puede mantener esa sonrisa? Yo sería incapaz de dedicarme a lo que ella hace». Me culpo por pensar eso.

¡Mierda, el hotel! Con tanta prisa se me ha olvidado reservarlo y ahora no tengo donde caerme muerta. Al menos, si lo estuviera, podría descansar en un jodido ataúd.

—Disculpe, no tengo alojamiento todavía, así que no puedo darle ninguna dirección, ¿podría dejarme un teléfono al que llamarles cuando lo tenga?

—*Né*, aquí lo tiene —dijo mientras me daba una tarjeta.

—De acuerdo, gracias —respondí desconcertada mientras me alejaba de la ventanilla.

—*Parakaló*.

Necesito pensar, sentarme y una cerveza fría. No puedo continuar sin mi maleta. ¿Y si es una señal para que me dé media vuelta y vuelva a Madrid? Salgo de aquella zona, atravieso las puertas automáticas y me dirijo a la primera cafetería que encuentro. Me siento rodeada del tipo de decadencia que, quizá a finales de los ochenta, no hubiera estado mal. Una mezcla entre un episodio de *Dinastía* y *Primos lejanos:* perfumes, cajas de whisky, quesos, licores, ropa de Tommy Hilfiger, dulces locales y chocolates gigantes. El bar está lleno de hombres mayores que parecen perpetuamente desplomados sobre el mostrador. Desde ahí puedo oír cómo un grupo de azafatas se ríe de un pasajero que ha pedido «mesaka» para comer.

Me bebo la cerveza en tres tragos. A pesar de todo tengo dos cosas con las que sé que puedo sobrevivir en cualquier lugar y ante cualquier situación, una es mi móvil y otra mi tarjeta de crédito.

9

Salgo del aeropuerto para coger un taxi que me lleve hasta la plaza Sintagma, una de las principales de Atenas. Sé que puedo llegar allí en metro o en autobús por unos pocos euros, pero si no soy capaz de usar el transporte público en Madrid, tampoco voy a hacerlo aquí. Dejé de utilizarlo porque desarrollé un odio profundo por la gente con la que coincidía a diario. Sentía decirlo de manera tan cruda, pero me asqueaba ver las mismas caras todos los días a la misma hora. Hacían que la rutina se me clavara como si fueran miles de agujas. Esas personas me recordaban que pertenecíamos a la misma especie, una trabajadora y miserable. Me revolvían el estómago quienes se maquillaban, comían o se limaban las uñas. Incluso me molestaban aquellos que no se maquillaban, comían o limaban las uñas. Lo peor era darme cuenta de que esas personas que compartían vagón conmigo pensarían lo mismo de mí. Para ellas yo era otra pieza más de sus monótonas vidas. El día que decidí dejar de usarlo fue cuando me di cuenta de que me estaba pintando los labios mirándome en el reflejo de la ventana del vagón y me pregunté a mí misma qué coño estaba haciendo. La otra Lena respondió que se sentía en todo su derecho argumentando que ella también pertenecía a esa realidad y, a veces, le gustaba formar parte de ella. Después de discutir acaloradamente conmigo misma en mi cabeza y de que pareciera que acababa de hacer un cunilingus, decidí que viajar en transporte público no era bueno para mi estabilidad emocional.

Varios taxis amarillos esperan en la puerta mientras los pasajeros van ocupando los primeros de la fila. Un taxista me hace un gesto con la mano y me monto en el suyo. Huele a cerrado y tiene el aire acondicionado muy fuerte. Debe de rondar los cincuenta, calvo y con los brazos llenos de tatuajes, uno de ellos es un ojo muy grande en la muñeca derecha. Comienza a conducir y me pregunta de dónde soy antes de interesarse por mi destino. Le respondo que de España y quiere saber si hablo griego usando un español aceptable.

—Hablo español, inglés y francés, pero no griego —contesto.

Él asiente con la cabeza y finalmente me pregunta dónde voy. Le digo que a la plaza Sintagma, a lo que responde con un simple asentimiento con la cabeza. Saco el móvil y miro en internet el coste aproximado de tiempo y dinero del trayecto, treinta minutos y treinta euros, como en Madrid.

Decido bajar un poco la ventanilla para que entre algo de aire caliente y en silencio miro el paisaje. No me puedo creer que esté allí y que haya tenido los ovarios de largarme de la noche a la mañana.

Cojo el móvil y aprovecho para mandar un mensaje a mi madre avisándola de que ya he llegado, a lo que ella me responde: «Me alegro, disfruta a tope y, sobre todo, usa el sentido común. Te quiero». Con esa advertencia no había duda de que me conocía.

Después de media hora en el taxi llegamos al centro de Atenas. El taxista para el coche, echa el freno de mano y se pone muy serio.

—Son cuarenta euros.

—¿Perdone? No puede ser, he leído que no deberían ser más de treinta.

Saca un cartel plastificado escrito en griego del que no puedo entender nada. Le pregunto qué significa y me indica que son las tarifas. Afirma que suben los domingos y que hay otro extra por el aeropuerto.

—Cuarenta euros —repite dándose la vuelta en el asiento.

—Solo tengo cincuenta —digo lacónicamente.

—No problema —contesta y alarga el brazo para coger el billete de mi cartera y meterlo en una caja de la que pienso que sacará el cambio. Sin embargo, se da media vuelta y vuelve a arrancar el coche ignorándome.

—Oiga, ¡devuélvame mis diez euros!

—No cambio, *sorry*. —Su tono indicaba que no estaba para tonterías.

—Pero ¿qué coño se ha creído? ¡Enséñeme el taxímetro y su licencia! —le grito mientras empiezo a dar golpes a la parte de atrás de su asiento.

—¡Bájate del coche y déjame en paz, maldita pirada! —Eso sí lo dice en castellano.

Cojo el bolso y abro la puerta bruscamente para seguir gritándole por la ventanilla mientras me dice cosas en griego que no puedo entender y se aleja dando un acelerón.

¿A qué ha venido eso? No me importan en absoluto los diez euros, sino que ese cabrón se haya reído de mí y me haya timado a la cara. Para alguien que anhela la organización y la estructura como yo, aceptar el hecho de que nada salga según lo planeado no es precisamente divertido, además, viajando sola, todo me seduce tanto como me aterroriza.

Nada más poner un pie en Atenas, su caos y complejidad parecen estar organizados en una jerarquía milenaria que gobierna calles y actitudes. Todavía con el susto y los nervios de no haberme olvidado nada dentro del taxi, levanto la cabeza y veo el Parlamento, un imponente edificio custodiado por dos guardias vestidos con un curioso uniforme tradicional. Justo en frente se encuentra la plaza Sintagma, donde tantas veces he visto a los griegos manifestarse en los informativos. Me resulta tan familiar que tengo la sensación de haber estado allí antes. Bajo unas escaleras en dirección a la plaza y observo los cientos de palomas que se agrupan en el suelo. Si hay algo que te hace sentir en casa en cualquier ciudad europea, son esos animales innecesarios que me van rodeando. Odio las palomas, pues se acercan demasiado, ni siquiera permitía a muchas personas aproximarse tanto, me resultan asquerosamente agresivas.

Me detengo a observar junto a una fuente. Todas las plazas europeas tienen cosas que se repiten: puestos de comida local, músicos callejeros, turistas haciéndose fotos, artistas que hacen caricaturas, incluso la misma gente dando de comer a las putas palomas. La hay de todas las edades y condiciones, aunque predominan los corrillos de gente mayor. Hablan entre ellos con efusividad y gesticulando mucho; sin embargo, en sus rostros parece haber impotencia y desesperación. Allí sentada en el centro de la plaza siento vergüenza. Creo notar como esas mismas personas me miran, como lo hace toda Atenas, incluso como el mundo entero me observa preguntándose qué hago allí sola, y me siento minúscula. Los imagino juzgándome y preguntándose si mi pareja me ha dejado recientemente o si simplemente no tengo amigos. Me importa lo que aquellos desconocidos opinen de mí y hasta creo escuchar sus pensamientos diciendo: «Mira esa pobre chica, a saber qué le habrá pasado» o «No me extraña que la hayan abandonado, qué lástima».

Miro hacia arriba para coger aire y veo el letrero del Hotel Grande Bretagne, un lujoso edificio en el lateral de la plaza, que me recuerda que debo buscar alojamiento si no quiero dormir esa noche en la calle.

10

En mi teléfono tengo instalada una aplicación de reservas de última hora en hoteles de cuatro y cinco estrellas. Me la había descargado para uno de los últimos proyectos en los que había estado trabajando con una hotelera. La mayoría de ellos no me dejan reservar para esa misma noche, pero no estoy dispuesta a dormir en cualquier albergue o cuchitril en mi primera noche en Atenas; una cosa es viajar sola y otra despertarme con el sonido de unos disparos. Vale, quizá a veces exagero, pero cuando viajo prefiero alojarme en buenos hoteles y tener un baño para mí sola. A mis treinta y tantos ya he superado la época del váter compartido, prefiero tratarme bien y disfrutar de un poco de privacidad. Tampoco recuerdo cuándo empecé a comprar vino de más de diez euros, a tomar cosmopolitans o si siempre he sido tan sibarita. Quizá es lo que tiene la madurez, que te hace más viciosa pero más fina. En este momento de mi vida puedo permitirme habitaciones caras, coquetas y cómodas. A muchos les puede parecer una actitud aburguesada, incluso los más puristas dirán que así no se vive igual el viaje. Desde luego que no, así se vive mejor.

Decido pasarme a preguntar por el hotel más cercano que indica la app por si hay suerte. Cruzo al otro lado de la plaza y camino por unas calles estrechas y oscuras. Es difícil ubicarse sin dejar de mirar el móvil ni tropezar. No tengo la sensación de estar en otro país, simplemente lejos de casa. A pocos metros encuentro el alojamiento, un pequeño hotel boutique de cinco estrellas con nombre de diosa griega. Atravieso su flamante vestíbulo con estética retro-chic, que combina la decoración moderna con elementos griegos. Esto es a lo que las revistas de interiorismo llaman «mezcla de tradición y modernidad» y que simplemente hace que todos los hoteles nuevos parezcan iguales. Muebles de madera y colores pastel, altas estanterías, sofás de terciopelo y detalles dorados. Hay jarrones con flores frescas en todos los rincones y un olor a limpio inunda la estancia, pero no a ese de lejía y detergente. Para mí el olor a limpio es el de la juventud, el de las sábanas nuevas, el de después de una ducha, el de los recuerdos de la niñez o el del día tras una tormenta. Es el aroma de lo ligero. Yo, sin embargo, apesto a cerrado y a rancio. Y un poco a sudor también, para qué negarlo.

Me acerco al mostrador de recepción, donde una chica joven me recibe con una gran sonrisa. «¿Qué le pasa a todo el mundo aquí y por qué es tan insultantemente feliz?».

—*Kaliméra. English?* ¿Español? —me pregunta.

—Español. Me gustaría saber si tienen habitaciones disponibles para hoy.

—¿Para hoy? ¿En pleno mes de junio? —Suelta dos carcajadas—. Imposible.

—¿Seguro? No me importa si es pequeña o tiene vistas a un patio. He intentado reservarla por la app —digo señalando al móvil—, pero no me deja.

—Me temo que no es posible, *siñora.*

—¿Está segura? —insisto mostrando cara de desesperación y después sonrío.

—La única que nos queda es una para personas con movilidad reducida, ¿usted tiene movilidad reducida?

—No, pero a veces cuando llueve se me engancha la cadera —bromeo.

Me mira fijamente sin decir nada como si no me hubiera entendido.

—Nada... Era un chiste. ¿La habitación tiene una cama?

—*Né*, claro, ¿dónde quiere que duerman las personas que la reservan, en el armario? —Parece ofendida, pero no deja de sonreír—. La estancia está adaptada a gente en silla de ruedas o problemas de movilidad. Ahora mismo está libre, pero tendría que marcharse si la solicitan. Toda la ciudad está casi al completo de ocupación, así que dudo que vaya a encontrar un sitio para alojarse, ¿cuántas noches se quedaría?

—Vaya, pues muchas gracias, por el momento creo que dos es suficiente.

—De acuerdo, la tarifa para una sola persona es de doscientos euros la noche. Necesitaré su documento de identidad y una tarjeta, *parakaló*.

—¡La virgen...! —murmuro sacándolos del bolso y deslizándolos por el mostrador.

—Salvo si viaja acompañada, en ese caso, la tarifa sería doble.

—Gracias, pero no viajo con ningún acompañante.

—Entonces serán doscientos euros. Por el momento.

—Le he dicho que viajo sola —digo muy seria.

—Seguro que tarde o temprano vuelve con alguien, en Atenas nunca se sabe cuándo aparecerá Eros —dice guiñando un ojo.

Prefiero que me arranquen los ojos con una cucharilla a pensar en tener sexo durante el viaje. Después de todo por lo que he pasado, no me apetece tener un lío con alguien que complique todavía más mi ya complicada vida. A pesar de todo, sé que, si lo hago, estaré en todo mi derecho, ya que no me he gastado el dinero en un viaje y dejado mi trabajo para tener la vida sexual de una ameba. Además, mis posibilidades de ligar se reducen bastante teniendo en cuenta que no soy una viajera joven y cachonda que busca emborracharse y tirarse a recién licenciados, sino más bien una señora que prefiere disfrutar de un libro y una infusión por la noche antes de acostarse a meterse en la cama con cualquier desconocido.

Tengo la impresión de que ligar durante un viaje sola es como correr por el bosque a medianoche. El camino estará oculto, así que o me divierto mucho y hace que me suba la adrenalina o el miedo a pensar que pueda estrellarme me bloqueará. Quizá no sea mala idea viajar en compañía de alguien desconocido, alguien que no sepa nada de mí y a quien le importe una mierda dónde he estado, qué he hecho antes o qué querré hacer con mi vida después. Alguien a quien solo le importe el hoy. Eso sí me da miedo, enamorarme. Y lo peor de todo, lo veo bastante posible, más aún cuando la vida cotidiana de un viaje se compone de nuevas aventuras y finales felices en destinos desconocidos. Los malos hábitos se esconden siempre en lugares fascinantes. En ellos es más fácil que surja el amor, pero no, no estoy dispuesta a eso. Sé que los romances en los viajes se idealizan, ya que el escenario es exótico; esa persona, nueva, y la rutina no es un problema. No se ven los defectos porque el estrés de la vida cotidiana no está presente. Las ideas políticas, la religión, el colegio de los niños o los temas médicos se disfrazan y todo se reduce a tener un sexo maravilloso con alguien extraño que sientes que te conoce mejor que cualquier miembro de tu familia.

Pero no.

No, no y no.

Mi fantasía se ve interrumpida por la recepcionista.

—Aquí tiene la llave, su habitación está en el piso de abajo. Disfrute de su estancia.

—Gracias.

—*Parakaló*.

—Disculpe, ¿qué significa *parakaló*?

—Significa «de nada» y «por favor».

—¿Las dos cosas? Qué raro… En fin, gracias.

—*Efharistó.*

—¿Cómo?

—Que *efharistó* es «gracias».

—Ah, pues eso.

A mí el griego me suena a idioma inventado. A una ametralladora disparando palabras del español, italiano, turco y hasta del ruso. Suena espartano y austero, ¿qué mente retorcida querría aprender griego?

Camino por el pasillo hasta la puerta de mi habitación, que se abre de manera automática nada más acercar la tarjeta. Miro a mi alrededor, la habitación es espaciosa y todos los muebles son más bajos de lo habitual. Las ventanas están a ras del suelo; la cama, a la altura de mis rodillas, y el escritorio parece el de un niño. «Qué sensación tan extraña. Es como si me hubiera encogido y midiera quince centímetros». Todo parece pequeño y desproporcionado. Mi cuerpo lo siento lejano; las líneas rectas, onduladas; los objetos parecen moverse y todo cambia de color. Me creo Alicia en el País de las Maravillas.

Me siento en la silla que hay junto a la mesa mientras pongo a cargar el móvil. Necesito ubicarme, situarme, investigar el lugar en el que estoy. Abro YouTube y pongo un vídeo de *Españoles en el mundo* en Atenas. Cuando veo ese programa, siempre me sorprenden los motivos por los que la gente decide romper con su rutina y su modo de vida. El amor era el más extendido, por encima de otros como la carrera profesional o los factores económicos. Parece que eso lo justifica todo y que está incluso mejor visto decir que lo dejas todo por amor que por ambición. Quizá sea verdad y el amor es la fuerza más movilizadora de todas. Sin embargo, no aparece en los informes oficiales o las estadísticas a la hora de explicar las causas de una migración. Tampoco aparecen el desamor, los recuerdos, las ausencias o la falta de afecto, y, desde luego, nadie confiesa abiertamente que abandona un país por amor a sí mismo.

Aunque no voy a negar que me resulta bastante útil para saber las cuatro cosas básicas de la ciudad, tras una hora mirando la pantalla del móvil me siento idiota. Pretendo descubrir cómo es Atenas desde mi teléfono estando en la mismísima Atenas. Me siento como esas personas que disfrutan de un concierto mirando la pantalla o las que en un museo sacan fotos a los cuadros en lugar de observarlos. Siempre me he quejado de esa gente. Ahora yo soy esa puta gente. No pretendo decirle a nadie cómo debe consumir cultura, pues el mundo del arte se basa en un montón de ideas preconcebidas sobre qué significa ser culto o cómo debe ser alguien así. Mucha gente se pasa la vida estudiando para pertenecer a esa élite, rechazando la cultura de masas con temor a que esa capacidad intelectual sea reemplazada por otra, la de los likes de Instagram. No obstante, también es cierto que, sin esas personas sacándose selfis junto a los cuadros, hoy en día la *Monna Lisa* no sería tan famosa y quizá solo fuera un poco de pintura en un lienzo.

Se está haciendo de noche y yo retraso el momento de salir y enfrentarme a la realidad, o, peor aún, a mí misma. Tengo que hablar con gente. Sí, con humanos reales. Nunca he sido muy sociable y me da una pereza infinita empezar a serlo. Pero lo más urgente es que debo comprar algunas cosas para mi supervivencia, pues lo único que tengo es la ropa que llevo puesta y que consiste en unos vaqueros, camiseta de manga corta, jersey y las Converse. ¿Cómo voy a sobrevivir aquí estos días sin mi maleta? Necesito mi ropa, mis sujetadores deportivos, mi maquillaje y, sobre todo, mi cepillo de dientes eléctrico. Abro el móvil y envío un correo electrónico con la dirección del hotel al contacto que aparece en la tarjeta y que me ha dado la señora del aeropuerto. Ahora solo queda esperar. Y rezar. Quizá sea un buen momento para empezar a hacerlo.

Consigo levantarme de la silla y abandonar el hotel, que está situado en el barrio de Plaka, uno de los más bonitos de la ciudad. La noche es cálida y, con la coleta, una suave brisa me refresca el cogote. Me adentro por la calle de Adrianou caminando por callejuelas estrechas y laberínticas llenas de tiendas de suvenires, objetos de cuero, anillos de plata, especias secas, té y restaurantes. La historia se mezcla con la vanguardia y la elegancia con el desaliño. La energía de la vida social y cultural fluye en sus comercios, galerías y conversaciones. Se escucha el barullo de una ciudad viva y yo estoy llena de recuerdos.

Entro en un bazar a comprar algunas cosas básicas: cepillo de dientes, toallitas desmaquillantes, un pintalabios, quitaojeras, hilo dental, desodorante y un peine. Al lado hay una tienda de ropa vintage. Odio la ropa vieja, pero es lo único que hay abierto. Al ponerme algo heredado, siento que heredo también los traumas de su anterior dueño, y yo ya tengo suficiente con los míos como para adquirir los de otra persona. A pesar de eso, me gustan las prendas atemporales y que pueden durar años. Esas que después de haberlas comprado son como máquinas del tiempo, que miras con nostalgia y te cuentan las historias que has vivido. Me hago con algunas camisetas, un par de pantalones cortos, unas chanclas, un par de biquinis y varios vestidos que no están mal. Compro también una mochila donde meter todo, ¿me convierte eso en mochilera? Seguramente no. Serlo es una actitud que yo aplaudo, pero no la mía. Envidio a los que, como Candy, pueden viajar ligeros por mucho menos dinero que yo, pero a mí no me compensa. Hace que me duela la espalda. Además, no necesito pertenecer a ninguna tribu, especialmente si se enorgullece de no cambiarse de ropa en una semana. No me une nada a aquellos que quieren una vida basada solo en el aquí y el ahora y que van ligeros de equipaje y de pensamientos, aceptando lo que el universo les entregará. ¿De verdad existen personas que pueden vivir así? ¿Acaso no les preocupa su futuro? ¿Qué pasa con la estabilidad y la tranquilidad de tener un trabajo? ¿Es que no planifican su vida? Tal vez sí comparto con ellas cierta actitud solitaria, las ganas de aclarar la mente, la búsqueda de inspiración o simplemente de estabilidad emocional. Quizá yo busco todo eso a la vez. En cualquier caso, supongo que no importa la definición, sino la intención con la que se viaja, y yo no lo hago para volver con una hernia discal.

Continúo callejeando hasta llegar a una tienda de sandalias artesanales. El letrero dice MELISSINOS POET SANDAL MAKER, o sea, un zapatero poeta. Solo tengo las Converse y con el calor que hace necesito algo más fresco si no quiero terminar con los pies ardiendo, así que entro sin pensarlo. Además, Vera siempre dice que las sandalias de estilo griego nunca pasan de moda.

Desde fuera, la tienda parece más grande de lo que es, pues dentro caben tres personas justas. No sé muy bien lo que busco, pero intuyo que allí podré encontrar algo que merezca la pena. Hay cientos de sandalias amontonadas por todas partes, desde el suelo hasta el techo, y un olor muy fuerte a cuero. Cada centímetro cuadrado está lleno de zapatos y artículos de piel. Las paredes también las ocupan recortes de periódicos y fotos antiguas, desde los Beatles a María Callas pasando por Kate Moss o Sophia Loren. Todos ellos aparecen sonrientes junto a un par de sandalias nuevas. Al fondo se puede ver a un hombre de unos cincuenta años rematando los últimos pares detrás de unas máquinas. Debe de ser el dueño. Se parece a Einstein, tiene el pelo blanco muy rizado y lleva una camiseta negra arrugada llena de manchas. Me quedo en una esquina donde se muestran más de veinte diseños de sandalias.

—*Kalispéra*, estas pueden quedarte bien —dice Einstein acercándose mientras coge un par y deposita su mirada en mis pies—. ¿Sabes cómo las quieres?

—En realidad no, quiero algo cómodo y fresco.

—Entonces lo tienes bastante claro, necesitas el típico modelo espartano. Quítate las zapatillas y ponte cómoda, déjame ver cuál es tu talla.

Se da la vuelta mientras yo me acomodo en un viejo butacón para descalzarme. Coge una suela de cuero del tamaño de mi pie y la coloca debajo. Con un lápiz hace una marca justo donde apoyan mis dedos gordos.

—La gente no debería llevar este tipo de zapatillas —dice señalando las Converse—, oprimen el pie. Estamos en Grecia, donde los pies y el espíritu deben estar libres. Estas te quedarán perfectas. Estarán listas en veinte minutos.

Se sienta sobre un taburete y comienza a tratar la suela. Primero la pule con un rodillo y después le da forma. Yo me quedo sentada en el butacón observando.

—¿Usted es el de las fotos? ¿De verdad conoció a los Beatles?

—No, es mi padre, Stavros.

—Vaya, pues se parecen mucho.

Junto a la foto de John Lennon hay un poema escrito a mano que leo en alto:

Nos arrugamos como frutas con el paso del tiempo.
Brillamos brevemente y después morimos.
Vivimos en jardines llenos de sorpresas,
caemos como frutos de nuestro árbol genealógico
y tras la caída nadie se queda libre de rasguños.

—¿Esto también lo escribió su padre? Fuera pone que era poeta.

—*Óchi*, ese poema es mío.

Einstein se llama en realidad Pantelis. Mientras trata el cuero, me cuenta que nació en Atenas, donde se encarga del negocio familiar desde que su abuelo, Georgios, empezó a fabricar calzado en 1920 para la familia real de Grecia. El histórico taller fue destino de compras favoritas de reyes y nobles de la época y aún lo era en la actualidad. Cuando Georgios falleció, la tienda pasó a manos de su hijo Stavros, padre de Pantelis. Stavros continuó con el negocio después de que una coreógrafa le pidiera que hiciera el calzado para una obra de teatro sobre la antigua Grecia. Más tarde se hizo famoso como «el poeta fabricante de sandalias de Atenas» y se convirtió casi sin querer en parte de la historia de la moda, comenzando una tendencia que todavía se mantenía fuerte. A celebridades como Jackie Onassis o Barbra Streisand les encantaba acudir a la tienda a por unos pares antes de viajar a otras islas a pasar el verano. Pantelis no solo heredó el negocio familiar, sino el interés por la poesía y el arte de su padre, lo que le llevó a estudiar en Nueva York y a viajar por todo el mundo exponiendo en las mejores galerías. Tenía la clase y el encanto social de las personas que han pertenecido a la alta sociedad, refinado y culto, pero también parecía un hombre sensible, amable y cercano. Noté en él cierto cansancio de la buena vida, quizá en busca de algo más sencillo y auténtico.

—¿Y por qué sigue aquí haciendo sandalias? —le pregunté.

—Porque disfruto con mi trabajo, con lo que hago, y ¿por qué no pasarse la vida disfrutando? Siento que tengo que ofrecer a mis clientes el mejor calzado que puedan tener, uno que los haga sentir como dioses y diosas de la antigua Grecia.

—¿Y no ha querido nunca dedicarse a otra cosa?

—No, trabajar con las manos me ayuda a aclarar la mente; es como ir a terapia. La gente no tiene ni idea del tiempo que lleva hacer una sandalia a mano. Lo hago para sobrevivir, pero también me hace feliz. Los griegos disfrutamos mucho de la vida porque la vemos pasar por el desagüe.

—Pero esa es una visión muy pesimista, ¿no?

—No lo creo, cuando todo va mal, divertirse es la única manera de sobrevivir. Después de tantas crisis los griegos seguimos sufriendo miseria, pero mantenemos vivo el espíritu de aprovechar al máximo cualquier situación. La vida continúa, la gente sigue bebiendo café fuerte, bailando y discutiendo sobre política. Con el paso de los años nada parece haber cambiado, pero ante la adversidad los griegos decidieron asumirla y divertirse.

—Esa es una forma un poco naíf de lidiar con los problemas, ¿no cree? Es como no querer afrontarlos.

—Es posible, pero también muy griega. Si no puedes superar el problema, únete a él.

Pantelis termina mis sandalias y salgo de su tienda confusa. No entiendo cómo puede alguien simplificar de aquel modo la vida.

Vuelvo al hotel a pie cargando con la mochila a la espalda con la sensación de que el aire caliente me derrite, como un cristal domándose ante el calor, como si Atenas fuera un infierno y yo un trozo de carne haciéndose a la brasa.

Una vez en el hotel, abro la puerta de mi habitación sola. Empieza mi viaje solitario por Grecia. Otra noche sola, sin nada ni nadie. Aunque en otra ciudad no hay ninguna diferencia respecto a las noches de mis últimos meses. Me siento sola, completamente sola, más sola que nunca. Dejo caer el bolso y la mochila al suelo y me tumbo en la cama mirando al techo. «Qué cojones he hecho».

11

Las nueve y media de la mañana. El sonido del móvil me perfora el tímpano y el alma. Abro los ojos a duras penas, como un gato recién nacido. Vera me está llamando y no he puesto el móvil en silencio.

—¿Se puede saber dónde estás? —dice nada más descolgar.

—Hum, buenos días a ti también.

—¿Qué coño haces en Atenas y por qué no me has dicho nada?

—Bueno, intenté decírtelo hace un par de días cuando te llamé varias veces, pero nunca coges el teléfono.

—Me he enterado de que te habías marchado esta mañana en la oficina a través de Colette.

—¿Y se puede saber qué hacías tú tan temprano en la agencia?

—He venido antes para… preparar una reunión.

No suena convincente.

—¿Y has llegado antes de las once? Guau, me dejas perpleja.

—¿Quieres que discutamos sobre mi horario laboral?

—No, perdona —me disculpé.

—Solo quería saber si estabas bien, estoy preocupada por ti, somos amigas, ¿recuerdas?

—Sí, bueno, es que…

—Siento no haberte cogido el teléfono, Lena —me interrumpe—, pero desde que soy madre te juro que no tengo tiempo de nada, ni de leer los wasaps. No sabes lo duro que es tener hijos, cuando los tengas lo entenderás, no me da la vida, ¡lo siento!

La gente que tiene hijos no debería decir a los que no los tenemos que no sabemos lo duro que es. No es que no me plantee la idea de ser madre, pero no quiero tener que defender mi decisión el resto de mi vida si elijo no tenerlos. Sé lo difícil que es criarlos porque tengo ojos y puedo verlo. Mi Instagram está plagado de publicaciones de padres y madres cansados, estresados, preocupados y desconcertados. Entiendo que quieran desahogarse, pero agradecería que su frustración no estuviera dirigida a personas sin hijos. Es como decirle a alguien en paro: «No tienes ni idea de lo difícil que es ir a trabajar todos los días». Resulta bastante grosero.

—De acuerdo, no tengo ni idea —desisto—, pero ¿qué es exactamente lo que sientes?

—No sé, supongo que el hecho de que hayas tenido que marcharte a miles de kilómetros solo para…

—¿Para qué? Termina la frase, ¿por qué crees que me he marchado?

—Pues para conocer a alguien, ¿no? A algún griego o algo así.

—Joder, Vera, ¿es que no me escuchas?

—¿Entonces para qué? Bueno, tú sabrás, de todos modos, estoy segura de que este viaje te va a venir bien y será increíble. Y, si no, recuerda que puedes volver cuando quieras y nadie pensará que has fracasado.

—¿Fracasado? Esto no va sobre lo que la gente piense de mí, Vera, va sobre lo que pienso yo de mí.

—Sí, el intercambio editorial está bien, adelante. —Se le escuchaba lejos del teléfono, como si estuviera hablando con otra persona—. Ahora mismo voy. Oye, Lena, tengo que dejarte, pero estoy aquí para lo que necesites.

—Vale, como quieras —le digo muy bajito.

—¿Por fin tienes lo que llevas tanto tiempo buscando?

—¿El qué?

—Estar sola, ¿no?

—Supongo que sí.

—Entonces me alegro por ti. Disfruta, *darling*. Hablamos en otro momento, ¿sí? Feliz viaje. Te quie… —Cuelga antes de terminar la frase.

«Y yo a ti».

Cuando una relación se deteriora es difícil no tomarte cualquier cosa a la defensiva. Me hubiera gustado que Vera entendiera que, aunque su búsqueda había terminado, la mía todavía seguía. Yo la había apoyado siempre en todas las fases de la suya, joder, si hasta había leído en su boda. No esperaba que me entendiera, sino simplemente que me apoyara. Muchas personas no son felices hasta que tienen una relación, hijos y una casa en las afueras, y no las juzgo. La felicidad para ellas es eso. Pero, por desgracia, yo no soy una de esas personas. ¿Qué es lo peor que podía pasarme? Fracasar, como me había dicho Vera, pero ¿ante quién? Y, sobre todo, ¿qué era exactamente fracasar, que tuviera que volver donde estaba? Ya conozco ese lugar y sé cómo es. Incluso si eso pasa, al menos habré vivido una aventura. Pero ¿y si sale bien? Entonces será la hostia.

La conversación con Vera me ha dejado mal cuerpo. Sé que no tengo la culpa de que hayamos llegado a ese punto, pero ¿por qué me siento culpable? Todavía tumbada, la habitación se me hace pequeña y comienzo a agobiarme. Tengo mucho calor y noto como en la frente se me van formando unas gotas de sudor. Sin embargo, salir de la cama me parece un acto de terror. No quiero enfrentarme a mi propia sombra reflejada sobre los adoquines de las calles de Atenas. La naturaleza (o la deidad), tan sabia como es, me lanza señales para que me acurruque de nuevo entre las sábanas de miles de hilos y almohadas mullidas de mi cama de hotel. Ningún ser humano debería salir de la cama mientras aún tuviera sueño.

Cojo de nuevo el móvil y abro el correo del trabajo. Cuarenta y ocho mails sin leer y eso que no son ni las diez de la mañana de un lunes. Empiezo a contestar de uno en uno con el ceño fruncido y apretando mucho los labios molesta por que nadie de mi equipo haya sido capaz de hacerlo antes. «Panda de vagos». Quizá piensen lo mismo de mí cuando se enteren de que me he marchado. Me da igual. Solo con recordar la agencia y su olor a café siento la necesidad de uno.

La vida pasa más rápido a través de la pantalla de un móvil. No sé muy bien cómo, pero he estado una hora contestando mails. Me dejo caer de la cama al suelo y me alivia sentir el frío del parqué. Me arrastro como puedo hasta el baño y me meto con desgana en la ducha. La alcachofa me llega a la altura de la cintura y está fija, por lo que tengo que ponerme en cuclillas para lavarme el pelo. «Doscientos putos euros la noche». Me seco con la toalla y me sitúo delante del espejo, que también está a menos altura de la habitual y en el que solo puedo verme el tronco. «A esto se le llama una habitación con vistas», me digo. Intento peinarme con el secador, pero tiene tan poca potencia que su efecto es parecido al de alguien que me sopla. Desisto y me hago un moño. ¿Cuándo va a llegar mi maleta? Necesito mi plancha, mi ropa, mis cosas... Me pongo un vestido negro ancho por la rodilla con motivos griegos en amarillo. La ropa que me había comprado el día anterior era horrible, no me siento cómoda saliendo así a la calle. Está la ropa bonita y la ropa con la que te deprimes, y la que llevaba puesta incluye un bono para ir a terapia. Generalmente suelo vestirme con un objetivo claro: para que me tomen en serio, me deseen o me abracen; y con esta cualquier persona me ignorará, hasta yo misma soy capaz de olvidarme. Siempre he pensado que la manera de vestir es un reflejo de quién eres en ese momento, por eso en las tiendas la gente parece tan perdida, porque lucha por encontrarse. Sin embargo, no se trata de buscar la ropa adecuada, ya que finalmente es la ropa la que te elige a ti (y a tu tarjeta de crédito). No tengo mucha más opción, menos mal que las sandalias me dan un buen motivo para salir de aquella habitación.

Antes de salir por la puerta del hotel le pregunto a la recepcionista si han recibido mi equipaje, a lo que contesta que no. Enseguida se ofrece a darme indicaciones sobre un mapa para recorrer la ciudad. Me sorprende lo rápido que quiere darme su opinión sobre cada lugar. Y la de su tío, que había estado allí una vez hacía diez años. Me da también la del amigo de su abuela que estuvo a punto de ir. No entiendo por qué esa mujer está tan dispuesta a compartir su vida conmigo o quizá soy yo la que no quiero fiarme.

Aparco sus recomendaciones y salgo a improvisar. Nunca he hecho nada por mi cuenta. No he ido a comer sola ni al cine sola, ni siquiera a dar un paseo en coche sola. Pero siempre he querido visitar Grecia por todo lo que me había contado mi madre. Todo el mundo me llama Lena, excepto ella, que es la única que me sigue llamando Helena o Señora Apestosa porque de pequeña me olían mucho los pies. Mi madre es muy divertida. Parece una mujer normal con apariencia de señora, pero en su interior es como una niña pequeña. Se ríe mucho, se sorprende por todo y siempre está de buen humor. También es organizada y recta y me enseñó todas aquellas cosas que, algún día, me harían la vida más fácil, como desayunar antes de salir de casa, tender justo al acabar la lavadora, ducharme por la noche o tomar clases de mecanografía. Siempre estaba leyendo sobre mitología griega, decía que en aquellos libros encontraba las respuestas a cualquier pregunta. Cuando era pequeña, antes de dormir me leía cuentos que tenían como protagonistas a diosas helenas. Utilizaba varias voces y acentos diferentes según los personajes y la mayoría de las veces me quedaba dormida entre carcajadas. Después escuchaba cómo salía de la habitación de puntillas y el clic de la lámpara del salón junto a la que continuaba leyendo hasta la madrugada. Tanto en sus libros como en los días en los que los folletos de vacaciones se repartían en los buzones recordaba haber visto fotografías de Atenas tan hermosas que parecían otro planeta. Y ahora en Instagram, especialmente Mykonos y Santorini se habían convertido en el paraíso de los últimos influencers.

Estamos en junio y deben de ser solo las diez de la mañana, pero el termómetro marca ya los treinta grados. Las calles del barrio de Plaka están abarrotadas de turistas con sombrero que desafían las altas temperaturas. A pocos metros, un hombre con la frente sudada y una botella de agua en la mano se queja de haber ido a Grecia en esa época del año. A medida que camino hasta el barrio de Anafiotika me doy cuenta de que todo el mundo bebe café. Unos lo llevan en un vaso largo de plástico con hielo, otros lo van sorbiendo con una pajita y hay quienes lo toman sentados en una terraza bajo refrescantes aspersores de agua. Al parecer, para los griegos beber café es como lavarse la cara cada mañana, una rutina diaria, una necesidad. ¿Estoy acaso en el paraíso?

Me pierdo por las sinuosas callejuelas de Psiri, un distrito conflictivo en el pasado que había sido recuperado por artistas y comerciantes hípsters. Las calles zumban con el estruendo de risas, voces y el tintineo de los vasos revelando rostros felices y deslumbrados por el sol. De los cientos de sitios que hay para tomar un café decido entrar al que me parece más auténtico —y también el más oscuro— pero, como me advirtió Candy, viajar sola significa dejar atrás los prejuicios, las dudas y los miedos. Se trata del típico *kafenio* o cafetería antigua griega. Es un espacio austero y espartano lleno de humo donde hombres con bigote sentados alrededor de una mesa y chaquetas de traje colgando de sus hombros beben café. Varios de ellos echan una partida de cartas, otros charlan acaloradamente sobre algo que no logro entender y otros simplemente ven la vida pasar mientras balancean una especie de rosario entre las manos con un movimiento rítmico. Observar parece su afición favorita, hasta que entro yo. Noto el crujir de sus cuellos al girarse ciento ochenta grados y sus miradas clavándose en cada una de mis extremidades. Me siento expuesta, vulnerable e incómoda, como si me hubiera desnudado al entrar.

En realidad nunca había practicado el nudismo social, pero sí me había quedado con las tetas al aire muchas veces en los baños de los bares, ya que para vestir tengo predilección por los monos. Recuerdo una noche en la que Vera y yo habíamos salido. Terminamos en una discoteca junto a otros compañeros de la agencia cuyas mandíbulas se movían al compás de música tecno. Siempre había desconfiado de la gente que no bebía alcohol, pues no sabía lo que podía disimular un botellín de agua. Nos metimos en el baño y tardamos en salir más de lo habitual, ya que éramos incapaces de desabrochar el maldito mono. Un grupo de diseñadores borrachos daban golpes desde fuera insistiéndonos en que nos diéramos prisa, pero cuanto más lo hacían, más nerviosas nos ponían y menos capaces éramos de volver a abrochar los dichosos botones. Casi tiran la puerta abajo, sin duda estaban ansiosos por entrar y ponerse una raya. Me resultaba curioso como muchas personas se negaban a sentarse en el váter para hacer pis y, sin embargo, no les importaba inhalar coca alegremente donde otros habían apoyado el culo. Estaban siendo bastante insistentes y maleducados, así que Vera tuvo una idea. Llevaba una crema en el bolso que le había enviado una conocida marca de cosmética, así que untamos con ella toda la superficie del váter y la extendimos bien con papel higiénico. Salimos del baño ante el enfado evidente de nuestros compañeros y nos quedamos cerca a esperar a nuestras víctimas. A los pocos minutos escuchamos al otro lado de la puerta un «Joder, ¡mierda!, joder» y satisfechas nos marchamos orgullosas de nuestra hazaña. Nosotras no necesitábamos drogas para divertirnos, lo que me hizo preguntarme si los demás las necesitaban para divertirse con gente como nosotras que no necesitaba drogas para divertirse.

Corro rápidamente a sentarme dentro, en una de las mesas más cercanas a la ventana. Las palabras del camarero preguntándome qué quiero tomar me reconfortan y me hacen sentir menos sola. Es un chico joven, de unos veintitantos, flaco y muy moreno. Va vestido con camisa y pantalón negros y tiene la alegría de quien aún no lleva mucho tiempo trabajando.

—*Kaliméra*, ¿qué va a tomar?

—*Kaliméra*, quería un café, por favor.

—¿Café griego?

—Sí, perfecto.

No tengo idea de cómo es el café griego, pero si Starbucks ha conseguido vendérselo a la gente a la que no le gusta, este tampoco debe de tener mucho misterio.

Mientras espero observo aquel lugar. Sus paredes son como lienzos que narran la vida e historia del barrio y de sus habitantes, con ilustraciones sobre sus rincones e incluso retratos de la familia del propietario. En ellas se pueden ver desde nacimientos y acontecimientos familiares hasta futbolistas, celebridades o políticos.

El camarero, que tiene cierto aire a uno de los dibujos, regresa con una bandeja. En ella lleva un cazo de latón con un mango muy largo, una taza y un vaso de agua. Me recomienda tomarlo con tranquilidad, pues ya tendré el resto del día para estresarme. Tiene razón. Me explica que el café griego se hace sin filtrar y, para ello, se utiliza uno muy molido que es casi como harina. La mezcla de agua, café y azúcar se hierve en el cazo pequeño llamado *briki*. También que el secreto está en aprender a tomarlo sin llevarse los posos a la boca. Hay quienes los dejan en el fondo de la taza porque, según la tradición, en ellos se puede leer el futuro. Le respondo que creo que eso es imposible, pues no hay futuro cuando el café se ha acabado.

El aroma que se desprende cuando echo el café en la taza es el más intenso que he olido nunca. Le doy un trago y arrugo la cara como los niños. Es fuerte, muy fuerte. Y amargo, casi tanto como la vida. Desde luego no es bebida para todos los gustos (ni estómagos).

Observo a uno de los hombres mayores de la mesa de al lado, que mueve algo rítmicamente entre las manos. Lo hace girar de un lado a otro sobre sus dedos índices mientras observa a los transeúntes. Intrigada, pregunto al camarero qué es. Un *komboloi*, una especie de pulsera de cuentas que se utiliza como pasatiempo. Se voltea y desliza entre los dedos una y otra vez para relajarse mediante el tacto de los abalorios y alejarse de los vicios como el tabaco o el alcohol. Tiempo atrás este juguete solo era utilizado por hombres mayores, pero con el paso del tiempo empezó a tener popularidad entre los más jóvenes, quienes lo utilizan para ligar.

—El *komboloi* tiene un efecto tranquilizador. A veces, cuando estamos preocupados, confundidos o nos asaltan pensamientos negativos, puede calmar nuestras mentes. Y también son muy sensuales, pues invitan a un movimiento continuo, ya me entiendes —dice el camarero mientras me guiña un ojo y me dedica una sonrisa.

«Lo que hay que aguantar». Me siento incómoda y caigo en la cuenta de que soy la única mujer del bar. Le pregunto a qué se debe y me dice que hasta hace relativamente poco los *kafeneios* han sido lugares exclusivamente de hombres. «No es machismo, es tradición», argumenta. Todavía se nota una hostil masculinidad en el ambiente, propiciada por hombres que frecuentan la solidaridad masculina con el fervor de monjes devotos. Puedo imaginarme cómo han sido esos lugares en los que los maridos preferían dar una calada a un cigarrillo, hablar de política o de fútbol antes que estar con sus familias. Siento cierta empatía, ya que todas las personas anhelamos un refugio en algún momento de nuestra vida, pero vetar al sector femenino o a cualquier otro me parece algo prehistórico. Me imagino a sus mujeres irrumpiendo en juegos de cartas nocturnos con un niño enfermo en brazos suplicando a sus maridos que regresen a casa y se me ponen los pelos de punta, pues de eso no debe hacer tanto tiempo.

Me fijo en que también hay muchos hombres solos y no me sorprende, ya que a la soledad le gustan los bares. En ellos se siente menos y se conoce con facilidad a otras almas solitarias. Lo peor es que en la mayoría no se suele encontrar a gente feliz; quizá, si lo fueran, no estarían solos en un bar.

Me termino el café, pago la cuenta y salgo de aquel lugar. He aprendido la lección, la próxima vez me pediré un frappé.

12

Atenas es antigua, civilizada y apasionada. También historia y modernidad, calles adoquinadas, bullicio, bazares y especias. Camino acompañada de su historia, sus piedras milenarias y los cientos de gatos que maúllan por sus calles. Hasta ellos parecen observarme. No sé muy bien por qué, pero no me siento una turista, sino alguien que está de visita en un lugar conocido y a quien están esperando para dar la bienvenida. Me detengo un momento a mirar el mapa y al levantar los ojos la veo, es ella la que me espera en lo alto para recibirme: la Acrópolis. «Jo-der». Ahí erguida en el monte, con su templo resplandeciente bajo el sol resulta realmente impresionante. No pensaba encontrármela así, de golpe, aunque allí arriba es imposible no verla desde cualquier punto de la ciudad, ¿cómo he sido capaz de no reparar en ella antes? Quizá es cierto eso de que cuando te dejas llevar por los lugares que visitas, ellos te encuentran a ti.

Detengo con un toquecito en el hombro a un chico con pinta de guiri que va abducido por el móvil. Desvía los ojos de su teléfono para mirarme y aprovecho para decirle: «Eh, muestra un poco de respeto, es la Acrópolis, ¿sabes?», mientras la señalo. El chico me mira como al último trozo de pizza que sobra cuando estás llena y sigue su camino. No quiero que a nadie más le ocurra como a mí. Quiero que toda Atenas contemple esa maravilla, que no haya nadie que no la admire desde cualquier rincón.

Nunca he creído en Dios ni sentido ningún tipo de atracción espiritual, pero noto que aquel lugar de culto construido para los dioses me llama. Continúo andando por el camino de piedra que rodea la montaña. A medida que subo, el paseo transcurre entre olivos y un paisaje mediterráneo, dejando abajo los tejados y los ruidos de la ciudad. Agradezco llevar aquellas sandalias mientras camino bajo el sol abrasador. El calor es asfixiante y tengo que parar varias veces a coger aire en la sombra, hasta dudo si debo seguir subiendo, pero estoy demasiado emocionada por descubrir si aquel lugar que tantas veces había visto cumplirá con mis expectativas o me decepcionará.

Casi sin aliento y al borde del colapso llego a la entrada principal en lo alto de la colina. «El calor es un asesino invisible e insidioso», me digo. Me resguardo bajo la sombra de un olivo. Desde allí puedo ver una Atenas donde los edificios parecen haberse construido mediante una explosión anárquica. La capital parece una isla de calor urbano en la que se mezclan tejados blancos y rojos de cemento y alquitrán. Ahí arriba todo resulta mucho más claro y más confuso a la vez y me asalta una nueva sensación de soledad. En realidad es la misma, pero cuando aparece a miles de kilómetros de casa provoca más vértigo. Cierro los ojos y escucho el sonido de los árboles, las chicharras y el barullo de los turistas. También me escucho a mí misma diciendo: «Lena, qué cojones haces ahí sola». Mi última palabra resuena en mi cabeza con fuerza. Entonces me acuerdo de Ese y me da un pinchazo en la tripa y me vuelvo a repetir que se está mucho mejor sola. Y es cierto, tampoco estoy tan mal así, pues lo que de verdad me parece una carga es eso de querer y que me quieran. Las miserias de la vida en común, el trabajo, la primera casa, el misionero, la parejita, el primer monovolumen… Y todo para siempre, aunque al final nunca es siempre.

Qué lastre también eso de que otra persona invierta su felicidad futura en mí. Demasiadas expectativas puestas en una relación en la que cada uno avanza con cuidado y sacrificio diario para no hacer daño, pero al final alguien lo termina haciendo. Y el recuerdo de todo lo que has conseguido para evitar el sufrimiento a la otra persona queda exterminado por el propio. «Mira, no, qué perezón». Solo de pensarlo preferiría comerme un trozo de asfalto caliente que pasar por todo lo que implicaba volver a enamorarme.

Mi ensimismamiento se ve interrumpido por el sonido de mi estómago. Recuerdo que no he comido desde el día anterior. Siempre que viajo como poco, pues tengo la sensación de que la gastronomía desconocida me destroza el estómago. Quiero sentirme ligera y libre, no solo en la vida, sino también en el plano corporal y no prisionera de cualquier váter. En el fondo resulta un alivio estar allí sola, pensar sola, decidir sola sin prestar atención a nada que no sean mis propios impulsos. Aunque también supone una batalla diaria tener que preguntarme si ese será el día en el que cambie algo, si ese será el lugar, si es el mundo el que tiene la culpa de lo que me ocurre o es de mi maquillaje.

Ya un poco más recuperada, me levanto y voy a la puerta de entrada. No hay apenas cola para acceder a la taquilla y puedo comprar un tíquet rápido. El calor parece haber disuadido a los turistas. Sin embargo, al cruzar los tornos allí están. Cientos de ellos se mueven como hormigas con sombreros y ligeros de ropa. Escucho a un guía advertir a su grupo que no se alejen mucho, pues han desembarcado varios cruceros ese día en Atenas y estarán a punto de llegar. Pienso que el turismo es una versión moderna de la guerra y, como ella, tiene sus rasgos épicos como las invasiones o las hordas de gente.

Hay restos de piedras por todas partes y rocas que parecen haberse desprendido por un Big Bang. Pongo la oreja para escuchar cómo el mismo guía informa a su comitiva de que al proceso de reconstrucción de un monumento se le llama «anastilosis» y consiste en volver a poner las piedras en su lugar reparando así el edificio en ruinas. ¿Y si yo tengo que someterme a mi propio proceso de anastilosis? ¿Y si tengo que volver a colocar en su sitio lo que se me ha caído? De lo que estoy segura es de que allí no hay nada más en ruinas que yo.

Intento parecer feliz sacándome un selfi, sin embargo, la autofoto es la máxima expresión de soledad que puede existir. Un selfi es una derrota, la claudicación más baja del ego que hay. Existe una delgada línea que diferencia cuándo simplemente es una foto de mi cara y cuándo algo patético. Supongo que eso depende de la intención.

Miro la imagen con mi sonrisa forzada en primer plano y un montón de gente detrás. «Qué espanto». Odio sonreír en las fotos. Hubiera sido feliz en la época en la que se hacían retratos en blanco y negro en los que estaba mal visto hacerlo. Quizá tengo que seguir el consejo de Al Capone, quien afirmaba que se llegaba más lejos con una sonrisa y una pistola que solo con una sonrisa. O quizá simplemente tengo que dejar de darle tantas vueltas a todo.

Desde las columnas de la monumental entrada observo aquella inmensa exhibición de carne. Trozos de carne morena, blanca y rosa. Carne inglesa, carne francesa e italiana abrasándose al sol. Trozos de carne subiendo piedras, trozos de carne felices sacándose fotos, carne, carne y más carne. Resulta obsceno y miserable a la vez, pero los turistas son hábiles para convencerse a sí mismos de que lo están pasando bien, y de la presión cultural que se ejerce sobre ellos para impresionarse. De todos modos, ocurre a menudo que las maravillas más famosas del mundo se tiñen de decepción cuando se miran cara a cara: las pirámides de Egipto serían mucho más increíbles si no estuvieran en los suburbios de El Cairo o si la Fontana de Trevi no tuviera cerca una sucursal de McDonald's. Observo cómo uno de los turistas le dice a otro sin molestarse en mirar a su alrededor que todo aquello se ve mejor en Instagram, lo que me hace recordar una entrevista que le hicieron a Shaquille O'Neal, la estrella del baloncesto de los noventa. En ella, cuando el periodista le preguntó si había visitado el Partenón durante su viaje a Grecia, él respondió que no podía recordar los nombres de todos los clubes nocturnos en los que había estado de fiesta.

Subo a duras penas por las escaleras que llevan a la parte más alta intentando no tropezar y me siento minúscula y absurda cuando veo el Partenón. Éxito, fama, dinero… Quizá Shaquille lo tenía todo y yo solo soy un trozo de carne más, pero al menos sí sé qué es el templo que tengo delante. Aquel que había albergado una estatua de marfil y oro de doce metros de altura de la diosa Atenea. Mi madre me había hablado del mito, que contaba que ella y Poseidón se disputaron el patronazgo de Atenas. Para demostrar sus cualidades, el dios del mar clavó su tridente en lo alto de la colina, haciendo que brotara una fuente de agua salada que provocó una gran inundación. Ella, por el contrario, plantó un olivo, representando así la vida y la agricultura. Atenea resultó ganadora y los habitantes le dedicaron la mayoría de sus templos. Por cosas como esa siempre me había fascinado su vida y su influencia en la desmitificación de algunos roles sobre lo femenino o lo masculino. Por ejemplo, ella no había nacido de una mujer, sino de Zeus, su padre. Tampoco quiso nunca ser madre, pues prefirió la lanza y el escudo de guerrera. Además, fue la diosa de la estrategia, la sabiduría y el poder, consideradas cualidades masculinas. Qué anticuado y actual resultaba todo aquello. Desde luego el tiempo pasa para todos, menos para Atenea.

Abrumada por un lugar tan inmenso, tan grande y tan triunfante me veo pequeña e insignificante, así que me dejo caer de rodillas y me pongo a llorar, bueno, es posible que el calor, el agotamiento y el hambre tengan algo que ver. Ese lugar ha sobrevivido a las inclemencias del tiempo, de las guerras y del ser humano y continúa ahí, firme, fuerte, estoico. Yo, sin embargo, estoy hecha añicos y me siento ridícula huyendo, pero ¿de qué? Ni siquiera yo estoy segura. Quizá mi problema más serio es no tener ningún problema serio. Esto me hace llorar aún más. Todos los viajes empiezan con preguntas como quién soy, qué hago aquí o qué quiero cambiar, pero el mío lo hace con una respuesta: «No lo sé». En eso se puede resumir mi vida, en un gran NO-LO-FUCKIN'-SÉ. Me siento estúpida y sigo llorando en mitad de la esplanada sin poder distinguir entre las lágrimas y el sudor, y sin tener un maldito pañuelo a mano.

Allí sentada llorando a moco tendido me parece que me observan todos los dioses. Confío en que en cualquier momento el cielo se nublará, el bochorno desaparecerá y un rayo caerá sobre la Tierra. Espero escuchar la voz grave de Zeus preguntándome por cosas transcendentales como el significado de la vida, qué era TikTok y por qué resulta tan popular o por qué no prestaba mucha atención a los dioses. En realidad no esperaba que aquella crisis me infundiera ningún tipo de fe, solo quería salir de ella viva.

—Lena, levántate.

¿Qué ha sido eso? El calor me está provocando alucinaciones.

—¿Zeus, eres tú? —pregunto. Sé que muchos viajes en solitario son capaces de provocar experiencias místicas en una misma, pero ¿en serio tiene que ser a cuarenta y cinco grados bajo el sol? Eso es muy cruel.

—¿Qué tal, Zeus? Tienes una casa preciosa, muy acogedora.

Eso es lo que suelo decir la primera vez que alguien me invita a su piso.

—Lena, levántate, por favor —insiste.

Me incorporo esperando encontrarme al dios de los dioses, pero allí no hay nadie, nadie divino, quiero decir. Entonces escucho otra vez la voz, pero ya no es tan grave, sino más aguda.

De nuevo dice: «Lena, vamos a tomar una cerveza, por favor, deja de hacer el ridículo».

Nunca alguien me había revelado algo con tanta claridad. No me hubiera valido ninguna otra respuesta, pues veo, sin ninguna duda, que eso es lo más razonable que puedo hacer. Supongo que así aparecen la mayoría de las revelaciones.

Alguien me pone una mano en el hombro y me doy la vuelta asustada.

—¡Mauro! ¿Se puede saber qué haces aquí? —digo abrazándole como un koala.

—Como no me contestabas a los mensajes me subí a la bici de spinning y no dejé de pedalear hasta llegar a Atenas.

—Ja, muy gracioso, en serio…

—Hablé con Vera y me contó que creía que no estabas bien y que habías venido aquí sola, así que me imaginé que quizá necesitarías un poco de compañía.

—Ah, eso, Vera. —Me duele algo dentro al acordarme de ella—. Pero ¿cómo me has encontrado? Podía haber estado en cualquier sitio.

—Amiga, nos conocemos desde hace años, solo tuve que pensar, ¿cuál es la peor idea que alguien puede tener hoy en Atenas a casi cuarenta grados? Ir de turismo a la Acrópolis, seguro que Lena está allí. ¡Y *voilà*, te encontré!

—¿En serio soy tan predecible? —digo haciendo un puchero.

—Un poco, aunque sabiendo tu devoción por los lugares turísticos y las ganas que sé que tenías de conocer este sitio, fue mi primera opción. Lo que no me imaginé es que te encontraría así, tirada en el suelo como una colilla.

—Lo sé, no estoy en mi mejor momento, ¡y yo pensando que me hablaba Dios! —digo riéndome—, soy imbécil. Menuda sorpresa, nunca te hubiera imaginado en un lugar como este.

—Bueno, ya sabes que me encanta viajar, pero no ver ruinas ni hacer turismo. Lo odio. En serio. Veo todo esto y pienso:

«Vale. Es muy grande, muy antiguo y hay muchas piedras juntas. Ya lo he visto. ¿Podemos irnos ya?». Creo que lo que me pasa es que no sé apreciarlo —dice dando una vuelta sobre sí mismo—, es como si me pusieran a mirar la pared de un callejón sucio de Getafe.

—Sí, claro, vas a comparar.

—Qué quieres que te diga si tengo la apreciación artística de una piedra tirada en un pozo oscuro. El turismo que más me gusta es el de ir al baño. Y por necesidad.

—Un momento, ¿y Chema?, ¿y el trabajo?

—Lo he dejado. Todo. A Chema y el trabajo; bueno, en realidad me he pedido una excedencia.

—¿Cómo? ¿Lo estás diciendo en serio? ¿Y no te han puesto pegas?

—No, desde que les dije que quería ser padre me lo ponen todo más fácil. Pero no me mires como si hubieras visto a Zeus y llévame a tomar una cerveza, por favor, que me va a dar una insolación.

13

Bajamos la colina de la Acrópolis cogidos del brazo recordando mi actuación estelar frente al Partenón y sin parar de reír. Si no hubiese amigos con quienes compartirlo todo, no sé si seguiríamos vivos.

Caminamos de nuevo hasta el barrio de Psiri. Hay peluquerías, galerías de arte, talleres de tatuaje, *showrooms* de moda y muchos bares con cervezas artesanas. Todo el mundo tiene eso que los modernos llaman «rollo» y que a Vera le hubiera fascinado, ropa original, peinados de colores y amish vestidos con chándales de Adidas. Cientos de grafitis inundan las fachadas y muros de los edificios simulando un gran museo al aire libre.

Nos sentamos en una terraza donde unos aspersores emiten vapor de agua cada cierto tiempo. Siempre me han provocado un poco de repugnancia y de mal rollo, pues me recuerdan a las cámaras de gas de los campos de concentración. En cualquier momento, alguien puede añadirles veneno y mientras te tomas tranquilamente tu cerveza, te puedes quedar seca. Y hala, al hoyo. Eso sí, por lo menos allí no pasas calor. Aparte de eso, agradezco que el agua me calme el sofoco.

—*Yasas*, ¿qué van a tomar? —El camarero nos ha escuchado y nos habla en español.

—Dos cervezas, las más fuertes que tenga —dice Mauro sin preguntarme.

—¿Algo más?

—Yo quiero una hamburguesa con extra de pepinillos —digo sosteniendo la carta.

—¿En serio te vas a pedir una hamburguesa en Atenas?

—¿Qué? Sé lo que es y lo que lleva, no como el resto de la carta, que no hay quien la entienda.

El camarero se da media vuelta y vuelve a los diez minutos con las dos cervezas y la hamburguesa.

—Eres de lo que no hay, Lena, vienes a Grecia para comerte una hamburguesa, hay que joderse.

—¿Qué tiene de malo?

—Estás en la cuna de la comida mediterránea, en un país nuevo, con otra cultura, tienes mil platos para elegir, ¿por qué no pruebas algo nuevo?

—Porque prefiero no arriesgarme, además, ya sabes lo de mi intolerancia.

—La única intolerante aquí eres tú, guapa, pero como quieras. Y hablando de todo un poco. —Hace una pausa para mirarme a los ojos y sigue—: ¿Cómo estás?

Sabía que tarde o temprano alguien me haría esa pregunta. Es a la que más temía, la que me generaba una gota de sudor japonesa en la frente. Cuando no estoy bien, esa cuestión puede hacerme descender a los infiernos y que me ponga a llorar en ese mismo instante. No son simplemente dos palabras, son LAS palabras y su respuesta es tan difícil que nunca suelo responder con la verdad. La pregunta hace que mi voz se rompa de inmediato, se me haga un nudo en la garganta y mis ojos se vuelvan borrosos. Pero no, no estoy dispuesta a exhibir mi dolor, abrirme en canal y autohumillarme públicamente en esa terraza de Atenas mientras lo cuento todo con un trozo de lechuga entre los dientes. Así que decido responder como lo hago siempre.

—Y tú, ¿qué tal estás?

Mauro pone los ojos en blanco y da un trago largo a su cerveza.

—¿Qué es lo que pretendes? ¿Que entremos en el bucle infinito de «Y tú, ¿cómo estás?», «Y tú, ¿cómo estás?», ¿hasta la eternidad?

—Joder, me conoces demasiado. —Quizá yo también necesito una persona a la que poder responder con sinceridad—. No, no estoy bien. No sé qué me pasa ni lo que quiero, estoy muy perdida.

—¿Es por Ese o por Gabriel?

—Supongo que es una mezcla de todo, aunque lo de Gabriel fue la gota que colmó el vaso. Creo que he perdido las riendas de mi vida, voy como una autómata de aquí para allá. Hace tiempo que siento como que no me pertenezco. Pertenezco al trabajo, a mis obligaciones, a mis clientes, pero no a mí... ¿Crees que me he vuelto loca?

—No creo que sea grave, pero ¿quizá te has cagado un poco con la propuesta de ser la nueva directora general de la agencia?

—Es posible, pero cómo voy a dirigir una empresa si soy incapaz de dirigir mi propia vida.

—Lena, por favor, no seas tan dura contigo, estoy seguro de que si hay alguien que puede hacerlo eres tú. Nadie conoce mejor la agencia, los clientes y a las personas que trabajan allí. Además, has luchado mucho para llegar donde estás, no puedes tirarlo todo por la borda. Tienes que confiar en ti un poco más.

—¿Confiar en mí? «Salí jodida la última vez que en alguien yo confié» —dije mientras tarareaba una canción.

—¿Sabina?

—No, Bad Bunny. Ahora mismo la confianza es una palabra que no existe en mi vocabulario. Creo que todo empezó cuando, de pequeña, un chico me dijo que quedáramos para comer pizza en un parque y luego apareció con dos latas de Aquarius porque ya había comido. A partir de ahí fue a peor.

—¿Y no crees que todo mejoraría si no fueras tan hermética y te abrieras un poco a la gente o a conocer a alguien?

—No sé por qué os ha dado a todos por decirme que la solución a mis problemas está en volver a enamorarme, cuando precisamente la mayoría de ellos empezaron por hacerlo. Todavía estoy recuperándome, te recuerdo que solo han pasado algunos meses de todo aquello.

—¿Y qué se supone que tienes que hacer, guardar luto? Nena, ¿te crees que estamos en el siglo xv? Es normal que estés así, la vida te da hostias sin que las veas venir, pero no puedes seguir llorando eternamente. Se llora y se sigue.

—Es fácil decirlo, pero no lo es cuando sigues viviendo en la misma casa junto a unos recuerdos que ni siquiera te pagan el alquiler.

—Pero te vas a mudar a una nueva maravillosa donde acumularás otros durante toda tu vida.

—Ese es el problema, que no sé si quiero vivir en ella, ¿quién me mandaría a mí comprarme una casa para toda la vida? ¿Acaso existe algo para toda la vida?

—Sí, los herpes labiales.

—Oye, ¿y a ti qué te ha pasado con Chema?

—Después de que me dijera que no estaba preparado para ser padre le conté que me iba a pedir una excedencia de un año en el trabajo y tampoco se lo tomó bien.

—Pero ¿y eso qué tenía que ver con él?

—En realidad sí lo tiene cuando vives en pareja, querida —noto cierto retintín—, pues afecta a la vida en común. Me dijo que no estaban las cosas como para pedir ese tipo de favores en el trabajo, que me arrepentiría, que era una decisión que había que pensar y, de repente, vi a mi madre hablando por su boca.

—Adiós *sexappeal*, hola bajón.

—La cosa no terminó ahí, después de una larga conversación me dijo, en abstracto claro, que estábamos yendo demasiado rápido y que no estaba preparado. Eso sí, a través de pseudoexplicaciones, frases sin terminar y un discurso vago que terminó con un «cuídate». ¿Puede haber una palabra más humillante?

—Vamos, que te estaba dejando y no quería seguir contigo. —Sé que estaba siendo muy directa, pero los verdaderos amigos están para ayudar a quitar vendas y descifrar mensajes. Y sí, «cuídate» se dice cuando ya no queda esperanza.

—Es que no entiendo por qué en una relación hay que aprender a leer en braille. ¿No sería más fácil decir las cosas como son? En lugar del «No eres tú, soy yo», «Estoy confundido» o el clásico «Te mereces a alguien mejor», podrían utilizarse el «No quiero estar contigo», «No me gustas tanto» o «Solo te quiero para el sexo». No sé cómo Chema se dejó arrastrar tanto tiempo por algo que no quería. La especie humana es gilipollas en una proporción desconocida.

—Desde luego, la sinceridad sería un ahorro de tiempo, energía, helado, alcohol, canciones tristes y malos polvos. ¿Te acuerdas de aquel ligue que conocí en Mallorca?

—¿El francés?

—Sí.

—¿Qué tiene que ver en todo esto?

—Pues que después de tres meses de relación a distancia me llamó para decirme que yo no le gustaba lo suficiente. En ese momento me hirió el orgullo, pero también me hizo reflexionar, pues yo tampoco me veía con él en algo más serio. Ahí agradecí la sinceridad.

—Sí, tienes razón, quizá hay momentos y situaciones en la vida que hacen imposible una relación a pesar de que uno la desee, como la mía con Chema. Pero es que no quiero poner punto final. ¡Estoy casi tan enamorado!

—¿Cómo que casi? O lo estás o no lo estás.

—Me gusta estar con él, estoy cómodo y me da estabilidad, ¿acaso el amor no es eso también?

—Cuando tienes ochenta años, sí, pero creo que lo que te da miedo es estar solo, y por eso estás dispuesto a cerrar los ojos a la realidad. Mauro, Chema no quiere ser padre, es una decisión vital, lo vuestro se hubiera terminado de todas formas. Todo lo que te dijo sirve para no afrontar algo que ya sabes: que no quiere seguir contigo. Lo malo es que, al hacerlo de ese modo y sin ser claro, pasar página cuesta mucho más.

—Pues vamos a hacerlo, vete pensando qué hacemos esta noche y cuál será nuestro próximo destino. Por cierto, ¿dónde te quedas? He dado por hecho que dormiría contigo. También necesitaría darme una buena ducha y dejar esto en algún lado —dice levantando una mochila del suelo.

—¿Solo viajas con eso? Envidio a la gente que puede utilizar los mismos calcetines más de dos veces. —Me acuerdo de mi maleta y que debo preguntar por ella.

—Brindemos —dice mientras levanta su cerveza, y yo le sigo haciendo lo mismo con la mía.

—¿Por qué?

—Por cuidarnos, pero de verdad.

—¡Por cuidarnos! —grité—. Y por la cobardía verbal.

—¿Cómo?

—Sí, porque gracias a ella hemos tenido una excusa para estar aquí juntos y echarnos unas risas, aunque después nos metamos a la cama a llorar.

—Menos mal que casi todo en esta vida puede superarse con terapia.

—Y con Orfidal con Rioja.

—Qué bruta eres... ¡Camarero, otras dos cervezas!

Después de tres rondas paseamos algo mareados por Psiri. Es como hacerlo por un gran rastro lleno de suvenires, artículos locales y banderitas de colores que cuelgan de un edificio a otro como si estuvieran de fiesta. Hay dibujos de mil formas y colores sobre las paredes y hasta en el callejón más recóndito. Nos detenemos a observar uno en el que tres caras deformes con grandes sonrisas ocupan toda la fachada de un edificio.

—Mira ese, son tres cabras sonriendo —dice Mauro soltando una carcajada.

—Qué felices parecen.

—¿Cómo no van a estarlo? Yo admiro la templanza y el autocontrol de algunos animales teniendo en cuenta que para ellos todo el suelo es comida.

—Ya, pero el autocontrol no se aplica a la lechuga y la hierba debe ser algo parecido. No sé a ti, pero a mí me encanta Atenas. Puedes caminar a través de la historia todos los días mientras vives tu vida moderna. A la derecha tienes un templo y en la galería de enfrente están haciendo un grafiti. Vamos a acercarnos.

Entramos a una galería donde varias personas forman un círculo para ver pintar un mural a una chica de unos treinta y tantos. Lleva el pelo recogido en un moño alto y despeinado, grandes pendientes de aros dorados, un chándal negro muy ancho con zapatillas de marca y altos calcetines blancos. En una mano sostiene un pincel y en la otra un bote de espray. Ella es la artista principal de la exposición, cuyas obras parecen inspirarse en la cultura moderna y callejera y representan a cantantes, celebrities o chonis en actitudes desafiantes o perreando. Sus cuadros coloristas combinaban las actitudes sexis de sus personajes con el «feísmo» de sus facciones consiguiendo a la perfección unir la estética infantil con una mirada ácida y perversa. Sus pinturas tienen un toque divertido que te embriaga y hace partícipe de un mundo imaginario absolutamente contemporáneo y delirante.

—¿Lo ves? —le dije a Mauro—. Esto es a lo que me refería, al contraste entre lo clásico y la modernidad, ¿no te parece fascinante?

—Sí… Oye, acabo de ver pasar a un camarero con copas de vino —dice sin prestarme atención—, voy a buscar un par, enseguida vuelvo.

Mauro desaparece entre la gente y me quedo sola observando uno de los cuadros en el que una chica sonriente, que parece pintada por una niña de cinco años, sostiene una metralleta vestida con top y short negros y medias de rejilla. Sus botas son camiones que caminaban sobre llamas de fuego.

—¿Te gusta? —me pregunta alguien colocándose a mi lado.

—Sí, me gusta todo lo que parece una equivocación —dije sin girarme ni dejar de mirar al cuadro—. Encuentro algo magnético en la imperfección.

—En realidad, todos lo hacemos, ¿no?

Me vuelvo para mirar a mi acompañante.

—¡Hola, Pantelis! ¿Qué haces aquí? Qué casualidad, ¿te has tomado un descanso entre sandalia y sandalia?

—Sí, además de la tienda, dirijo varias galerías como esta y otros negocios vinculados con el arte, aquí y en otras islas. Me gusta apoyar el talento joven.

—Vaya, eres una caja de sorpresas, ¿hay algo a lo que no te dediques?

—Intento hacerlo a casi todo lo que me gusta y con lo que disfruto —dice sonriendo—. A la artista de estos cuadros la conocí en el hostel que regento en la isla de Antíparos. Se llama Bel Fullana. Llegó tras una crisis vital y allí recuperó la confianza para terminar esta exposición, que, por cierto, está siendo todo un éxito.

«Antíparos, Antíparos», repetí ese nombre en mi cabeza intentando recordar quién me había hablado antes de ella.

—No sé lo que tienen estos cuadros, pero creo que me identifico con sus personajes, parecen confundidos y al borde de un ataque de nervios, como si estuvieran lidiando con sus propios monstruos. Me gustan porque son amorfos y feotes, pero también exhibicionistas y sin complejos. Me hacen sentir como cuando estás borracha en una discoteca dándolo todo porque sientes ese *superpower*, pero en realidad lo que das es un poco de pena. Es gracioso y denigrante a la vez.

—Creo que en el fondo a todos nos gustan los contrastes y nos hacen más humanos.

—Reconozco que con ella —digo señalando el cuadro de la chica con la metralleta— me encantaría salir a tomarme unos whiskies y reírnos de las cosas que nos hacen sufrir.

—Es bueno reírse de lo que nos duele, eso sí, con un par de whiskies es posible que hasta la veas salir del lienzo. —Me sonríe.

Mauro aparece triunfante entre la gente con una copa de vino en cada mano.

—Mauro, te presento a Pantelis, el mejor zapatero poeta de toda Atenas. Y, según me acaba de contar, también artista y mecenas.

—Encantado. —Mauro me da una de las copas y extiende la mano a Pantelis—. Disculpa que no te haya traído una copa, no sabía que estabas acompañada.

—Pantelis es el zapatero que me hizo estas sandalias y además el director de la galería. Estábamos comentando que me iría de fiesta con todos los personajes de estos cuadros.

—Pues a mí esa mezcla de inocencia y psicosis me parece espeluznante, creo que esta noche tendré pesadillas, solo espero que tengan como escenario una isla paradisiaca.

—Justo le decía a Lena que dirijo un hostel en la isla de Antíparos, ¿la conoces? Es una pequeña isla situada en el mar Egeo. No es isla muy turística ni hay mucho que hacer, salvo disfrutar de sus playas salvajes, del sol y de su comida. La gente suele ir a bucear, a montar en bici o simplemente a relajarse.

—¿Y también hay buenos cócteles? —pregunta Mauro con gracia.

Pantelis soltó una carcajada.

—Por supuesto. Yo salgo esta misma tarde para allí, todavía en estas fechas no hay mucha gente y tenemos espacio de sobra. Si os apetece ir, estaré encantado de recibiros.

—¿Lo dices en serio? Claro, ¡nos encantaría! —dice Mauro sin dudar.

—Hay un ferry que tarda tres horas de Atenas a Paros. Una vez allí, tenéis que coger otro barco más pequeño que os llevará a Antíparos, es la isla de al lado. Sale directamente del puerto y tarda otros diez minutos.

—Estupendo, mañana mismo estaremos allí, nos morimos de ganas, ¿verdad, Lena?

Yo asiento con la cabeza.

—Aquí tenéis la tarjeta con la dirección. Os dejo, voy a seguir saludando a los invitados, nos vemos pronto. ¡Adió!

Pantelis desaparece entre la multitud.

—¿Se puede saber qué cojones acabas de hacer? —digo enfadada.

—Organizar nuestro próximo destino, ¿ves qué fácil? No hemos tenido ni que pensar, el destino nos lo ha puesto en bandeja. ¡Ya tenemos plan!

—¿En un maldito hostel? ¿Compartiendo baño? ¿Compartiendo cosas con gente que nos habla?

—No seas exagerada, es más barato que otras opciones y te recuerdo que voy a estar sin cobrar un año. Además, allí podremos conocer a un montón de gente interesante, aprender cosas, ir a la playa, bucear… ¡Va a ser genial! Ha sido una suerte encontrarnos a Pantelis.

—Creo que preferiría dormir en la calle que rodeada de gente desconocida.

—Venga, volvamos a tu hotel, a ver si con un poco de suerte hay alguien disponible que te abanique con plumas de dodo mientras te das un baño en leche de burra.

—Lo que tengo que aguantar.

14

Llegamos al hotel cansados y con algo de resaca. Somos la viva imagen de la derrota y el agotamiento.

—Vaya con mi amiga, qué poderío, ¿no? —dice Mauro asombrado nada más poner un pie en el vestíbulo.

Todavía con las gafas de sol puestas me acerco al mostrador.

—*Kalispéra*, me gustaría saber si ha llegado una maleta a mi nombre —le digo a la recepcionista.

—*Kalispéra*, no, *siñora*, no ha llegado ninguna —contesta sonriendo.

—¿Podría comprobarlo? Me dijeron de la aerolínea que llegaría hoy.

—Me temo que no hemos recibido nada —responde contundente.

—¿Le importaría asegurarse? —insisto quitándome las gafas y con cara de pocos amigos.

La chica teclea con fuerza en su ordenador. Puede no haber escrito nada, el típico «asasñdfañksdfjñlk» que mecanografías para fingir que anotas algo. O también puede haber escrito que la clienta gilipollas de detrás del mostrador merece que le arranquen las pestañas una a una. En cualquier caso, nunca lo sabré. Después de unos segundos se vuelve hacia mí y me pregunta:

—¿Me podría indicar el nombre al que está la reserva de su habitación?

«Entonces ¿qué ha estado tecleando tanto tiempo?».

—Lena —respondo.

Vuelve a teclear de nuevo y después pregunta:

—¿Podría deletreármelo?

«¿Lo estaba diciendo en serio o simplemente me estaba tomando el pelo?».

—Claro: ele, e…

—Lo encontré —dice antes de que pueda decir las dos últimas letras—. No, no ha llegado nada, lo siento.

—Vaya. —Adiós a mi pequeña esperanza—. Aprovecho para avisarla de que finalmente dejaré la habitación mañana por la mañana.

—Sin problema, la noche de hoy serán entonces cuatrocientos euros.

—¿Disculpe? ¿Se puede saber por qué?

—Ya le dije el otro día que la tarifa sería más alta si duerme acompañada y parece que hoy lo hará —dice con una sonrisa pícara mientras dirige su mirada a Mauro.

—No, no… Mire, él no es ningún acompañante, es como mi hermano, ¿sabe? No vamos a…

—Entiendo, pero son las normas.

—Qué normas ni qué nada. Ya acordamos una tarifa el primer día y es lo que voy a pagar por esa habitación. Tiene que entender que esto no estaba planificado, ha sido totalmente improvisado.

—Sí, *siñora*, pero ya la informé de que en el caso de ocuparla dos personas la tarifa sería el doble.

—¿Quiere hacer el favor de escucharme? No pienso pagar un extra de doscientos euros más por esa habitación, ¿está claro?

—*Né*, entiendo su problema —dice sonriendo—, pero no puedo hacer nada.

—¡Y una mierda! —Elevo el tono de mi voz y varias personas me miran.

—Si quiere dormir acompañada, tendrá que abonar la diferencia, son las reglas.

—¡Me importan una mierda las reglas! ¡Quiero hablar con el encargado! Esto es inaceptable.

—Señorita, aquí yo soy la única encargada.

—Ah, en ese caso, quiero… poner una hoja de reclamaciones, no, peor aún, les dejaré una mala reseña en internet, eso.

—Estupendo. ¡Qué tenga un buen día! —Da media vuelta y se marcha.

¿Quién se ha creído? ¿Es que nadie le ha explicado a esta chica que los clientes siempre tienen la razón? La incompetencia es, sin ninguna duda, la mayor pandemia de este siglo. Sin embargo, no tenemos otro sitio donde caernos muertos, así que habrá que asumirlo.

Vuelvo donde está Mauro, que me espera con cara de estatua griega junto a la mesa de aguas infusionadas.

—Nena, ¿a qué ha venido todo eso? Toma, bebe un poco de agua —dice acercándome un vaso—, y cálmate.

No recuerdo las veces que, estando nerviosa, había conseguido calmarme cuando alguien me decía que me calmase. «Cálmate» era la palabra menos efectiva y más irritante que conocía. Era como si cuando llorabas alguien te dijera: «Venga, no llores, anímate». Como echar más leña al fuego.

—¿Estás bien? Pareces ¿cansada?, ¿tensa?, ¿estresada?

—¡No, joder! ¡Estoy perfectamente! —digo cortante y empiezo a caminar por el pasillo en dirección a la habitación.

Nada más entrar, Mauro deja la mochila en la cama y comienza a reírse sin piedad.

—Pero, Lena, ¿se puede saber qué tipo de sitio es este? Ay, pero ¿dónde estamos, en Pitufilandia? —No puede aguantar la risa y se pone la mano en la tripa en señal de dolor debido a las carcajadas—. Dime que voy a abrir el armario y aparecerá Gargamel con un tanga de leopardo. Joder, este sitio es increíble, júrame que no me has traído a un *escape room*. —Llora de risa tumbado en la cama, mientras a mí me hace la misma gracia que si clavaran agujas a mi muñeca vudú.

Entonces exploto.

—¡Basta ya, basta ya, basta ya! —grito enfurecida y me siento a llorar desconsolada encima del váter.

Vaya si lo hago. Exploto de verdad. No sé si es algo hormonal o emocional, no sabría explicarlo. Hace unas semanas era una profesional de treinta y tantos, con éxito y una carrera prometedora. Y ahora mismo soy un tornado, un tsunami, una catástrofe natural. La racional y cabal Lena, que llevaba una vida ordenada y más o menos funcional, está perturbada y abatida. Y, lo peor, es incapaz de contener lo que sea que lleve dentro.

Mauro corre de la cama al baño y se apresura a abrazarme de rodillas sentado en el suelo.

—Lena —susurra—. Intenta tranquilizarte. No te preocupes por nada, estoy aquí a tu lado.

—No quiero tranquilizarme —digo sollozando—. Solo quiero una *katana*.

Mi teléfono emite el sonido de un mensaje en el bolsillo de mi vestido y, al sacarlo, veo en la pantalla bloqueada que es Vera preguntándome dónde puede encontrar una grapadora en la oficina. Agarro el móvil con fuerza y lo estampo contra el espejo. Ninguno de los dos llega a romperse de milagro.

—Vale, amiga —dice Mauro elevando el tono de voz—. Tampoco queremos montar un espectáculo y que nos echen del hotel como si fuéramos unas estrellas del rock venidas a menos, ¿no crees?

Eso me enfurece todavía más.

—¿Qué te parece este tipo de espectáculo? —le pregunto buscando a mi alrededor algo más para lanzar. Y entonces vuelvo a la habitación y veo una lámpara que arrojo contra el suelo sin piedad. Abro el armario y cojo la ropa y las perchas y las lanzo por los aires a discreción mientras Mauro se cubre con los brazos la cabeza. Vuelvo al baño para arrancar el secador y la alcachofa de la ducha. Tiro todo lo que encuentro a mi paso con la rabia de un león hambriento. Me dirijo al escritorio y estampo el cenicero de cristal contra el parqué haciéndolo añicos.

Miro a Mauro, está petrificado, pero ya no puedo contenerme. Continúo con las almohadas y las destrozo de tal manera que miles de plumas vuelan por la habitación como si nevara en pleno verano. Después arranco las cortinas, despego el papel pintado de la pared —eso es de lo único de lo que no me arrepiento—, tiro una colcha por la ventana y hago volar una silla por los aires.

Finalmente Mauro pone fin a mi furia, viene hacia mí, me rodea con sus brazos y me aprieta contra él mientras me susurra.

—Ya basta, amiga.

En su cara puedo ver la preocupación y el miedo. Es real, se me ha ido por completo la pinza.

—Lo siento —susurro intentando recuperar el aire. Echo una mirada de reojo por la habitación, parece un campo de batalla.

Entonces escucho un grito. Me doy la vuelta. Hasta ese momento no me había percatado de que la recepcionista permanece inmóvil en la puerta de entrada todavía abierta. La miro e intento poner mi sonrisa más amigable.

—¿Cuatrocientos euros la noche? Barato me parece —digo en tono conciliador.

La hora siguiente la pasamos intentando convencer a la chica de recepción de que no avise a la policía. Por fortuna, Mauro trabajó en su juventud en una discoteca de Magaluf y tiene buenas habilidades negociadoras, así que consigue que no nos echen del hotel esa misma noche. Intentamos recomponer como podemos la habitación y arreglar los desperfectos que, según calculo, ascenderán a haber pasado allí una semana en la suite nupcial rodeados de sexo, drogas y champán francés. Aunque sí me avergüenzo, el dinero es lo que menos me preocupa. Mauro, sin embargo, sí parece intranquilo y me mira temeroso sin saber qué decir. Cuando terminamos de recoger, nos tumbamos los dos sobre la cama mirando al techo.

—No sé qué es lo que acaba de pasar hace un rato, pero no te había visto así en la vida —dice muy serio.

—No te preocupes —señalo quitándole importancia—, solo he perdido un poco los papeles, pero ya estoy mejor. Creo que necesitaba desahogarme.

—¿Desahogarte? Nena, he visto bandas de rock de los setenta desvalijando hoteles con más delicadeza. Te ha faltado mear en la alfombra como Sid Vicious gritando: «No pueden arrestarme, soy una estrella de rock», pero sin serlo.

—Disculpa, no he podido controlarme. Siento que todos los días es lo mismo: observo, me duele, me callo y sonrío. Observo, me duele, me callo y sonrío. A veces ni siquiera sonrío. Y así todos los días. Uno tras otro —digo mirando al infinito.

—No es bueno guardarse todo dentro, Lena, todos necesitamos desahogarnos.

—Creo que he llegado a mi límite, ¿sabes? El estrés del trabajo, la certeza de haber tomado decisiones erróneas, el palparme las tetas cada mañana y pensar que están más abajo que ayer… Y para colmo este horrible sentimiento de que soy la típica insoportable, egoísta, apática y cínica que es incapaz de gestionar sus emociones.

Cojo aire y lo retengo en los pulmones. Me tapo la cara con ambas manos deformándola y arrastrando la piel hacia abajo mientras exhalo.

—Pues saber hacerlo es indispensable para vivir en paz, querida —contesta.

—¿Te has vuelto chamán o qué pasa?

—No bromeo. Estoy seguro de que si nos hubiesen enseñado más inteligencia emocional en el colegio no tendríamos tantos problemas. Espero que al menos nuestros hijos puedan aprenderla desde mucho antes.

—Quizá son esos miedos los que han hecho que nuestra generación tenga cada vez menos descendencia, ¿no crees?

—Sí, o quizá ahora vamos a terapia para arreglar nuestras relaciones.

—Eso es lo que debería haber hecho Vera —digo juzgándola sabiendo que esa era una regla inquebrantable de la amistad.

—Pero ¿qué dices? Vera tiene una vida perfecta y una relación envidiable con Santos, ¿crees que necesitaban un hijo para ser felices? —me pregunta incrédulo.

—Las parejas tienen hijos por presión social, por miedo a la soledad, por problemas de comunicación o por aburrimiento, pero rara vez los tienen por amor.

—Ya salió la *hater*.

—¿Qué? Un bebé es capaz de absorber todo el amor de la pareja hasta dejarla sin nada. Puede acaparar también incluso el de todas las personas que hay alrededor. Con Vera hace meses que no se puede hablar de otra cosa.

—Es lógico, ahora su bebé lo es todo. Mi abuela tuvo cinco hijos y cuando le preguntaban por qué había tenido tantos, nunca supo responder. «Los tuve y ya está», decía. No se planteaba la vida, solo se limitaba a vivirla.

—Quizá ahora lo hacemos al revés, nos lo cuestionamos todo y no la vivimos.

Nos quedamos en silencio unos segundos mirando al techo. Me vuelvo hacia él para observarle apoyándome sobre el codo y sujetando mi cabeza con la mano.

—¿Me cuentas aquella historia sobre nosotros que me contabas en la universidad cuando estábamos de resaca y nos sentíamos unos perdedores? —le suplico.

—Claro —también se gira hacia mí—, prefieres la del futuro utópico, distópico o apocalíptico.

—La del utópico está bien.

—De acuerdo. Los dos vamos a comernos el mundo. Tú serás la presidenta del mayor grupo de entretenimiento internacional, una especie de Netflix, y saldrás en *Forbes* como una de las mujeres con más éxito del planeta, pero no en la lista de «under 30», a esa ya no llegas. Y yo seré un millonario tipo Steve Jobs dirigiendo la red social con más usuarios del mundo, pero sin los jerséis de cuello alto y los *playbacks*, que ambos me dan urticaria. Y todos los años nos iremos de viaje juntos a hoteles de superlujo y destrozaremos una habitación de hotel, qué digo una habitación, una planta entera.

No sabía por qué, pero siempre había envidiado las vidas exitosas que mostraban las revistas financieras. Sabía que no todo el mundo tenía la misma ambición y que había gente que prefería vivir feliz en la comodidad de su normalidad. Por ejemplo, cuando una de mis amigas de la universidad se mudó de Madrid a una pequeña ciudad del norte, yo le pregunté por qué lo había hecho. «Porque sé que en Madrid nunca voy a ser la mejor en lo mío, es imposible, así que prefiero ahorrarme el estrés», me respondió. Nunca conseguí entenderlo.

—No imagino mejor plan para nuestros próximos veinte años —digo satisfecha.

—Oye, y hablando de planes, he quedado con unos amigos que están en Atenas para salir por una zona que se llama Exarchia, al parecer está llena de locales bohemios donde tocan música en directo, te apuntas, ¿verdad?

—No, ya sabes que odio a los «cansautores».

—Entonces yo tampoco iré.

—De eso nada —digo tajante—, estoy cansada y me apetece estar sola, creo que hoy he consumido demasiada energía.

—Como quieras, pero llegue a la hora que llegue hoy, mañana despiértame pronto para coger el ferry. No veo el momento de estar en esa isla y tumbarme en una hamaca bajo el sol. —Y se incorpora para prepararse dando unas cuantas palmadas de alegría.

—Solo espero que sea un lugar soleado para gente oscura, como yo —digo pesarosa.

—Anda, calla, Nosferatu, haz el favor de darte una ducha con lo que queda de ella y salir a dar una vuelta.

15

Mauro y yo salimos juntos del hotel a todo correr para evitar encontrarnos con la recepcionista.

Me visto con una falda arrugada de las que me había comprado un par de días antes. Desde que pongo un pie en la calle me siento incómoda. «Joder, cómo odio las arrugas». Las juzgo como un reflejo de mi personalidad porque implican descuido. Debería haber pedido una plancha en el hotel, pero no podía hacerlo después de aquella escenita. Aunque lo más fácil sería simplemente empezar a aceptarme, con mis defectos y mi fondo de armario. Tal vez tenga que aprender a ignorar las pequeñeces y dejar de dar tanta importancia a las tonterías. Además, para qué engañarme: también odio planchar.

Caminamos entre la gente en dirección hacia donde había quedado Mauro. A pesar del barullo de las tiendas, los turistas y el calor pegajoso de última hora de la tarde, hace una noche agradable. Son más de las nueve y el sol todavía no se ha ido. En verano, la vida tiene mucha más luz y hasta parece tener más sentido. El resto del año renunciamos a caprichos, ropa, viajes, alcohol, carbohidratos…, pero nadie quiere privarse de un verano.

Pasamos por delante de un puesto callejero que vende comida en una furgoneta. Un matrimonio cerca de los setenta con la piel castigada por el sol no para de repartir trozos de carne envueltos en pan de pita a la gente que hace cola. El olor a cordero y a especias detiene a Mauro.

—¿Has visto estos souvlakis? ¡Menuda pinta!

—¿Lo dices en serio? Me he comido cosas de un contenedor con mejor aspecto.

—Voy a pedir uno para llevar, que tengo que hacer base —dice colocando la mano en su estómago—, ¿quieres otro?

—Ni de broma —respondo con cara de asco.

—Pues deberías probar la comida callejera, es baratísima y está elaborada por gente que sabe lo que hace —dice señalando a la pareja—. Seguro que llevan alimentando a toda su familia con la misma receta generación tras generación.

—Gracias, pero prefiero evitar tener que cagar muy fuerte cada quince minutos.

—Como quieras, pero estoy seguro de que terminaremos pillando una diarrea en este viaje hagamos lo que hagamos. Así que prefiero que sea probando comida barata y autóctona.

Mauro devora en apenas tres bocados el souvlaki y continúa su camino hacia Exarchia. Nos despedimos en una plaza en la que hay una especie de concurso callejero que consiste en adivinar cuál de los vasos esconde una pelotita. Un inglés consigue descubrirlo y se lleva una cesta enorme de productos griegos. A pesar de su tamaño, no me da envidia, pues yo tengo el récord Guinness mundial de culparme a mí misma, y a eso no me gana nadie.

Tanta furia me ha dejado agotada y con ansiedad, así que me paro a comer algo en una terraza a uno de los laterales de la plaza. Me siento como Lena Sin Amigos cuando pido mesa para uno. Noto de nuevo que todo el restaurante me mira, aunque quizá sea porque soy la única que ha pedido pizza. A veces no estoy segura de si lo que necesito es un abrazo o solo carbohidratos.

Mientras engullo esos trozos de pan descongelado e intento pasarlos por mi garganta a golpe de cerveza, se me acerca una mujer de mi edad. Se ha levantado de una mesa contigua en la que cenaba con su marido y dos niños pequeños. Se agacha para colocarse a la altura de mi cara y me dice muy bajito:

—Disculpa, no quiero molestarte, pero creo que eres muy valiente.

—¿Valiente, por qué? —balbuceo con la boca llena de pizza, de la que salieron algunos trozos disparados.

—Sí, volamos en el mismo avión desde Madrid. Te he visto caminando sola por Atenas estos días y, aunque no parece que te estés divirtiendo mucho, te admiro. Ojalá yo hubiera tenido el valor de viajar sola alguna vez.

La comida que tengo en la boca solo me permite esbozar una sonrisa con los dos carrillos llenos con la que intento decir «gracias». Ella me devuelve el gesto y sin decir nada más vuelve a la mesa con su familia. Escucho cómo le dice a su marido que me ha confundido con alguien de su oficina.

Me lleva unos segundos asimilar lo que ha pasado. Las epifanías solían llevar su tiempo y, aunque debía sentirme orgullosa de lo que me había dicho aquella mujer, la culpa y la inseguridad eran emociones incómodas que lo seguían impregnando todo, así que decidí acallarlas con un brindis. Un brindis por haber tenido la idea de venir. Levanto la cerveza y, con ella en lo alto, me digo a mí misma orgullosa: «Lena, esta va por ti. Olé tus ovarios». Y me pido otra cerveza.

Mientras ceno debato conmigo misma sobre tonterías como si me habré dejado la nevera abierta o si lloverá en Grecia, y caigo en la cuenta de que lo hago para intentar no llorar. Últimamente mi mente permanece en blanco, no tengo ideas ni planes ni motivaciones. ¿Y si este viaje resulta contraproducente y a lo único a lo que me lleva es a un aislamiento mayor? Quizá es mejor tener la mente vacía que llena de ideas sin pies ni cabeza. No consigo olvidar los últimos acontecimientos, pero tampoco quiero castigarme recordando cada segundo ni preguntarme si lo estoy haciendo bien o si es realmente lo que quiero. «Mira si eres miserable, Lena, que te estás comiendo una pizza en Grecia». Quizá en eso consiste cuidarse a una misma, en encontrar tu génesis en la inestabilidad. El principio de un viaje debe ser premonitorio, motivador, divertido…, pero no está siendo nada de eso, mi cabeza sigue en blanco. Espero que no sea un aviso de lo que vendrá. Yo, la reina de los mil pensamientos por segundo, me he quedado muda. Muda de pensamientos. Joder, esto sí que es un cambio radical. Quizá tantas emociones me han dejado tonta, seca. Me siento decepcionada conmigo misma, frustrada y desorientada. No sé qué espero de todo esto, solo pido un poco de lucidez, ¿acaso es tan difícil? El viaje acaba de empezar, así que me repito las palabras que me dice mi madre siempre que me ocurre alguna desgracia: «Sigue con tu vida y para adelante, que todo nace de nuevo».

Pago la cuenta y me marcho caminando al hotel arrepintiéndome de cada bocado de esa asquerosa pizza que me costará horas digerir. Intuyo una larga noche de insomnio y decido recurrir a las pastillas. Me cuesta creer que de pequeña consiguiera dormirme sin ayuda. Sin melatonina, infusiones, químicos o valerianas. Solo yo y mis párpados. Bueno, y los cuentos. Me viene a la cabeza la imagen de mi madre a mi lado leyéndome uno antes de dormir; comienza con: «Esto era una niña muy buena que se llamaba Helena». Cojo el móvil y le mando un mensaje: «Ojalá estuvieras aquí y me contaras un cuento. Siempre has dicho que a partir de una edad todo mejora, ¿cuándo empieza a pasar eso? Yo no elegí vivir en el modo difícil. Besos». A los dos minutos ella me responde: «Lo siento, lo elegí yo porque estaba en oferta. Mejora cuando te jubilas, ja. Disfruta. Te quiero».

Cuando Mauro llega, lo hace tres horas más tarde y, por lo que puedo intuir por los ruidos, algo perjudicado. Yo sigo despierta, pero no digo nada y me hago la dormida. Pienso que, a pesar de que no me apetece demasiado, quizá no es tan mala idea ir a Antíparos. Total, si cambiaba de destino para comer pizza y beber cerveza, por lo menos que fuera en un lugar paradisiaco donde quedasen bien las fotos. Bueno, y donde mi infeliz vida por lo menos fuera instagrameable.

16

Llevo despierta toda la noche, así que no hace falta que suene el despertador. Me quedo tumbada en la cama un rato más con los ojos abiertos. El cuerpo me pesa y me encuentro sin fuerzas, pero me armo de valor para acercarme a Mauro, que yace junto a mí y apesta a alcohol destilado. Le susurro al oído que hay que ponerse en marcha para coger el ferry y él contesta rogándome quince minutos más.

No me apetece ir a ninguna isla a relajarme. Apenas suelo tener ganas de cogerme vacaciones durante todo el año y dejar de trabajar. A mis treinta y tantos ya me he divertido lo suficiente como para saber que lo que me gusta es estar inmersa en mi rutina laboral. Una rutina que conozco y en la que me reconozco. Playa, sol, descanso, momentos compartidos con gente desconocida, fingir interés por vidas ajenas…, me entra urticaria de pensarlo. La sola idea de tener que pasar unos días sin las obligaciones asociadas a mi trabajo se convierte en un suplicio.

Cojo el móvil y le mando un mensaje a Colette:

Hola, Colette, ¿cómo sigue todo por la agencia? Espero que bien. Si hay alguna urgencia, no dudes en avisarme. Un abrazo!

Bonjour Lena! Cómo estás? Disfrutando? Por aquí todo en orden y bajo control. Aprovecha para desconectar, y recuerda que nadie es imprescindible! :-) *Bisous!*

¿Qué quiere decir «nadie es imprescindible»? ¿Que soy reemplazable? Espero que solo fuera una frase hecha para que no me preocupase, pero me parece contradictorio. ¿Cómo es posible que en el trabajo se me exija un nivel de compromiso que a su vez no es recíproco porque yo soy sustituible? A lo largo de los años se me había requerido compromiso, dedicación, proactividad, lealtad…, pero todo eso se resumía en un «nadie es imprescindible». Me pregunté qué podía ser más personal que el tiempo, las horas, los días o los años dedicados al trabajo, a cultivar experiencia y a transmitir ese conocimiento a otros. ¿Acaso no había nada más personal que eso? Su mensaje me deja intranquila, y hasta se me pasa por la cabeza coger el primer avión de vuelta a Madrid, pero en un momento de sensatez decido seguir adelante con mi plan.

Recojo las pocas cosas que tengo y las meto en la mochila. Algo bueno tenía que tener viajar ligera. Quedo con Mauro en que, mientras él vuelve de entre los muertos y se prepara, yo voy haciendo el *check out*. Pago el equivalente a haber pasado un mes en un yate de lujo y discuto por teléfono con la aerolínea por no saber decirme todavía dónde está mi maleta. «Zeus, dame paciencia, porque como me des fuerza los mato y los entierro y ambas opciones cansan mucho». Así que decido dejarme llevar y afrontar el día con la misma actitud que un junco movido por el viento al que nada le afecta.

Cuando abandono el hotel, Mauro se está tomando un café en la terraza de una cafetería contigua. Lleva unas bermudas ajustadas por encima de la rodilla, una camiseta de marca desgastada y unas gafas de sol que le tapan media cara. Tiene la energía y el sarcasmo que solo una resaca puede provocar.

—Pareces una mochilera recién llegada de Woodstock en el 69 —dice al verme.

—Gracias, tú también tienes muy buen aspecto —respondo irónica.

—Tenías que haberte venido ayer, acabamos en un karaoke cantando canciones de Lady Gaga.

—Espero que no fueran de las de su época country. Siempre he preferido las que hacía cuando era adicta a la marihuana y la cocaína.

—Lena, estoy perdiendo el norte —me confiesa mientras se quita las gafas.

—¿Por qué?

—Creo que Chema está con alguien.

—Vamos hacia el puerto para coger el ferry y me vas contando lo que ha pasado por el camino.

—Espera a que me termine el café.

—Tómate otro en el barco —respondo impaciente.

Mauro es exasperante en lo relativo a la puntualidad, lo que me saca de quicio.

—Necesito despejarme —dice echando un sobre de azúcar y removiendo despacio con la cucharilla.

—Tenemos tres horas a bordo sin cobertura. Te aseguro que lo único que querrás es dormirte y despertarte allí.

—Vale —dice asintiendo y le da un último trago al café mientras se pone de pie—. Tú ya sabes que no soy una persona que le dé muchas vueltas a las cosas, ¿verdad?

—En primer lugar, ¿cómo sabes que está con alguien?

Saca el móvil del bolsillo mientras caminamos, abre Instagram, busca el perfil de Chema y pone la pantalla a la altura de mi cara.

—¿Lo ves? Mira sus stories.

—¿Qué les pasa?

—Que son selfis.

—¿Y? Todo el mundo se saca selfis.

—Los que utilizamos las redes sociales únicamente como *voyeurs* no, no funciona así. Y, si publicamos alguno, solo quiere decir una cosa: que tenemos un lío.

—Estoy segura de que es como dices, pero quizá es solo una cuestión de ego.

—También, pero es una clara llamada de atención hacia la persona que te interesa para que te responda lo guapo que estás.

—Quizá simplemente se siente solo y busca un poco de aceptación. Puede ser un grito de soledad compartida, al fin y al cabo, todos los selfis lo son.

—No sé, pero es que además se pasa en línea todo el tiempo en WhatsApp.

—¿Cómo lo sabes?

—Porque me paso horas mirando al teléfono en nuestra última conversación. No le hablo ni nada, solo veo que está ahí, conectado. Me quedo mirando la conversación como esperando algo, como si estuviera observando a alguien en coma confiando en que dé alguna señal de vida. Y lo peor es que lo hago todo el tiempo. Ayer también lo hice mientras estaba subido en el escenario del karaoke con el micrófono en una mano y el móvil en la otra.

—¡Pero Mauro!

—Ya, ya, ya lo sé. No hace falta que me digas nada.

Llegamos al puerto y compramos los billetes para el ferry mientras avanzábamos por la fila para entrar.

—¿Y por qué no le preguntas abiertamente si está con alguien?

—¿Y qué quieres que le diga? Oye, te veo haciendo cosas raras, ¿me has reemplazado ya con otro o me estoy volviendo loco? No quiero que piense que soy un paranoico.

—Pero ¿quieres volver con él?

—No estoy seguro, pero tampoco quiero que esté con otra persona.

Entramos en el ferry, que era una gran mole flotante de muchos pisos que hacía parada en varias islas. Cabinas de diferentes categorías, tres cafeterías, tiendas... Un completo equipamiento para que nadie fuera capaz de aburrirse a bordo. Buscamos nuestros asientos y nos sentamos en dos enfrentados junto a un gran ventanal.

—Eso es un poco egoísta, ¿no te parece? Hasta que lo sepas, tienes que dejar de pensar en él y distraerte.

—Supongo que sí —dice con resignación lanzando un suspiro y mirando por la ventana—. Solo quiero alguien con quien hacer paellas en casa los domingos y después acurrucarnos en el sofá.

—Lo sé, quizá eso es lo que queremos todos —digo acomodándome en mi asiento.

Me pongo los cascos y saco mi libro de *Madame Bovary*. Me quedo con la mirada perdida en el horizonte durante unos segundos. Mauro me acaricia la pierna con su pie y le devuelvo el gesto con una sonrisa. Nunca le estaría suficientemente agradecida por haber aparecido en este viaje.

Noto cómo, a medida que el barco se adentra en el mar, me voy quedando profundamente dormida. Sueño que me paso el verano teletrabajando en casa de mi madre con una conexión a internet de 2001. Que celebro mi cumpleaños con Vera y que nos pegamos una fiesta épica tras la que yo me quedo embarazada de un vasco y pierdo el trabajo. También que me teletransporto a Atenas y me paso la mitad del sueño discutiendo conmigo misma sobre si usar la teletransportación puede afectar a mi destino. Hay que joderse, hasta en mis sueños soy capaz de arruinar mi propia diversión.

Me despierta un niño gritando al otro lado del pasillo. Debe de tener unos cinco años y se llama Aitor, de ahí lo del vasco de mi sueño. Lo sé porque su madre le ruega también a gritos que vuelva a su sitio desde el otro lado del camarote. A los españoles, cuando viajamos, se nos reconoce por repetir lo mismo insistentemente mientras aumentamos el volumen de nuestra voz. La barrera del sonido no la había roto un estadounidense a bordo del Glamorous Glennis, sino un grupo de españoles viajando. Miro el reloj, he dormido casi dos horas y Mauro no está en su sitio, así que decido ir a buscarlo. Abandono mi asiento y tropiezo sobre Aitor, que aparece de la nada en el suelo. Trato de esquivarle, pero caigo sin poder evitarlo encima de él. A su familia no le importa, así que pienso que, por lo menos, podrían recoger a sus engendros del suelo, pero sin darme cuenta lo digo en alto y creo que no reciben el comentario muy bien. Los animales tienen que ir con correa o en la bodega, pero los niños pueden correr libremente por cualquier parte. No lo entiendo.

Encuentro a Mauro en la cubierta charlando a lo lejos con tres chicos. Lo primero que hago al salir fuera es asomarme a una barandilla desde donde se puede ver la grandiosidad del mar. Su efecto es un bálsamo para los sentidos. Contemplar su color y su inmensidad aleja cualquier tipo de pensamiento negativo de mi mente, que solo vuelve cuando dejo de mirarlo. Observar el vaivén de las olas a medida que el barco se abre camino es relajante y ayuda a soltar. El mar tiene muchas voces, solo hay que escuchar con atención.

Al verme, Mauro abandona el grupo y viene corriendo hacia mí.

—No te lo vas a creer, pero he conocido a unos italianos que están buenísimos. Hay uno que me encanta, creo que me he enamorado.

—Tú siempre te enamoras.

—Esta vez lo digo en serio, he sentido algo, hay química entre nosotros.

—¿No será que te dura la resaca?

—Muy graciosa. También se bajan en Paros, pero me ha dicho que se quedarán allí unos días.

Me quedo en silencio todavía con la mirada puesta en el horizonte. Mauro me rodea con el brazo y me aprieta fuerte contra él.

—Vale, ¿qué esperamos de este viaje? —me pregunta mientras mira de reojo a los italianos y se atusa el pelo—. ¿Un poco de desenfreno o algo más tirando a bacanal?

—Creo que ninguna de las dos. Estoy en plan monja recién salida del convento.

—Chica, qué aburrida, además las mojigatas son las peores.

—Tienes razón —coincido.

—De todas formas, creo que las iglesias estarían más llenas si hubiera más aceite, más vino y el pan fuera mejor.

Nos reímos juntos mientras por los altavoces anuncian que en unos minutos llegaremos a Paros. Mauro saca el móvil, confirma que ya hay cobertura y mira a qué hora sale el próximo barco que nos lleva a nuestro destino final: Antíparos.

—Tenemos solo media hora de espera. El tiempo justo para tomarnos una cervecita con los italianos y pedirle el teléfono a ese morenazo o raptarlo para que se venga con nosotros.

—Desde luego tú no pierdes oportunidad. Me da igual lo que haya en esa isla, solo espero que haya mucho alcohol, podría vivir en una barra libre eterna durante estas vacaciones con lo que he pagado ya en Atenas.

—Nunca hay demasiado alcohol —matiza Mauro.

Somos los últimos en bajarnos del ferry. La mayoría de los turistas se han refugiado del calor a la sombra del único bar que hay en el puerto y se abanican con cualquier cosa que les proporcione unas gotas de aire.

—*Ciao*, Mauro! —grita alegre uno de los italianos invitándonos a acercarnos a su mesa.

—¡Hola! Por fin hemos llegado —clama Mauro con una gran sonrisa.

Este tipo de situaciones se le dan genial. Aborda cualquier circunstancia con alegría y entusiasmo. Da igual el sitio, el lugar, la gente o el clima. Nunca deja de impresionarme.

—Qué tal, soy Lena —digo yo más seria levantando la mano con formalidad para saludar a los tres.

Mauro se sienta a conversar alegremente con ellos mientras yo me quedo de pie mirando al móvil.

—Lena, ¿no te sientas?, ¿te pido algo? Todavía tenemos media hora.

—No, gracias, voy a aprovechar para hacer unas llamadas —miento—. Ahora vuelvo.

Me alejo un poco y me pongo el teléfono en la oreja fingiendo que hablo con alguien. Qué ruin me siento haciendo ese tipo de cosas. Los niños mienten sin pensar en las consecuencias y crecer significa adquirir el valor de decir las verdades, aunque resulten incómodas. Podía haber dicho simplemente un «No, gracias, prefiero no sentarme porque no me encuentro preparada para interactuar con alguien ajeno». Sin embargo, la mentira tenía mayor recorrido, y por supuesto resultaba de mejor educación. A pesar de todo, como decía Marie Curie: «Cada vez sentía menos curiosidad por la gente y más por las ideas». Aunque de eso tampoco tenía mucho últimamente.

Me paso cerca de veinte minutos navegando entre las aplicaciones de mi móvil sin ningún tipo de orden ni sentido hasta que escucho cómo, al otro lado del puerto, alguien grita: «Antiparos, Antiparos, boat to Antiparos». Aviso a Mauro, quien se despide de dos de los italianos con un fuerte abrazo, como si se conocieran de toda la vida. Con el tercero intercambia, además, contacto visual. Los ojos y las miradas suponen un ochenta por ciento del flirteo; un diez, la sonrisa, y el diez restante, que te invite a su casa. Que Mauro y el moreno no quieren separarse es más que evidente. Se agarran fuerte de las manos y se dan dos besos, pero dos besos con mayúsculas. Los dos besos de las despedidas, los de la comisura en el labio, los del «Uy, casi». Vamos, de los que cuentan como pico.

Mauro se acerca donde estoy yo y ambos, cargados con nuestras mochilas, corremos hacia la cola de la embarcación, en la que compramos los billetes.

—¿Has visto eso? —me pregunta.

—¿El beso? Claro.

—No, esto. Mira, otro selfi en Instagram —dice Mauro enseñándome su móvil.

—¿Quieres dejar de hacer eso y explicarme lo que acaba de pasar con el italiano?

«Come on! Get on board!», escuchamos cómo el guía anima a la gente a ir entrando en la embarcación. Es un transbordador muy pequeño de unas treinta plazas, que sirve de conexión entre una isla y otra, situadas a tan solo ocho kilómetros. Nos sentamos en la cubierta con nuestras mochilas entre las piernas.

—¿Lo has visto? Me ha dado un pico.

—Claro que lo he visto, se notaba a la legua que no quería despedirse de ti.

—¿De verdad lo crees? Yo tampoco. Ha sido un flechazo. Podíamos habernos quedado en Paros unos días —dice con tristeza bajando la cabeza.

—Venga, anímate, seguro que cuando estemos en la playa ni te acuerdas de él.

—Es posible, aunque también podría quedarme yo.

—¿Cómo? —respondo confusa.

—Sí, creo que debería —dice poniéndose repentinamente de pie cogiendo su mochila.

—Pero ¿qué estás diciendo? —No consigo entender nada.

—Lena, lo siento, pero tengo que hacerlo —añade sacando la tarjeta del hostel de su bolsillo y poniéndomela en la mano mientras da unos pasos hacia atrás.

—Pero…

—Algún día lo entenderás, perdóname.

—¿No me estarás dejando aquí sola? —pregunto con indignación—. ¿Esto es en serio?

—No te pasará nada, ¡regresaré a buscarte en unos días! —contesta mientras se aleja por la cubierta.

—¡Pero Mauro! —grito asustada.

—¡Te quiero!

Consigue llegar a la entrada justo en el momento en el que están cerrando la compuerta y le da tiempo a salir. El ruido de los motores me impide escuchar lo que me grita, a la vez que me lanza besos al aire. El barco comienza a alejarse de la costa mientras yo veo cómo abandonamos el puerto. Me levanto y le suplico al personal que dé la vuelta, que no quiero quedarme ahí, que quiero bajarme, pero nadie me entiende y se limitan a sonreír. También me sonríen los demás pasajeros. Parejas jóvenes de luna de miel y matrimonios que parecen llevar tanto tiempo juntos que creen que lo mejor de sus vidas ya ha pasado. Qué triste. Vuelvo a mi asiento, caigo resignada en él y me aguanto estoicamente las ganas de llorar mientras entro en pánico. Quizá los seres humanos tenemos un compartimento extra de fuerza que solo se abre en casos de heroicidad o de locura extrema, que, al fin y al cabo, son lo mismo.

Miro a mi alrededor intentando ubicarme y aceptar de manera adulta que es la segunda vez que me dan plantón en un mes.

El día es luminoso con algunas nubes blancas suspendidas, que resaltan todavía más el azul del cielo y el turquesa del mar. En tierra no había ni gota de aire, pero según nos alejamos de la costa el viento sopla más y más fuerte. A pesar de eso, yo intento mantenerme firme aunque en mi interior noto el oleaje. Grito. Grito en silencio y con fuerza apretando el estómago. Me esfuerzo por entender a Mauro. Sé que hay decisiones que se toman en décimas de segundo y que cuestan semanas de explicaciones. Me doy el gusto de decirle al viento todo lo que no me atreveré a decirle a mi amigo. Ahí, sentada sola en mitad del mar entre dos islas perdidas del mar Egeo, siento por primera vez el vértigo.

Desde allí puedo ver la minúscula isla de Antíparos, todavía virgen, árida, poco edificada y alejada del turismo de masas. Según habían dicho los del barco, solo tiene catorce kilómetros de largo por cinco de ancho. El trayecto dura apenas diez minutos hasta que llegamos a un puerto elegante y pintoresco rodeado de casitas blancas, el pueblo de Chora. El ferry nos deja justo allí. Las casas parecen terrones de azúcar con una calle principal que lleva al centro histórico. En cuanto llegamos puedo notar la calma de aquel lugar. Le enseño la tarjeta que me ha dado Mauro al patrón del barco, en la que pone Kokoras, el nombre del hostel, asiente con la cabeza y me indica con la mano que siga de frente. Penetro por una calle empedrada con tiendecitas y boutiques locales a ambos lados, llenas de joyas tradicionales, ropa, sandalias de cuero, cerámica, aceite de oliva y restaurantes que se preparaban para servir comidas. Todo está cuidado hasta el mínimo detalle. Las fachadas muestran llamativos colores gracias a las flores, macetas y enredaderas de buganvillas, que adornan ventanas y patios. Los edificios tienen un color blanco puro que contrasta con las puertas azules. Se respira un lujo estético sin pretensiones y una vida relajada, que contrasta con mi aspecto. La fatiga no perdona.

Aprovecho para mandar un mensaje a mi madre: «He llegado a Antíparos. Mauro me ha dejado tirada, pero estoy bien. Te iré contando. ¡Besos!». Me contesta enseguida: «Ánimo, lo superarás. Aquí me tienes para lo que necesites, ya lo sabes». Sus palabras me dan energía y confianza.

Me adentro por callejuelas llenas de belleza y misticismo hasta encontrar un cartel de madera con un dibujo minimalista de un edificio que reza «Kokoras Hostel». Una flecha junto a la frase «Expand beyond your ruins» («expándete más allá de tus ruinas») indica el camino, desviándose de la calle principal por un sendero que se aleja del pueblo. Camino un par de minutos y llego a un edificio de dos plantas apartado y escondido desde donde se puede ver la playa. Su estilo, a pesar de los detalles arquitectónicos tradicionales de las Cícladas, es contemporáneo, con líneas elegantes que crean un ambiente cálido y agradable. Unos jóvenes charlan animadamente en el jardín, lleno de árboles y flores, y otros en la terraza, que tiene vistas al mar. La puerta está abierta y permite ver el interior desde fuera. Todo está adornado en madera y materiales orgánicos, con una decoración minimalista que dota el ambiente de una belleza natural e imperfecta. Parece una de esas joyas de un tesoro escondido por un pirata en una isla. Un lugar de libertad y rejuvenecimiento, de despertar, de inspiración y relajación profunda. Podía afirmar con total seguridad que no era mi sitio.

Crucé la entrada y accedí a un gran salón que parecía el centro neurálgico de aquel lugar. Un grupo de gente se arremolinaba alrededor de una mesa mientras Pantelis servía con esmero vino en todas las copas.

—¡Lena! —me grita poniéndose en pie al verme—. Cuánto me alegro de que hayáis venido —dice levantando los brazos.

—Hola, Pantelis. —Nos saludamos con un cálido abrazo—. Solo he venido yo —digo—. Mauro se ha quedado en Paros, quizá venga dentro de unos días.

—No te preocupes, aquí todo el mundo es bienvenido. *Guys, this is Lena!*

Todo el mundo me devuelve el saludo en diferentes idiomas. Pantelis hace señas a una chica para que me acerque una copa.

—Bienvenida a Kokoras.

—Gracias —respondo parca y un poco cortada.

—Acompáñame, te enseñaré el lugar y después podrás instalarte.

Tomo un trago largo de vino, pero no me ayuda. Todavía no me creo que vaya a compartir habitación, baño y conversaciones con toda esa gente. Necesito algo más fuerte para afrontarlo.

Pantelis suelta la botella y abandona el grupo para guiarme por unas escaleras.

—Es un sitio precioso —digo mientras subimos—, muchas gracias por la invitación.

—No hace falta que me las des ahora, sino cuando te marches.

Me guía por un largo pasillo y me enseña la que será mi habitación. Es una estancia amplia con un balcón con vistas a la piscina y la playa. Esperaba encontrarme un lugar aséptico y cutre, sin embargo, aunque austero, se respira un ambiente cálido y hogareño. Las camas individuales son más grandes que en la que solía dormir de adolescente, y están separadas a una distancia aceptable. Las paredes son de yeso simple y todas las telas de algodón en colores blancos, tierra y verdes. Hay dos armarios y un par de estanterías de madera. La decoración la completan alfombras de rafia, colchas de materiales orgánicos y lámparas individuales junto a cada cama. Compartiré habitación con otras siete personas, así que tengo que empezar a hacerme a la idea. Por muy bonito que sea estoy en un jodido hostel, por lo que debo empezar a confiar en la humanidad cuanto antes. Debajo de cada cama hay una especie de caja con candado donde puedo dejar mis cosas, pero tengo la paranoia de que si lo hago, me las robarán. Aunque, ¿quién me querrá robar a mí nada? Ni siquiera tengo mi maleta, lo que me hace recordar que debo llamar a la aerolínea para darles mi nueva dirección.

—La única norma sagrada en Kokoras es que solo puede haber una persona por cama —me dice Pantelis mientras salimos de la habitación—. Me da igual que te hayas bebido todo el raki de la isla, está prohibido. ¿Sí?

—Por respeto a los que están al lado, entendido —suelto demostrando mi gran perspicacia.

Tengo que empezar a asumir que esas personas se tirarán pedos mientras duermen o, si no se puede follar, se pajearán en silencio sobre sus almohadas. Por no hablar de un alto porcentaje que intentará hacerlo en la ducha. El baño comunitario es mi mayor pesadilla. No sé si estoy preparada para afrontarlo con dignidad y sin arcadas. Por todo esto, lo más razonable es pasar el menor tiempo posible ahí dentro.

Volvemos a la planta de abajo, donde me enseña los jardines llenos de plantas autóctonas, la cocina al aire libre y una terraza con piscina y vistas al mar. También tiene un cenador con bombillitas colgadas del techo, donde sirven productos procedentes de su propio huerto. Es un lugar tranquilo, sin música a todo volumen ni cosas extravagantes. En la playa contigua el camino hacia el mar está marcado con simples escalones que pasan a través de unos arbustos sin cuidar. Es una especie de desfetichización de las típicas vacaciones griegas en la playa o, como dice Pantelis: «Quiero que vean Kokoras como un lugar que casualmente está en una playa». Que el hostel se vea desde allí no es tan fácil. El edificio está hecho de piedra, sus tonos rojo óxido y gris se mezclan con el paisaje verde que lo rodea. Si nadas hacia el mar y miras al edificio, es casi invisible, está oculto para el mundo. Esto se encuentra muy lejos de los azules y blancos rígidos que caracterizan la arquitectura tradicional de las Cícladas, el dramatismo de esos paisajes es sustituido aquí por algo más sutil y armonioso.

Pantelis se detiene en mitad del patio orgulloso mirando a su alrededor.

—Y esto es todo. Bienvenida a Kokoras —dice satisfecho abriendo los brazos.

—¿Qué significa Kokoras? —pregunto.

—Quiere decir «gallo» en griego. Quise adaptar el concepto de la granja a la mesa, pues casi todo lo que se sirve proviene de nuestra propia cosecha: verduras, quesos y licores locales.

—¿Y siempre quisiste tener un lugar así? Esto es muy diferente a hacer sandalias.

—Con ambas cosas trato de mejorar la vida de las personas. La idea de tener mi propio hotel es mi sueño desde muy joven —dice mientras se acerca al balcón desde donde se ve el mar—. Pasé los veranos enteros de mi niñez aquí y se convirtió en mi lugar feliz.

Me pregunto a mí misma cuál es mi lugar feliz, pero no sé responderme.

Vamos caminando hacia el interior de nuevo y noto como Pantelis cojea levemente.

—A medida que me hago mayor el cuerpo ya no me acompaña y esta es mi única manera de viajar, a través de las historias de los que pasan por aquí. Lo creé como un refugio para aquellos que aprecian los viajes lentos, calmados y los placeres simples de la vida.

La historia detrás de Kokoras es tan sobrecogedora como el propio lugar. Más que un hostel, es el proyecto de vida de Pantelis, un auténtico visionario generoso en todos los sentidos, que nació y creció a la sombra de la Acrópolis de Atenas en un entorno artístico. Fue en el antiguo taller de su familia donde escuchó por primera vez a personajes ilustres hablar de filosofía, poesía y arte, y todos esos encuentros fueron formando sus propias ideas y creencias sobre la vida. De adolescente comenzó a estudiar piano, pintura y a escribir obras de teatro, que representaba durante los veranos en el patio de Kokoras, la casa familiar, para amigos y familia. Esta había comprado un edificio grande para que sus numerosos miembros la ocuparan durante los meses estivales. Cuando cumplió veinte años, se mudó a Estados Unidos para estudiar en una prestigiosa escuela de arte y diseño en Nueva York. Allí se convirtió en director artístico del Centro Cultural Griego, dirigió una sección en *The New York Times* y leyó poesías en la CNN. También abrió varias galerías donde expuso sus cuadros. Kokoras estaba decorado con ellos, los cuales eran una mezcla de personajes de la mitología, que salían hablando sobre la felicidad o el amor. Otras veces, los protagonistas eran un trozo de sandía, un pepino, una silla o una palmera. Cuando le pregunté por su favorito me dijo que todos eran importantes porque todos formaban parte de la vida y esta era de lo que trataba su arte. Los colores, los sonidos, los olores, los sentidos y los sentimientos estaban presentes en ella todo el tiempo.

Según él, nunca estuvo preparado para el amor en pareja, pero sí para dárselo a los demás, por eso abrió el hostel. La suya era la típica familia griega numerosa, compleja y caótica que se expandía como el queso feta en el horno y que año tras año celebraba varias bodas. Antes de marcharse a Nueva York tuvo una novia de toda la vida. A su familia le parecía extraño que no se casaran o tuvieran hijos, pues sus abuelos habían comenzado a tenerlos en la adolescencia, igual que sus primos y hermanos. Para ellos era tan raro que no consolidasen su relación como para sus compañeros neoyorquinos que mantuviera una relación tan larga. Nunca había tenido tantas contradicciones. A él la idea del matrimonio le parecía imposible, pero no deseaba estar soltero, solo parecerlo, aunque tampoco quería que lo vieran como el típico pueblerino recatado. Decía que no le había costado salir de Grecia, pero sí que la Grecia provinciana saliera de él. Me confesó que en un lugar como Antíparos donde le preguntaban quién era y de qué familia venía resultaba difícil ser uno mismo, así que viajar a la anónima Gran Manzana fue la chispa que lo liberó.

Con la distancia, la relación con su novia fue degradándose hasta que lo dejaron. Ni siquiera le importó mucho, pues los años posteriores los dedicó a vivir la vida con intensidad, fiestas, excesos, amantes, fama y desenfreno. Necesitaba sentir esas punzadas eléctricas que había escuchado en la poesía y el arte que causaba el amor. Sin embargo, nunca lo consiguió, porque jamás se enamoró.

Tras varios años en Nueva York dedicados al trabajo, y en un momento decisivo de su vida, me contó que tuvo una parálisis parcial de la mitad de su cuerpo debido al estrés y que, una vez recuperado, se dio cuenta de que lo que realmente quería era volver a su lugar feliz.

—Kokoras fue creado para desconectar de la agitada vida diaria y deleitarse con el lujo de la vida lenta. El lujo no es el exceso, sino el acceso a lo que nos hace sentir bien. Aquí todo se trata de tranquilidad, disfrute y satisfacción.

—¿Acaso eso último es posible sin que dos personas puedan meterse juntas en la misma cama? —respondo con sorna.

—El placer también está en despertarse con vistas al mar, compartir comida sabrosa y dejar que te invada la energía de la isla. Espero que este lugar saque lo mejor de ti, Lena.

Honestamente, el placer, el hedonismo en su condición más pura, no forma parte de mi estado natural. Quizá tenga que ver con mi sentido de la responsabilidad o de la culpa, pero sé que me costará entregarme.

—Un momento, no he visto ni una sola televisión ni aparato electrónico, al menos habrá wifi, espero. ¿Cómo pretendes que llegue a conocerme sin eso?

—Sí hay, sí —responde riéndose—, pero la felicidad se aprecia en los pequeños detalles, ya te irás dando cuenta.

—De acuerdo, entonces ¿cuál es el plan? —pregunto con impaciencia.

—El plan, Lena, es que no hay plan.

—¿Cómo que no hay plan? —cuestiono confusa.

—La idea aquí es llegar, andar y descubrir.

«Llegar, andar y descubrir». Trato de memorizar esa frase.

Subo a mi habitación y coloco mis cuatro cosas en el espacio que tengo asignado. Meto todo en la caja, la cierro con el candado y me tumbo en la cama con el móvil. Abro el correo y me pongo a contestar varios mails con el consecuente cabreo de algunas gestiones. Voy notando la úlcera de mi estómago. Después me meto en Instagram. La gente ahí no parece ni tan mala ni tan inteligente como la de Twitter. Beben batidos verdes, entrenan, van a terapia y visten bien. Creen que cada día es un hermoso día para estar vivos. Ilusos. Hace tiempo que no publico nada y sé que hacerlo supondrá una llamada de atención, pero cuando tus fotos no tienen muchos likes todavía es más gratificante hacerlo. La satisfacción de la autopublicación es difícil de describir. Le doy a publicar y veo aparecer mi propia creación como por arte de magia. Puedo hacerme sentir que cuento, que le importo a alguien, aunque sea a mis padres, los únicos que me dan likes. Sin darme cuenta yo también formo parte de ese positivismo impostado que tanto odio. Sí, Instagram es un parque temático de la felicidad abierto las veinticuatro horas siete días a la semana. Si mi vida no es lo suficientemente feliz como para aparecer en Instagram, es que quizá soy una perdedora y no tengo lugar en esta sociedad. Vuelvo al correo, contesto mails, entro en Twitter, en LinkedIn y de nuevo aparezco en Instagram. Un paisaje, un bebé, un beso de boda, alguien entrenando a cámara rápida, gente en festivales, un tutorial de pintar uñas, la foto de la Puerta de Alcalá, el hijo de Chiara Ferragni, un selfi de espejo, una actriz en la alfombra roja, alguien en París y un sorteo de un pintalabios con la leyenda: «Para conseguirlo, solo tienes que dar like en esta publicación y seguirme». Cuando lo veo, pienso: «Tengo tantos que podría usar un pintalabios diferente cada día del año, aun así, lo necesito». Los sorteos tienen sentido en una cultura definida por la recompensa fácil, así que toco la pantalla dos veces y le doy a seguir para que me toque el puto pintalabios, aunque lleve días sin usar uno.

Han pasado tres horas desde que me he tumbado en la cama y estoy viendo un vídeo sobre cómo hacer pizza con coliflor. Me siento como una anciana en camisón en una parada de autobús preguntándose cómo ha llegado hasta allí. «Qué triste, me he venido a una isla para mirar Instagram». Mi vida sigue siendo exactamente igual, pero con vistas al mar. Todavía no me he encontrado a mí misma, de hecho, no me he encontrado a nadie interesante. No he descubierto qué me gusta y sigo necesitando una ducha por la mañana y otra por la noche. «Estoy en Grecia viendo stories de gente que está en el Madcool y de fiesta en Malasaña. Joder, soy patética, debería volverme».

Suelto el móvil de golpe todavía con los pulgares entumecidos y lo meto en la caja dispuesta a integrarme y relacionarme con los demás huéspedes. Bueno, eso y que empiezo a tener hambre.

«Vamos, Lena, tú puedes», me digo mientras bajo las escaleras. Cuando entro en el salón, me encuentro a unas quince personas en grupos ya formados, que hablan en diferentes idiomas. Soy consciente de que el tema de la socialización no me sale de manera natural, así que tengo que esforzarme. Me acerco a una pareja de unos veintitantos rubios y muy altos y les pregunto en inglés a qué se dedican y si lo están pasando bien. Me responden con un escueto «Yeah» y continúan su conversación ignorándome. Después me siento en otra mesa, donde un grupo de tres chicas habla en una lengua que no identifico y les pregunto de dónde vienen y cómo han acabado aquí. Se quedan calladas durante unos segundos observándome y siguen con su conversación como si yo no existiera. Tampoco insisto.

Me acerco a la cocina, contigua al salón, donde por unos altavoces suena de fondo Billie Holiday. Siempre he admirado a las grandes cantantes de jazz y escucharla me serena. La estancia combinaba el estilo rústico y el moderno. Es espaciosa con vigas de madera en el techo, muros de adobe blancos y una encimera amplia de piedra, que ayuda a mantener frescos los alimentos colocados encima. Sobre ella, unos coloridos azulejos protegen la pared de salpicaduras. Lo más llamativo es un hermoso fregadero de mármol antiguo que da pena manchar. Tiene acceso directo al patio a través de una puerta azul detrás de la que hay varias macetas con especias. Allí, Pantelis prepara diferentes platos con ingredientes tradicionales griegos: aceitunas, quesos feta y graviera, ensaladas y tomates.

—Cuántas cosas —digo sorprendiéndole por detrás—, ¿qué estás preparando?

—Se llaman mezzes, son entrantes variados que se toman como aperitivo antes de comer, ¿me echas una mano?

—Si no tengo más remedio… Debo advertirte que soy una pésima cocinera y que mi plato estrella son los cereales con leche.

—¿Te ves capaz de cortar un poco de pepino? —dice acercándome una tabla de madera y un cuchillo.

—Claro, pero ten a mano el teléfono de emergencias.

—Después pica también un poco de cilantro.

—No sabía que se utilizara en la cocina griega —digo sorprendida.

—Habitualmente no. El cilantro es como el jazz, o lo amas o lo odias. A mí me encanta el cilantro y me encanta el jazz. Muchos lo consideran demasiado exótico, por eso yo se lo echo directamente, nunca pregunto.

—Me alegro, porque a mí me encanta —digo cómplice.

—La hospitalidad se abraza con la comida —me cuenta—, y quizá también con el desinterés. Si preguntase a toda esta gente cómo quiere su plato, cada uno me respondería de manera diferente, así que mi objetivo es cuidarlos sin preguntar demasiado.

Pantelis pone la comida en varias bandejas y saca una botella con un líquido blanquecino.

—¿Qué es esto? —pregunto.

—Es ouzo, un licor dulce y anisado que sabe a regaliz —dice mientras sirve dos chupitos—. Y con el que hay que tener mucho cuidado. *Stin uyeia sou!* ¡A tu salud!

—¡Salud! —repito chocando mi vaso contra el suyo y arrugando la nariz según lo noto pasar por mi garganta.

—Hay un viejo refrán griego que dice que el ouzo hace el espíritu.

—¿Y qué quiere decir?

—Que el espíritu griego se encuentra en la comida abundante, la música y la conversación animada. Un vaso de ouzo es el mejor compañero para todas estas cosas. ¡Así que vamos allá!

Pantelis agarra sonriente una de las bandejas y sale de la cocina colocándola en el centro de la mesa del salón. Yo le sigo y hago lo mismo. Al momento todos los huéspedes aparecen como por arte de magia y se sitúan alrededor.

La luz del atardecer entra a raudales por las ventanas proyectando sombras que se deslizan por el gran salón de la casa y que parecen un invitado más. Desde las ventanas puedo ver el mar y cómo el firmamento se va oscureciendo. Me fijo en ese cielo que tanto he mirado sin verlo y que acabo de descubrir de nuevo. No sé si es el efecto del ouzo o el cansancio, pero por primera vez nada me importa. Y así, casi sin querer, la noche aparece tan rápido que parece haber venido en Uber.

Estoy rodeada de desconocidos que, mientras comemos y bebemos, me preguntan adónde voy, no quién soy, de dónde vengo o a qué me dedico, sino qué voy a hacer mañana o si estaré mucho tiempo de viaje. Me juzgan desde ese día hacia adelante y yo estoy acostumbrada a que lo hagan por lo que ya he hecho. Pienso en que quizá me he equivocado en la manera de abordar a aquellos dos grupos antes de entrar en la cocina. Tras charlar con unos y con otros saco dos conclusiones: la primera, que aquí da igual lo que hiciera ayer y, la segunda, que lo peor de hacerme mayor es darme cuenta de que lo que cuento no le interesa a nadie.

La mayoría de los que están aquí son grupos de amigos o parejas, los que viajamos solos somos una minoría. Durante la cena, todos me ven tan claramente como yo a ellos; sin embargo, cuando observo mi reflejo en el cristal de la ventana, veo a alguien que no lo está pasando del todo bien. Quizá mi soledad eclipsa todo lo demás. Esa sensación lleva tiempo acompañándome. La primera vez fue a través de una invitación de boda de una compañera de trabajo en cuyo sobre ponía «Lena + Acompañante». ¿Podía haber algo más humillante?

Todo va bien hasta que entablo conversación con uno de aquellos extraños, que se llama Tom y viaja con su novia, la cual hubiera jurado que no tenía la mayoría de edad. Ella enseña con orgullo el perfil conjunto de Instagram que ambos tienen y donde muestran sus viajes por el mundo. Una cuenta conjunta de pareja en redes sociales me hace pensar que nunca se está lo suficientemente soltera. Tom es guapo, de unos veintitantos, con una bonita sonrisa y unos llamativos ojos azules. Siempre he pensado que cuando los ojos son tan claros parece que la persona carece de alma. En él hasta puede verse el interior de su cabeza, donde parece que tampoco hay mucho.

—Y tú, Lena, ¿viajas sola? —me interroga de repente.

—Sí —digo escueta.

—¿Por qué? ¿No tienes pareja? —suelta la novia lolita.

—No —contesto.

Me contempla sorprendida mientras yo miro mi vaso vacío. Ella también tiene los ojos de un color muy claro.

—¿Y te gustaría tenerla o prefieres seguir en el mercado? Pareces triste.

«¿En el mercado? ¿Qué tipo de expresión es esa?».

—Bueno, me gusta pensar que soy algo más que un trozo de carne que está en oferta —respondo cortante.

Pantelis me llena el vaso de ouzo. Empiezo a quererle.

—Déjala disfrutar de su libertad —dice Tom saliendo en mi defensa—. Si yo fuera ella y tuviera su edad —eso sí que me duele—, me relajaría y disfrutaría de la soltería.

Nada me parece más irritante que la gente emparejada que le dice a la soltera que no se preocupe por encontrar pareja.

—En realidad, me gusta estar soltera —confieso—. No estoy triste por eso, lo estoy por otras cosas.

He considerado la posibilidad de añadir «felizmente soltera», pero sé que el énfasis sonará falso. No hay necesidad de enfatizar algo a menos que quieras justificarte.

Siento vergüenza, pues la mía es una tristeza reciente. No sé cuánta viene de mis ganas de estar con alguien y cuánta de las ganas que tiene mi entorno. Cuánto de ella viene de que cuando la gente me pregunta si mi casa nueva tiene mucho espacio, en realidad, están manifestando su pena porque, si es que sí y estoy sola, esa opción les parece demasiado trágica. La vergüenza es muda y me provoca un pinchazo en el estómago cuando percibo la mirada de rechazo de los demás. Lo que revela la mía es inconformismo. Echo de menos a Mauro, pues él representa todo lo contrario: el orgullo. Adueñarme de la soltería no solo implica contemplar la incomodidad de los demás, también enfrentar el miedo que hay en mí.

—¿Y tú? —Tom se dirige a otro de los huéspedes de mi misma edad que también parece estar solo—. ¿Viajas solo?

—Sí —responde.

—¿Y estás soltero?

—No, divorciado —contesta cortante dejando bien clara la diferencia.

—Quizá podéis juntaros y, así, ninguno de los dos estaréis solos —afirma satisfecho como si hubiera resuelto un problema de matemáticas.

Ambos miramos nuestra copa y le damos un trago.

Hay algo extraño en la soltería, no es lo mismo que un divorcio. Hay un ligero matiz en el fracaso que ambas situaciones provocan. El haber fracasado en el matrimonio es diferente a haberlo hecho solo, teniendo en cuenta que a alguien que se casa se le felicita previamente, pues es un logro universal; sin embargo, a nadie se le felicita por su soltería.

Decido retirarme pronto para darme una ducha después de la cena aprovechando que todo el mundo sigue abajo. En el baño descubro que no se puede cerrar la puerta con pestillo. Solo pensar en la posibilidad de que alguien entre y me vea me genera angustia. «Como si yo fuera la única persona desnuda en el planeta», me digo intentando tranquilizarme. Me quito la ropa y cuelgo la toalla en el perchero junto a muchas otras. También veo cepillos de dientes y botellas de champú abandonados que indican restos de otras vidas. Mentiría si confesase que no me apetece encontrar el calor de otro cuerpo en esa ducha. No obstante, también sé que la compañía no siempre mitiga la soledad. Solo lo hace cuando se encuentra la comodidad y el placer en la compañía propia.

Me meto en la cama incómoda consciente de que, teniendo a otras personas alrededor, esa noche dormiré a trompicones, si es que consigo conciliar el sueño. Después de aquella cena no logro entender cómo a la gente le resulta tan fácil conocer a otra cuando viaja. También pienso que todo hubiera sido mejor con Mauro. Podríamos habernos emborrachado y reído juntos de todo. Además, si yo dormía mal, quizá él habría dormido peor y eso siempre reconforta. Estando sola todo es mucho más triste. Sin embargo, hay algo que sí me gusta de estar allí y es la sensación de anonimato. El poder ser alguien que hoy se encuentra ahí y al día siguiente en otro lugar. El conocer a otras personas como yo, que están igual de perdidas o que simplemente buscan nuevas aventuras.

Tengo que intentar conciliar el sueño, pues o me duermo o tendré que valorar la opción de irme a otro sitio. Alguien entra y enciende la luz varias veces. Necesito darle una oportunidad, no quiero que Kokoras sea un lugar por el que pasar y marcharme, como se termina yendo todo lo que quiero.

17

Tal y como imaginaba, la noche fue un infierno. Me desperté por primera vez a las tres de la mañana, cuando los últimos en llegar de fiesta se acostaron. Las escaleras se escuchaban como si alguien estuviera pisando una montaña de cadáveres y la puerta de la habitación se cerraba con la misma delicadeza que una catapulta medieval. Las alarmas de los más madrugadores habían sonado a las seis e intentaban salir de la habitación como ninjas puestos de crack. A las seis y media, en la cama de al lado, una chica comenzó a vestirse a través de un proceso que consistía en golpear la hebilla de su cinturón contra el suelo. Muchas veces. Sobre las siete, unos franceses empezaron a correr por el pasillo al grito de «Dis bonjour à ma baguette». Intenté taparme los oídos con la almohada, que resultó tan insonorizante como meterme una loncha de chóped en los oídos. La habitación olía igual que una clase de adolescentes después de haber hecho gimnasia, así que a las siete y media decido levantarme con los ojos todavía inyectados en sangre.

Me pongo un pantalón vaquero corto, una camiseta blanca y bajo las escaleras atraída por el olor a café recién hecho y tostadas. Toda esa gente que desayuna todavía medio dormida en el salón me parece incluso más joven que la noche anterior. No creo que nadie supere los veinticinco, aunque es bastante obvio: quién en su sano juicio con el sueño ligero, un trabajo estable y sin estar en su año sabático o de Erasmus se va a alojar en un lugar de esas características. Me acuerdo de Candy. Un imberbe que ronda los veintipocos trata de cantar y tocar con una guitarra imaginaria *Losing my religion* mientras otra chica colorea mandalas tarareando algo sentada en un sofá. Los franceses leen en alto *El hombre en busca del sentido* y una pareja echa una pelea de dedos a gritos. Parece que todos los hobbies extraños del planeta se reúnen en este lugar. Me imagino a sus familias con un cojín sobre las piernas preguntándose si esas aficiones son algo de lo que quizá deba estar al tanto la policía.

Lo que no entiendo es por qué toda la gente que viaja es tan molesta. ¿Por qué no pueden fastidiar en silencio? Los ingleses tratan incesantemente de echar un polvo acercándose a cualquier cosa que se mueva. Los europeos se quejan por todo odiando, en especial, los lugares con gente. Los americanos solo quieren hablar con otras personas sobre Estados Unidos y los españoles intentan encontrar a otros españoles con quienes reafirmar que no hay mejores playas que las patrias. Lo que une a la mayoría es que pueden pasar de la sobriedad al coma etílico en cuestión de quince minutos y después quedarse inconscientes sobre una cama. Nunca he adivinado si la causa de esto último es cultural o de la búsqueda, aunque efímera, del placer.

Me siento muy mayor para involucrarme en cualquier tipo de actividad. Todo el mundo parece demasiado obsesionado por disfrutar y encontrarse a sí mismo y lo segundo me parece uno de los temas de conversación más aburridos que puedan existir, así que decido centrarme en lo primero y preguntarme: «¿Qué es para mí disfrutar?». Curiosamente es una pregunta que hasta a mí misma me cuesta responder, así que la simplifico en un «¿Qué te gustaría hacer, Lena?». Puede ser cualquier cosa, según lo que me apetezca en cada momento y sin tener que depender de nadie. Desde nadar, aprender griego, a cocinar, bailes locales, trepar por el árbol más alto e incluso, también, emborra-charme.

Por el momento, lo primero que me apetece es tomar un café, así que me acerco a la cocina, donde encuentro a Pantelis preparando el desayuno.

—*Kaliméra*, Pantelis.

—*Kaliméra*, Lena, ¿cómo has dormido?

—Igual que si me atropellara un tráiler, pero por lo demás bien —miento.

—No te quejes y mira qué vistas —me dice señalando el mar—, no todo el mundo tiene el privilegio de poder ver esta maravilla por la mañana. —Tenía razón, cuando me despertaba en Madrid veía las miserias de la gente que vivía enfrente de mi edificio—. ¿Ya has decidido qué vas a hacer hoy?

—Todavía no conozco nada, así que no sé qué hacer ni dónde ir. Pensaba que quizá pudieras orientarme. Lo único que tengo claro es que estoy ante un principio —sentencio orgullosa.

—Bueno, son las ocho de la mañana, eso está claro. Pero un principio siempre es un regalo, mientras los haya todo estará en orden.

—¿Me recomiendas ir a algún sitio? ¿Qué se hace por aquí?

—Si me esperas media hora, te acompaño a alquilar una moto.

—¿Alquilar una moto yo? Si solo monto en bici y estática. ¡Ni hablar!

—La isla tiene solo catorce kilómetros y la carretera es una línea recta, estoy seguro de que has estado en discotecas más grandes. Créeme, la moto es el mejor medio de transporte, hasta los perros la usan.

—Muy gracioso, pero yo nunca he conducido una.

—Siempre hay una primera vez. Con ella puedes perderte por caminos en medio de la nada, que te llevarán a playas de ensueño. Te recomiendo la playa Norte. Es de naturistas, pero desde ahí puedes nadar a dos islas completamente desiertas. Perfecta para olvidarte de la humanidad por un día. ¿Qué te parece?

—¿Olvidarme de la humanidad? Ni a mí misma se me hubiera ocurrido un plan mejor. Gracias, Pantelis, te espero fuera —digo cogiendo un bol de yogur con miel y un café.

Me siento en una de las mesas apartadas junto a la ventana, mirando la superficie cristalina del mar. No recuerdo cuándo fue la última vez que me había sentado a disfrutar de un desayuno. El cielo todavía es de un violento tono rosado y el aire temprano de la mañana parece lleno de posibilidades mientras el agua lame perezosamente la costa. Pienso en mi yo de quince años, quien deseaba con todas sus fuerzas que esa fuera su vida para siempre, aunque en su interior nunca creyó que sucedería. Pero allí estoy, veinte años después, viviendo y respirando ese sueño.

Termino y subo a la habitación a por la mochila después de ayudar a Pantelis a recoger los restos del desayuno y salimos del hostel. Son poco más de las nueve de la mañana, todavía no hace demasiado calor. Las tiendas, galerías y boutiques artesanales comienzan a abrir, las cafeterías sirven tostadas con aguacate y el pueblo empieza a bullir de vida. Yo ando unos pasos por delante de Pantelis sin darme cuenta de que le cuesta seguirme.

—¿Por qué caminas tan rápido? —me pregunta.

No le escucho, así que tiene que repetírmelo elevando la voz.

—¡Lena! —me grita—. Que por qué vas tan rápido.

Me doy la vuelta para contestarle y caminar a su lado.

—Perdona, no me doy cuenta —me disculpo—, supongo que porque la vida va muy rápido.

—Pues relájate, ¿quieres? —me dice acentuando su cojera.

—No estoy segura de saber hacerlo, siempre voy con prisa a todos lados.

—Si convives con la prisa, lo haces también con el estrés y no disfrutas del momento porque estás anticipando el futuro.

—Nunca lo había pensado de ese modo, la verdad.

—Como tu cabeza va a doscientas revoluciones, no observas el presente y tampoco escuchas a la gente, como a mí ahora.

—Tienes razón, Pantelis, quizá la prisa sea mi estilo de vida.

—Entonces basta. Para, baja el ritmo, mira a tu alrededor y levanta el pie del acelerador, pasea solo por el placer de hacerlo. El tiempo es algo para saborear, incluso cuando tienes que entregar algo urgente. ¿Crees que la calidad de tu trabajo será mejor si lo haces estresada? Si yo hiciera mis sandalias sin disfrutarlo, seguramente cometería mil fallos. Hacer cosas y no disfrutarlas es como no hacer nada. Las personas que transmiten calma y optimizan su tiempo para trabajar y disfrutar de la vida transmiten buen rollo. Y envidia, créeme.

—Eso último es lo más valioso —respondo con una sonrisa irónica.

No sé muy bien cómo lo hace Pantelis, pero con la anécdota más simple consigue hacerme pensar. Quizá ese es el motivo por el que voy siempre con tanta prisa, para no pensar en el presente, para evitar reflexionar sobre mis preocupaciones y tampoco escuchar las de los demás.

—Mira esos chicos de ahí —señala.

Tres jóvenes bronceados algo perjudicados caminan muy despacio cogidos del brazo cantando. Se paran a beber de una fuente, a oler los geranios de las ventanas y miran al cielo sin dejar de sonreír. Llevan vaqueros, camisas blancas y parecen haber estado toda la noche de juerga. Son tan insultantemente felices que dudo de que no vayan puestos de MDMA. Siguen cantando mientras desaparecen por unas callejuelas. El eco de su canto suena unos segundos más a lo lejos. Es una canción griega, así que Pantelis me traduce en voz alta: «Tengo un largo camino por recorrer. ¿Cómo voy a separarme de ti y marcharme? ¿Cómo voy a vivir sin ti cuando nos separemos?».

Según me cuenta, es el *Erotókritos*, una canción propia de Creta, que narra una historia de amor entre dos jóvenes, cuyos versos se escuchan desde hace más de tres siglos.

—¿De dónde vendrán cantando esa canción? —pregunto curiosa.

—Seguramente de alguna celebración, se canta siempre en compañía de amigos. Es un himno a la belleza, al amor, a la amistad y al coraje, es decir, a la vida misma.

—Me pregunto cómo sobreviven este tipo de canciones a través del tiempo.

—Se enseñan en el colegio. Cuando eres pequeño no les das mucha importancia, pero cuando creces representan tu historia y tus valores.

—Yo cuando vuelvo a casa pedo con mis amigas cantamos Rosalía.

—Las canciones populares hablan de libertad, amor y dolor, es la mejor imagen de la mentalidad de los griegos.

—Vaya mezcla, ¿no?

—Precisamente esto es Grecia —me responde—. Es el gran viaje de la historia, es la convivencia con el otro, la amistad y el conflicto. Para que haya una tiene que haber también la otra.

—Entiendo. Grecia es un lugar donde la tradición se convierte en ley y la ley también se rompe, como la amistad.

—Los griegos somos honestos, íntegros, pero también rebeldes. Y la amistad es lo que nos une.

Pienso en Vera y en qué es lo que nos sigue uniendo. No estoy segura de que nos hiciéramos amigas si nos conociéramos ahora. Quizá lo que nos unía era precisamente eso, la historia que habíamos construido juntas.

Nos detenemos en un bar situado en la calle principal que se llama The Doors, como se adivina por la cantidad de retratos de Jim Morrison, cantante principal del grupo californiano, que había en sus paredes —algunos más logrados que otros—. Allí saludamos a Thanasis, el propietario y uno de los mejores amigos de Pantelis. Observa desconsolado su vaso de ouzo mientras comenta la temporada.

—Hay muy poca gente para la época que es, ¿no crees?

—Siempre dices lo mismo, Thanasis, esta noche el bar estará a tope de jóvenes intentando prenderle fuego a sus noches. Por cierto, esta es Lena —dice presentándome.

—*Kaliméra*, Lena, ¿te apetece un poco de ouzo casero?

A pesar de lo temprano que es, acepto y, como esperaba, me cae de un plumazo en el estómago. Tengo que levantarme para reponerme un poco del impacto, así que me acerco a la pared donde hay una frase de Jim Morrison que leo en voz alta: «Un amigo es alguien que te da total libertad para ser tú mismo». Pienso que me parece equivocada, pues nadie nos tiene que dar la libertad para ser, excepto nosotros mismos cuando la ejercemos. La libertad está en cada uno de nosotros, los amigos de verdad eran los que la respetaban y nos aceptaban. No puedo evitar volver a pensar en Vera.

—Estoy viejo para pasarme aquí tantas horas de pie, siento que he desperdiciado mi vida detrás del mostrador de este bar —dice Thanasis sentándose en un taburete y apurando su vaso de ouzo.

—No seas tan pesimista, que vas a asustar a Lena —le espeta Pantelis—, también has hecho disfrutar a mucha gente con tus cócteles. ¿O no te acuerdas de aquella vez que vino Bruce Springsteen?

—¿Conociste al Boss? —me intereso.

—Sí, hace ya algunos años. Estuve charlando un buen rato con él sin saber quién era. Una pareja dio el chivatazo a la prensa y el pobre tuvo que salir por patas. Pasaron un par de días hasta que me di cuenta de a quién había estado sirviendo. No soy de dar consejos, pero aprovecha la libertad mientras puedas.

—La libertad es la mayor fortuna que tenemos —confirma Pantelis mirándome mientras se incorpora—. ¿Nos vamos?

18

Salimos del bar y caminamos calle abajo hasta llegar al puerto. Allí, Pantelis se despide y me deja en una tienda de alquiler de motos. Nunca antes creí que necesitaría aprender a montar en una, pero como viajo sola es el medio de transporte más lógico, teniendo en cuenta que en la isla no hay autobuses y alquilar un coche no tiene sentido en un lugar tan pequeño. Así que si quiero sacar mi vena aventurera y explorar por mi cuenta, la necesito. El único problema es que me muero de miedo porque nunca he conducido una. Estoy segura de que tendrá cientos de mecanismos, engranajes y un montón de cosas complicadas que deberé recordar cada segundo para no caerme. Me armo de valor y entro en la tienda a hablar con el dueño, que está apoyado en la puerta fumando un cigarro.

—*Kaliméra*, me gustaría alquilar una moto, *parakaló*.

—*Kaliméra* —me devuelve el saludo mientras me mira de arriba abajo soltando el humo—. ¿Grande?

—En realidad yo estaba pensando en una más...

—*Né*, tengo una que te puede ir bien —dice sin darme tiempo a contestar.

—Genial.

Salimos al aparcamiento que tiene detrás, donde hay motos de todos los tipos y tamaños. Hay una scooter roja bastante elegante.

—Prueba esta —insiste mientras me acerca un casco.

Me pide hacer un par de ejercicios con el acelerador. Y, sin más preámbulos, me dice que me monte como quien suelta a un niño con una bicicleta. Le hago caso sin pensar. Me dice que presione el freno izquierdo y la encienda con un botón. Lo hago y el motor ruge. ¡Perfecto! Entonces comienzo a girar el acelerador con mi mano derecha, lentamente, nada, aprieto un poco más, nada. Joder, el freno, ¡todavía tengo el freno puesto! Suelto el freno izquierdo y al instante salgo disparada hacia una valla con las piernas en el aire.

—¡Socorro! —grito.

Esquivo —por poco— la valla y continúo por la pista girando en círculos y gritando. Escucho a lo lejos un «¡Chica, suelta el acelerador!». De acuerdo. Sí. Suelto el acelerador y me detengo bruscamente. Todavía con el corazón a mil por hora y sintiéndome ridícula, intento girar la maldita scooter para volver a la tienda, pero es tan pesada que lo hago como si fuera el mono de un circo. En mi cabeza lo estoy haciendo con cierta dignidad y consigo regresar de vuelta junto al dueño, que me espera en la puerta horrorizado.

—Tú una más pequeña.

—Sí, *parakaló*.

Avanzamos hasta una motocicleta antigua, una especie de patinete con ruedas, mucho más pequeña. Está tan vieja, destartalada y oxidada que parece un reflejo de mí misma, pero con la que me las arreglo para moverme por el aparcamiento con mucho más control que la primera vez. Menos mal. Volvemos dentro y el dueño me hace firmar un montón de papeles y de seguros por más valor que el de mi propia alma y me marcho.

Salgo del aparcamiento y enfilo el camino hasta la carretera principal, y también la única. ¡No me puedo creer que esté conduciendo una moto! Al principio voy nerviosa, me tiembla el manillar, llevo las piernas colgando por fuera por si tengo que echar un pie al suelo en cualquier momento y no soy capaz de superar los veinte kilómetros hora. Conducir una moto minúscula no es tan fácil. Tengo que inclinar mi cuerpo en una dirección y en otra para controlarla y lo hago al revés. Me sorprende lo rápido que puede ir ese cacharro, aunque el resto de los conductores piensen lo contrario porque nunca he escuchado tantos pitidos, gritos y lo que intuyo que son insultos en mi vida. Me muero por echarme al arcén, pero probablemente acabe atropellando a algún animal o turista. Los desniveles y los hoyos en el camino me aterran, por no hablar de las curvas, pero en cuanto comienzo a notar el viento en la cara sonrío y me siento orgullosa de mí misma por haberme atrevido. Mientras avanzo contemplo el increíble paisaje.

Antíparos es algo así como un secreto. Una isla árida y montañosa. Es pura belleza natural: playas de arena dorada y paisajes verdosos llenos de cedros. Un lugar que permanece virgen y salvaje. Como yo, salvo por lo de salvaje. Tardo pocos minutos en llegar al final del camino asfaltado y paro en una zona aislada cerca de un acantilado. Suelto el manillar y la moto cae de un golpe al suelo. «Mierda, me he olvidado de poner la pata de cabra». La levanto a pulso y reviso que no tenga nada roto. Soplo la chapa y le paso suavemente la mano para limpiarla, como cuando se me cae comida al suelo. Parece que, salvo algún rasguño mínimo, todo está en orden, así que cojo la mochila, pongo el pie de sujeción y la dejo ahí. Me encontraba en lo alto de una colina, desde donde podía ver la playa del Norte. No había ningún otro visitante. Solo estábamos mi moto y yo. Camino hasta el borde del barranco y grito un fuerte «¡Hola!», que resuena como si estuviera en una tierra olvidada, perdida hace mucho tiempo.

Bajo por un sendero bastante largo que conecta con una zona de dunas y rocas que termina en una playa de arena dorada y agua cristalina. Justo enfrente hay un islote árido y sin vida al que se puede llegar nadando. Un gran cartel pintado en azul declara que esa es una playa nudista oficial. Según indica, es la primera playa nudista de Grecia desde 1970. Hay pocas personas repartidas por sus cerca de cien metros de largo, pero el ambiente es animado y alegre.

Me siento en la arena en una zona apartada cerca de unos arbustos. A mi alrededor todo el mundo está desnudo. Una pareja se coloca a escasos metros de donde estoy yo. Ambos extienden sus toallas y comienzan a quitarse la ropa doblándola lentamente y colocándola sobre sus mochilas como en una especie de ritual. Me sonríen y se marchan cogidos de la mano hacia el agua. Permanezco sentada observándolos y preguntándome si yo, una estirada con complejos corporales de toda la vida, soy lo suficientemente valiente como para hacer nudismo. No sé si es la incomodidad de ser la única con ropa o el efecto del ouzo, pero decido ponerme de pie y lanzarme al vacío. Me deshago de la camiseta, los pantalones cortos y, con una mirada nerviosa a un lado y al otro, también de la parte de arriba del biquini. Sé que a nadie le importa, pero aun así me siento como si estuviera cometiendo algún tipo de crimen. Respiro hondo y me mentalizo para lo siguiente: el completo. Me quito la parte de abajo y noto una suave brisa que pasa entre mis piernas. Estar desnuda con gente alrededor me provoca nerviosismo, pero estoy acostumbrada a sentirlo incluso con ropa. Me siento más desnuda que la mayoría, pues ellos se complementan con gorras, sombreros y pareos. Además, el vello púbico parece estar de moda, por lo que mi depilación láser me hace sentir fuera de lugar. No estoy del todo cómoda desnuda y, mientras camino hacia el agua arrastrando los pies y mi vergüenza por la arena, me encuentro terriblemente cohibida.

En la orilla me cruzo con una mujer de unos setenta años, con el pelo corto muy rubio, rechoncha y con pinta maternal. Me esfuerzo por fingir una sonrisa confiada. Quizá me he esforzado demasiado y he sonreído tan ampliamente que se detiene a hablar conmigo, lo que me pone todavía más nerviosa.

—*Kaliméra*, soy Elora.

—Lena —respondo incómoda.

—¿Es tu primera vez haciendo nudismo?

—¿Tanto se nota? —digo sonrojándome.

—Para los que venimos habitualmente, sí —responde amable—. Se te ve en tensión.

—He venido para tomarme un descanso.

—Eso parece.

—¿El qué?

—Que necesitas un descanso.

Es tan evidente que ni siquiera me ofende.

—Es por las ojeras, las tengo desde siempre —me justifico pasando un dedo por debajo de mis ojos.

—Y porque has bostezado dos veces desde que hemos comenzado a hablar.

—Ah, eso. —Me río—. Sí, no duermo bien. Trabajo mucho y es posible que últimamente haya tenido un poco de estrés. ¿Y tú, a qué te dedicas? —pregunto interesada.

—En Atenas me dedicaba a la taxidermia, la aprendí por correspondencia. Me gustaba eso de conservar la esencia de los animales y hacer felices a sus dueños. Me jubilé, vine aquí un fin de semana y ya nunca regresé.

—Yo todavía no sé muy bien cómo he terminado aquí —digo bajando la mirada y haciendo un hoyo con el pie en la arena.

—Es la energía de la isla, que te atrae para llenarte de vitalidad.

No me gusta ese tipo de misticismo, pero debe de ser cierto, porque sea como sea esa mujer rebosa felicidad.

—¿Y siempre has hecho nudismo? —pregunto curiosa.

—Sí, mis padres eran unos adelantados y me llevaban a campings naturistas cuando era pequeña. Allí aprendí a ver la desnudez como algo normal y natural. —Qué curioso es «lo normal» para algunas personas—. Cuántos problemas de infelicidad se eliminarían viendo como algo habitual las diferencias de nuestro aspecto.

Quizá ese es el origen de muchos de mis complejos, la educación que he recibido. Me siento mal por todas las veces en que la desnudez me ha hecho sentir violenta.

—Yo estoy cómoda en la playa o en cualquier lugar. Disfrutar de estar desnuda es un placer natural y esencial. ¿Tú no estás disfrutando?

—No estoy segura, me siento rara. Me dan ganas de mirar hacia otro lado cuando veo a otras personas desnudas —digo evitando mirar sus enormes tetas.

—El nudismo no es una actitud, es una forma de vida. Hay que ser libre de espíritu, aunque suene a tópico, la vida son dos días y uno llueve, así que el otro hay que aprovecharlo.

—Lo siento, pero detesto esos rollos optimistas —interrumpo—. No creo en las energías ni en la espiritualidad ni en nada de eso.

—¿Ni siquiera en el aura?

—No, ni siquiera en eso.

Se queda muda y me mira horrorizada, como si le hubiera dicho que me gusta matar crías de elefante.

—Es que soy de letras —me disculpo. Esa frase siempre me salva cuando quiero justificar algo que digo.

Mira el hoyo que he hecho en la arena y me da una caracola que lleva en la mano.

—Te irá bien, ya verás, con los años aprenderás a ser tolerante con lo que te rodea.

Se despide deseándome suerte y prosigue su camino por la orilla. Tiro la caracola en cuanto se marcha, odio recibir consejos gratuitos de gente que no me conoce de nada. Me adentro poco a poco en el agua sintiendo cómo su temperatura me va relajando y nado hasta el islote. Desde allí observo la playa. Una mujer que come un bocadillo me sonríe a lo lejos. No sé bien por qué, pero estar desnudos crea una extraña camaradería. De repente, esa sensación me empodera y me sumerjo de nuevo para volver. Mientras regreso hago una voltereta en el agua, sabiendo que habrá un momento culmen que me mostrará en todo mi esplendor, me animo y según me acerco a la orilla hago hasta el pino, pero no me avergüenzo.

Me acerco a la costa y salgo del mar notando cómo las gotas de agua caen libres desde mi cuello hacia mis muslos. Vuelvo hacia la arena caminando segura. Por un momento nada más me importa, solo yo, desnuda, y creo que, por primera vez en mi vida, no tengo vergüenza. Me siento a secarme sobre la toalla mientras reflexiono sobre dos cosas. La primera, en cómo sería yo si hubiera crecido viendo a más personas con cuerpos comunes. Quizá, si hubiera aprendido a sentirlos como naturales, en lugar de objetos diseñados para excitar u ofender, habría entendido antes que todos tenemos uno digno de estar desnudo. Estar como Dios te trae al mundo es como gritar un gran «¡Os podéis ir a la mierda!» a todos tus complejos. La segunda, que envidiaba a Elora. Su alegría, su energía y su positividad eran envidiables. Quizá tuviera que practicar más el nudismo si eso me hacía la mitad de feliz que parecía ella. Aunque me jodiera reconocerlo, tanto Pantelis como ella tenían razón, la alquimia de la isla era reparadora y elemental, y la convertían en un lugar para quienes no buscaban más humanidad que la suya.

19

Marcharme de la playa supone un alivio enorme. Me he quedado allí hasta la hora de comer intentando convencerme de que estar en pelotas es un acto emocionante y liberador, pero después de un rato he dejado de encontrarle la gracia. Suelo perder el interés rápidamente. A veces, después de sentirme eufórica o motivada encuentro algo más interesante que hacer. Me pregunto si tiene algo que ver con mi constante insatisfacción y me digo: «Lena, cuanto más haces, más necesitas». Ni siquiera me planteo estar toda la vida con alguien. ¿Me aburriría? ¿Me consumiría la rutina? En cuanto a relaciones, excepto la última, siempre me quedo un paso antes de lo que pueda pasar. Todo lo previo a la conquista es lo que más me gusta, y eso también se aplica a cualquiera de las facetas de mi vida.

Subo llena de sal, crema y arena el camino que me lleva a la moto. Junto a ella, hay ahora aparcadas algunas más. Meto la llave para abrir el asiento, coger el casco y escucho a mi espalda una voz masculina.

—¿Lena?

Me doy la vuelta y veo la figura de un hombre a contraluz. Lo miro, pero no le ubico.

—Lena, soy yo. —Se mueve para que pueda verle.

Sigo sin reaccionar, pero es muy guapo.

—Soy Niko, del curso de cocina griega.

Nada más verle siento una descarga eléctrica y una atracción instantánea. Es como un impulso químico que me hace sentir que acabo de encontrarme con alguien a quien estoy destinada a conocer.

—¡Niko! ¡Claro! —De verdad que a veces pienso que tantos años de *afterwork* han fundido todas mis neuronas—. ¿Qué haces aquí?

—¿Yo? No, ¿qué haces tú? Nací aquí, ¿recuerdas? Te lo conté durante el curso

—Ah, ya, el curso…

—No te acuerdas de mucho, ¿verdad?

—Lo cierto es que no —respondo avergonzada.

—Normal, ibas fina. Pero de lo de tu casa sí, ¿no?

—¿Lo de mi casa? Hombre, por supuesto —confirmo segura.

A ver, esto es lo que recuerdo de Niko antes de volver a verle: trabajaba en un restaurante griego, le gustaba cocinar, elegía buenas cervezas y era *dealer* de licores que me hacían perder la cabeza. Pero no me acordaba de este nuevo Niko. Este tiene el pelo largo del color de la Coca-Cola y lo lleva lo justo de largo para que no le tape los ojos, escondidos por unas gafas modernas. Debe de medir un metro ochenta y tiene la piel morena de alguien que no es blanco en invierno y que además está bronceado por el sol. Eso hace resaltar más sus ojos oscuros, cuyos párpados dibujan una mirada a veces aniñada y otras melancólica. Está atractivo con una simple camiseta blanca, unos vaqueros y zapatillas. No, definitivamente no me acordaba de nada con él en mi casa.

—¿Se puede saber qué haces en Antíparos? —me pregunta abriendo mucho los ojos.

—Es una larga historia, ni siquiera yo lo sé muy bien.

—Qué sorpresa, no pensé que volveríamos a vernos, y menos aquí. Podrías haberme escrito un mensaje al día siguiente para saber que estabas bien, te dejé mi teléfono en una nota en la nevera.

Intento responder algo con sentido, pero me quedo simplemente con la boca abierta sin saber qué decir. No tengo ni la más mínima idea de lo que había pasado en mi casa.

—Cuéntame, ¿dónde te quedas?, ¿qué te ha traído aquí? —continúa preguntando—. Perdona por el interrogatorio, pero me ha sorprendido mucho encontrarte. Dame un abrazo, ¿no?

Entonces me rodea con sus brazos y me da uno más largo de lo habitual, uno que me descoloca y en el que me podría quedar a vivir. Nos separamos y sigue sonriendo.

—Perdona, continúa.

—Estaba de viaje con un amigo en Atenas y decidimos venir a la isla, pero en el último momento me dio plantón.

—¿En serio? ¿No será el mismo del restaurante? Definitivamente tienes un problema eligiendo a tus amigos.

—Es posible —digo sonriendo—. Me estoy quedando en Kokoras, ¿lo conoces?

—Claro, Pantelis es amigo de mi familia desde hace muchos años. Yo vengo de estar con unos amigos, pero ya me iba. ¿Y tú, cómo has venido? ¿Te apetece tomar algo? Nada de raki, de momento, prometido. —Levanta la mano en señal de juramento.

—He alquilado esta chatarra para moverme por aquí —digo poniendo la mano en mi moto.

—No te preocupes, antes de tener esta —señala una flamante scooter verde aparcada junto a la mía— conduje piedras con pedales, te aseguro que son bastante seguras. Oye, es tarde, ¿tienes hambre? Conozco un sitio de toda la vida en el centro del pueblo alejado de tanto gastrobar donde sirven algo más que quinoa, ¿te gustan los lugares auténticos?

—Son los que más me gustan —digo devolviéndole la sonrisa.

La retórica de los viajes estaba repleta de manifestaciones sobre la importancia de la autenticidad como la gallina de los huevos de oro. La típica casa local, el sitio exacto donde pasó esto o aquello o el utensilio que usó alguien en ese momento histórico. Sin embargo, siempre había pensado que el simple hecho de decir que algo era auténtico hacía que esa característica se desvaneciera. Quizá, como todos los turistas que estábamos acostumbrados al vacío y a una rutina, lo que la gente local creía que perseguíamos eran experiencias genuinas, coleccionar lugares cuya construcción había requerido centenares de años para después desvirtuar eso que los hacía tan especiales. Lo auténtico, por ser único, no debía ser compartido, pues provocaría su desaparición. A pesar de eso acepté, porque no quería parecer una imbécil arrogante y porque me moría literalmente de hambre.

—Se llama Pavlos Place, está justo al lado del castillo, en lo alto del pueblo, ¿nos vemos allí en veinte minutos y nos ponemos al día? El dueño es un señor mayor que ha mantenido el restaurante de su familia intacto desde hace más de cien años, ahí no verás decoración cuqui ni lucecitas colgadas del techo.

—Hecho —contesto.

—Una última cosa, ¿me puedes dar tu número de teléfono? No me gustaría terminar comiendo solo y ahogando mis penas en raki —dice guiñándome un ojo.

Me gusta su sentido del humor, es algo tímido, como él, y sale a la superficie cuando no te lo esperas. Sonrío y se lo doy. Al momento recibo un wasap que dice: «¡Conectados!» junto a un emoji de unos gemelos. Después se monta en su moto y se aleja por el camino hacia la carretera principal.

Es lo más parecido a una cita que tengo en meses, al menos la primera vez que quedo con alguien que no sea un amigo. Durante mucho tiempo había creído que para encontrar a alguien interesante debía ir a eventos horribles y tener los ojos bien abiertos en bares, por la calle o en reuniones, para aumentar las posibilidades, pero esto había sido totalmente involuntario.

Antes de irme me echo un vistazo en el retrovisor. ¿Cómo voy a aparecer en el restaurante con estas pintas? ¿Estoy loca? No; si quiero que Niko salga corriendo, sí, si quiero que me arresten. Me subo en la moto con la intención de pasar antes por Kokoras, pues no está lejos, pero no soy capaz de arrancarla. Con los nervios, no consigo recordar la combinación de botones y acelerador que tengo que accionar. Lo intento durante quince minutos. Nada. Mi nerviosismo aumenta por momentos. Saco el móvil, me pongo los auriculares y hago sonar a Nina Simone. Consigo tranquilizarme un poco. Cierro los ojos e intento visualizar cómo lo hacía el dueño de la tienda. Meto la llave. Enciendo el interruptor (eso era lo que me faltaba). Aprieto el botón de arranque y acciono el acelerador. ¡Listo! Me pongo el casco y enfilo dirección a Kokoras. Tardo un cuarto de hora en llegar y aparcar, así que ya no me da tiempo a ducharme y ponerme un poco presentable. Llego tarde, como siempre, y mientras camino a toda prisa hacia el lugar recibo un mensaje: «Hola. ¿Estás tan acostumbrada a que te dejen plantada que me vas a hacer lo mismo? Estoy dentro, ¿te voy pidiendo algo?».

Eso me molesta y me hace sentir avergonzada e insegura. ¿Esperaba que le diera las gracias por haberme propuesto ir a tomar algo? Además, tampoco lleva esperando tanto tiempo. Bueno, quizá sí, pero ya no recuerdo lo que es quedar con alguien que no sea un amigo y con quien no tenga la confianza para llegar tarde.

Llego al castillo y localizo el restaurante donde hemos quedado. Se trata de una auténtica taberna griega escondida entre tanto restaurante para turistas. El tipo de lugar apartado en el que parece que se ha detenido el tiempo y permanece ajeno a lo que ocurre a su alrededor.

Me miro una última vez en el cristal de la ventana. Llevo unos pantalones cortos vaqueros, una camiseta y las chanclas. Tengo la piel hecha un asco, el pelo hecho un asco y mis pintas dan asco. No hay duda de que soy una persona coherente. Cojo la goma de pelo de mi muñeca y me hago un moño bajo con la raya en medio, no hay situación que ese peinado no sofistique un poco, al menos, eso me gustaba pensar.

Abro la puerta y entro a una taberna antigua, de esas con viejas sillas de madera, manteles a cuadros, un camarero bonachón y varios gatos merodeando a sus anchas entre las mesas del local. Un sitio de esos en los que se disfruta sentada en una mesa, con productos caseros y, sobre todo, hechos con mimo. Es tarde y el lugar está medio vacío si no fuera por Niko, que espera sentado en un taburete en la barra.

Camino hacia él y sonríe al levantar la vista. Lleva el pelo aplastado por el casco, pero está impoluto y huele muy bien a perfume.

—Bienvenida —dice y se eleva por encima de mí para darme dos besos.

—¿Qué bebes? —le pregunto curiosa cuando veo su vaso en la barra.

Levanta la copa ofreciéndomela para que pueda probarla. Le doy un trago sin pensarlo.

—Me gusta.

—Es retsina, un vino griego blanco que se prepara desde hace más de dos mil años. Se llama así porque antiguamente se fabricaba en ánforas selladas con resina de pino. ¿Quieres una copa?

—Venga, vale.

—Desde que entré en la treintena creo que me volví un poco sibarita y ahora prefiero pagar más por cosas de confianza que por algo que lleva una etiqueta escrita en ruso —me confiesa.

—Dicen que un buen vino lo cura todo, excepto el alcoholismo —digo mientras me siento en un taburete esperando que mi ironía haya camuflado el nerviosismo de mi voz.

Se echa a reír y eso me relaja. Me inquieta tenerle tan cerca. Los pliegues, las líneas de expresión y el moreno de su piel le hacen aparentar más edad. Sin embargo, en lugar de disgustarme, me seduce y quiero conocer los motivos que han arrugado sus facciones. Sin duda, lo que más nerviosa me pone es el interés que me suscita.

Le pregunto por el restaurante de Madrid, al fin y al cabo, a qué te dedicas es lo primero de lo que se habla cuando conoces a alguien. Me dice que, después del curso, cerraron el restaurante porque no era rentable y él había decidido dedicarse de nuevo a la informática. Cuando habla de su familia, noto cierto tono de decepción. Imagino que seguramente volvamos a tratar ese tema en algún momento, quizá cuando haya más confianza y no suene como si nos estuviéramos haciendo una entrevista de trabajo. Quizá con un poco más de vino iremos turnándonos el papel de entrevistador y entrevistado.

Me cuenta que llevaba atrapado en el negocio familiar muchos años, con el que podía ahorrar, pero que apenas le dejaba tiempo libre. No aguantaba la presión diaria a la que le sometía su familia y sueña con una vida más tranquila. Me dice que siente que los últimos años se ha dejado llevar por la inercia un día tras otro y que no se ha sentido vinculado a nada, ni siquiera a su propio negocio. Decidió volver a la isla donde creció buscando una vía de escape, pero una vez allí no tiene claro qué hacer o adónde ir. Le digo que creo que esa es una sensación habitual en la madurez.

Le hablo de mi resaca tras el curso de cocina, de mi decisión de venir a Grecia, de mi paso por Atenas y de mi crisis existencial. También de la visita de Mauro y de cómo he acabado allí gracias a Pantelis.

—No tienes pinta de alojarte en un hostel.

—¿Y qué pinta tienen los que lo hacen?

—Jóvenes alocados que solo buscan emborracharse y no les importa compartir ronquidos y dormir en un plato de ducha.

—No sé si indignarme más por lo de joven o por lo de borracha.

—En realidad podría ser más lo segundo, el día del curso de cocina te desplomaste en la puerta del restaurante.

—¿Lo dices en serio? Creo que fue ese licor —digo con vergüenza—. No consigo recordar nada de ese día. Ni siquiera sé cómo llegué a casa —confieso.

—Sí, te advertí de que el raki era peligroso. Te recogí del suelo y conseguí meterte en un taxi, pero no podía abandonarte allí en ese estado, así que abrí tu bolso, lo siento, y encontré el DNI con tu dirección. No estaba seguro de que estuviera actualizado, pero no tenía otra opción, y decidí montarme contigo.

—Lo siento, de verdad, qué humillante —digo poniéndome las manos en la cara—, ¿y qué hiciste con el restaurante?

—Les pedí a mis compañeros que se encargaran de cerrar mientras te acompañaba. Cuando llegamos a tu portal, saqué las llaves de tu bolso, miré el piso en el buzón y entramos en tu casa. En el baño, se te cayó el móvil dentro del váter y lo metimos en arroz. Después, te fuiste directa al sofá y te volviste a quedar inconsciente, así que te dejé una nota en la nevera con mi número de teléfono pidiéndote que me avisaras para saber que estabas bien.

—Pollock.

—¿Cómo?

—El pintor.

—Creo que no te sigo.

—Al día siguiente me puse a vomitar en la cocina y la dejé como un cuadro de Pollock. Quedó hecha un asco y tuve que limpiar y tirar todo, incluido lo que había en la puerta de la nevera.

Me quedo con la mirada perdida unos segundos maldiciéndome por ser así y no tener ningún tipo de autocontrol.

—¿Lena?

—Perdona —digo volviendo a la conversación—, muchas gracias por llevarme a casa, no sé cómo puedo agradecértelo.

—No te preocupes, el destino ha querido que nos encontremos de nuevo, aunque por un momento he pensado que te habías ido a Marte.

—Sí, disculpa, estoy tan acostumbrada a hacer tantas cosas a la vez que mi atención tiende a desviarse. Normalmente me concentro en varias cosas a la vez y me distraigo con mis propios pensamientos.

—Entonces ¿estás hablando conmigo y pensando en otros miles de cosas?

—Sí, ¿por qué? ¿Acaso es un problema? —me disculpo—. No te estoy ignorando; de hecho, estoy completamente concentrada en nuestra conversación, entre otras cosas.

—Eres rara de pelotas.

Me pregunta si me apetece otro vino y acompañarlo con algo de comer, a lo que contesto que sí y él añade:

—¿Botella o copa?

Yo solo sonrío.

El dueño nos acompaña a una mesa en la terraza y en cuanto me levanto, me doy cuenta de que con el estómago vacío yo ya voy un poco entonada. Traen toda la comida a la vez: una selección de mezzes, spanakopita, un pastel de hojaldre relleno de espinacas y pastitsio, una especie de lasaña hecha con pasta, salsa de tomate, especias y bechamel. Yo pido además tzatziki. Empiezo a obsesionarme con pedir ese plato allí. Lo que lo hace diferente es la calidad de los ingredientes: el yogur de cabra, que probablemente se hace con leche de cabras autóctonas, los pepinos naturales y cultivados localmente y supongo que las emociones de sentarte en un lugar desconocido. Como con ansia, tengo tanta hambre que quiero probarlo todo a la vez. Cada plato está delicioso, tanto que ni siquiera me paro a pensar si me sentará bien o mal. Esa comida es tan fresca y llena de tradiciones que una vez que la pruebas parece que entras en el Olimpo. La experiencia de la comida griega es diferente a cualquier otra. Sí, la historia y tradición que rodean a un lugar suman, pero una vez allí, lo único que quiero es comer.

El vino me ayuda a desinhibirme un poco. Cuántas decisiones importantes no habrían salido nunca de su letargo si no fuera por la pequeña ayuda del alcohol. Sin él muchas cosas habrían sido distintas o ni siquiera habrían existido: relaciones, fiestas, descendencia, incluso guiones de cine, libros o películas no habrían visto la luz sin la confianza, la imaginación o sin los límites que proporciona. Permite eliminar los miedos o prejuicios en un universo paralelo donde tu pareja nunca te hubiera puesto los cuernos después de pedirle matrimonio. Quizá el alcohol proporciona un poco de ese mundo mejor en cada sorbo. Una cosa está clara, las mejores historias no empiezan con un poleo menta.

—¿Te gusta la comida? —me pregunta al ver que he dejado de hablar y solo engullo.

—Sí, muchísimo —respondo con la boca llena.

Hablamos de los planes que tenemos cada uno en Antíparos. De que compagina sus vacaciones allí con algunos trabajos informáticos de freelance y de que quiere retomar un curso online de poesía que ha empezado meses atrás. No entiendo la fiebre por la poesía de los últimos tiempos. Para mí un informático que cocina y que escribe poesía en sus ratos libres es totalmente incomprensible.

—Yo tampoco imaginaba que hacías nudismo.

Eso me pilla por sorpresa, aunque es bastante evidente, pues me ha visto volviendo de aquella playa. Me siento avergonzada solo de pensar en la posibilidad de que me haya visto desnuda.

—No lo hago —digo justificándome—, al menos no habitualmente.

—No tienes que disculparte. Supongo que eso es lo mejor de las personas —dice mirándome fijamente a los ojos—, que tengan la capacidad de sorprenderte.

En ese momento sé que, si alguna vez llego a culpar a Niko por algo, será por ese motivo y volveré a esa frase.

—Me gusta probarlo todo, quizá por eso tengo tantas aficiones —afirma. Temo el día en que todo lo que haga se vuelva predecible y no consiga un latigazo de emoción en quien pruebe mi comida o lea alguno de mis poemas. —Suena sincero—. ¿Y a ti, qué te gusta hacer?

Se me pone un nudo en la garganta o quizá he comido demasiado.

—Trabajar. Trabajar es mi afición favorita. Quizá soy un poco cobarde para ciertas cosas.

—A mí no me parece de cobardes dejarlo todo para irte de viaje.

—Quizá soy más bien miedosa. Vivo acojonada por miedos e inseguridades que me paralizan y me hacen no probar tantas cosas como me gustaría.

—Yo a lo único que le temo es a volverme una persona gris —afirma con melancolía.

—No creo que lo hagas.

—Tú tampoco. No es una actitud de una ejecutiva agresiva fría y calculadora que se dedica a la publicidad —dice con sarcasmo.

—No soy fría, me gustan las emociones y provocarlas en los demás con mi trabajo, es solo que a veces no sé cómo gestionar las mías propias.

El postre llega como un regalo de los dioses y le quita intensidad a la conversación. Traen también unos chupitos de raki, que yo por supuesto rechazo, aunque más por vergüenza que por otra cosa. Malditos prejuicios. ¿Por qué me importa tanto lo que piense de mí? Es curioso, pero desde nuestro encuentro en la playa he sentido una extraña conexión con él, una sensación de admiración e interés por aquel hombre al que apenas conozco y que, sin embargo, tengo la sensación de conocer desde siempre.

Pedimos la cuenta y el dueño empieza a charlar con nosotros. Yo no le entiendo demasiado porque chapurrea el inglés y lo mezcla con el griego. Habla de lo floja que está la temporada ese verano y de lo justa que llega su familia a fin de mes con lo que les deja el restaurante. A pesar de eso, parece feliz y despreocupado. Allí todo el mundo lo parece. Acerca una silla y se sienta en nuestra mesa para detallarnos cada una de las generaciones que se han encargado del negocio familiar hasta llegar a él. Una por una. Él habla y hace una pausa para que Niko me lo vaya traduciendo. No veo el momento de terminar esa conversación, más bien monólogo, y estoy segura de que Niko también, pero ambos queremos demostrarle al otro que somos buenas y curiosas personas que se preocupan por los demás. Cuando Pavlo (se llama así) se anima a detallarnos cómo ha conocido a su mujer, noto la pierna de Niko sobre la mía. Al principio pienso que simplemente se trata de una patada involuntaria; sin embargo, es una señal para decirme que él también quiere que Pavlo termine de darnos la chapa. Lo hace sin mirarme; después se aparta y cruza las piernas. Yo me limito a sonreír, y desde ese momento somos cómplices con una misión: salir de allí.

Niko pone una excusa y le pide a Pavlo que nos traiga la cuenta, la cual insiste en pagar. Reconozco que me molestan todavía esas tradiciones heteronormativas, pero lo que más me molesta en realidad es que me gusten. Mi parte más racional quiere decirle que no es un acto de caballerosidad y que seguramente él no sea financieramente más estable que yo. Sin embargo, me siento halagada y eso me da rabia. Maldito patriarcado, ¿por qué a veces tiene que hacerte sentir bien?

Cuando salimos de la taberna, el sol ya está cayendo. Hemos estado ahí dentro más de tres horas y bajamos andando al puerto por la calle principal, donde Niko ha aparcado la moto. Le quita el candado y se vuelve para mirarme.

—Me lo he pasado genial, Lena —me dice con una gran sonrisa—. Estoy seguro de que, cuando descubras Antíparos, no vas a querer volver. —Lo dice sacando la lengua en señal de burla.

—Yo también he estado muy a gusto, pero creo que esto es demasiado tranquilo para mí.

—¿Qué haces mañana? —me pregunta poniéndose el casco y subiendo en la moto.

—Tengo que consultar mi agenda —digo mientras me doy la vuelta y le digo adiós con la mano levantada.

—¡Te escribiré! —me grita ya en marcha.

Y durante los dos minutos siguientes, mientras camino de regreso a Kokoras, deseo con todas mis fuerzas que lo haga.

20

Cuando llego a Kokoras, algunos huéspedes aprovechan los últimos rayos de sol para darse un baño en la piscina. Se respira un ambiente tranquilo y familiar. La gente comparte risas y cervezas, huele a comida casera desde el exterior.

Voy directa al piso de arriba a darme una ducha, pocas cosas resultan tan reparadoras como la de después de un día de playa, a pesar de tener que compartirla con dos alemanas borrachas. Bajo de nuevo al piso de abajo y entro en la cocina, donde encuentro a Pantelis preparando la cena. Le sorprendo con un abrazo por la espalda. No sé por qué, pero ese hombre saca mi lado más cariñoso.

—*Yasas*, Pantelis.

—*Kalispéra*, Lena, ¿cómo estás? No te he visto en todo el día, ¿fuiste a la playa Norte?

—Sí, estuve toda la mañana allí, tenías razón, esa playa tiene algo especial. Cuando me marchaba, me encontré con un conocido y fuimos a comer juntos. Lo hemos pasado genial.

—¿Os encontrasteis de casualidad?

—Sí, en el culo del mundo, raro, ¿verdad?

—Raro el sincrodestino…

—¿El *sincroqué*?

—El sincrodestino habla de la magia que tiene la vida para juntar a personas sin esperarlo. De que, a veces, las coincidencias esconden un significado.

—¿Necesitas ayuda?

—¿Por qué? ¿Crees que estoy loco? —me dice girándose hacia mí.

—No, me refería a si quieres que te ayude con la cena.

—Los dos nos echamos a reír—. De todas formas, tampoco suelo creer en esas cosas del destino. Lo único que me guía en este momento es el olor de lo que hay en el horno.

—Ahora que lo dices, sí podrías ayudarme con algo fácil, ¿sabes preparar tzatziki?

—Veamos, he probado cientos, diría que miles, pero no estoy segura de ser capaz de prepararlo, a menos que quieras un buen cemento que te sirva también para revestir las paredes, ¿tienes por ahí la receta?

—No, nunca sigo una. Prepararlo requiere solo un poco de habilidad y mucha imaginación. Por ejemplo, puedes empezar guiándote por el color. Busca lo que te atraiga y mézclalo.

Le hago caso, me acerco a las grandes cestas de mimbre llenas de verduras y cojo unos pepinos de un verde brillante, unos limones más amarillos que el sol y ajos del color de la niebla. Saco el yogur de la nevera y busco el eneldo sin mucho éxito.

—Pantelis, me temo que no queda eneldo.

—Pues prueba algo nuevo, invéntate otra cosa, tú sabrás —dice sin hacerme mucho caso mientras pica unos pimientos.

—Pero ¿qué quieres que le añada? Si el tzatziki lleva eneldo, tendré que echárselo, ¿no?

Sigue ignorándome mientras tararea una canción en griego. Me acerco a las plantas que hay detrás de la puerta de la terraza y cojo un poco de menta, espero no cagarla.

—Las mayores tradiciones culinarias griegas se originaron con los sentidos. Aunque no lo creas, los platos más populares fueron producto de la adaptación. La cocina se expresa en función de lo que hay disponible, pero la intuición siempre es el ingrediente principal. Parte de la creatividad y el ingenio.

—Igual que en el arte, ¿no? Por eso eres tan buen artista y cocinero.

—*Efkharîsto*, gracias. Para cocinar también es necesario tener unos ingredientes básicos. Igual que un artista necesita las pinturas, los pinceles y los lienzos adecuados para expresar su creatividad, en la cocina necesitas unos básicos, que incluyen: un buen aceite de oliva, sal, especias, hierbas y productos frescos.

—Anotado, Pantelis. En la cocina, intuición e ingredientes básicos.

—No solo en la cocina, Lena, también en la vida.

Esto último me hace pensar que vivo con el piloto automático guiada por la rutina, por mis prejuicios, y me olvido de lo principal, de mi intuición. Pero no de esa que hace que mi interés pase a repulsión por cualquier tontería, sino de la provocada por los sentimientos más viscerales. La intuición es eso que sabes, que no sabes cómo lo sabes, pero sabes que lo sabes. Y que viene de muy adentro.

—¿Y tú de quién aprendiste a cocinar, Pantelis? Imagino que no fue solo fruto de la intuición.

—De nadie, pero heredé la mano de mi madre —dice sonriendo. Era una cocinera fantástica y nunca la vi seguir una receta. Recuerdo que cuando era niño le pregunté cómo recordaba todas las medidas y ella dijo que se las inventaba sobre la marcha.

Un olor a berenjena gratinada impregna toda la cocina, me agacho para comprobar que se está haciendo a fuego lento.

—¿Lo que hay en el horno es musaka?

—Así es. Es mi plato estrella y nunca he hecho ninguna igual. Solo imagino la voz de mi madre diciéndole a mi yo de veinte años en Nueva York cómo prepararla por teléfono. Siempre quise que en Kokoras las personas pudieran compartir tanto la comida como sus historias.

Terminamos de preparar la cena y nos sentamos junto a los demás alrededor de la mesa. Ya ha anochecido y la luz tenue y cálida del salón proporciona un ambiente familiar y relajado. Varios franceses comentan que el tzatziki está especialmente bueno ese día y Pantelis me atribuye el mérito regalándome no solo el cumplido, sino también confianza. Tal vez tiene razón y las mejores recetas surgen de un imprevisto, porque la vida también es imprevisible y ambas deben abrazar lo fortuito. Posiblemente deba rendirme a lo que suceda, sin importar si es bueno o malo e improvisar sin temor al fracaso. Quizá tan solo se trate de celebrar los cambios y de no tener miedo, ni en la cocina ni en la vida.

21

Esa noche tampoco puedo pegar ojo. Después de cenar tomamos ouzo y la mayoría nos vamos a dormir a medianoche. Tardo casi una hora en conciliar el sueño, ya que una de mis compañeras de habitación ronca mucho y de manera irregular. Si, por lo menos, fuera un ronquido rítmico y constante como las olas del mar, pero no. A continuación me despierta una turca metiéndose en la cama, pero, por suerte, me vuelvo a dormir, aunque no por mucho tiempo, pues se le une uno de los ingleses. Quién soy yo para hablarles de normas a esas horas, solo quiero dormir. Me despierto de nuevo a las siete de la mañana con el ruido de un portazo. Veo al chico que tengo al lado durmiendo como un tronco. Más tarde, le pregunto cómo hace para no enterarse de los ruidos y conseguir un sueño tan profundo y me responde que apaga sus audífonos.

Bajo las escaleras abducida por el olor a café de briki y el dulce de los baklavas. No sé lo que tienen esos pasteles de miel y frutos secos triturados que me resultan tremendamente adictivos. Bueno sí, azúcar. Engullo tantos durante el desayuno que creo que, en lugar de glóbulos blancos, ya tengo Umpa Lumpas.

Varias personas se agrupan alrededor de un gran cartel junto a la puerta de entrada en el que pone: «¿Te sientes solo? Hoy a las 12 h. Fiesta de abrazos». Nunca he oído hablar de este tipo de fiestas, pero todo el mundo parece muy emocionado con ella. En el letrero también se indican las normas para participar: acudir sobrio y en pijama.

—Una vez leí que sentirse solo es tan dañino como fumar quince cigarrillos al día —dice un americano de veintipocos.

—Sí, *bro*, la soledad es una epidemia —responde su amigo.

—¿Crees que esto tendrá algo que ver? —pregunta levantando su móvil—. Lo que no entiendo es lo del pijama.

—Es para no fomentar el deseo sexual, ¿nunca has ido a una? Luego venimos.

Puedo entender que, en invierno, todo el mundo anhele calor humano, pero querer abrazarse en verano me parece una aberración. ¿Hay algo más infame que una fiesta en la que un montón de extraños exploran su intimidad física de manera no sexual? Una fiesta de abrazos no está entre los objetivos de mi primer viaje sola, a menos que quiera enterrarme viva después de sufrir tanta vergüenza ajena. Mis propósitos —cuya lista es larga— incluyen aprender alguna palabra en griego, ir a la playa, comer cantidades ingentes de tzatziki, aprender a bailar zorba, recorrer cada rincón de la isla y, por supuesto, probar todos y cada uno de sus licores, pero no una fiesta de abrazos. Sin embargo, dado que estoy de vacaciones sola sin familia ni amigos y que me he propuesto animarme a hacer cosas que no he probado por el simple hecho de hacer caso a esa frase que me repugna sobre «salir de la zona de confort», decido comprobarlo.

Así que allí estoy yo, a las doce menos diez en ese mismo salón. Me presento en pijama, sobria y soy la primera en llegar. Quién me lo iba a decir. Pantelis, en cuanto me ve, me da un cálido abrazo y me indica dónde dejar mis chanclas.

—Comenzaremos tan pronto como llegue la gente —dice ceremonioso.

Y la gente va llegando. Los sofás se han colocado formando un círculo y hay mantas, cojines y almohadas esparcidos por todas partes y en cada rincón.

Más de veinte personas esperamos de pie con pegatinas con nuestro nombre en las camisetas. El mío dice Lena. Se respira cierta tensión tangible en la sala, pues algunos han participado ya en una de estas fiestas y otros, como yo, no tenemos ni idea de dónde nos estamos metiendo y esperamos a que nos guíen.

Pantelis se lanza a explicar las reglas de la fiesta de abrazos. Regla número uno: el pijama se queda puesto. Deja muy claro que sentirse atraído o excitado por otros asistentes es normal.

—Así es como funcionan nuestros cuerpos —comenta de manera muy natural.

Pero hace hincapié en que este es un evento no sexual, por eso otra de las reglas es contestar «sí» o «no» cuando te preguntan cosas como «¿Quieres que te ponga la mano en el hombro?». También se puede cambiar de opinión, si dices que sí a algo y a mitad de camino te echas atrás, debes decirlo. Lo que me parece más interesante es que, tan importante es decir lo que no quieres como lo que sí. Me pregunto si, como mujer autosuficiente que se supone que soy, esto es algo que me cuesta porque me hace parecer vulnerable y necesitada. Se supone que debo ser un buen ejemplo, una mujer valiente que no tiene miedo de nada, excepto cuando ve a la familia que vive en el edificio de enfrente a través del cristal del salón de su casa. El matrimonio se abraza mientras prepara la cena y sus hijas juegan sin dejar de comer los palitos de pescado. No sé si ellos también me ven a mí y se preguntan por qué la vecina toma vino sola junto a la ventana. Me considero alguien competente y autónoma, pero si lo pienso fríamente, pasan días enteros en los que no toco a otro ser humano. Me parece una debilidad admitir que me siento sola y nunca pensé que me encontraría aquí en este momento de mi vida.

No es que no haya tenido oportunidades. He tenido varias relaciones, pero solo en una ocasión he estado enamorada, las otras han sido treguas con la soledad. Durante meses he pretendido que no necesito a nadie para ser feliz, pero ser una soltera orgullosa es diferente a ser la pareja orgullosa de alguien.

—A todos nos cuesta pedir lo que queremos —dice Pantelis, ya sea abrazar o un aumento en el trabajo.

Después hacemos unos ejercicios para practicar el sí y el no con preguntas inventadas. Por ejemplo, «¿Irías al cine conmigo?» o «¿Me dejarías cortarte el pelo?». La idea es familiarizarnos con el concepto de decir no a algo, incluso si la pregunta es ridícula y está fuera de lugar, para que luego podamos responder con mayor firmeza. Parte de esto también incluye practicar ser rechazado.

—Somos adultos, podemos aceptarnos y cuidarnos solos —dice Pantelis con respecto a su manejo.

Quizá esa era una de las lecciones más importantes, pues un rechazo no te hace más vulnerable si sabes cómo encajarlo.

Cuando Pantelis termina de explicar las reglas, nos colocamos en círculo para compartir por qué hemos decidido estar allí. Cada uno tiene su motivo. Algunos quieren aprender algo, otros creen que los recargará de energía y varios porque se sienten solos. También los hay que simplemente se quieren tocar. Una mujer madura dice que necesita probar los abrazos sin pasar por el sexo decepcionante que generalmente les precede y otra chica joven agarra entre sus brazos a una gallina, que debe haber cogido del huerto, y dice algo sobre temerle a las personas. Y luego estoy yo, que he ido en parte por curiosidad y en parte para desafiarme ante experiencias nuevas y aterradoras. «Qué triste», pienso. Me doy cuenta de que quizá yo soy la persona más acojonada del lugar, tal vez incluso más que la chica que abraza a esa gallina. A lo largo de los años, casi sin darme cuenta, me he vuelto menos accesible y he construido una coraza enorme a mi alrededor.

Comenzamos bailando por el salón. Un baile sin música, moviéndonos sobre nosotros mismos, y luego facilitando el contacto visual con los demás. Mi incomodidad creciente me recuerda todos los bailes de cuando iba al instituto. Inmediatamente entablo una conversación agradable con el hombre viudo que no para de sudar y con el que luego me acurrucaré. Esta también es su primera vez.

Me cruzo con una chica rubia mucho más alta que yo, que me pide permiso para darme un achuchón. Honestamente es un muy buen abrazo. Uno de esos largos y significativos que solo puedes obtener cuando estás empezando con alguien o de un familiar. No recuerdo la última vez que he estado de pie con los brazos alrededor de alguien durante más de treinta segundos. Puedo sentir lo extraño y agradable que es. Hay una sensación de satisfacción que no suelo encontrar sin intimidad; sin embargo, por muy agradable que es, me falta algo. La chica que me ha abrazado con tanta delicadeza me agradece el abrazo y se une a otro grupo. Me hace preguntarme: «¿Puedo encontrar intimidad y complicidad en alguien extraño?». Sin darme cuenta lo digo en voz alta.

—Depende de tu propia necesidad personal —me contesta Pantelis, que está justo a mi lado.

—¿Quieres decir que para algunas personas ese abrazo de un extraño puede reconfortar?

—Sí, sigue siendo una intimidad genuina y el cuerpo reacciona de la misma manera física y mentalmente. Aquí se crean oportunidades para tener conexión —dice Pantelis—. Incluso si no llega a ser el tipo de conexión que tienes con una amiga íntima, al menos satisface la necesidad del momento.

—Vaya, las fiestas de abrazos son como un Satisfyer emocional, como el típico polvo de despecho —me sale del alma.

—No son una pastilla mágica para curar la soledad ni un sustituto de las relaciones íntimas, pero experimentar el contacto con un extraño es un tipo diferente de emoción. Cuanto más se practica, mejor se hace —concluye Pantelis.

Me quedo pensando en todo lo que me ha dicho y me cuesta un buen rato sentirme lo suficientemente cómoda para volver al grupo, pero lo hago. Mientras yazco en mi mansa posición de abrazo con otra persona, puedo ver y escuchar en mi periferia a los abrazadores más experimentados riéndose y contorsionando sus cuerpos. A mi alrededor se escuchan cosas como «¿Te importa si pongo mi mano en tu cintura?», «¿Puedo frotarte la nuca?» o «¿Me dejas tocar tu cara?». Si hubiera estado en una clase de natación, yo sería la que usa manguitos y ellos los que se lanzan desde el trampolín con un doble tirabuzón. Unos forman triples cucharas, donde tres personas se enroscan en una dirección. Otros hacen montones y varios recuestan su cuerpo en otro cuyo cuerpo está recostado en otro y así sucesivamente, como una cadena, en una especie de tren humano.

Suena el timbre que indica que podemos abrazarnos con otras personas, y así es como me encuentro sentada en un sofá con la cabeza sobre el hombro de un extraño. Extraño en el sentido de que no le conozco y también porque suda mucho, por lo que acurrucarme con él no es nada reconfortante, sino más bien como abrazar una sábana recién salida de la lavadora. Después otra chica se recuesta sobre su espalda y me pregunta, desde el otro lado, si puede abrazarme. «Está bien», le digo, sin estar muy convencida. Pasamos nuestros brazos bordeando al hombre mientras yo me siento tensa y aterrada. Percibo que mi camiseta también se humedece al entrar en contacto con su sudor. ¿Cuánto tiempo tengo que estar así? ¿Cuál es la cantidad aceptable para que parezca que disfruto de esta experiencia mientras conservo mi dignidad?

Vuelve a sonar el timbre. Gracias a Dios. Me siento como en la clase de Interacción humana para dummies.

Me parece estar en otro planeta; sin embargo, a medida que avanza la fiesta me vuelvo más confiada. Participo en un trío de cucharas, con dos abrazos masculinos a cada lado. Si quiero acariciar un cuello o el hombro, pregunto antes de mover la mano. Si alguno de ellos desea acariciarme el costado, pregunta y espera mi consentimiento antes de mover su mano a mi cadera.

—Han pasado veinte minutos —dice Pantelis dándonos de nuevo una oportunidad para acomodarnos y acurrucarnos con otras personas. Esta vez se me ha pasado más rápido el tiempo.

—¿Quieres abrazarte con nosotros? —pregunta la lolita que había estado acurrucada con su novio toda la sesión.

En realidad no quería, pero no sé muy bien cómo termino boca arriba en medio de los dos. Él pone la cabeza sobre mi estómago y ella comienza a acariciar mi hombro con movimientos suaves e intermitentes, como si fuera mi madre. Por un momento creo que voy a llorar.

—Supimos que queríamos abrazarte cuando vimos tu cara de pánico al principio de la fiesta.

Ojalá yo fuera igual de decidida.

Ella me acaricia un hombro y después el otro. Más tarde pasa su brazo sobre mi estómago y masajea la cabeza de su novio. Parecemos estar al borde de una orgía puritana, pero en lugar de asustarme, me permito relajarme y conectar con otras personas por primera vez en mucho tiempo.

Al terminar, y antes de abalanzarnos sobre la comida, Pantelis nos da un discurso de fin de fiesta, que viene a decir que vamos a tope de oxitocina y que tengamos cuidado en la piscina y el mar. Definitivamente podía dar fe de eso: me siento más ligera; estoy confusa, sí, pero mis músculos parecen más relajados y mi estrés se ha disipado. Quizá eso explica mi locura reciente y estrés. Se lo había achacado a una crisis de la edad adulta, pero tal vez se trate de que evito el afecto, pues me parece menos aterrador convertirme en corresponsal de guerra. Una parte de mí está satisfecha, pero que me sienta sola en un lugar lleno de gente es mi propio problema personal.

Nos colocamos en un círculo cogidos de la mano. Pantelis nos despide y luego se acaba. Abrazo a las personas con las que he hablado, extraños que ahora siento que son mis amigos. Abrazo a Pantelis, después de preguntarle si le parece bien que lo haga, y me devuelve el abrazo.

—Me alegro de que estés aquí —me dice.

Salgo a la terraza que da al mar y puedo ver a varios turistas bañándose, comiendo y conectando entre sí de manera improvisada. Me creo una persona de mente abierta, pero me doy cuenta de que, en realidad, no conocía mis propios límites hasta que los he cruzado.

¿Por qué me cuesta tanto expresar mis emociones y decir lo que siento? ¿Por qué hago cosas que no me hacen del todo feliz con tal de evitar una conversación o pregunta incómodas? Quizá, con los años, he aprendido a sentirme a gusto con la incomodidad. Probablemente en el futuro aprenderé a decir sin rodeos lo que necesito, pero al menos, por ahora, me voy a dar una palmada en la espalda por haberme animado a hacer esto. Quizá siendo como soy perderé muchas personas y oportunidades en la vida, pero lo que no puedo permitirme es perderme a mí misma.

Me quito la ropa para darme un baño y meterme en la piscina, esta vez hiperconsciente de la ausencia de un brazo alrededor de mi hombro.

22

Es media tarde y he pasado la mañana charlando con los demás huéspedes y disfrutando de baños interminables en esa piscina con vistas al mar. Desde allí observo cómo un grupo de chicas llega a Kokoras, una de ellas con una maleta parecida a la que me han perdido. Me doy cuenta de que hace un buen rato que no miro el móvil, así que lo cojo para llamar a la aerolínea, pero siguen sin saber nada de mi maleta. En la pantalla tengo un mensaje de Niko. «*Kaliméra*, Lena! Aquí Niko. ¿Tienes planes? Voy a dar una vuelta en barco. Te recojo en el puerto en una hora, ¿te apuntas?».

El corazón se me acelera y quiero contestarle que claro, que por supuesto que sí, en ese mismo momento, pero escucho a Mauro advirtiéndome de que hacerlo tan rápido es como presentarse en una boda sin que te hayan invitado, que debo esperar y no mostrarme tan disponible. No entiendo por qué hay que jugar a ese juego absurdo de los tiempos y las apariencias que lo ralentiza todo. La última vez que quise salir con alguien estuve como un cohete de la NASA, esperando órdenes. Y ahí me quedé sin despegar.

Me pone nerviosa el hecho de ir en barco con Niko porque eso implica sacar a flote todas mis inseguridades. Estoy segura de que tendré ataques de nostalgia inesperados recordando mis últimas vacaciones en pareja y entraré en contacto directo con los recuerdos de mi última relación: el último barco que cogimos para recorrer Ibiza, el almuerzo improvisado de comida robada del bufet y el atardecer con mi cabeza apoyada en su hombro. Será difícil diferenciar qué recuerdos son reales y cuáles he sacado de una relación cuyos restos ya solo permanecen en el carrete de fotos de un móvil. Volver a aquellas sensaciones me aterra, porque me daré cuenta de que habrá muchas cosas que ya he borrado y que ya nunca recordaré. No me refiero al tipo de cosas que aprendes en el colegio y que después del examen olvidas, sino a las que de verdad importan. A aquellos agujeros negros que te recuerdan quién eres y que permanecen tan misteriosos como aquella noche en la que me bebí yo sola una botella de vodka. Además, cualquiera sabe que una cita a la luz del día acentúa los defectos y reduce notablemente la dignidad.

Dejo pasar unos minutos y contesto que sí, que nos vemos allí. Subo a darme una ducha rápida, cojo la mochila y me voy caminando hasta el puerto por la calle principal con un vestido de tirantes blanco y las sandalias de Melissinos. He metido en la mochila un poco de comida y una botella de vino. Si por mí hubiera sido, me habría llevado la suficiente para abastecer a toda la isla de Antíparos, pero recordé a Mauro y a Vera avisándome antes de cualquier cita diciendo: «Pase lo que pase: no seas tú misma». Sé que no debo tomármelo en serio, pero tienen razón, pues hasta que no me quedé soltera no me di cuenta de que una gran parte de las primeras citas consiste en fingir. Fingir qué te gusta, quién eres, que estás muy ocupada o que todo te da igual. Me pregunto si Niko sentirá la misma presión.

Según me acerco al puerto veo su silueta reconocible entre todos los barcos. Me espera en una de esas embarcaciones pequeñas, de las que pueden usarse sin licencia. Es blanca y debe de tener unos cinco metros de largo. Cuenta con asientos acolchados y un toldo azul en el medio. Niko lleva puestos los auriculares y tararea *Wanderwall* de Oasis mientras se entretiene colocando cosas dentro. Levanta la mirada con cierta vergüenza al ver que le estaba observando.

—Si llego a saber que tenía público, hubiera cobrado entrada —dice con una sonrisa mientras se quita los auriculares para ayudarme a subir.

Nos saludamos con un abrazo y pasa la mano por la zona de mi espalda que el vestido ha dejado descubierta. Hay gente que prefiere la intimidad, pero a mí aquella parte de las relaciones es la que más me gusta. La sensación más intensa, sensual y que me provoca más deseo del mundo es cuando te acarician por primera vez. Esa inicial revelación de interés y deseo que, por desgracia, solo se puede vivir con alguien una vez.

—Yo la hubiera comprado en primera fila —contesto—. Qué, ¿vamos a buscar un tesoro?

—Pues espero que lo encontremos porque desde pequeño he estado obsesionado con los piratas. Solía empuñar un cuchillo de cocina mientras veía sus películas en el salón, luchando con los malos y enviándolos al mar. Un día, salté desde el sofá para esconderme y me corté la mano —dice señalando la cicatriz—. Tuvieron que llevarme a urgencias y te aseguro que en esta isla no son como las de *Anatomía de Grey*.

—Por lo menos no acabaste con una pata de palo —le digo bromeando.

Noto cómo se me encienden las mejillas y me ruborizo, cuando estoy nerviosa utilizo el humor para disimularlo, pero nunca sé distinguir cuándo está fuera de lugar.

—¿Nos vamos? —pregunto claramente impaciente.

—*Oríste!* ¡Allá vamos! —contesta poniendo en marcha la lancha.

Salimos desde el puerto en dirección al sur de la isla y vamos bordeando la costa. El mar está tranquilo y el sol se refleja en el agua creando el efecto de miles de cristales rotos. El agua es de color azul turquesa y desde el mar se pueden ver los acantilados donde las rocas trazan infinidad de grutas. Mientras navegamos hablamos de nuestra vida y me siento tan cómoda que sale mi vena cotorra. No sé si por educación o porque realmente le interesa lo que le cuento, pero él también interviene. Yo le hablo de mi infancia, de que mi madre me montaba en el tiovivo de la plaza que había debajo de casa, de cuando me obligaba a ir al conservatorio a tocar dos horas de piano todos los días o de cuando me quedé dormida en mi primera comunión. Él me cuenta que de pequeño pasaba los veranos con su abuela en Atenas, quien le leía poesía y le llevaba a la ópera, también que una vez junto a sus amigos robó una tarta de un cumpleaños y salieron corriendo o de lo duro que le resultó mudarse a España. Daba por hecho que vivir allí significaría comer paella y echarse la siesta todos los días. Sin embargo, también me cuenta las dificultades de regentar un restaurante siendo inmigrante y un montón de cosas más a las que no puedo prestar atención, porque solo pienso en cómo sería Niko a los quince años cuando llegó a España, tímido, con sus gafas de pasta y sus pósters de britpop.

El barco nos da acceso a través de cuevas que se abren a aguas cristalinas y tranquilas para darse un baño. Después de media hora de viento en la cara tengo el pelo más enredado que mi vida, así que intento pasarme los dedos para deshacer los nudos hasta que lo doy por imposible y decido hacerme un moño. Me genera inseguridad que Niko me conozca así, a pelo, al natural, sin maquillaje o superproducción de por medio. Sin ponerme un filtro o posando con mi mejor ángulo. Aunque a la vez también me tranquiliza, porque de ese modo no se llevará sorpresas, o eso quiero pensar. Así tampoco me vale hacerme la interesante ni la graciosa ni la intelectual. No voy a adaptar mis gustos a los suyos, de hecho, coincidimos en que nos gusta la misma música, pero yo no soy tan seriéfila y odio las películas de ciencia ficción. Tengo claro que no voy a llenarme de expectativas ni a proyectar nada, si pasa algo, perfecto; si no, que prevalezca la amistad y punto.

Paramos enfrente de la playa de Faneromeni. La vista desde allí es increíble, pues el acceso a ella solo se realiza a través de un camino a pie de tres kilómetros desde la carretera más cercana. Decidimos parar el motor y darnos un baño. Me quito el vestido, me quedo en biquini y me lanzo rápidamente al agua para que no le dé tiempo a observarme. Creo que nunca me he bañado a una temperatura tan perfecta. Niko, sin embargo, se quita la camiseta y se queda un rato más en el barco buscando unas gafas de buceo.

—¿Has buceado alguna vez? —me pregunta desde allí.

—No con bombona y todo eso —digo desde el agua.

—¿Y tampoco has hecho esnórkel?

—Sí, pero aunque no quede bien decirlo, no soy una gran amante de los animales y menos de los marinos. Prefiero no saber lo que hay ahí abajo —le grito.

—¿Cómo puedes decir eso? Yo aquí salgo a nadar y a bucear todos los días y cuando trabajaba en España me iba a una piscina cubierta. Necesito el mar y el agua para vivir.

Desde ahí abajo puedo analizarle disimuladamente. Tiene dos tatuajes en la parte posterior de los brazos, en uno una ene mayúscula y en otro la misma letra invertida. Es atlético y tiene buen cuerpo. Se nota que hace deporte, pues se le marcan los músculos, pero no de manera exagerada. Yo admiro a la gente que hace deporte por amor a él y no por la obligación de mantenerse en forma, como yo. Cuando conozco a alguien hay tres cosas que pueden hacer que automáticamente esa persona me caiga bien: una, que practique algún deporte; dos, que tenga sentido del humor, y la tercera, la afinidad musical. Por el momento lleva tres de tres.

Se lanza al agua de cabeza haciendo que un montón de pececillos huyan nadando. Se pone las gafas y comienza a observar el fondo mientras nada en la superficie.

—Deberías ver esto —me dice haciéndome un gesto para que vaya.

Me hago la loca, como si no le hubiera escuchado.

—Vamos, Lena, no pueden darte miedo un montón de peces de colores.

Me acerco a regañadientes.

—No me culpes a mí, sino a la película de *La sirenita*. Todavía me estremezco cuando veo un pulpo o una anguila.

Se quita las gafas y se queda muy cerca de mí para ayudarme a ponérmelas. Puedo notar su respiración. ¿Me estoy excitando? Sumerjo la cabeza rápidamente en el agua para que no note mi nerviosismo, pues todavía ese tipo de coqueteo me incomoda. Entonces puedo ver el fondo marino, sus rocas, sus colores y los cientos de peces que brillan como luciérnagas. Es un espectáculo. Varios de ellos merodean a mi alrededor como si me invitaran a seguirlos, así que lo hago. Me voy moviendo lentamente por la superficie alejándome de Niko y sumergiéndome cada vez a más profundidad. Allí abajo hay silencio y calma y parece desaparecer el mundo entero. No existen los problemas ni los pensamientos ni la tristeza. Es como entrar en una soledad heroica en la que siento el peligro, pero no la ayuda, porque solo me tengo a mí. Me doy cuenta de que no sé de qué huyo. Yo misma soy la que me produzco tanto los sufrimientos como las alegrías, así que, por muy lejos que me vaya, siempre estaré conmigo. Quizá la solución está en cambiar la visión que tengo de mí misma. Quizá mi mayor enemiga la llevo dentro.

Sumergirme me lleva a un estado de euforia y agotamiento difícil de explicar.

—Vaya, para no gustarte, has estado ahí abajo un buen rato —me dice Niko nada más salir a la superficie.

—Si de repente te preguntas por qué estoy tan callada, es porque he vendido mi voz a una bruja con tentáculos a cambio de estas piernas —digo sacando los pies fuera del agua.

Nos las apañamos para quedarnos flotando a una distancia prudencial el uno del otro. Desde allí se ve a una familia en la playa. Una madre brama dando grandes zancadas con los brazos en alto detrás de su hijo. El niño acelera hasta meterse vestido por completo al agua. La madre lo saca en brazos gritando y reprendiéndole mientras el padre los observa sin inmutarse sentado con un libro en la mano.

—¿En qué momento te conviertes en alguien enfadado y estresado cuando eres padre? —comento chapoteando.

—¿Habrá alguna manera de evitarlo?

—No teniendo hijos, supongo.

—¿Tú quieres ser madre? —me pregunta.

Este tipo de temas, que cuando eres más joven ni se mencionan, ahora se sacan rápido cuando estás conociendo a alguien.

—Si ser madre implica decir que no a mis hijos si me piden cenar tarta o ver dibujos animados toda la noche fingiendo que no han tenido la mejor idea del mundo, entonces no quiero serlo —digo entre risas—. No lo sé, nunca lo he sabido. Le tengo miedo y ganas a partes iguales. Para mí siempre ha sido una duda, no una meta. Por eso mismo congelé mis óvulos.

—¿Cómo lo hiciste?

—Fui a un centro especializado y me hice un tratamiento. Ahora cuando abro el congelador rezo para no equivocarme entre descongelar un óvulo o una pechuga de pollo.

—¿Lo estás diciendo en serio?

—¡Claro que no! —Le salpico con agua en la cara—. Estoy bromeando, ¿por quién me tomas?

—Lo siento, supongo que mi ignorancia hace que este tema sea para mí una incógnita. —Noto su tono de vergüenza, que me provoca cierta ternura.

—Supongo que hay muchas maneras de ser mujer y todas están bien, tanto si quieres ser madre, joven o mayor, como si no. No hay una forma correcta de serlo, ojalá se respetara la decisión de cada una —digo zanjando mi opinión—. ¿A ti te gustaría ser padre?

—Sí, siempre he querido serlo. Crecí en una familia enorme en la que nos cuidábamos los unos a los otros, así que siempre deseé lo mismo. ¿Tienes hermanos?

—No, soy hija única. Mi madre se quedó embarazada y mi padre biológico huyó en cuanto lo supo.

—¿En serio? ¿Cómo puede alguien hacer algo así? No me lo creo.

—No te preocupes, sé que no tiene nada que ver conmigo, mi madre se llevó la peor parte, aunque después volvió a casarse.

—Mi padre es muy tradicional y siempre me ha presionado mucho para continuar con el negocio familiar y, como buen griego, también para formar una familia.

—Quizá por eso todos vivimos estresados, por lo que se espera de nosotros, ¿no crees? —pregunto buscando su aprobación.

—Tenemos que ser más de verdad con nosotros mismos y menos con los demás.

—Pues mi yo más de verdad tiene hambre.

Y con esto último pienso que me da igual lo que piense Niko de mí, porque lo único que quiero es subir a ese barco y comer.

Subimos a la lancha y extendemos las toallas sobre los asientos. Saco el vino y la comida de la nevera cayendo en la cuenta de que se me han olvidado los vasos y los cubiertos, así que nos turnamos para beber a morro y comer con las manos, lo que resulta bastante sensual. El sol va bajando y la gente se marcha de la playa dejándonos casi a solas en ese precioso lugar. La lancha tiene unos altavoces a los que se puede conectar el móvil y Niko pone una playlist con música de los noventa. Inmediatamente empieza a sonar *Island in the sun* de Weezer.

—¡Me encanta esta canción! Es de cuando era adolescente —grito tarareando el principio.

—La vida es mejor con buena música. Creo que la primera vez que sentí que estaba enamorado fue con una canción, cuando con catorce años me di cuenta de que mientras más la escuchaba, más me enamoraba. Recuerdo que quería hablar a través de canciones, no de manera normal, hablar cantando.

—Me hubiera encantado conocerte en esa época —digo mostrando interés.

—Lo dudo, era el típico rarito de la clase. Me gustaba leer, llevaba gafas y escuchaba a Wilco en una isla donde solo se oía música griega. Tú sí tenías que ser graciosa de *teenager* —responde.

—Si me hubieras conocido entonces, ahora mismo estaría pidiéndote perdón por someterte a tal tortura y guardar mi recuerdo en tus retinas. Creo que lo más fácil sería matarte.

Niko se ríe con fuerza, inclinando la cabeza hacia atrás.

—Seguro que eras prácticamente igual que ahora.

—Creo que no he cambiado demasiado, debo medir lo mismo, cuerpo parecido, más delgada, casi los mismos gustos... Excepto por la gravedad, por el sueldo y porque no tengo hora para llegar a casa.

—Y la sonrisa.

—¿La sonrisa?

—Sí, tienes pinta de conservar la misma, cuando sonríes pareces una adolescente —dice mientras me mira a los ojos.

Me ruborizo y dejo pasar unos segundos en silencio.

—¿Qué? —contesto bajando la mirada.

No sé por qué emito esa palabra cuando alguien me mira directo a los ojos porque conozco perfectamente lo que quiere decir.

—Nada, que verte sonriendo me hace sonreír —responde dando un trago a la botella de vino.

Me quedo sin fuerza y me tiemblan las piernas. Había dado conferencias delante de cientos de personas, esquiado por laderas empinadas y salido a la calle con un dos por ciento de batería en el móvil, pero contemplar a alguien a los ojos durante varios segundos en silencio era una de las experiencias más sobrecogedoras de toda mi vida. Los primeros segundos solo intento respirar correctamente. Hay alguna sonrisa nerviosa hasta que por fin me siento cómoda. La ciencia me ha enseñado que la física es importante, pero la química, con sus hormonas, hace su trabajo entre bastidores. Desde luego, los caminos del coqueteo son impredecibles.

—Deja de sonreírme así, ¿o es que te hace gracia mi triste y dolorosa vida? —digo para romper el hielo.

—Vaya, no sabía que tu vida era triste y dolorosa.

—Bueno, ya te conté que estoy pasando por un momento complicado —me sincero poniéndome un poco más seria—. Me siento perdida. Lo que antes me parecía evidente ya no me basta. No recuerdo el momento en el que perdí el control sobre lo que deseo o sobre todo por lo que he luchado. Nada de lo que hago tiene sentido, así que cada vez me parece más difícil continuar haciendo lo mismo. —Alargo el brazo para que me pase la botella y le doy un trago para continuar—: Siempre me he considerado una persona fuerte y valiente que ha seguido hacia delante sin mirar atrás, ¿sabes? Pero hoy esa Lena me parece lejana. ¿Te parezco un bicho raro?

—En absoluto. Quizá lo que te preocupa es decepcionar a los demás.

—Creo que me preocupa más herirlos.

Niko se echa hacia atrás en el asiento.

—¿No tienes nunca ganas de mandarlo todo a la mierda? —pregunta.

—Todo el tiempo, pero a veces no sé si es un impulso o simplemente se trata de una crisis de la mediana edad.

—Las chicas como tú siempre os cuestionáis todo demasiado.

—¿Y cómo somos las chicas como yo? —pregunto indignada.

—Las que vais de duras.

—Pues a mí me gusta cómo suena eso.

—Sí, pero no deberías serlo tanto contigo misma, diría que llevas abusando mucho tiempo de esa actitud. Bajo esa fachada de persona que cumple con lo que se espera de ella, estoy seguro de que hay una mujer que anhela ser alguien diferente.

Y ahí, Niko consigue desarmarme. Lo que más me duele es que tenga razón.

—¿Qué te hace feliz? —me pregunta inesperadamente.

—No sé... Conseguir guardar la ropa el mismo día en que la lavo, ir al súper y no olvidarme nada, terminar un champú y un acondicionador al mismo tiempo, ah, y llevar a casa todas las bolsas de la compra de un solo viaje.

Niko suelta una carcajada.

—Eres de lo que no hay, Lena, te lo he preguntado en serio.

—Y yo te he respondido en serio. Aunque también hay muchas otras, como hacer bien mi trabajo, practicar deporte, comer con mi madre, leer un buen libro, estar con mis amigos, escribir... Dejé de hacerlo hace mucho tiempo, cuando ya mi agenda no me dejaba un hueco ni para respirar.

—Escribir cuando algo te preocupa es bueno para entenderlo o para que no te vuelva a pasar.

—De pequeña tenía un diario donde solo apuntaba tonterías, como que me gustaba Michael J. Fox, pero lo abandoné cuando crecí.

—Deberías retomarlo. A veces las cosas que nos afectan se camuflan, están escondidas y no son las que creemos, sino solo un detonador.

—Quizá tengas razón. —No sé por qué digo ese «quizá» porque sé que está totalmente en lo cierto—. Y a ti, ¿qué te hace feliz?

—Pues, aparte de enrollar la manguera del jardín en menos de cinco minutos y adivinar si va a llover —bromea—, las cosas que me gustan cambian, pero las que me hacen feliz siempre son las mismas: estar con mi familia, aprender algo nuevo, navegar, la poesía, cocinar para alguien… Y también que cada día sea diferente, como un Kinder Sorpresa.

—Bueno, a veces los días se parecen más a un paquete de cuchillas de afeitar del todo a cien.

—Deberías hacer más de todo eso que te hace feliz, por ejemplo, escribir. Enciende tu ordenador y abre una página en blanco. Eso sí, nunca te conviertas en poeta, tienen problemas. O eso dicen.

Cuando terminamos de comer, volvemos al agua para darnos un último baño. El mar está reluciente con el sol bajo.

Puedo sentir que entre Niko y yo hay algo. Quizá ya nos conocíamos antes de hacerlo. ¿Cómo se nota eso? Es como un sentimiento de alineación e intimidad entre los dos que va más allá de la atracción física. Nos reímos juntos y podemos hablar de todo, da igual si es una conversación superficial, sobre música o similitudes intelectuales. Conectamos a un nivel más profundo en un lugar donde me siento segura.

El contacto visual también enciende una poderosa chispa entre nosotros y siento atracción a varios niveles. Hay algo en su rostro y en su cuerpo que me atrae, por supuesto. Pero incluso aspectos que pueden considerarse defectos me gustan. El espacio entre sus dientes, el hoyuelo cuando sonríe y la cicatriz en la ceja de una caída de bicicleta de la infancia. Mi interés por todo ello va mucho más allá de lo físico. Hay algo cálido en cómo me hablan esos detalles. Una belleza eléctrica que me hace sentir bien y que ni siquiera él mismo sabe que lo provoca. Tampoco tengo ninguna intención de idealizarlo porque sé que tengo frente a mí a una persona, a un hombre, no a un proyecto.

Y ahí, frente a un mar demasiado azul para ser real, Niko me dice: «Estás muy guapa». Yo tartamudeo desconcertada por un cumplido tan directo. En la vida urbana a la que yo estoy acostumbrada no importa lo que digas o si lo dices en serio, siempre y cuando sea ingenioso, pero esto va directo al grano.

—Tú también lo eres —respondo con la misma naturalidad que un robot.

He pasado tanto tiempo trabajando en marketing y relacionándome con publicistas artífices de la palabra que no sé cómo hablar sin indirectas. Está claro que el flirteo fluye, pero poner todas mis cartas sobre la mesa me sale tan natural como hablar griego. A mis treinta y cinco años es la primera vez que le digo a un hombre que me parece guapo sin que sea mi pareja.

Volvemos al barco, nos secamos y deshacemos el recorrido hasta llegar de nuevo al puerto antes de que anochezca. Vamos todo el camino en silencio. De repente me he transportado a un momento de ilusión y placer. Vuelvo a ser adolescente. Me bajo de la lancha y me quedo justo en el borde para despedirme.

—Nos vemos pronto —le digo.

—Eso espero, ¿vuelves al hostel andando?

—Sí, voy dando un paseo.

—Mándame un mensaje al llegar.

Me gusta el detalle.

Él se inclina y posa su mejilla en la mía y después lo hace en el otro lado con una lentitud de ritual.

Vuelvo a Kokoras caminando por calles estrechas llenas de buganvillas. Antíparos es difícil de describir con palabras. El aura mágica de la isla te transporta a años de descuido, donde nada parece importar realmente. Su fragancia veraniega lo inunda todo y te deslumbra incluso antes de poner un pie en sus playas mientras sus vibraciones te hacen flotar bajo el cálido sol griego.

Es la isla perfecta para proporcionar los mejores recuerdos de un verano. Huele a Carroten, su famoso protector solar, a sal y a la promesa de que regresaré algún día para revolcarme en la arena y bailar mientras canto *Island in the sun.*

Sus calles repletas de boutiques chic, casas blancas y restaurantes bonitos hacen olvidar cualquier dificultad, cualquier cosa que te entristezca, para vivir el momento presente. Antíparos rezuma juventud, frescura, libertad... e ilusión.

23

Llevo varios días sin insomnio y durmiendo sin despertarme, pero cuando ese problema se ha solucionado, llega otro: la imposibilidad de pasar tiempo a solas. Cuando quiero comer, siempre hay gente haciendo cola; si quiero ducharme, tengo que esperar más de media hora. En cualquier lugar, siempre hay alguien y las personas se vuelven extremadamente raras cuando sus comportamientos privados se convierten en espectáculos públicos. Todavía son las ocho de la mañana, me bebo un café rápido y salgo a explorar con la moto.

Cuando decidí venir de viaje a Grecia me imaginé en un musical de *Mamma Mía:* interminables carreteras, pequeños pueblos pintorescos, hombres fumando cigarrillos sentados en las puertas de sus casas, gente cantando feliz y noches interminables llenas de baile y vino. Es lo que las películas y las novelas me habían obligado a imaginar. Me había formado una imagen romántica de aquel país como el epítome de la historia y la cultura. Un lugar que, para mí, se parecía a un cóctel con vistas al mar. Sin embargo, nunca había considerado la raíz que sustentaba esa imagen perfecta: una provinciana y algo decadente que representaba cómo era realmente vivir en la Grecia profunda.

Conduciendo descubro rincones intermedios, puntos ocultos a los ojos del turista, de los libros y de los musicales románticos. Lo que me encuentro es crudo, real y un lado de aquella isla que nunca imaginé. Paso por algún pueblo fantasma con las contraventanas cerradas, los céspedes cubiertos de maleza y viejos coches averiados esperando a ser revividos. Me recuerda a las películas apocalípticas sobre zombis, cuya obsesión me había acompañado desde pequeña. Siempre me han gustado las películas sobre muertos vivientes. Mi recurso favorito es cuando los utilizan en contraste con los humanos, los cuales, incluso con el corazón latiendo, son mucho más crueles y malvados de lo que los muertos pueden llegar a ser. Para mí los zombis tienen encanto, y también importancia histórica, ya que la mejor manera de descubrir los temores de una cultura es a través de sus películas de terror, pues reflejan los miedos actuales de una sociedad. Más allá de mostrar los horrores de una guerra o una pandemia mundial, simbolizan la pérdida de conexión entre nosotros y nuestro egoísmo. En definitiva, nos advierten de que aprovechemos nuestras vidas, no sea que nos convirtamos en eso, en muertos vivientes. Quizá por eso me gustan desde siempre las películas de terror, para sorprendernos y asustarnos, pero también para recordarnos que debemos encontrar nuestra humanidad.

Aparco junto a una playa y asomo la cabeza a través de unas enormes puertas de acero azul para ver una iglesia abandonada con pintura blanca descascarillada y jardines descuidados. El sol no está todavía en el punto más alto y la luz moteada se encuentra en una inclinación perfecta a través de los árboles reflejándose en el agua. Dos chicos de veintipocos fuman y escuchan música griega desde su coche. Parecen dos jóvenes sin ambición ni grandes expectativas de vida, pero me acerco y empiezo a charlar con ellos. Me cuentan que no hay mucho trabajo allí y que quieren mudarse a Atenas después del verano. Ahora trabajaban en la cocina de un restaurante y les gusta darse un baño antes de entrar al trabajo. «It's quite calm here», dice uno de ellos.

Comenzamos a hablar de nuestras vidas y el hecho de contar la mía a unos desconocidos me ayuda a entrar a una especie de purgatorio, a un lugar que parece menos desesperado. Quizá porque la suya tampoco es fácil y eso hace que la mía parezca menos miserable y, por eso, más patética. Temo convertirme en una cínica, en alguien que finge que todo está bien y que los problemas de los demás le parecen una mierda. De repente uno de ellos me ofrece un porro. Al principio dudo, pero aquel gesto me parece generoso, y comprendo que me he formado una idea distorsionada de ellos. Son buena gente, sencillos, de sal, de mar, y me considero afortunada por haberlos conocido. Lo acepto, así que le doy una calada ansiosa con la que me mareo un poco y después, más tranquila, otra. Me digo: «Adiós, Lena» y me despido de mí misma, pues sé el efecto que produce aquella sustancia en mí, pero me lo fumo igualmente. Una amistad sellada con drogas promete ser una buena escapatoria a mi situación, al menos por el momento. Empieza a hacerme efecto cuando llevo un rato allí. Los colores, las líneas, los ángulos, el mar... todo es suave y agradable. Varios bañistas se instalan al lado con sus sillas, sombrillas y aceite bronceador. Desde ahí puedo ver casi al detalle cómo se va friendo su piel curtida. De vez en cuando abren un ojo para comprobar si todavía están en la posición óptima bajo el sol. No sé si es fruto de mi alucinación o de su posición, pero me parecen lagartos. Sorprendentemente todo aquello me provoca un increíble atractivo, incluso puedo ver belleza en la cara renegrida de esas personas que, en otro momento, me hubieran parecido repulsivas. Le sonrío a todo el mundo y todo el mundo me devuelve la sonrisa. Todo está bañado por una luz celestial. Me siento en la arena y me dejo llevar por un agradable aturdimiento. Paso de ser una piltrafa humana a llenarme de luz y energía de la cabeza a los pies. Me levanto y me pongo a bailar aquella música que sale de los altavoces del coche y de la que no entiendo nada, como absorbiendo aquel caudal de energía divina y bienestar. Los dos chicos se unen y una mujer se para delante de nosotros y se nos queda mirando un buen rato. «Maldita juventud», le escucho. Cuando me canso, les doy las gracias y me retiro a descansar un rato en la playa. No quiero que la grabadora de mi cerebro se apague, las lagunas mentales son lo que más miedo me da de las drogas.

Me siento algo mareada, así que me acerco al agua para ver si me da un poco la brisa en la cara. Aunque aquel estado me atrae, ya no quiero más locura ni más drogas, así que decido superar mi situación actual sin elementos químicos. Cojo el móvil y llamo a Vera.

—Lena, ¿cómo estás? ¡Qué alegría! —dice al descolgar.

—Estoy colocada —suelto sin pensar.

—Vaya, ¿y eso? Si no son ni las diez de la mañana.

—No tengo ni idea, acabo de conocer a dos chicos en la playa y me han ofrecido un porro.

—¿De unos desconocidos? ¿Estás loca? Dejamos de fumar hace más de cinco años.

—Pues yo acabo de volver a hacerlo. Y quiero decirte que te qui…

—Y cuéntame, ¿qué tal por allí? —dice interrumpiéndome.

—He conocido a alguien —suelto en un acto reflejo.

Sé que todas las relaciones que no iban a ningún sitio empiezan con esa frase.

—¡¿En serio?! —grita sorprendida.

—Sí, bueno, a ver, nos hemos visto un par de veces —digo para quitarle importancia—, pero creo que es majo. «Rezo para que nadie me defina nunca diciendo que cree que soy maja».

—¿Cómo se llama? —me pregunta impaciente.

Sé que eso es lo único que le interesa de mi llamada. Es como si por fin consiguiéramos hablar el mismo idioma. Citas, amor, otra pareja con la que quedar en pareja, en fin.

—Se llama Niko.

—¿Y dónde os habéis conocido?

—Era el cocinero de aquel curso de cocina griega que me regalasteis, nos encontramos de casualidad en esta isla, resulta que él es de aquí.

—¿En serio? Eso sí que es casualidad, ¡o el destino! Qué romántico —afirma—. Aunque me siento afortunada de no tener ya que entrar en ese juego del «¿me gustará, le gustaré?» y todas esas inseguridades que te aterran cuando conoces a alguien y que seguro que ahora tendrás, ¿no? —Otro juicio más hacia mi vida, gracias—. ¿Y cómo es?

—Interesante, curioso, griego... —Intento buscar más sinónimos, pero mi embriaguez me lo impide—. Indescifrable, ¿sabes lo que te quiero decir?

—Eh, no.

—Es intelectual y tierno, racional y romántico, tiene algo enigmático, pero a la vez es sincero.

—Joder, Lena, eso es imposible, no te lo estarás inventando, ¿no?

—Lo siento, es que ahora mismo me cuesta explicarlo.

—¿La tiene bonita?

—Joder, Vera, que tampoco busco una polla de alta costura. No lo sé.

—¿Te ríes con él?

—Sí, es gracioso, aunque tampoco para dedicarse al *stand up comedy*.

—Con tu ex te reías mucho, siempre pensé que acabarías volviendo con él.

—¿Por qué? —pregunto ofendida.

—No sé, siempre me pareció que hacíais muy buena pareja.

—Vera —digo su nombre muy seria y hago una pausa—, me traicionó. Querrás decir que para ti era más fácil quedar con los dos que solo conmigo porque podía unirse Santos, ¿no? —apunto con un tono más irritado de lo que pretendía.

—Bueno, vale, en parte sí. Oye, ¿y cuándo vais a volver a quedar?

—Todavía no lo sé, no me ha vuelto a escribir.

—Pues escríbele tú —me aconseja—. Dile: «Me lo pasé genial el otro día, ¿cuándo repetimos?».

—Vera, Mauro dice que el flirteo no funciona así.

—Mauro cambia de novio como de desodorante.

—Ya, pero siempre ha tenido muchas citas y tú y yo no.

—Pero ¿el objetivo no es tener pareja?

—Hija, parece que es como sacarse un título universitario —observo.

—Bueno, vete informándome de cómo va. Tengo que dejarte que tengo que vestir a Leo. ¡*Bye*, querida! —Y me cuelga.

Vera siempre me hacía sentir como si estuviera compitiendo por algo, y competir drogada ponía las cosas más difíciles. En realidad solo la había llamado para decirle que estaba colocada, que la echaba de menos y que la quería. Para decir todo eso solo me hacía falta la desinhibición y exaltación de la amistad que causaban las drogas, pero creía que necesitaba algo menos químico y más real: una conversación con ella.

Decido darme un baño para ver si así se me pasa un poco el aturdimiento. Nada más meter los pies en el agua noto como mi tripa emite ruidos extraños y mi intestino comienza a moverse. Eso solo puede significar una cosa: me estoy cagando. ¿Qué esperaba? ¿Café y drogas en ayunas? Menuda genia. Sobre todo, después de no haber ido al baño en cuatro días. Hay un montón de cosas que no me atrevo a confesar abiertamente, pero de las que estoy segura que mucha gente hace, como silenciar el micrófono del móvil para tirar de la cadena mientras hablas por teléfono u oler una camiseta usada para ver si puedes ponértela otra vez. Bien, pues los apretones tras haber tomado un psicotrópico son una de ellas y estoy segura de que a todo el mundo le pasa, y mucho. El único problema es el lugar en el que estoy, pues no parece haber ningún baño cercano. Vuelvo donde los chicos y les pregunto por un *toilet*. Ellos se ríen divertidos y me contestan: «Toilet? Not here! Nature, nature».

La naturaleza, claro que sí, el baño público más grande del mundo. Antes de que eso ocurra soy capaz de aguantarme y apretar mi esfínter hacia dentro hasta darme la vuelta sobre mí misma. Sin embargo, el impulso se hace cada vez más fuerte. De repente siento que mi estómago se hunde en mi culo. Me meto al mar a toda prisa y me aseguro de nadar lo suficientemente lejos como para que no haya nadie alrededor y el agua me cubra por completo. Noto un sudor frío y me pongo medio a reír medio a llorar mientras me pregunto cómo me puede estar pasando eso a mí. Me quito la parte de abajo del biquini y comienzo a bucear hacia lo más profundo hasta que mi ojete por fin se rinde. Al principio noto como unas burbujitas y después cómo la mierda sale de mi trasero sin intención de detenerse. Me sumerjo y mis entrañas abren las puertas del infierno. Evacúo tal cantidad en cuestión de segundos que creo que se me ha salido hasta el alma.

Algo más aliviada salgo a la superficie. Me dejo flotar, pero las olas intentan llevarme hacia la orilla. No puedo marcharme y dejar allí todo aquello, tengo que esperar a que desaparezca, así que me quedo un rato mientras las olas me revuelcan en mis propios fluidos una y otra y otra vez. A pesar de eso, y una vez pasado el mal trago, me siento más relajada y ligera que nunca, obviamente. No sé cómo he tenido el valor de hacer eso.

Salgo del agua, recojo mis cosas sin detenerme mucho y me despido de aquellos chicos. Cojo la moto para volver al hostel y darme inmediatamente una ducha. Esta vez no habrá nada ni nadie que pueda hacerme esperar.

24

De vuelta a Kokoras cruzo la puerta de entrada y me topo de bruces con Mauro. Me hace ilusión verlo allí, pero también quiero mostrarle mi enfado.

—¡Lena! —me grita con los brazos abiertos para que le dé un abrazo.

—¿Ya te has cansado del italiano? —digo seria y molesta.

—Pero ¿qué dices? He vuelto para estar contigo.

—Sí, claro, lo que tú digas —contesto dándome la vuelta siguiendo mi camino.

—Pues sí, he dado boleto al italiano, pero podría haber vuelto para verte, ¿no? —dice acompañándome.

—No lo sé, ya no sé si te conozco, te recuerdo que hace unos días me dejaste tirada en un barco.

—No seas dramática, claro que me conoces, somos mejores amigos desde la universidad.

—Lo único que sé de esa época es que fui la única persona a la que le confesaste que te atraía Fry, el protagonista de *Futurama*, aquellos dibujos animados.

—Solo dije que su apariencia estaba muy lograda.

—Lo siento, pero no tengo tiempo para esto, necesito urgentemente darme una ducha.

—Y qué lo digas, hueles como a cloaca.

Subo las escaleras hacia el piso de arriba, dejo la mochila sobre mi cama y cojo el neceser.

—Pantelis me ha dado una cama justo al lado de la tuya, ¿no es genial?

—No sé qué quieres que te diga, me abandonaste en aquel barco, te largaste y me dejaste allí tirada, pero ¿ahora quieres dormir junto a mí? —digo yendo rápidamente al baño donde, por suerte, no tengo que esperar.

—Venga, Lena, eres mi mejor amiga —declara con ternura mientras se sienta en un banco parecido al de los vestuarios de mi gimnasio—, tendrías que reconfortarme y decirme que estoy mejor soltero y que vamos a salir a divertirnos, en lugar de dejarme llorar solo en la habitación.

—¿Estás de coña? —digo asomando la cabeza tras la ducha—. Ese era el plan, íbamos a hacer precisamente eso y tú me abandonaste y preferiste cambiarme por un italiano, *capisci?* —digo elevando el tono de mi voz para que me escuche con el ruido del agua—. Me has dejado tirada muchas veces cuando has tenido pareja, como aquella vez que habíamos quedado para ir a una fiesta y una hora antes me llamaste para decirme que tenías que volver a hacer la colada.

—¿Qué quieres que te diga, a ti nunca se te ha quedado la ropa dentro de la funda del nórdico?

Vuelvo a sacar la cabeza con el pelo lleno de espuma. Esta vez le dedico una mirada con el ceño fruncido cerrando mucho los ojos.

—Está bien, me he equivocado en muchas cosas y reconozco que cuando me encapricho de alguien dejo de lado todo lo demás, perdóname, pero te juro que vine a Grecia para estar contigo y quiero que pasemos estos días juntos.

—¿Porque realmente lo deseas o porque te sientes solo?

—Un poco por las dos —confiesa—, pero sabes que te quiero, ¿verdad?

Escuchar eso hace que se me olvide el enfado.

—Y yo a ti —afirmo sucumbiendo a sus encantos y envolviéndome con la toalla para darle un abrazo—. Ni te imaginas la de cosas que me han pasado aquí estos días. ¿Te apetece que vayamos un rato a la piscina? Tiene unas vistas increíbles.

—Pero si acabas de ducharte.

—Es una larga historia. —Prefiero no dar más detalles.

Cogemos las dos únicas hamacas libres que quedan y yo me alegro de no tener que sentarme en el suelo. El sol está en el punto más alto y, desde allí, la arena de la playa se ve amarilla. Todo el mundo parece estar como en casa y yo condenada a sentirme incómoda. Me pregunto si a los de mi edad les pasa lo mismo, quizá los más jóvenes lo disimulan mejor haciendo el gamberro.

—Este sitio es increíble, reconoce que fue una buena idea venir aquí —comenta orgulloso a la vez que se tumba.

—Hubiera preferido un lugar con habitaciones individuales, ya me lo dirás mañana cuando pases tu Página 44, tras las correcciones queda una huérfana primera noche en el infierno. Oye, ¿entonces qué ha pasado con el italiano? —pregunto curiosa.

—Yo qué sé —pone un gesto teatral enorme—, que se terminó la pasión.

—¿En cuatro días?

—Creo que estuvimos haciéndolo los cuatro.

—Eso no puede ser cierto.

—Ojalá no lo fuera, pero sí —dice con cara de agotado mientras abre una cerveza. Hemos cogido algunas de la nevera junto a unos mezzes deliciosos que ha preparado Pantelis.

—Menudo aguante, yo echo dos polvos la misma semana y ya creo que podría abrirme un canal en YouPorn. ¿Habéis quedado en volver a veros?

—No lo creo —responde mientras bebe.

—¿Y eso? ¿Por qué? Parecía que había mucha conexión entre los dos.

—Sí, era simpático, pero… No sé. Solo quería sexo. A mí me apetecía salir por ahí, ir a cenar y caminar juntos de la mano.

—En tu línea.

—Además, tenía algo que me daba un poco de repelús. Era el típico que cada vez que terminábamos de hacerlo me miraba fijamente y me decía: «¿Te ha gustado?».

—Ay, no, qué mal.

—Intolerable —dictamina.

Apura el último trago y abre otra cerveza.

—¿Estás bien?

—Sí, muy bien, ¿por qué?

—Porque estás bebiendo muy rápido. ¿Has vuelto a meterte en el Instagram de Chema?

—No, no es eso. Es solo que estoy harto de los hombres que me utilizan para que les haga sentir como las reinas de un concurso de drag queens, ¿sabes lo que te quiero decir?

—Totalmente.

En realidad nunca sé a lo que se refiere Mauro cuando me pregunta si sé lo que quiere decir, pero sus anécdotas resultan siempre tan reconfortantes que no quiero interrumpirle.

—No quiero que se acabe el verano —comenta abriendo otra cerveza. Iban tres.

—Pero si todavía estamos en junio.

—Tengo miedo de no aprovecharlo.

—Mauro, estamos en Grecia, en un lugar increíble y una isla preciosa, ¿no es un poco pronto para preocuparse por eso?

—El año que viene tenemos que irnos más lejos, a Vietnam, por ejemplo.

—No, lo siento, no cuentes conmigo.

—Venga va, quizá sea la última vez.

—Te he dicho mil veces que viajar a países asiáticos no me va. Además, ¿qué quieres decir con que será la última vez?

—Pues que estoy en proceso de ser padre —me dice—. Ojalá sea una niña, quiero llamarla Leia.

—¿Como la de *Star Wars?* —pregunto—. Suena bien. Los nombres raros te dan personalidad. A veces demasiada. De todos modos, las adopciones llevan su tiempo, ¿tú no querías cogerte un año sabático?

—Sí, pero dentro de poco anochecerá enseguida y ya no se podrá hacer nada. Y todas las parejas se quedarán en casa con sus hijos comiendo palitos de pescado y no querrán hacer nada con nosotros. Así que yo querré tener su misma vida y así podré hacer planes con ellos.

—Suena perverso.

Mi móvil, que está boca arriba en la hamaca, hace ¡tin-tin! La pantalla se ilumina con la notificación de un mensaje de Niko. «Esta noche he soñado contigo». Sonrío sin poder evitarlo.

Mauro se hace con mi teléfono y lee lo que pone. Nos tenemos la confianza de dos amigos que han pasado toda su vida enseñándose mensajes y mandándose capturas de pantalla.

—Ay, joder, o estoy borracho o ¡tú has pillado! —grita.

El resto de gente se vuelve a mirarnos por el escándalo.

—*Sorry, sorry, he's just excited* —le disculpo—, ¿quieres hacer el favor de no gritar?

—Esa es la excusa más vieja de la historia para iniciar una conversación, nadie te dice que ha soñado contigo si no quiere tema. Es una técnica para ligar de manual.

—Yo también tuve un sueño erótico con él anoche, pero yo no aparecía, era tan real —comento sarcástica.

—Con lo lista que eres en el trabajo y lo lerda para ligar.

—¿Y qué se supone que tengo que contestar?

—Que cómo era el sueño. Ya lo hago yo por ti.

Todavía tiene mi móvil en sus manos, así que teclea un escueto «¿Qué has soñado?» junto a un emoji guiñando un ojo mientras yo me abalanzo sobre él sin éxito para arrebatárselo.

—Pero ¿qué has hecho?, ¿cómo se te ocurre? —digo fingiendo estar molesta, aunque en realidad me alegra que lo haya hecho, pues yo jamás me hubiera atrevido.

—Nena, relájate, no pasa nada por coquetear un poco. Y ahora dime, ¿quién es este tal Niko? —me pregunta sin pestañear.

—Es el dueño del restaurante de aquel curso de cocina griega que me regalasteis. Nació aquí y ha venido de visita. Nos encontramos de casualidad en la playa hace un par de días y volvimos a quedar ayer para ir en barco.

—¿Y ha pasado algo más?

—Todavía no.

—Pero te gusta. La sonrisa que has puesto cuando te ha llegado el mensaje no deja lugar a dudas.

—¿Cuándo sabes que alguien empieza a gustarte? —pregunto.

—No lo sé, he tenido ligues que no me han gustado ni quince minutos. Supongo que por el modo en el que me siento cuando estoy con esa persona o la conexión que hay cuando me mira a los ojos. Aunque la diferencia entre «le gusto» y «se atusa el pelo porque le molesta» suele ser bastante sutil.

—Mi escaso romanticismo a veces me hace pensar que es una combinación de química, feromonas y alcohol, aunque quizá la clave está en el interés. A mí alguien me gusta porque me interesa, porque quiero saber más, qué le gusta hacer, qué canción sonaba en aquel momento de su vida o por qué tomó esa decisión.

—Eres más romántica de lo que crees. Yo lo sé porque me llenas WhatsApp con infinitas capturas de pantalla de conversaciones, fotos y música.

—Es como una revelación, que aparece cuando el «tú» o el «you» de las canciones cobra sentido. Cuando las letras de tus grupos favoritos o las que otros escribieron te hablan de esa persona. Aunque también se sabe por el pánico. Pánico a que vea cómo eres, a convertirte en una cebolla —digo metiéndome un mezze en la boca y acto seguido otro—. A que le guste la primera capa, pero no la segunda o la tercera. —Hago una pausa para masticar—. Pánico a que cuando llegue al centro, descubra algo que no le convenza —intento tragar, pero tengo la boca demasiado seca y la comida se me queda en los carrillos como a los niños cuando no quieren comer.

—No hay nadie en el mundo a quien no le pueda gustar lo que tienes dentro, Lena. —No sé cómo lo hace, pero Mauro siempre me anima—. Quizá simplemente somos de la persona a la que queremos escribir cuando nos metemos en la cama.

—Entonces yo soy de Colette, porque siempre pienso en decirle que estoy enferma y que no podré ir a trabajar al día siguiente —digo todavía con la boca llena, y al reírme varios trozos salen disparados.

Mauro toma el sol con dedicación y se entrega a él con los ojos cerrados y el abandono de quien va en un largo viaje. Descansa a intervalos regulares para mirar el móvil y bañarse en la piscina. Cada vez que lo hace vuelve a echarse crema. Una de las evidencias de que has llegado a la edad adulta es la dedicación con la que te extiendes el protector solar.

—Ponte ahí —señala el borde de la piscina—, que te voy a hacer una foto con el mar de fondo.

Me siento en el escalón con las piernas dobladas tapando el resto de mi cuerpo.

—Lena, así no, ponle un poco de actitud, hazte un Pataky o algo.

—¿Y se puede saber cómo es «hacer un Pataky»?

Mauro se levanta de su hamaca y se pone de pie de espaldas a mí. Coloca un brazo sobre su cadera y gira la cabeza hacia atrás buscando conmigo una mirada cómplice. Admiro esa cualidad de él, nunca tiene vergüenza o pudor ni se siente ridículo.

—Esto es hacer un Pataky —afirma con seguridad.

—¿Crees que necesito parecer sexy en una foto?

—Tú estás muy bien para tu edad, no te hace falta —dice sonriendo porque sabe que odio cuando alguien añade ese «para tu edad». Eso convierte cualquier piropo en algo que se tiene que agradecer. ¿Se supone que a mi edad tengo que estar mal? ¿Qué es exactamente «estar mal»? ¿Y bien? ¿En comparación con quién?

—O sea, sé que no soy como Elsa Pataky, que además de guapa, feliz esposa y madre de niños de anuncio representa el ideal de éxito, pero ¿crees que alguien que tiene todo eso además necesita mostrarse sexy?

—La Pataky es un estereotipo de perfección. El otro día publicó una foto en Instagram con su marido en la que ponía: «Lo bueno de la vida es todavía mejor contigo».

Recuerdo que el día anterior había visto una foto de Vera y Santos con esa misma frase.

—A ver, no dudo de que la vida junto a un maromo de ese calibre sea la pera, ni siquiera que ella pueda ser feliz. Pero sí tengo mis dudas sobre si la imagen que proyecta es sana con respecto a quienes la percibimos desde cuerpos corrientes, preocupaciones normales o desde la soltería.

—Ella es toda una profesional en lo suyo y además una tía lista.

—Pues qué quieres que te diga, para mí es una pésima actriz.

—Con «lo suyo» no me refiero a la interpretación, sino a ofrecer una imagen aspiracional.

—¿Y es a eso a lo que debemos aspirar las mujeres? ¿A una perfección que prima lo sexy por encima de la inteligencia o el talento?

—Que quiera proyectar esa imagen no implica que no tenga cerebro. Quizá tú también estás estereotipando a las mujeres que se muestran sexis diciendo que no son inteligentes.

—Vale, tienes razón. —De Mauro siempre recibo otro punto de vista que me hace aprender—. Es que cuando veo en Instagram a todas esas influencers ancladas en una estética más joven, proclamando su felicidad en pareja o descendencia, pienso que es una gran mentira con la que pretenden estafarnos al resto para que nos sintamos solas, estériles y feas.

—Y para que consumamos los productos que anuncian, no lo olvides. Quizá para ellas ser feliz consiste en estar buenas y tener una familia idílica.

—Ja, no me creo que alguien pueda serlo a base de dietas, horas de ejercicio y posados perfectos. Parece que la validez, el coraje o la inteligencia no venden. ¿Y sabes qué? Que me da pena.

—¿Por qué?

—Por todas esas mujeres que hacen dieta, se mueren por tener pareja o escuchan constantemente que ser madre es lo más bonito del mundo y, además, por encima de todo, desean parecer sexis para conseguir la felicidad. Porque entonces hacer dieta, tener pareja o querer ser sexy no es más que otra fuente de frustración.

—A ver, tienes que reconocer que la vida en pareja y con una familia feliz es mucho mejor.

Lo que mi mejor amigo no parece entender es que hay posibilidades de vivir que no implican aislamiento ni romance.

—La vida en común se reduce a una colección de cosas y al deseo de aumentar continuamente esas cosas hasta que todo es perfecto, algo que por supuesto nunca llega a ocurrir. Además, eso de familia feliz es un oxímoron.

—Mira esta foto de Chema tomando un batido de color verde, ¿no crees que es saludablemente repugnante? —Pone la pantalla delante de mi cara para que pueda verla y apura su quinta cerveza.

Soy consciente de que Mauro ha desconectado de nuestra conversación hace un rato y desliza el dedo de manera automática por las redes sociales de mi teléfono, pero me da igual, quiero terminar mi discurso para mi propio autoconvencimiento.

—Las relaciones se rompen, se terminan y, además, hay que limpiarlas. Estoy segura de que cualquier pareja que lleve muchos años en algún momento sueña con un mundo mejor fuera de ella, aunque muchas prefieran seguir juntas comprándose una casa con dos baños como solución para eludir el olor a mierda del otro.

—A veces simplemente necesitas follar —dice como conclusión a toda mi exposición, y me muestra el mensaje de Niko en la pantalla. «Te lo cuento si quedas conmigo», dice.

—Ahora mismo no me imagino follando con alguien que acabo de conocer —contesto siendo consciente de la mentira que acabo de decir.

—Sí, es raro, pero es mejor que nada —sentencia devolviéndome el móvil cual médico que extiende una receta para que vayas a la farmacia.

Siempre tengo un debate con Mauro sobre qué cuenta como sexo y qué no. Él dice que el sexo oral no se incluye y yo no estoy de acuerdo. Para mí cuenta todo. Si se tiene un orgasmo, cuenta. Él también considera que el sexo anal es lo mismo para mujeres que para hombres, para los que es como un apretón de manos. Yo, sin embargo, siempre he creído que en las relaciones de pareja hay tres cosas sobrevaloradas: dormir juntos, ducharse juntos y el sexo anal.

—¿Sabes esos tíos bronceados, jóvenes, que se cuidan y que solo ves en los anuncios?

—Sí, qué pasa.

—Pues que existen y los tienes justo delante, dispuestos a engañar a sus novias. En estos viajes hay que aprovechar, incluso aunque eso signifique salirte un poco de tus principios. ¿Que lleva rastas? ¡Qué más da! ¿Que es capaz de montar un arma con los ojos vendados? ¡Morbazo!

—Gracias por tus consejos, pero no creo que, de vuelta a la normalidad, pueda gestionar la vergüenza de rememorar esos recuerdos rodeada de gente que no lleva anillos en los dedos de los pies.

Nos quedamos en silencio un buen rato mirando al mar. La verdadera amistad es aquella en la que puedes hacerlo sin disculparte. En la que la vida puede discurrir sin palabras, tanto con algo que celebrar como sin que pase nada, haciendo que suceda todo. Junto a un buen amigo las alegrías hacen sonreír y las angustias se curan antes a través de lo invisible. Tenerlos cerca no solo hace que las fotos de los viajes salgan mejor, sino que también lo sean todas tus versiones. Recurrir a su certeza es el mejor de los consuelos, porque sus palabras van directas al corazón y la mejor casa siempre es esa. Sin ellos la vida puede parecer tan dura como despertar en una de esas fraternidades de las películas americanas llamadas Alpha Beta Gamma preguntándote cómo se ha quedado tu sujetador enganchado en el ventilador del techo. Hipotéticamente hablando, claro.

Mauro se ha quedado dormido después de siete cervezas. Me fijo en que ha cogido un color extraño: está bronceado pero con un tono marrón cereza. Cojo el móvil y escribo a Niko. «¿Nos vemos en The Doors en media hora?». «¡Hecho!», contesta al momento.

Deben de ser las ocho de la tarde y la luz anaranjada acentúa el rojo de su piel. Le convenzo para levantarse y llevarle a la cama a dormir la mona antes de que llegue más gente para ver el atardecer. Va tambaleándose hasta la habitación donde le acuesto y le tapo con una sábana como a un bebé. También le dejo un vaso de agua junto a la cama, pues estoy segura de que en cualquier momento puede necesitarlo. Aprovecho que estoy allí para quitarme el biquini y ponerme un vestido sin ducharme. No recuerdo cuándo ha sido la última vez que me he preocupado por arreglarme o pintarme los labios, pero sé que no ha sido en Antíparos. Me echo un poco de desodorante, eso sí, tampoco me he convertido en una hippy de la noche a la mañana, y salgo en dirección a The Doors. Por el camino le mando un mensaje a Mauro para avisarle de que me he ido a dar una vuelta por si se despierta.

Caminar por la calle principal de Chora es toda una experiencia, pues siempre está concurrida y resulta excitante pasear por allí. Los restaurantes comienzan a dar las primeras cenas a los turistas. Un vendedor de una galería fuma y sonríe con un equipo de música fuera a todo volumen. Un grupo tardío de bañistas franceses expresa su aprobación al pasar por delante. Una pareja cercana propone un brindis. En Antíparos la música alta va contra las reglas, todos lo sabemos, pero mientras en el puerto las olas acarician las rocas bajo los restos del sol del Egeo, a nadie parece importarle.

Niko ya está dentro cuando llego al bar. Todavía no he conseguido del todo solucionar el tema de mi impuntualidad. En cuanto le veo me disculpo por mi desaliño, aunque a él no parece importarle. No sé por qué lo hago, pero siento que las mujeres tenemos que pedir constantemente perdón por todo aunque nadie nos lo exija.

Suena *Riders on the storm*. Hay canciones más eróticas que el porno y esa es una de ellas. El atractivo sexual siempre lleva consigo un elemento de magia adicional con la música de The Doors, pues consiguen el equilibrio entre lo carnal y lo oculto. Solo Jim Morrison puede cantar sobre muerte y viajes de ácido, pero cuando canta «Girl, you gotta love your man» entre truenos y espacios sonoros, en el oído suena como un gran orgasmo.

«Creo que me gusta», pienso cuando veo a Niko. Bueno, de hecho, estoy bastante segura. Quizá el ambiente oscuro y algo místico de aquel lugar contribuye, pero además me parece un hombre de verdad, lejos de los *piterpanes* a los que estoy acostumbrada. Maduro, adulto y con las cosas claras, lo que supone toda una novedad para mí.

—¿Te apetece una Mythos? —pregunta señalando su cerveza.

—Claro —contesto—. ¡Thanasis, ponme una Mythos! —grito al dueño que se encuentra al otro lado de la barra.

—*Yasas*, Lena. ¡Ahora mismo! —me contesta.

—Nunca dejas de sorprenderme —dice Niko.

—Eso para ti es algo bueno, ¿no? —digo acordándome de su frase sobre la capacidad de sorprender de las personas.

No contesta. Simplemente se dedica a sonreírme y a darle un trago a la cerveza.

Le pongo al día del regreso de Mauro y de su historia con el italiano.

—¿Me vas a contar entonces tu sueño? —pregunto curiosa.

—No era un sueño casto, pero sin la anestesia de una cerveza me parecía excesivo. Vaya con tu amigo Mauro, y tú, ¿no has pensado en tener un *affaire* mientras estás en Antíparos?

—¿Tan necesitada de un polvo se me ve? Me da pereza todo lo que tenga que ver con implicarme física o mentalmente con alguien.

Pone cara de no entender muy bien qué quiero decirle.

—No me malinterpretes, es simplemente que no me apetece tener que contarle mi vida a nadie, preocuparme por enseñar mi cuerpo o por si me pedirá el Instagram al día siguiente. Creo que hasta se me ha olvidado cómo hacerlo —me justifico.

—Mujer, ni que tuvieras noventa años, quizá tampoco necesitas todo eso para enamorarte o echar un polvo. A veces las cosas simplemente suceden.

—Sexo o amor, creo que de adolescente me importaban más cualquiera de las dos cosas.

—Normal —me contesta—, a esa edad eras joven e inocente, y solo un ignorante puede tener claro lo que es el sexo y el amor. ¿De verdad crees que los adultos podemos querernos sin complicaciones? El amor es complicado siempre.

—La vida es complicada.

—Esto es así —y junta las dos botellas de cerveza—: unas veces te toca a ti romper el corazón —empuja una botella contra la otra— y otras, que te lo rompan. —Hace el mismo movimiento al revés—. Incluso eso es algo bueno, porque indica que puedes volver a sentir.

Su manera de ver la vida es otra cosa que me gusta de él.

—¿Cómo se sabe exactamente cuándo te rompen el corazón? —pregunto.

—Cuando quieres bien y te duele. —Hace una pausa para beber—. Cuando eres incapaz de entenderlo. Por eso de adolescentes vivimos en el drama. Ahora las cosas duelen, pero se entienden más.

—Yo creo que aún tengo alma de *teenager* porque sigo sin entender nada.

Los dos paramos la conversación y comenzamos a cantar a la vez el famoso estribillo de la canción que está sonando, *Come on baby, light my fire.* Yo lo hago sosteniendo un micrófono imaginario y él la botella de cerveza hasta que la melodía termina.

—¿Crees que los polos opuestos se atraen? —me pregunta.

Me quedo mirándole sin responder, pues sé que me dará una explicación.

—Yo creo que los parecidos se atraen más —continúa— porque poder compartir lo que te gusta con alguien es todavía más alucinante. ¿No te parece?

—Une más el odio que el amor.

—No te pillo.

—Me refiero a que las cosas que odiamos en común nos acercan más de lo que lo hacen los intereses. No hay mejor cita que en la que poder «odiar» juntos libremente. Cuando te das cuenta de que odiáis las mismas cosas, ahí surge la magia.

—Yo odio cuando las personas sorben la sopa.

—Yo detesto dejar propina.

—¿Y qué me dices de la gente que habla mucho?

—Esa es la peor escoria humana.

Los dos nos reímos siendo conscientes de que ese tipo de conversaciones sinceras y sarcásticas no se tienen con cualquiera.

—¿Y qué pasa cuando lo único que compartes es rutina? —pregunto.

—Nada, si sigue habiendo complicidad. Si no la hay, empiezas a crear tus propios caminos, y ahí —hace una pausa dramática— es donde empiezan los secretos.

—Y las mentiras —añado.

—Exacto. Y dejas de ser cómplice porque los secretos ya no son de los dos.

—Entonces ¿en una relación no se pueden tener secretos?

—Secretos de los que no hacen daño sí, de los que no afectan a la relación. Si robas un peine o un paquete de chicles en una tienda, no tienes por qué contarlo, pero si crees que algo no está bien y no lo dices, ahí es cuando se jode todo.

—La madurez es jodida —concluyo.

—La emocional lo es más. El amor es para la gente inteligente, si no, ¿por qué crees que todos los tontos se enamoran?

Suelto una carcajada que hace que todo el bar nos mire.

—Me gusta tu sonrisa, parece que la llevas practicando toda la vida.

Se me corta la respiración. No estoy acostumbrada a ese tipo de cumplidos, suena tan sincero que hasta me duele. Miro al suelo intentando disimular mi timidez.

—¿A qué le tienes miedo? —pregunta rompiendo la tensión.

—A muchas cosas —contesto aliviada—: a las películas de terror, la oscuridad, los animales, las medusas…

—Va, te lo pregunto en serio.

Tengo miedo de sincerarme, pero ahí voy, cuesta abajo y sin frenos.

—Tengo miedo al fracaso, a la mediocridad, a hacer el ridículo, me aterroriza destacar y salirme de lo común de cualquier forma. Cuando lo hago, me encantaría tener el don de la invisibilidad. Me da miedo mi propia inseguridad ante los cambios y los retos, que la gente a la que quiero me haga daño, no ser aceptada, o, más bien, ser rechazada en cualquier aspecto. Vas a salir corriendo en tres, dos, uno… ¿no?

—Qué va, creo que te entiendo. Por más decepcionante que pueda sonar un «no», siempre es mil veces mejor ser honesto, con uno mismo y con esa persona dueña de tu, al menos momentáneo, interés. Creo que esa es la forma más valiente de perder el miedo.

—Yo siempre he tenido miedo, uno constante e irracional.

—Quién lo diría, porque hay que tenerlos cuadrados para dejarlo todo y hacer bomba de humo.

—No te creas, es más fácil de lo que parece, a veces la cobardía llega más lejos que tú. ¿Puedo preguntarte a qué se lo tienes tú?

—A las cosas complicadas. Por ejemplo, echo de menos los amores adolescentes, cuando bastaba un «¿quieres salir conmigo?» y la respuesta venía con un beso al que le seguía todo de manera natural, sin preocupaciones. En el fondo soy un romántico y no pierdo las ganas de sentir el vértigo y mirar al abismo cuando conozco a alguien.

—Yo creo que hasta el abismo se acojonaría si pudiese mirar dentro de mí.

—¡Exagerada!

—Vengo de un sitio muy oscuro, Niko. Necesito poner un poco de orden en mi vida, creo que estoy en un momento clave.

—Lo entiendo, aunque, si lo piensas bien, siempre estamos en un momento clave.

Nos pedimos otras dos cervezas y hablamos de nuestros amigos y relaciones, pero no con resentimiento, sino intentando entendernos. Charlamos sobre las diferentes fases de las parejas y las depresiones posteriores a una ruptura. También nos contamos alguna confidencia tonta de nuestras exparejas para quitarle hierro a la charla, y cuando nos marchamos terminamos bailando *L.A. woman*. Es la segunda vez que bailo en todo el viaje. Generalmente me cuesta soltarme y ese tipo de cosas me dan demasiada vergüenza cuando empiezo a conocer a alguien, pero me siento cómoda.

Es la típica noche de verano, cálida y con el cielo despejado lleno de estrellas. Paseamos hasta Kokoras. Al despedirnos se acerca para darme un beso y yo reacciono girando la cara como cuando a un niño no le gusta la papilla. ¿Qué ha pasado? No es fácil de explicar. El pasado. En un microsegundo recuerdo mi primer beso con Ese y lo que, en ese momento, me pareció algo especial pasó a catástrofe y después a error. El no-beso termina en un abrazo de varios minutos. De hecho dura más tiempo de lo que suelen durar entre dos amigos. En esa posición puedo oler su perfume y notar cómo acerca su cara a mi pelo mientras apoyo la cabeza en el hueco entre su cuello y su hombro.

—Lo siento, te he malinterpretado.

—No, no lo has hecho. En realidad no quiero que me beses porque tengo muchas ganas de que lo hagas —digo mientras me mira sin entender nada—. Y creo que si lo hicieras, comenzaría algo para lo que no sé si estoy preparada.

—Vale, entonces nos vemos, Lena. Buenas noches. —Y según lo dice se da la vuelta y se marcha.

No sé por qué no le he besado. Es como si estuviera huyendo de un simple beso de buenas noches, aunque en realidad no es tan simple, dejar que me abrace me reconforta casi más. Ese abrazo es sanador y hace mucho que no me pasa. Quizá soy yo, que tengo un punto de masoquista.

Entro en el salón, donde todavía quedan algunas personas charlando y jugando a juegos de mesa. Les doy las buenas noches sin detenerme y subo las escaleras hacia el piso de arriba intentando no hacer ruido, aunque aquellas escaleras suenan como chicharras. Entro en la habitación sigilosa alumbrándome con la linterna del móvil. Hay otras dos personas durmiendo y Mauro, que ronca como un tronco. Me siento en la cama y me quito el vestido para meterme dentro.

¡Bip-bip! El móvil de Mauro suena junto a su cama, pero él ni se inmuta. Lo cojo para ponerlo en silencio y veo un mensaje de Chema en la pantalla. «Pienso en ti. Me encantaría que nos viéramos cuando vuelvas. No te he olvidado. Tu Chemi». Sin detenerme a pensarlo, introduzco la contraseña para desbloquear el teléfono y borro el mensaje. Mi amigo no necesita distracciones de alguien que se autodenomina con un diminutivo y que le ha dejado tirado como a un perro. Tiene que pensar en él mismo y disfrutar sin preocuparse de nada ni de nadie, así que desactivo el sonido de su móvil y me meto en la cama sin tan siquiera lavarme los dientes. Definitivamente me estoy asalvajando. Cierro los ojos y mi móvil vibra entre las sábanas. Es un mensaje de Niko que dice: «El miedo solo se supera temblando». Después de leerlo pienso que la mayoría de las decisiones relativas al amor o a las relaciones siempre las he tomado muy rápido.

Intento dormir, pero no lo consigo, la ansiedad es más y más fuerte. Sé que no es hambre ni sed ni culpa ni remordimientos, esta vez se trata de satisfacción, así que me doy la vuelta y me coloco mirando hacia la pared. La masturbación es un arma de doble filo, pues a pesar del placer inmediato puede dejarte menos satisfecha de lo que estás. «Si por lo menos tuviera el Satisfyer que había metido en la maleta...», pienso, aunque con el ruido que hace en esa habitación hubiera sido impensable usarlo, así que recurro al método tradicional. Tiro de hemeroteca recurriendo al archivo de mis mejores polvos y amantes, escenas de *Los Bridgerton* y algún videoclip de Rihanna, pero, al final, lo único que hace que llegue al orgasmo es pensar en tener a Niko entre mis piernas. Después de eso consigo dormir como un bebé.

25

Esa noche duermo del tirón. Me despierto sobre las siete y bajo a desayunar abducida por el olor a comida. Hay termos de café, bollos recién hechos, empanadas, pasteles de hojaldre con espinacas, queso feta y dulces baklavas. La cocina griega sabe a la sal de sus mares azules, al aceite de sus árboles dorados y a pan fresco, uniendo de manera perfecta mar, sol y tierra.

—*Kaliméra*, Pantelis.

—*Kaliméra*, Lena.

—*Ti kanété?* («¿cómo estás?») —suelto chapurreando el idioma.

—*Kala, efkharîsto* («bien, gracias»). Parece que has aprovechado el tiempo.

—He conseguido aprender algunas palabras en griego. Pensé que sería imposible, pero es un idioma que suena rotundo y sincero, me gusta.

—Aprender griego te prepara para la vida.

—¿Por qué?

—Primero, porque es difícil y la vida lo es, hay que esforzarse. Segundo, porque aprenderlo requiere tiempo, lo que choca con la rapidez de hoy en día. Y tercero, porque nos ayuda a conocernos mejor.

Tiene razón, estar en Grecia es como ser la protagonista de una obra griega, que te recuerda el sentido primitivo y feroz de estar en el mundo.

—El griego es la lengua más antigua que existe —continúa—, la lengua de los dioses. Aprenderlo supone entender cuestiones básicas sobre la condición humana como el amor, la muerte, la política, la guerra o la religión.

—Entonces necesito un curso intensivo urgente. Qué bien huele, ¿se puede saber qué estás cocinando? —Cambio de tema para no pensar en el amor, la muerte o la guerra.

—Spanakopita, sé que te encanta.

Es una empanada rellena con espinaca cremosa, queso y cebolla. Se me cae la baba solo de pensar en ella. Miro cómo Pantelis traslada las espinacas fritas con cebolla y ajo a una fuente para que se enfríen e incorpora después el queso, las hierbas y el huevo antes de cubrirlo con hojaldre y meterlo en el horno.

—¿Por qué no lo mezclas todo junto en la sartén?

—En la cocina, como en la vida, hay que hacer las cosas en orden, pues algunos sabores y emociones tapan a los demás, como la amargura.

—Pues yo creo que de eso voy servida, con la mía se podría tapar la isla entera —me sincero.

—¿Cómo estás, Lena? —dice notando mi tristeza y ofreciéndome una taza de café.

—Intento no pensar demasiado, pero la angustia sigue ahí. Todo el mundo me dice que tengo que hacer introspección, que debería pararme a pensar y procesar las cosas, pero ¿y si mi manera de hacerlo es seguir adelante y empujar con todas mis fuerzas para dejarlas atrás? ¿Y si todos tienen razón y la he cagado marchándome?

—Mira, aunque todos te digan que te equivocas, tú persevera, porque ese vacío que sientes puede ser precisamente lo que te ayude a encontrarte. —Me acerca el plato de baklavas y me como uno de un bocado—. La comida te ayuda a llenar parte de ese vacío. Cómete la vida antes de que ella te coma a ti.

«Cómete la vida antes de que ella te coma a ti», sé que recordaré esa frase toda la vida, así que engullo un par de baklavas más. Su sabor reconforta, pues es tan dulce que cualquier problema se te olvida ante el temor de morir garrapiñada.

—Haz cosas, prueba de todo y, cuando te canses, entrégate a la emoción o a lo que tú quieras, pero entrégate a algo.

Y eso hice, cedí mi cuerpo y alma al desayuno y me dediqué a probar todos y cada uno de los platos.

—Se me olvidaba, hoy nos entregaremos a la comida y a la bebida con una cena en la terraza. Invita a quien quieras, sé que has hecho buenos amigos en la isla—dice mientras sigue cocinando.

Saco el móvil, hago una foto a la comida, con especial enfoque a los baklavas, y se la mando a mi madre.

Mamá
Cuidado con los baklavas que los carga el diablo. Intenta comer sano y no engullir tanto dulce, que te conozco.
> *Yo*
> ¿Por qué? La abuela también lo hacía y llegó a los ochenta y tantos años.

Mamá
¿Y crees que fue por comer tanto dulce? Besos.
> *Yo*
> No, porque no le tocaron tanto las pelotas.

—Buenas, buenas —dice Mauro entrando a la cocina en calzoncillos e imitando el saludo de una tiktoker—. He dormido como un bendito, hacía tiempo que no lo hacía.

—¿Lo dices en serio? ¿No te ha despertado ningún ruido o portazo?

—No.

—¿Ni las escaleras?

—Nada —responde impasible—. ¿Hay café?

—Era previsible después de cómo te metí en la cama ayer.

—Tampoco estaba tan mal, ¿no?

—Te he visto en peores situaciones, pero dudo de que hubieras podido subir las escaleras tú solo, al menos no a gatas.

—Pues hoy estoy como nuevo, ¿qué hacemos?

—Aquí cerca hay un sitio donde recrean las auténticas bodas griegas —comenta Pantelis metiéndose en la conversación—. Bueno, auténtica auténtica tampoco, es un espectáculo, pero es divertido. Podéis daros un baño en la playa y después ir a comer allí, yo os hago la reserva. ¿Sobre la una os va bien?

—A mí me suena genial —dice Mauro confirmando su aprobación—. Ay, supongo que igual tú quieres trabajar un rato, ¿no? —me pregunta.

Yo me encojo de hombros y niego con la cabeza.

—Se supone que estamos de vacaciones.

Bajamos a la playa, localizamos un par de hamacas cerca del agua bajo una sombrilla y ponemos las toallas encima.

Mauro se va al chiringuito y vuelve a los pocos minutos sonriente.

—He visto que tienen una gran carta de cócteles. Los de fresa los hacen con un preparado del que no me gusta la pinta, pero los de piña llevan piña de verdad, ¿te apetece uno?

—¿Tan pronto? No son ni las once de la mañana.

—Hija, no lo veas como un cóctel, sino como un *smoothie*, seguro que así te suena mejor.

—Bueno, vale. —No tengo ganas de llevarle la contraria.

Mauro me guiña un ojo y después se dirige a uno de los hamaqueros que pasa por nuestro lado y que también hace de camarero.

—Dos piñas coladas con piña natural, por favor —dice sonriendo afectuosamente, como si aquello fuera una confidencia privada que ambos comparten—. He dormido un montón, pero creo que he tenido pesadillas.

—¿De qué tipo?

—Estaba en mi casa, de noche, y mi móvil sonaba por todas partes, pero era incapaz de encontrarlo. Abría cajones, armarios, miraba debajo de la cama, pero nada, seguía escuchando el «bip-bip» y me desesperaba. Ha sido angustioso.

Mierda, el mensaje de Chema. Recuerdo lo que hice la noche anterior antes de meterme en la cama y me siento mal por ocultárselo.

—Quizá escuchabas los móviles de la gente de la habitación. Llegan borrachos y nunca se acuerdan de ponerlos en silencio —miento.

—¿Quieres que nos demos un baño antes de que llegue el *smoothie?*

—Nah, ve tú —digo sacando mi libro—. Yo te miro.

Y eso hago. Me quedo observándole sumergida en la culpa. Mentir a un amigo socava la relación de amistad, pues si esta tiene un valor, entonces hay una razón de peso para no hacerlo. Mentir a un desconocido es permisible, pero hacerlo a un amigo solo está permitido para evitar consecuencias desastrosas. Qué narices, no está permitido en ningún caso. No sé por qué me cuesta tanto ser honesta y decirle la verdad. Quizá porque requiere un coraje para el que no estoy preparada. Ese valor implica algo que todavía no forma parte de mi identidad y determina, sobre todo, cómo quiero mirarme a mí misma.

Veo cómo Mauro sale del agua y pienso que, a pesar de conservar el atractivo de una persona vital, está desmejorado. Le gusta cuidarse y hacer deporte de vez en cuando, más por socializar que por otra cosa, aunque entre sus aficiones también está la de ingerir la misma cantidad de alcohol que un alemán durante unas vacaciones en Mallorca, pero en un día. Más allá de cómo le afecta esto físicamente, me preocupan las consecuencias a largo plazo.

—¿Qué lees? —me pregunta lanzándome unas gotas de agua de su pelo.

—Ah, una tontería sobre una mujer que fracasa a causa de sus pasiones, acumula deudas, miente y pone fin a su vida.

—Suena apasionante, no te lo pediré. Tener deudas es síntoma de saber vivir bien, esa ha sido siempre mi forma de vida, disfrutando de las cosas antes de pagarlas.

—Pues mira, esa observación es muy inteligente y también explica por qué nunca tienes un duro.

Estamos riéndonos cuando nos traen dos enormes vasos de piña colada con una pajita. No puede haber nada más hortera que pedirse ese tipo de combinados en la playa sin estar en el Caribe, pero me dejo llevar.

—A ver, ponme al día. ¿Qué pasó ayer con el griego?

—¿Por qué lo dices?

—Estaba borracho, pero no soy tonto, abrí un ojo cuando llegaste y te vi meterte en la cama. Estoy seguro de que quedaste con él.

Me siento incómoda. ¿Se habrá enterado de lo que hice y estará esperando a que se lo cuente? ¿O no tendrá ni idea?

—Sí, fuimos a tomar algo, sin más —digo para quitarle importancia.

—No me mientas —esa frase me acojona—, siempre que utilizas ese «sin más» es porque hay mucho más.

—Bueno, me acompañó al hostel e intentó besarme.

—¿Y? —pregunta ansioso.

—Que le hice la cobra —respondo avergonzada.

—¿Por qué? Creía que te gustaba —dice mientras comienza su ritual de ponerse el protector solar.

—Y lo hace, pero necesito tomarme mi tiempo —respondo cortante, pues odio cuando me presionan en temas afectivos—. ¿Quieres dejar de echarte crema? Vas a gastar el bote entero.

—¿Qué quieres que haga? Me quemo con facilidad y me pongo rosa.

—¿Sabías que los flamencos se ponen rosas por las gambas que comen? Su color hace que las plumas les salgan así —le digo.

—Ay, joder, me dices eso porque ayer te hiciste la lista con Niko y ahora sientes que tienes que serlo todo el tiempo, ¿verdad?

—Lo siento, ya sabes que me gustan los datos aleatorios.

—Lo sé —dice mirándome por encima de sus gafas de sol—, pues yo tengo un dato que darte. Las medusas, ¿te ubicas?

—Sí —respondo como si supiera de lo que me va a hablar.

—Vale, pues las medusas no siempre se dejan llevar, ¿lo sabías?

Niego con la cabeza.

—Parecen gelatinas que vagan sin rumbo guiadas por las corrientes, pero algunas son capaces de oponerse a ellas. No son solo bolsas de agua errando pasivamente a la deriva, a veces van a contracorriente para volver a orientarse. Me gusta pensar en ellas cuando estoy perdido.

—No te sigo.

—Pues que a veces ir a contracorriente y sacar mi lado salvaje me ayuda.

—Eso es muy bonito y gracias por el consejo, pero no me lo creo.

—¿Por qué no? —dice descojonándose.

—Porque tú siempre eres salvaje —respondo bebiendo un sorbo de mi piña colada con la pajita.

—Eso es cierto —comenta apurando el final de su vaso haciendo ruido—, pero quizá tú deberías serlo un poco más.

—Y se va corriendo al agua.

Saco el móvil del bolso y le mando un mensaje a Niko.

Hoy hay cena en Kokoras, ¿te apuntas? Es a las ocho. *Filí*
(«beso»)

Perfecto! Nos vemos allí. Llevo algo?

Cocina Pantelis, así que, además de hambre, creo que nada
más

Ok! Allí estaré :-)

Voy detrás de Mauro y me quedo de pie con el agua por las rodillas y los brazos en jarra, intentando relajarme como cualquiera que está de vacaciones. Eso me cuesta, pero me empiezo a sentir cómoda por primera vez en, qué sé yo, toda mi puta vida.

26

Pasamos por Kokoras a darnos una ducha antes de ir a comer y vamos dando un paseo al lugar del espectáculo. Llegamos a un edificio antiguo con un gran letrero en el que pone THE GREEK WEDDING SHOW, donde una actriz disfrazada con un vestido de lunares entallado, una gran peluca y tacones redondos simula ser la hermana de la novia recibiendo a los invitados. Nos pregunta por nuestros nombres y nos invita a pasar a un gran recibidor donde esperan otros turistas como nosotros. «Típica turistada, *check*», pienso.

Todo está ambientado en los años de la posguerra de finales de los cuarenta y participamos como invitados de una familia griega en la preparación y celebración de una boda. El espectáculo comienza en el interior de la casa, ambientada como un hogar, donde conocemos a los miembros de la familia Papadopulos, que se van presentando y cuentan sus historias durante los preparativos de la boda. Todos cantan y bailan por las habitaciones de la casa como escenario. Cuando aparece la novia, un grupo de músicos nos invita a pasar a un gran patio al aire libre, rodeado de mesas donde vamos a disfrutar de un banquete con una selección de platos típicos.

Nos sentamos a la mesa y veo cómo Mauro saca el móvil y entra en el Instagram de Chema.

—Mauro, déjalo ya —inquiero.

—No puedo evitarlo. Soy incapaz de dejar de pensar en si Chema es el definitivo o habrá alguien mejor esperándome ahí fuera —me contesta con cara de desesperación.

—Preocuparte de si hay una opción mejor te quita el placer sobre lo que ya tienes.

—Lo sé, soy consciente. Y mi problema se agrava incluso en las decisiones más triviales, como comprar un microondas. Incluso si estoy satisfecho con el que he comprado, la posibilidad de encontrar otro mejor y más barato me invita a la duda. Y, aunque el que tengo está bien, no es tan emocionante como el otro.

Bebe de un trago la copa de vino blanco y se sirve otra de una jarra de barro.

—Creo que me he acostumbrado a esa emoción inicial —continúa— y siempre estoy buscando algo más.

—¿Y cómo haces para disfrutar de lo que tienes?

—No lo hago, porque además siempre comparo mis decisiones con las de otros y pienso que seré juzgado, incluso yo me juzgo a mí mismo.

—Probablemente todos lo hacemos.

—Me preocupa estar perdiéndome algo mejor ahí fuera, porque siempre lo hay, ¿me explico?

—En realidad acabas de explicar perfectamente una infidelidad.

Nos quedamos los dos en silencio absortos en el espectáculo, contemplando a la feliz pareja de recién casados que canta *Sagapo*, una canción típica griega que habla de amor.

—El matrimonio tradicional no existe —le digo sin dejar de mirar al frente.

—¿A qué te refieres?

—A que antes, cuando te casabas, lo hacías para toda la vida porque no tenías otra opción, sobre todo las mujeres. No contemplabas otras posibilidades fuera del matrimonio, porque, en realidad, no las tenías. Lo peor es que eso hacía que te conformaras y vivieras amargada toda la vida. La parte buena es que hacía que también perseverases y no te rindieras ante las dificultades. Mis abuelos, por ejemplo, siempre iban cogidos de la mano y parecían tan enamorados como el primer día. Me pregunto si decidieron pasar toda la vida juntos porque no tenían más remedio o porque hicieron que funcionase sin pensar en que lo que había fuera era mejor.

Imito a mi amigo y me bebo de un trago la copa. Después la sostengo en lo alto con un gesto con el que Mauro entiende perfectamente que quiero que me sirva más. Como por arte de magia me llega un mensaje de mi madre: «Espero que lo estés pasando bien. ¡Y cuidado con el alcohol! Te quiero. Mamá». No sé cómo lo hacen las madres para aparecer en el momento justo e inundar tu conciencia con sus palabras. Apoyo la copa en la mesa y dejo de beber.

—Hoy en día, aunque tengamos pareja, mantenemos la mente abierta a otras opciones, y eso significa que estamos abiertos a la posibilidad de que lo que ya tenemos no sea lo suficientemente bueno.

—Tienes razón, el matrimonio ya no es lo que era —confirma.

—Quizá nunca lo fue.

Mientras comemos comenzamos a meternos en el papel, a seguir el juego a actores y bailarines y a participar en sus canciones y bailes. Luego nos sacan a bailar para formar una especie de conga y después nos invitan a romper platos, algo en lo que yo ya tengo experiencia.

Durante casi tres horas nos reímos y disfrutamos como si no existiera nada más. Todo lo mejor de nuestra humanidad estaba envuelto en ese maravilloso espectáculo para recordarnos que hay que bailar, reír, disfrutar y no tomarse la vida tan en serio. Y también que el amor está en el aire, siempre y cuando no te importe terminar rompiendo un par de platos.

27

Llegamos a Kokoras a media tarde. Pantelis y el resto de huéspedes están preparándolo todo para la cena en la terraza, así que vamos directos a la habitación.

—¿Por qué no te arreglas un poco? Te veo guapa, pero últimamente vas hecha un cuadro —dice Mauro.

—Gracias por la sinceridad, pero te recuerdo que llevo sin maleta desde que llegué a Grecia.

—Seguro que te compraste algún vestido bonito que combine con las sandalias, anda, póntelo y acuérdate de Vera, que se arreglaría hasta para ir a la guerra. Recuerda su lema: «Aunque estés en plena crisis, no hay motivos para empeorar la situación». La echo de menos, habría estado bien que hubiera venido con nosotros. Te veo abajo.

Noto un pinchazo dentro, no sé por qué me molesta que mencione a Vera, aunque es cierto que siempre ha sido una referencia en cuanto a elegancia y estilo. Sin embargo, yo no recuerdo cuándo fue la última vez que me puse elegante. Saco el único vestido que me queda sin estrenar del fondo de la mochila y me lo pongo. Está un poco arrugado, pero no me importa. Es el típico *little black dress* corto y de tirantes. Hasta me dejo el pelo suelto y me pinto los labios de rojo. Voy al baño y le cojo prestado a alguien un poco de perfume. Demasiado dulce para mi gusto, pero me vale, pues cualquiera sabe que oler bien hace un veinte por ciento más atractiva a una persona.

Bajo al jardín que está junto a la terraza. La mayoría de los huéspedes se han arreglado un poco para la ocasión y se les ve morenos y resplandecientes. Se ríen tomando cervezas y cócteles preparados con licores propios e ingredientes naturales. Todos parecen disfrutar compartiendo historias en este lugar, ya sea absorbiendo las impresionantes vistas o charlando alrededor de una mesa. El paisaje salvaje de la playa hipnotiza. Desde ahí, el mar se ve majestuoso, como un lienzo mágico de la naturaleza pintado a diario con paletas de colores, que dibujan la puesta de sol más hermosa que he visto nunca.

Entro en el patio, que es uno de esos tradicionales de las Cícladas, con pequeños guijarros y luces que bailan sobre las mesas proporcionando el ambiente perfecto para cenar bajo las estrellas. En el centro hay un limonero sobre el que cuelgan pequeñas bombillas. Encuentro allí a Mauro hablando con unos franceses, se le ve entretenido y me lanza una mirada cómplice, así que no quiero interrumpir.

Cojo una copa de vino y decido integrarme con aquella gente. Noto cómo se despiertan mis habilidades sociales, que desde hace tiempo parecen dormidas, y por primera vez en mucho tiempo me siento cómoda hablando con personas ajenas. Circula un mito sobre la gente que te encuentras en los hostels que dice que la mayoría son hippies veganos cuyo objetivo en la vida es abrir su propia granja, pero me doy cuenta de que es totalmente falso. Me encuentro a personas de todo tipo, desde unas cuyos ideales no son tan progresistas como espero hasta occidentales privilegiados que parecen viajar solo porque disfrutan burlándose de los que no son como ellos. Lo que realmente me descoloca es encontrarme a personas de países desarrollados a las que la justicia social o la tolerancia no les importa. No sé muy bien cómo actuar cuando descubro que comparto habitación con gente que cree que Black Lives Matter es un grupo terrorista o cuando me doy cuenta de que he estado compartiendo una copa con un activista pro legalización de armas en Europa. Ante semejantes discursos tengo la opción de ponerme a discutir o de ignorar sus opiniones. Escojo la segunda, pues estoy segura de que no voy a conseguir que nadie cambie su idea sobre el conflicto Rusia-Ucrania entre litros de cerveza desde una isla perdida del mar Egeo, así que ni me molesto en intentarlo. Sin embargo, sí que utilizo mi táctica de preguntar por el tatuaje en varias ocasiones.

—Es desolador, ¿verdad? —le digo a Mauro, que se ha acercado y está a mi lado.

—¿El qué? —responde desconcertado.

—Que me sienta igual que cuando iba a una fiesta con veinte años. En mi epitafio pondrá: «Solo practicó el misionero y fue enterrada sin piercings junto a su madre». Y tú, mírate, no paras de ligar, esa pareja quiere hacer un *ménage à trois* contigo.

—Lo sé, pero los tríos no me van y tampoco te hacen más interesante. A mí el que me gusta es ese. —Y señala a un inglés guapísimo que lo mira de reojo mientras charla con sus amigos.

Localizo a Niko entre la multitud y noto como un fuego dentro. Me he emborrachado un poco y llevo sin coquetear muchos meses, pero aquella noche siento que voy a sacar a pasear la lujuria de toda mi vida. Se acerca a nosotros y le saludo con un beso en la mejilla cerca de la boca. Mauro se presenta y después se pega mucho a mí para darme un pellizco en la espalda, esa es nuestra señal cuando damos la aprobación al ligue del otro. Pantelis aparece entre la gente para guiarnos hasta una de las mesas redondas, en la que la comida está servida y ya están sentados otros huéspedes, Thanasis, que esa noche ha decidido abrir The Doors más tarde, y el inglés, junto al que se sentó Mauro. Sobra un hueco que ocupa el anfitrión.

Hay platos con mezzes de tzatziki, dolmadakias y spanakopitas, y grandes bandejas de musaka, pastitsio, albóndigas de tomates y berenjenas papoutsakia. Por supuesto, todo acompañado de ouzo y vino retsina en grandes cantidades. La comida está espectacular, sencilla, sabrosa y especiada. Imagino a Pantelis preparando con serenidad y mimo cada receta pensando en quienes la disfrutaríamos después, así que como hasta que no puedo más sin importarme si me sentará bien o si se me marcará la tripa con el vestido.

No sé si es el ouzo o el vino, pero cada vez encuentro a Niko más atractivo. Me gustan sus ojos detrás de las gafas y su acento. Él charla con Pantelis diciendo que es un mal griego porque no le gusta hablar ni de política ni de fútbol ni de religión. Yo me meto en la conversación argumentando que quizá por eso resulta tan interesante. Él responde a mi atrevimiento mirándome a los ojos hasta que aparto la mirada al notar que me estoy sonrojando. Mauro, que está al otro lado de la mesa, me dedica una mirada abriendo mucho los ojos, como si no me reconociera. Sinceramente yo tampoco tengo muy claro lo que estoy haciendo.

Durante la cena charlamos con amigos de Pantelis, que nunca han viajado fuera de Grecia. Algunos ni siquiera han salido de aquella isla, pero parecen contentos con sus vidas.

—Es agradable vivir con sencillez cuando todo lo demás en el mundo es tan complejo —dice Thanasis.

Crudeza es la mejor palabra para describir lo que estoy viviendo en Antíparos, con su gente, sus pueblos y su paisaje. Es esta crudeza la que me hace entender a Grecia y sus complejidades políticas y económicas, una belleza oculta y sin refinar, y gente común que no se queda despierta toda la noche discutiendo sobre filosofía e historia, como yo pensaba, sino que tiene que irse a la cama pronto para ir a trabajar al día siguiente y poder seguir con su vida.

Cuando terminamos de cenar, acompaño a Pantelis a la cocina y traemos los postres, que consisten en frutas y frutos secos como dátiles, higos, nueces, uvas y dulces bañados en miel. Los acompañamos con varias botellas de raki. Al verlas, Niko me lanza una mirada de advertencia a la que yo contesto sonriendo. «Hoy es noche de excesos», comenta alguien en la mesa.

Y entonces me pregunto: ¿qué sería de este lugar sin sus excesos e hipérboles? ¿Qué sería de estas personas? ¿No han sido todos los grandes momentos de la historia, como en la vida, momentos de exceso?

—Hay una palabra que todavía se usa hoy en día: *kouzoulada*, que imagino que cualquiera que no haya crecido aquí tendrá dificultades para entender —explica Pantelis mientras sirve unos chupitos de raki—. Algunos lo traducen como «locura», pero yo prefiero llamarlo «pasión, exceso». Los griegos vivimos con exceso, en el amor y en la guerra, en la serenidad y en la tempestad, en el orgullo y en la rabia, en la alegría y en la pena.

Después de eso todos brindamos juntando nuestros vasos al grito de «i-amas», que es algo así como «¡salud!».

¿Qué sería de Grecia sin su gente? Sin duda un lugar hermoso, pero no habría celebraciones ni voces que se alzaran en canciones ni bailes ni epopeyas ni ouzos ni zorbas. Supongo que no habría *kouzoulada*. En estos reinos los cambios ocurren lentamente. Estoy segura de que los lugares de ocio se renuevan, pero la forma en que la gente celebra sigue siendo la misma. Quien desee descubrir el alma de Grecia debe saber que no la encontrará en sus playas llenas, sino en sus montañas, en sus pueblos, en su vino, en su miel, en su aceite y, por supuesto, en su gente. Hablar con todas esas personas desconocidas me hace sentir más en familia que nunca. Quizá ese lugar se ha convertido en mi casa, en mi lugar feliz. O es posible que solo sea el vino.

28

Después de recoger entre todos y cuando ya estamos bastante animados, un grupo, entre los que nos incluimos Niko, Mauro y el inglés, decidimos ir a bailar a la discoteca local.

—Pantelis, Thanasis, ¿no os animáis? —les pregunto mientras nos vamos.

—No, gracias, Lena. Cuando llegas a cierta edad, pasas de perseguir los excesos hedonistas de la juventud. Cuando hay una belleza como esta a tu alrededor, no necesitas ir de fiesta —dice abriendo mucho los brazos para que contemple aquel lugar bajo las estrellas.

Sé lo que quiere decir, pero yo hace siglos que no me voy de juerga. Ni siquiera cuando estaba con Ese lo hacía casi nunca. Después de nuestra ruptura lo intenté varias veces, pero siempre acababa yéndome a casa antes de entrar en una discoteca. La única diversión nocturna que de verdad echo de menos es la que tenía con Vera, con quien podía recordar alguna anécdota de todas y cada una de las noches que habíamos salido en nuestra vida.

Caminamos en grupo por las animadas calles de Chora hasta salirnos un poco del pueblo. Continuamos por un camino de tablas de madera junto al mar, que nos guía hacia un acantilado. Allí, bajo un gran letrero se encuentra La Luna, un chiringuito ubicado en el lado sur de la bahía, con vistas al mar y excavado en las rocas. Tiene un ambiente muy especial, una mezcla de estilo entre africano y jamaicano, como sugieren sus colores y murales. A pesar de estar a medio camino entre lo hippy y lo étnico en la decoración, no puede negarse que también es griego. Hay un grupo de música tocando en directo los mejores años del flower power, cuyo repertorio se reparte entre los Beatles, Bob Dylan o Janis Joplin, pero el ambiente es agradable y esa música armoniza con el lugar. Está lleno de gente de todas las edades y nacionalidades, turistas, lugareños, todos bailan sin el menor sentido del ridículo. Sobre mi cabeza, además, hay un cielo en el que se puede observar la luna y su reflejo en todo su esplendor junto a miles de estrellas. La magia está servida.

Pedimos cervezas para todos y vamos directos a la pista de baile. Allí me encuentro con Mauro y nos ponemos a bailar juntos tocando guitarras imaginarias y moviendo la cabeza hacia delante y hacia atrás. En un momento juntamos nuestras espaldas y nos acercamos para hablar como si fuéramos espías.

—Me voy a enrollar con el inglés —me dice.

—No tenía ninguna duda.

—Es posible que no duerma en el hostel, ya sabes, las reglas, y tú deberías hacer lo mismo.

—Te prometo que haré lo que pueda.

—Mantenme informado.

—Cambio y corto.

—Te quiero.

Y como si a cada uno nos hubieran encargado una misión, nos separamos.

—No estarás pensando en marcharte —me dice Niko al pasar por su lado—, la fiesta acaba de empezar y tienes que bailar conmigo —contesta cogiéndome de las manos, y cuando levanta la cara su sonrisa le hace todavía más guapo—, confía en mí.

Esas tres últimas palabras me asustan y me hacen recordar lo que significa la confianza en alguien, algo de lo que llevo huyendo mucho tiempo. Se abre paso entre la gente con mi mano agarrada por detrás y me guía de nuevo hacia la pista de baile.

El grupo ha dejado de tocar y comienzan a poner éxitos de rock clásicos y modernos. Empezamos a bailar al principio con vergüenza, aunque no hace falta decir que hay química entre los dos. Pero lo mejor de todo es que también compartimos risas y no necesitamos crear buenas impresiones el uno del otro.

—¿Otra? —pregunta.

—Cerveza.

—¿Internacional?

—Mythos.

—¿Rock clásico o indie?

—Mando Diao —contesto al escuchar que empieza a sonar una canción de ese grupo.

—*Dance with somebody?*

—Contigo.

—¿Conmigo?

—Sin parar.

—Perfecto.

Jugamos a esta especie de juego toda la noche. Así que mientras yo bailo con Niko, riendo y hablando en nuestro nuevo idioma, Mauro me mira con cara de signo de interrogación a lo lejos desde su mesa con el inglés.

Después de diez canciones y un par de cervezas, ya no me importa si lo que suena es rock, reggae o *La Macarena*, pero Niko y yo no dejamos de bailar. Cuando era más joven, lo que sentía al hacerlo era una liberación absoluta. En el momento en el que Vera y yo escuchábamos «It's Britney, bitch», adquiríamos la fuerza y el poder para derribar cualquier puerta de una patada. Ahora, sin embargo, no me veo libre ni salvaje, sino más bien una mujer ebria de treinta y tantos que más que bailar se esfuerza por cantar la letra. Sin embargo, la mezcla de vino, raki y cerveza han hecho que me desinhiba y me mueva con cierta soltura. Bailamos a veces abrazados, otras de manera cómica, separados, dando vueltas, imitándonos, el caso es no parar de hacerlo.

Me parece increíble estar despierta a las tantas de la madrugada, y no precisamente porque algún turista borracho entre en mi habitación compartida. Estoy de fiesta, me siento segura y estoy bailando con alguien que me gusta. Un hurra por mí. Me escapo un momento al baño, y al salir y mirarme en el espejo veo una cara alegre, sin ojeras y con la piel resplandeciente. Hace mucho que no me veo así, me doy las gracias y vuelvo a la pista de baile, donde suena Roxette. Niko me coge por la cintura y me acerca hacia él. Los dos estamos pegajosos y empapados en sudor, entre nosotros se nota la humedad como el vapor que sale de una olla a presión cuando levantas la tapa. Nos miramos a los ojos, nos tocamos con cuidado y nos movemos despacio al ritmo de la música. Hay magia, está claro, es el momento del beso. Yo siento que su boca es un imán del tamaño de un reactor nuclear y creo que él siente lo mismo.

—Me gustas —me dice inclinando la cabeza hacia mí con una sonrisa.

Y nos besamos. Yo le rodeo el cuello con los brazos y él me aprieta aún más fuerte contra él, levantándome del suelo. Me moría de ganas de que llegase ese momento y de pasar la noche con él, aunque algo dentro de mí me dice, «¿para qué?» ¿Para pasar una noche increíble de sexo casual? ¿Para conocerle más y ver qué pasa? Me reprendo a mí misma, ya está bien de pensar en el «¿y si…?» y en el «¿qué pasará si…?». De todas las posibilidades, la única que me interesa en ese momento es la primera, así que termino de besarle y le digo que quiero marcharme de allí. Entonces lo escucho. Las notas de piano en orden descendente y el contrabajo de *My baby just cares for me* de Nina Simone.

—¡No puede ser! —grito.

—¿El qué?

—¡Esta canción!

—¿Qué le pasa?

—¡Que es mi favorita! —vocifero mientras muevo los hombros al compás de la música y cierro los ojos para escucharla bien—. ¡Me encanta!

—Aquí es tradición que la pongan para cerrar.

—¿En serio?

—Sí, es la canción que marca la hora de ir a dormir o a desayunar.

—Creo que he encontrado mi lugar favorito del mundo entero —digo satisfecha.

Salimos del bar para buscar algún sitio abierto donde comprar algo que absorba todo el alcohol que llevamos dentro. Llegamos a un puesto de gyros y pedimos un par con extra de salsa. Nos los comemos vagando por las calles vacías de Chora dándonos besos en la boca, en el cuello y algunos mordiscos, entre restos de patatas fritas. Practicamos todo el repertorio de arrumacos adolescentes incluyendo el de ir de la mano, algo que no hacía desde que lo había dejado con Ese. Cada gesto me transporta a una sensación de ilusión y seguridad, aunque también de miedo y de realidad. Es difícil de explicar, pero precisamente en ese momento estando con Niko prefiero vivir en un sueño y lo que menos me importa es que sea real.

—¿Te apetece venir a tomar la última a mi casa? —me dice poniendo el brazo sobre mi hombro.

El silencio se queda suspendido entre nosotros, porque ambos sabemos lo que eso significa.

—Vale —contesto concisa sopesando todo lo que conlleva y pensando en la mañana siguiente. No puedo evitarlo, soy una mujer de negocios y siempre pienso en las consecuencias.

Niko vive en un edificio de su familia de dos plantas, en el que él ocupa la de arriba. Nada más entrar en su casa empezamos a besarnos como se recibe un vaso de agua después de tres días en el desierto. Como si fuéramos a acabarnos. Nuestros besos son suaves y excitantes, de esos con la lengua blanda y húmeda que se recuerdan días después y todavía excitan. Nos separamos para desnudarnos en el salón sin dejar de observarnos. Con cada prenda de la que me deshago siento que puede ver un poco más mi interior, hasta que me quedo desnuda. Me da la mano y me guía hacia su dormitorio. Allí me empuja suavemente sobre la cama, se pone encima de mí y me besa como si fuera a redimirle. Le quiero dentro de mí para que ahuyente a los fantasmas que llevo dentro. Es inevitable reconocer en sus gestos a sus anteriores amantes. Cuando me agarra del pelo, veo a la primera mujer con la que quiso ser salvaje. Cuando coloca su cabeza entre mis muslos, veo a la que quiso satisfacer con todas sus fuerzas y cuando comienza a lamer todo mi cuerpo desde la cabeza a los pies, a la que veneró. Cuando terminamos, permanecemos mirándonos en silencio hasta que caemos rendidos. Es una noche agitada, en la que nos buscamos y encontramos varias veces en un extraño baile donde dos cuerpos se unen y dos mentes deambulan perdidas entre unas sábanas cada vez más húmedas.

Esta vez no me quedo con las ganas, pasamos una noche perfecta. Una espontánea, sin expectativas ni la confusión de las primeras citas. Fue un encuentro cómodo y natural, simplemente sucedió. Y tal vez solo debió de ser eso: una aventura de una sola noche.

29

La mañana siguiente me despierto en su axila. Estamos totalmente entrelazados, pero no recuerdo cómo ha ocurrido. Mi pelo está atrapado debajo de su hombro y las piernas de Niko tienen atrapadas las mías con firmeza. Me despierta un zumbido continuo y todavía medio dormida intento adivinar de dónde viene. Es mi teléfono móvil, que se encuentra en el suelo. Pienso que es el despertador y lo cojo para apagarlo. Sin embargo, veo que son llamadas a las que les sigue un mensaje. No tengo intención de leerlo, pero antes de que pueda volver a dejar el teléfono en el suelo el mensaje salta. Es de Mauro y dice simplemente: «Tenemos que hablar». Noto una arcada.

«¿Un café?», pregunta Niko con suavidad mientras le observo con una mirada que me devuelve a la noche anterior en esa cueva. «Americano, por favor», respondo con un gruñido.

Antes de abrir del todo los ojos, la noche entera pasa por mi cabeza: la cena en Kokoras, las miradas, Niko, los besos con lengua blanda… y todo lo demás. Empiezo a recordar cómo me había tocado y que me había sentido sexy y deseada por primera vez en mucho tiempo. No puedo evitar sonreír. Ha sido raro, distinto y nuevo a la vez. Diferente al sexo con Ese, que era una carrera de velocidad hacia el orgasmo y un pico de buenas noches. Nada revela tanto que una relación está acabada como cuando pasas de los besos a los picos.

¿Y ahora? ¿Qué tengo que hacer? ¿Cómo debo comportarme? Quizá tengo que interpretar el papel de mujer fatal, marcharme lo antes posible de esa casa sin despedirme dejándole una nota con un «Gracias por todo, ya hablamos» y una carita sonriente para quitarle hierro al asunto. Me pongo nerviosa y mi cabeza comienza a dar vueltas. ¿Qué pensará él mientras prepara el café? Quizá lo único que quiere también es que me vaya. Aprovecho que Niko está en la cocina, me incorporo y salgo de la habitación buscando mis bragas, mi sujetador y mi vestido. Me visto a toda prisa y con las sandalias y el bolso en la mano salgo de aquella casa. Bajo por las escaleras sintiéndome fatal y deseando salir a la calle.

Una vez allí, el sol y el calor del mediodía junto a la resaca me marean, pero continúo andando descalza por la calle. El pavimento de Chora está tan pero tan limpio que se puede caminar sin zapatos. La gente se saluda al pasar, se comparten buenos deseos y entre ellos se teje una especie de complicidad: esa que une a un grupo de afortunados que ha dado con un lugar especial. Quizá por eso son tantos los que vuelven un año tras otro.

30

Llego a Kokoras y antes de subir a la habitación voy a la cocina para beber un poco de agua. Tengo la boca pastosa y seca hasta el punto de que creo que puedo masticar mi propia lengua. Sin poder evitarlo, me encuentro a Mauro allí haciéndose unas tostadas, parece que se acaba de levantar y tararea *Single ladies* de Beyoncé. Sé, por su mensaje de esa mañana, que está molesto conmigo, pero prefiero hacerme la loca y le saludo como si nada.

—¡Hola! ¿qué tal ayer? —digo con efusividad forzada—. Si cantas, es porque te fue bien con el inglés, ¿no?

—Finjo ser feliz. La gente feliz canta —responde con parquedad sin ni siquiera mirarme.

—¿Y por qué finges?

—Porque me gusta aparentar que todo va bien, ¿te suena?

—Ay, por favor, no empieces con eso, que estoy de resaca —respondo molesta. No me apetece tener una de esas conversaciones que tratan sobre lo que yo debo cambiar.

Mauro sigue cantando, a lo suyo.

—¿Qué parte no has entendido? —insisto molesta.

—Ay, perdona, ¿te molesta que cante o te molesta que la gente de tu alrededor sea feliz? —dice con ironía.

—¿Oye, se puede saber qué te pasa?

—¿Que qué me pasa, Lena? ¿Lo dices en serio? He hablado

con Chema y me ha dicho que el otro día me mandó un mensaje por la noche y que, oh, sorpresa, yo nunca recibí.

Un escalofrío me recorre desde los hombros hasta los pies y tengo sudores fríos.

—¿Y qué me quieres decir con eso? —pregunto con disimulo.

—¿Te crees que soy tonto?

—De verdad, para ya, no sé por qué haces esto.

—¿Que no lo sabes? Mírame a la cara y ten los cojones de decirme que no lo sabes. —Se da la vuelta para ponerse enfrente de mí con sus ojos a la altura de los míos—. Solo puede haber una opción: me borraste el mensaje.

—Mauro, verás, lo hice por tu bien —contesto reconociéndolo.

—¿Por mi bien?

—Intenté decírtelo el otro día, pero…

—¿Decírmelo? ¿Como cuando me ocultaste tu ruptura y estuve un mes pensando que seguíais juntos? ¿O como cuando te viniste a Grecia sin avisar? Mira, sé que ahora estás en un momento complicado, pero quizá vives en un eterno momento complicado y ese es el motivo por el que Ese te fue infiel.

Ese comentario va directo a hacer daño, pero sé que solo es fruto de su enfado, así que lo ignoro.

—Lo siento, joder, tampoco me tortures, solo intenté protegerte —me justifico.

—¿Protegerme? ¿Sabiendo que me estaba volviendo loco y haciéndolo a mis espaldas?

—Para mí tampoco fue fácil, créeme que me arrepentí después.

—Vaya, pobrecita —dice con sarcasmo—, siento que esa decisión te haya pesado tanto. No sé ni cómo me decidí a venir para estar a tu lado en lugar de quedarme en casa arreglando mis problemas.

—Solo quería lo mejor para ti y que fueras feliz.

—¿Sabes qué? Que crees que yo no soy feliz y eres tú la que no lo es. Mira, olvídame, no quiero ni verte —dice tirando las tostadas sobre el plato con fuerza.

—Mauro, por favor…

—A partir de ahora no pretendas que esté igual y que siga siendo el mismo contigo.

—Me duele que me digas eso.

—Pues imagínate a mí dejar de serlo.

—Lo entiendo —digo muy bajito.

—Lena, de verdad que no quería llegar a esto, pero me lo has puesto muy difícil. Mejor deja de intentar convertirte en algo que nunca vas a ser.

—¿El qué?

—Una buena amiga. Me piro.

—Pero ¿dónde vas a ir?

—No lo sé, de momento, lejos de ti.

—Mauro, ¡espera!

Y sale de la cocina sin mirarme. Diez minutos después escucho cómo baja las escaleras con su mochila diciendo adiós a un par de personas que toman café en el salón.

Hay ocasiones en las que está permitido mentir a tu mejor amigo, como cuando le han cortado mal el pelo, te pregunta si el grano de su barbilla se nota tanto o si ha sido tan lamentable su borrachera de la noche anterior y, por supuesto, cuando se conforma con una pareja. En ese caso, si ese idiota le causa más daño que bien, sí puedes involucrarte y decir la verdad, pero mientras sea agradable hay que guardárselo para una misma. No es que Chema sea santo de mi devoción, pero sí conozco a mi amigo y, aunque no me lo diga, sé que no es la persona que él espera. A pesar de todo, tengo que admitir que no me he portado bien.

Mi teléfono comienza a vibrar y creo que es él de nuevo. Seguro que me está llamando arrepentido, pero no, es Vera.

—Vera, no es un buen momento —contesto sin saludar.

La confianza apesta, soy consciente.

—¿Cómo que no es un buen momento? ¿Estás de broma? Mauro me ha contado esta mañana lo que ha ocurrido. Te has pasado tres pueblos.

—Solo quería lo mejor para él, por fin se estaba olvidando de Chema.

—¿Y quién eres tú para opinar sobre las vidas de los demás cuando ni siquiera eres capaz de mantener en equilibrio la tuya?

Voy a responderle que eso ha sido un golpe bajo, pero me interrumpe un ruido extraño al otro lado de la línea.

—¿Se puede saber qué es ese ruido?

—Estoy haciendo palitos de pescado frito, esta semana no he tenido tiempo ni de hacer la compra.

—Tranquila, es normal, no te castigues.

—¡Estoy bastante tranquila! —protesta—. Pero no hace falta que me juzgues por comprar comida congelada, puedo notarlo.

—No te estoy juzgando en absoluto —respondo.

—Bueno, volviendo al tema, ¿cómo se te ocurre hacer lo que has hecho?

—¿También le llamaste a él para hacerle la misma pregunta cuando me dejó tirada en el barco?

—Eso fue diferente. Lo que me extrañó no fue que lo hiciera, sino que te aguantara tantos días seguidos.

Siempre hace lo mismo, mostrarse escéptica ante la omnipresencia de otra persona en mi vida para normalizar su ausencia.

—¿Eso es lo que piensas de mí, que soy insoportable? Mira, estoy harta de escuchar ese tipo de comentarios. Parece que siempre tengas que cuestionar mis decisiones y mi vida. Desde que estoy en Grecia, apenas has contestado a ninguno de mis mensajes ni a mis llamadas y, cuando lo haces, me cuelgas a la primera de cambio porque nunca tienes tiempo, pero sí lo tienes para subir stories en Instagram.

—¿Y eso te molesta?

—Pues, tía, un poco sí. Yo siempre estoy disponible para ti en cualquier momento.

Escucho cómo resopla al otro lado del teléfono. Sé que le está molestando la conversación porque no está acostumbrada a que yo sea tan sincera.

—Lo cual entiendo —continúo— porque sé que tienes un niño pequeño, pero a veces yo también te echo de menos. Estoy teniendo unos días difíciles.

—¿Qué ha pasado?

—Nada y todo, que se me están juntando muchas cosas.

—Dame un segundo, voy a por un vaso de agua, tengo resaca —dice alejándose del teléfono.

—¿Resaca?

—Sí, ayer salí a tomar unos piscos con la cuñada de Santos.

—Pensaba que ya no hacías ese tipo de cosas porque no tenías tiempo con Leo —contesto molesta.

—Bueno, unas horas sí, Santos se quedó con él y con su sobrino para que pudiéramos divertirnos un poco. Bueno, ¿qué ha pasado?

—Pues que he discutido con Mauro, que me arrepiento de haberme comprado una casa, que no sé qué hacer con el trabajo ni con mi vuelta a Madrid, que todavía pienso en Ese, que me han perdido la maleta, que soy incapaz de involucrarme emocionalmente, que me siento culpable po...

—Madre mía, Lena —me interrumpe—, cuánta tragedia, ¿no?

—¿Qué quieres decir? ¿Estás siendo irónica? No te pillo...

—Pues que cada vez que hablamos parece que hay un drama nuevo.

—Vera, quizá no sea madre, pero también tengo una vida.

—Ya lo sé.

—No, no tienes ni idea.

—Claro que sí.

—No, no sabes qué vida tengo porque nunca me preguntas por ella. No te importa nada de lo que hago ni lo que siento, ni siquiera puedes dedicarme diez putos minutos al teléfono.

—Lo siento, ser madre es muy duro.

—No me vengas con eso de ser madre. El otro día sacaste tiempo para quedar con tu cuñada a la que odias, ¿es porque no sé hablar de bebés, de bodas o de cómo duele una mastitis?

—Eso no es así.

—Sí que lo es. ¿No puedes volver a ser la amiga que me mandaba un mensaje dándome ánimos antes de un acontecimiento importante y con la que celebrar lo bueno y lo malo? Me siento excluida de tu vida por no tener una pareja o un bebé con los que hacer planes. Desprecias a cualquiera que no tenga una vida como la tuya, te recomiendo que intentes cambiar esa puta actitud.

—Y tú podrías ser más comprensiva.

—¿Más? ¿De verdad crees que no lo soy o es la frase que utilizas con todo el mundo que te dice verdades que no te apetece escuchar? Y mira, sí, es cierto que últimamente no he levantado cabeza. Siento que la persona de la que estaba enamorada me rompiera el corazón y me pusiera los cuernos con el planeta entero, siento haber pasado por una depresión, siento haberme sentido sola, siento no mostrar la seguridad que tú tienes con cada decisión que tomo, siento no saber cocinar y siento que me den plantón en una maldita cita a ciegas. Lo siento si mi dramática vida no combina con el estampado *cool* de tu vida perfecta, pero, Vera, la amistad no funciona así.

—¿Y cómo funciona, eh, explícamelo tú que eres tan inteligente? —dice ella subiendo la voz—. Lo siento, pero no tengo energía para nada más, tengo mucha carga mental encima como para aguantar la de otros. Por eso me alegré cuando Mauro me dijo que iba a Grecia. Cuando seas madre, lo entenderás.

—Mira, no sé por qué seguimos fingiendo que somos amigas. Quizá nuestra época de amistad ya pasó, no tenemos por qué serlo toda la vida. Quizá podamos retomarla cuando me case, tenga hijos y me vaya a vivir a las afueras.

—Lena, te voy a colgar. Por favor, no me vuelvas a llamar ni a escribir. No quiero saber nada de ti.

—Hace mucho que no sabes nada de mí —contesto.

Y después escucho el pitido intermitente del teléfono.

Genial, en una hora me he cargado la amistad con mis dos mejores amigos. Me siento mal por haberme portado mal con Mauro, pero en cuanto a Vera, decirle todo aquello ha resultado liberador. Quizá hacerlo por teléfono no ha sido la mejor de las maneras, pero llevo mucho tiempo guardándome esa conversación.

Todavía es pronto y no quiero quedarme en el hostel compadeciéndome, así que me pongo el biquini, cojo la moto y me monto en ella sin ninguna dirección. Termino en la playa de Soros que, por ser una de las más extensas, está bastante vacía. Sentada sobre la toalla observo a un grupo de chicas adolescentes con *eyeliners* perfectos y biquinis muy pequeños que beben y fuman mientras un grupo de lugareños las mira con deseo.

Una vez leí que proyectamos en nuestras relaciones la que tuvieron nuestros padres. Yo nunca conocí al mío y, sin embargo, le echo de menos. ¿Cómo se puede echar de menos a quien no se conoce? Quizá encontré la manera de vivir con ello, pero ahora se hace más evidente. Allí sentada me siento como una de aquellas adolescentes esperando a que ese padre ausente aparezca, me recoja en su coche y me lleve a casa. Quizá todos de adultos esperamos de algún modo que alguien acuda a recogernos y nos lleve a un lugar seguro. Por otro lado, también estoy disfrutando de la tranquilidad que me da este lugar, donde nadie me espera al levantarme por las mañanas para desayunar o para comer, ni mucho menos para acostarme. Ya antes de ser mayor de edad me sentía cansada de los compromisos que se te exigen de adulta y de los que asumes con tu entorno. Pero ya no quiero pensar más en relaciones, trabajo, parejas o maternidad. Todo eso, algún día, puede cambiar, pero hay algo que nunca lo ha hecho, mi mundo siempre ha girado en torno a mis amigos y, sin ellos, sin ese refugio, no tengo nada, me siento una mierda.

Miro de nuevo a aquellas chicas y a los hombres que las observan, pienso en las mujeres que iniciaron la revolución feminista y en que, muchas de ellas, educaron a sus hijos, ahora adultos, como si fueran a ser niños eternamente, como si la prudencia fuera una virtud. Como si estar siempre cobijados fuese importante, pero no es cierto, a veces necesitamos estar a la intemperie.

Vuelvo a Chora casi de noche, cuando experimenta su transformación y las calles vacías se llenan de restaurantes y locales de música donde se come, se bebe, se ríe y se brinda. Parece una bacanal, la escena final de una película en la que los problemas se han acabado. Excepto los míos.

Dejo la moto en el puerto y camino hacia Kokoras. Al aproximarme, veo que hay un grupo de gente sentada en la puerta tomando cervezas y me fijo que hay alguien apartado. No le veo bien con la oscuridad, mi instinto me dice que es Mauro y me preparo para otra conversación desagradable. Pero cuando me acerco a la entrada, veo que no es él. Me paro en seco, ahí está. Niko, esperándome. He dejado pasar varias llamadas y mensajes suyos durante todo el día porque sigo bloqueada y sin saber cómo actuar. Tengo pánico a enfrentarme a él de nuevo y a desestabilizarme. En este momento de mi vida, más que nunca, tengo miedo a involucrarme, pues creo tanto en el amor como una piedra en el desierto puede creer en la existencia de un océano. Pero también es cierto que me atrae y me divierto junto a él. Empiezo a sentir un nudo en el estómago, que se intensifica cuando vuelvo a contemplar su belleza griega y la perfección de sus facciones. Avanzo hacia él fingiendo seguridad y tratando de esconder mis inseguridades dentro. Él despega la vista del suelo y sus pupilas se clavan en mí. Por un momento todo desaparece y su mirada me hace sentir importante, a pesar de su evidente desconcierto.

—Me gustaría que me lo explicaras —dice muy serio.

—¿El qué? —contesto haciéndome la tonta. Me estoy cansando de esa actitud mía.

—Por qué te marchaste sin decir nada.

—No lo sé, es difícil de explicar.

—Inténtalo.

—Porque… me asustas.

—No entiendo.

—Porque me interesas.

—¿Y eso es malo?

—Cuando tienes el corazón roto, sí.

—Lena, me gustas.

—Ya, sí, lo del otro día fue…

—No me entiendes —me interrumpe—. Me gustas incluso físicamente.

Creo que era el mejor piropo que me había dicho alguien jamás.

—Incluso físicamente es bastante.

«¿En serio era eso lo único que se me ocurría decir?».

—Puedo entender que a ti no te pase lo mismo, pero me gustaría saber algo.

—Claro, dime.

—¿Fui un producto de tu ingesta de alcohol? Es decir, lo del otro día, ¿tuvo que ver la mezcla de cervezas, el vino y el raki? Puedes ser dura.

¿Qué debo contestar? Sé que el alcohol me dio la valentía que yo no tenía, pero no era eso. Decido decir la verdad.

—No es eso, pero me da pereza todo el tema del romanticismo, ¿me entiendes?

—No mucho. Seré directo, ¿a ti se te ha pasado por la cabeza que pueda haber algo más?

La pregunta suena rotunda, pero me desconcierta, como quien se cae de la cama en pleno sueño y se topa con el frío suelo.

—Mira, en otras circunstancias te diría que sí, pero tampoco estoy segura de cuáles serían esas circunstancias. —Sonrío dándome cuenta de la tontería que acababa de decir—. A pesar de que me gustó lo de la otra noche, hay una parte de mí que me dice que siga mi camino. Estoy en una etapa complicada de mi vida.

—¿Y cuándo no es una etapa complicada?

—Vale, tienes razón, pero me conozco, y sé que me dejo llevar con facilidad, me engancho y no quiero volver a perder el control de mi vida.

—Claro que lo entiendo, seguro que tú sabrás lo que es mejor para ti, disculpa si he sido muy directo. Es que quiero abrazarte, conocerte y si eso lo enmarcamos en lo sexual y en las casualidades de la vida... Hay veces en las que resulta jodido no pensar que todo esto está organizado —dice relajándose un poco.

—Sí, es curioso.

—Curioso es un gran adjetivo —hace una pausa— de mierda.

Me río muy fuerte.

—Vale, tienes razón.

—Curioso… Cristóbal Colón era curioso, joder, pero encontrarte por casualidad en una isla perdida en el Egeo y besarnos y que salten chispas es algo más que curioso, ¿no crees?

—Quizá ahora que nos hemos conocido mejor nos parecemos más interesantes, como personas, me refiero.

—Igual a ti no te sucede lo mismo y lo entendería. Es solo que creo que nunca me he sentido tan a gusto con nadie como contigo. No sé si a ti te pasa a menudo, pero no es normal tener esa conexión y ese encaje desde el principio. Lo de hace unas semanas no cuenta porque no te acuerdas.

—¿En Madrid llegó a pasar algo entre nosotros?

—No, estaba bromeando. ¿Entonces qué dices a mi pregunta?

—Niko —contesto—, creo que es la mejor proposición que me han hecho nunca —y de verdad que lo era—, pero no puedo.

Entonces su cara cambia por completo.

—Vale, quizá debemos pulsar el *pause*. Ojalá me equivoque, pero no estoy seguro de si no sabes lo que quieres o de si solo estás siendo impulsiva. Quizá es una mezcla de ambas, o simplemente que necesitas compañía.

En realidad no quiero pausar nada, pero prefiero negar lo que siento para no volver a sufrir.

—Mira —continúa—, a mí no se me da bien ir lento. Yo busco una historia bonita, una que me emocione, que no me haga parar. Que aunque haya abismos y precipicios, porque nunca deja de haberlos, me haga sentir que hay almohadas que amortigüen el golpe. Porque siempre va a haber dificultades, tristeza o vamos a cagarla en algún momento, pero la magia está para abrazarte en esa caída al vacío. Y si no hago caso a eso, me estaré saboteando a mí mismo. Yo soy un griego visceral que se cree latino como Bad Bunny: «Dime dónde tú está', que yo por ti cojo un vuelo y a Yonaguni le llevo» —dice imitando al cantante.

Me río de su mezcla de acentos.

Me acompaña a la puerta de Kokoras y nos quedamos mirándonos uno frente al otro en silencio. Sus ojos son peligrosos, con una mirada que puede ser tan cálida como dura. Nos despedimos con besos de esos que van directos al estómago. De los que resbalan y te llevan volando por un camino sin final en el que las lenguas chocan y los cuerpos dicen lo que las palabras callan. De esos que no saben a beso, sino a desastre. Es increíble. Pero vuelvo a rechazarlo poniendo las manos en su pecho y apartándole.

—Mira, Lena, yo sé que te atraigo, pero no me interesa este juego. Yo busco un camino para disfrutarlo, no un momento para curarme.

Y se marcha alejándose mientras yo pienso en sus últimas palabras. Entro al hostel y me meto en la cama escuchando los ronquidos de mis compañeros de habitación, pero, por primera vez, es lo que menos me preocupa. Echo de menos a Vera y a Mauro. ¿Dónde estarán? ¿Qué estarán haciendo? Ojalá estén pensando en mí tanto como yo en ellos.

Vuelvo a pensar en Niko. Si Ese ha sido capaz de rehacer su vida, ¿por qué no puedo hacerlo yo? Quizá ahí esté el punto de inflexión que puede hacerme abandonar ese estado mental tan dañino. Utilizar a Niko para convencerme de que puedo rehacer mi vida es cruel, pero también es lo que necesita mi autoestima. Soy consciente de que eso no está bien y de que si Vera o Mauro lo supieran, me lo reprocharían el resto de mi vida. Y probablemente yo también.

En lo relativo a las relaciones siempre he tomado las decisiones muy rápido. Cuantas más heridas, traumas y mochilas parece tener esa persona, más me gusta. Cualquier psicólogo me dirá que no es el momento, que vaya lento, que las *red flags*... Pero la magia no es para los psicólogos. Recuerdo lo que me dijo mi terapeuta hace unos meses tras mi ruptura:

—¿Crees que el abandono de mi padre me ha podido dejar algún trauma en mis relaciones? —pregunté.

—Todo lo que nos sucede en la vida nos marca y deja huella. Quizá buscas ese perfil de pareja que huye del compromiso porque, en el fondo, tú tampoco quieres comprometerte. Porque sabes desde el principio que no resultará y eso, en el fondo, te alivia.

Fue bastante explicativo, duro y triste al mismo tiempo.

—¿Quieres decir que el sufrimiento me lo provoco yo misma eligiendo a las parejas equivocadas? Entonces ¿cómo sé que alguien es adecuado y no me estoy lanzando de nuevo al abismo?

Apoyando sus codos en la mesa y con una sonrisa condescendiente me contestó:

—Lena, eso solo lo sabrás en el momento oportuno.

Sé que el error está en pensar en las relaciones como algo para siempre. La gente no se aguanta a sí misma, como para aguantar a una misma persona todos los días de su vida.

31

Esa mañana no me apetece salir de la cama, es más tarde de lo habitual y me he quedado sola en la habitación. Cuando bajo a la cocina veo a Pantelis, que se preocupa al verme la cara.

—¿Qué te ocurre? —me pregunta—. Parece que hayas dormido con el miedo y ya sabes que está prohibido meterse en la misma cama con alguien.

—Sí, lo sé, son las normas. Pantelis, ¿puedo ser sincera contigo?

—Por supuesto.

—¿Por qué es todo tan difícil? Ya no sé si es solo una época complicada o la edad adulta está llena de preocupaciones.

—¿Lo dices por algo en concreto?

—Bueno, parece que cuando llegas a una edad, tienes que asumir la decepción como parte de la vida. En cuanto a amigos, trabajo, familia, relaciones… Es como si también me decepcionara no estar viviendo la vida que siempre he pensado que viviría, como si tuviera que planear una nueva.

—No merece la pena planear nada —dice negando con la cabeza—. La vida simplemente ocurre. Eres una mujer inteligente y valiente.

Es sorprendente, en verdad, escuchar lo que otros admiran de nosotros. No sé por qué no vamos por la vida halagando amablemente a todos los demás.

—Ya sé que hoy en día las mujeres no tenemos que preocuparnos por no casarnos o formar una familia, que podemos ser felices sin nada de eso, aunque no sin que se nos juzgue, pero me da la sensación de que, si no tengo claro lo que quiero, eso nunca pasará.

—¿Y si nunca pasa?

Me quedo callada. Nunca nadie me ha hablado con tal crudeza y, a pesar de eso, me resulta extrañamente reconfortante.

—Nunca vamos a estar seguros de lo que realmente queremos porque las cosas que deseamos cambian al mismo tiempo que lo hacemos nosotros. Perder el equilibrio es parte de una vida equilibrada y significa que todo va bien. ¿Lo entiendes?

—Creo que sí.

—¿Y Mauro? —dice cambiando de tema—. No lo he visto por aquí.

—No lo sé, hemos discutido. Siento que últimamente la cago con todo el mundo y hasta él se ríe de mí.

—Todos nos reímos de los demás, pero no lo hacemos a propósito. Intenta entenderle. No alargues el enfado más de lo necesario. Si lo haces, es posible que lo pierdas y eso sería una pena, porque se nota que te quiere. Cada uno tiene su verdad y su manera de sobrevivir, y debes aceptarlo.

Tiene razón, cuántas amistades se acaban por malentendidos no resueltos o por dejadez. La adultez consiste en ser consciente de cada aspecto específico de tu vida en el que estás jodida y resignarte a no saber cómo arreglar ninguno de ellos.

—Entonces ¿qué hago?

—Recuperar el control de la situación. Sincérate, habla con él.

—Es que no me he portado bien y estoy segura de que no quiere saber nada de mí.

—Si no te enfrentas, entonces te quedarás sola —me dice—. Y la vida no vale un duro si no es compartida.

Pantelis sigue a lo suyo preparando cafés y horneando bizcochos sin dar importancia a lo que me acaba de decir. Creo que por eso resulta tan esclarecedor.

Bip-bip, mi móvil suena y anuncia un mensaje de Colette que dice: «Llámame cuando puedas, es urgente. *Merci!*».

Inmediatamente salgo a la terraza y lo hago.

—*Bonjour*, Lena la Viajera —me saluda con su marcado acento francés.

—Hola, Colette, ¿cómo estás? ¿Qué tal todo por ahí?

—Bueno, ya sabes cómo es esto, siempre hay mil fuegos que apagar, pero no te llamaba por eso.

—Cuéntame.

—Queremos que vuelvas —dice sin rodeos.

—Pero si no llevo fuera ni dos semanas.

—Lo sé, pero están entrando nuevos clientes y necesitamos saber si sigues interesada en el puesto de directora general. Si es así, debes volver cuanto antes.

—Vaya, pensé que tendría un poco más de tiempo para pensarlo. —En realidad, llevaba meses trabajando muy duro para conseguir ese puesto, no sé qué tenía que pensarme tanto.

—Lo siento, pero los socios están insistiendo mucho y necesitan saberlo por si tienen que empezar a buscar otra persona.

Había escuchado que cuando estás cerca de los cuarenta abandonas la idea de tener una carrera profesional prometedora y valoras más el tiempo libre. Me lo estoy pasando tan bien aquí sin trabajar que he llegado a pensar que quizá tampoco pasa nada por no aceptar ese ascenso. Llevo días pensando en ese momento, pues sé que tarde o temprano tendré que regresar. La vida en Antíparos es maravillosa, pero las personas de fuera de Grecia que se han quedado a vivir aquí parece que huyen de algo. La mayoría es gente interesante, culta y con talento, me da la sensación de que lo que les une es la motivación de una vida sin responsabilidades y sin ambición —y quizá también que nadie se escandalice si empiezan a beber a las diez de la mañana—, pero yo sí la tengo.

—De acuerdo, Colette, acepto. En un par de días estoy allí —respondo con decisión.

—Me alegra escuchar eso, Lena. Aquí te esperamos. *Au revoir!*

En realidad, no estoy nada segura de la decisión que acabo de tomar, pero si algo he aprendido en este viaje, es a no tener miedo y lo inútil que resulta preocuparse por las cosas antes de que sucedan.

32

Pantelis sale a la terraza, donde yo todavía sigo en shock con el teléfono en la mano. Puedo notar la angustia en su cara.

—Lena, necesito tu ayuda.

—Claro, ¿qué ocurre? —pregunto preocupada.

—Tengo que salir hacia Paros de manera urgente.

—¿Y qué quieres que haga?

—Necesito que te encargues de la comida del mediodía.

—¿Yo? ¿Estás loco? Lo siento, pero eso sí que no puedo hacerlo.

—Lena, por favor, sabes que no te lo pediría si no fuera necesario, no tengo a nadie más y los huéspedes ya han pagado por la comida.

—Pero, Pantelis, ¡yo no sé cocinar!

—Claro que sabes, me has visto hacerlo. Tienes de todo en la nevera y en la despensa.

—¡No, no y no!

—Te prometo que estaré de vuelta antes de cenar.

—Pero, no…

—¡Gracias, Lena! Sé que puedo confiar en ti. —Se marcha cojeando y me deja allí.

De eso nada. No puedo hacerlo. Tengo que huir, salir de allí y dejar que la gente se las apañe para comer, total, por un día que no lo hagan no les va a pasar nada, incluso eso es mejor que cualquier comida que yo pueda prepararles. Cojo las llaves, la mochila y salgo de Kokoras en dirección a la moto. Camino hacia el puerto pensando en qué momento Pantelis ha creído que yo sería capaz de hacerlo. Puedo hablar tres idiomas, haber sacado con nota dos carreras y un máster, corrido varias Spartan Races, una maratón y conseguido el puesto para el que tanto he trabajado, pero ¿cocinar? Eso me resulta más aterrador que cualquier otra cosa.

Llego al final del paseo, me pongo el casco y me subo en la moto. Antes de que pueda arrancarla me vienen a la cabeza las palabras de Pantelis durante uno de nuestros desayunos:

«Mucha más gente de la que crees confía en ti y eso te tiene que servir para toda la vida. Cuando tengas un momento de bajón o de duda, busca aquellos recuerdos en los que has tenido éxito. Utiliza la memoria para fortalecerte».

No sé si estoy teniendo una epifanía o si simplemente me está dando una insolación, pero esas palabras cobran sentido. Pantelis confía en mí y yo estoy haciendo lo que hago siempre, huir en lugar de afrontar lo desconocido. No puedo fallarle, pues él nunca me ha fallado a mí. Además, ¿de verdad le tenía miedo a cocinar habiendo superado retos mucho más duros que ese? Sin la menor duda, sí.

Dejo la moto donde está y echo a correr de vuelta a Kokoras. Le he prometido a Pantelis que me encargaré de todo y eso voy a hacer. Miro el reloj, tengo algo más de dos horas para preparar la comida, así que entro en la cocina todavía sofocada, me sirvo un chupito de ouzo y me pongo el delantal. Distribuyo encima de la mesa un montón de ingredientes frescos y coloridos, esta va a ser toda una experiencia, puedo olerlo, y también mi miedo.

Comienzo a pelar las verduras para la ensalada y me acuerdo de Pantelis hablándome de los beneficios de la cocina griega y las recetas de su madre. Preparo una gran fuente de ensalada griega con pepino, tomate, cebolla, aceitunas negras y la aliño con limón y aceite de oliva. Luego le agrego el queso feta y la cubro con un papel film. Y la reservo en la nevera para después.

Pongo un poco de aceite en la sartén para freír las espinacas de la spanakopita y a hervir agua para cocer el arroz de las dolmadakias. Mientras se calienta, pico el ajo y la cebolla. Los olores que desprende la comida me hacen pensar en que la manera en la que percibimos las cosas es lo que nos define, pues no somos otra cosa sino una combinación de nuestros sentidos. Lo que a mí me puede oler mal, a otra persona puede resultarle irresistible. Por ejemplo, a mí el olor a mierda me repugna; sin embargo, a una mosca le parecerá un manjar. Supongo que en eso consiste la empatía y quizá deba ponerla en práctica más con Vera y Mauro. Espero poder solucionarlo con ellos; al fin y al cabo, la gente se dice cosas horribles todo el tiempo y consiguen seguir adelante.

De repente, un olor a quemado me saca de mis pensamientos. Me he olvidado por completo de la sartén, de la que está saliendo fuego. Joder, joder, joder. Cojo un trapo dispuesta a agarrarla por el mango y ponerla debajo del grifo, pero una voz me disuade.

—¡No! ¡Con agua no, que salimos ardiendo!

—¡Mauro! —digo aliviada al verle.

Él me quita el trapo de las manos, lo moja y lo coloca encima de la sartén haciendo que las llamas desaparezcan. Lo miro aliviada.

—¿Es que no sabes que nunca hay que echar agua a una sartén hirviendo? Es de primero de cocina, hija.

—Gracias, pero no tenía ni idea… ¿Qué haces aquí?

—Me encontré con Pantelis antes de que se marchara y me contó que te había dejado encargada de la comida, así que he pensado que seguramente necesitarías un poco de ayuda. Hoy yo seré tu chef, tu madre, tu novio y, si me dejas, hasta tu amigo.

—Ay, eres el mejor —digo dándole un abrazo—. De verdad, siento tanto lo que hice.

—No te preocupes, sé que lo hiciste por mi bien.

—A ver, ¿y tú dónde has estado?

—Bah, por ahí, ya te contaré.

—No, ¡cuéntamelo ahora!

—No, tenemos que ponernos al lío, mira qué desastre.

—Mauro.

—Qué.

—Que me lo cuentes.

—Con el inglés. He estado con el inglés.

—¿Y bien?

—Nada, lo de siempre, el sexo bien, pero era mago.

—Tú odias la magia.

—Pues eso.

Abrimos una botella de retsina y nos servimos un par de copas para continuar cocinando. Juntos terminamos de hacer los pasteles de berenjena, las empanadas y las croquetas de tomate. Curiosamente, lo que más me cuesta preparar es el tzatziki, pues a pesar de ser la receta más sencilla, sigo sin tener ni idea de cantidades. Pelo el pepino quitando las semillas y cortándolo en daditos, añado aceite de oliva, yogur griego, hierbas frescas y crema agria, pero ¿cuánta? Sé que su acidez puede arruinar el plato, lo calculo a ojo y lo dejo reposar sin probarlo.

Cojo para probar una de las dolmadakias y me la meto de un bocado en la boca.

—Mierda, creo que se me ha pasado un poco el arroz, y no hablo en sentido figurado —apunto—. Bueno, da igual, no importa.

—Sí que importa, tiene que importarte.

—¿A qué te refieres?

—A que aunque las cosas no salgan como esperas, tienes que aceptarlas y eso implica que te importen, porque si no lo hacen, entonces tampoco lo hará tu vida. Deja ya de fingir que todo está bien, que eres una mujer fuerte y que nada te afecta.

—Tú me importas.

—Lo sé, pero tienes que preocuparte más por ti misma. Eso no puedo hacerlo yo por ti.

—Es posible, quizá he sido demasiado dura conmigo misma y deba empezar a solucionar mis problemas.

—Me preocupo por ti, por eso estoy aquí ayudándote.

—En realidad, estoy pensando en Colette, le he dicho que acepto el puesto de directora general.

—Pero ¡eso es increíble! Enhorabuena, me alegro mucho por ti. Sé que lo harás genial.

—¿De verdad? Estoy acojonada.

—¿Crees que yo también debería empezar a pensar más en mi futuro y menos en las pollas?

—Nah.

Y juntamos nuestras copas para brindar.

Cuando terminamos de preparar todo, sacamos las fuentes y bandejas llenas de comida y las ponemos sobre la mesa del salón. Enseguida un montón de gente se agolpa en torno a ella como pirañas. Todos comen y beben satisfechos, hasta parecen estar disfrutando. No puedo creerme que alguien esté deleitándose comiendo algo que yo he preparado.

Mauro y yo nos sentamos en el sofá a observar cómo come la gente.

—Mi madre tiene razón cuando dice que cocinar te quita el hambre —digo.

—A mí eso nunca me ha pasado. ¿Qué te apetece hacer ahora? —me pregunta todavía con la camiseta llena de manchas.

—Tumbarme en la playa sin hacer nada —respondo.

—Vamos.

—No tienes por qué hacerlo, sé que estás muerto, nos hemos dado una buena paliza preparando todo.

—Qué va, me apetece estar contigo.

—¿Alguna vez has pensado en el matrimonio de conveniencia? Eres el mejor novio que pueda existir.

Me cojo de su brazo y subimos a ponernos el bañador.

—Lo sé.

Ese día aprendo que para que un plato esté rico, no necesita tener todos los ingredientes ni seguir al pie de la letra la receta. Parece que la vida que se supone que debemos vivir está también marcada por unos ingredientes: pareja, familia, casa, trabajo… Y el miedo a salirnos de ahí o a cagarla nos paraliza. Quizá yo tampoco cumplo con todos los ingredientes de la receta que te prepara para la edad adulta, pero lo que sí tengo claro es que, a pesar de eso, puedo ser el plato favorito de alguien.

33

Bajamos a la playa por el camino de baldosas de madera. Hay poca gente, pues hace mucho calor. Colocamos las dos toallas en la arena y nos tumbamos apoyados sobre nuestros codos mirando al mar. Estamos un rato en silencio escuchando el sonido de los pájaros y de las olas y observando a las pocas personas que hay allí. De repente todo parece suceder a cámara lenta.

—No sé cómo hemos llegado a esto —digo.

—Pues, verás, cogimos un avión, después un ferry...

—No me refiero a Antíparos, Mauro, sino a aceptar trabajar jornadas de hasta doce horas diarias. A salir del trabajo y lanzarnos a hacer mil cosas más: el spinning, las clases de pilates, unas cañas, un concierto... Y cuando llegamos a casa, una pechuga de pavo, un yogur cero por ciento y a desplomarnos sobre la cama.

—¿Y eso es malo?

—Quizá no, pero ¿sabes? Los antiguos griegos distinguían entre *vita* activa y *vita* contemplativa, que es el equivalente al *dolce far niente* para los italianos. Me he dado cuenta de que yo soy una víctima con síndrome de Estocolmo de mis obligaciones, incapaz de detenerme y disfrutar de esta vida contemplativa. Siempre tengo que estar haciendo algo, si no, aparece la sensación de estar desperdiciando el tiempo. Sin embargo, ahora no estoy segura de querer volver a eso, a vivir los instantes que le dan sentido a la vida con la brevedad de una pompa de jabón.

—Pues no lo hagas.

—Sí, claro, como si fuera tan fácil.

Saco una cerveza de la mochila y bebo un trago. Siento cómo el líquido me baja por la garganta y acerco la lata a Mauro.

—Es verdad, cuando nos encontramos con alguien enseguida decimos: «Estoy hasta arriba».

—O «No me da la vida».

—O «Estoy muerto», y vemos normal que la otra persona nos diga lo mismo.

—Parece que tengamos que vivir con la lengua fuera, y que el triunfo consiste en no tener tiempo para relajarnos.

—¿Te imaginas que alguien nos dijera: «Estoy de puta madre, no hago absolutamente nada. Me paso el día vagueando y de relax, sin preocupaciones»?

—Seguro que lo miraríamos raro y lo pondríamos a parir. No está bien visto vivir con calma o descansar.

—Bueno, excepto Kim Kardashian, que no es actriz ni cantante ni tiene un trabajo conocido.

A Mauro le encanta equiparar nuestras vidas con las del papel *couché*.

—A eso hoy en día se le llama ser empresario, al menos en los hombres.

—La Kardashian gana miles de dólares supuestamente por no hacer nada. De hecho, es venerada y odiada a partes iguales por eso. Es más, vive de ello y, qué quieres que te diga, me da cierta envidia porque admiro su talento, aunque no sabría decir exactamente dónde reside.

—Quizá ella también practica eso del *dolce far niente*. No hace nada por ser famosa y por eso lo es. Ha conseguido hacer de ello una profesión, la de no hacer absolutamente nada. Es una genia.

—No me cabe la menor duda.

—Tengo que marcharme en un par de días, ¿y tú? ¿Has pensado lo que vas a hacer?

—Creo que voy a alargar el viaje y de aquí me iré a Mykonos.

—¿No vas a volver a Madrid para hablar con Chema?

—No, he decidido dedicarme algún tiempo a mí mismo. Llevo años encadenando una relación con otra, buscando el amor, al hombre perfecto, pero me merezco un descanso. Necesito dedicarme tiempo a mí, no quiero meterme de nuevo en una relación. Creo que me lo debo.

—Me parece bien.

—¿Y tú? ¿*Ready* para volver a la jungla?

—No lo sé. Cuando acabe este viaje tendré que empezar a vivir y no sé si estoy preparada.

Entonces Mauro me rodea con el brazo y me da un beso en la mejilla. Me siento en casa.

Nos encontramos a Pantelis por la noche, quien nos dice que varios huéspedes le han comentado que la comida de ese día había sido espectacular. Me siento orgullosa al escucharlo y también agradecida ese día por dormir junto a alguien a quien quiero.

34

Cuando me levanto ese día, me digo a mí misma: «Lena, haz lo que te salga del mismísimo». A quién quiero engañar, Niko me gusta. Quizá en este momento tan delirante de mi vida crea que me gusta más de lo que lo hace, pero siempre me pasa lo mismo cuando alguien aparece. A pesar de eso, tengo que admitir que su sinceridad y paciencia durante esos días, con una madurez a la que no estoy acostumbrada, han despertado en mí todavía más interés.

Me levanto temprano y voy a buscarlo a su casa. Toco el timbre y me abre sin camiseta, solo con un pantalón corto gris de chándal. «Jo-der», pienso. Parece que acaba de despertarse porque tiene el pelo revuelto y se frota mucho los ojos por culpa de la luz.

—*Kaliméra*, Lena.

—A tomar por culo —digo—. A la mierda todo, Niko.

Frunce el ceño en señal de no entender nada y me acerco a él para besarlo, pero él se echa hacia atrás y no lo consigo.

—¿Qué significa esto? —pregunta confuso.

—No tengo ni idea.

—Lena…

—Vale, vale, lo siento.

—Fuiste tú la que dijo que esto no funcionaría y que no estabas preparada.

—Lo sé, pero ya no estoy tan segura.

—¡Venga ya! —dice sonriendo.

Me invita a pasar, prepara un par de cafés y nos sentamos en el sofá.

—¿Qué? —digo yo como siempre que me mira de ese modo.

—De verdad, Lena, que no te entiendo. Eres como el perro del huerto.

—Se dice «el perro del hortelano» —le corrijo riéndome—. A veces solo me cuesta decidirme, pero ¿y si puedo hacerlo?

—Si puedes hacer ¿qué?

—Dejarme llevar, no dar al *pause*.

Niko da un sorbo al café y se restriega las manos por la cara.

—Si puedo simplemente disfrutar de lo que venga —continúo.

—Saldrá mal.

—¿Cómo? ¿Por qué?

—Porque cualquier persona con un poco de sentido común se da cuenta de que llevas una señal de advertencia en la frente y de que eres un desastre.

—Dime algo que no sepa.

—¿Dónde hay lugar para una relación sana en todo eso?

—Pues mira, sí, soy un desastre, soy muy exigente, insegura, me gusta madrugar, adoro el café, soy lo que la gente llama *workaholic* y, a veces, prefiero el sexo con mi Satisfyer a un polvo.

—Madre mía, Lena...

—Que sí, que soy muchas cosas, pero la otra noche cuando me dijiste todo aquello pensé que había estado esperando a que me lo dijeran toda la vida.

—Pues yo no te vi tan convencida.

—Joder, igual me entró un poco de miedo, ¿no? —continué—. Lo que estaba era acojonada y no entendía que fuera posible sentir algo por alguien en tan poco tiempo. Estoy acostumbrada a negar mis sentimientos para protegerme.

—La novedad siempre conmueve, pero no creo que sea lo nuevo lo que te emociona, sino lo que se soluciona dentro de ti.

—No te entiendo.

—Pues que te convengo para olvidar tus otros problemas.

—Niko, no es eso, estaba hecha un lío. Tenía dudas, no sabía qué quería hacer o adónde ir, si volver a Madrid o dejar mi trabajo… Y entonces te encontré a ti, una persona que lo tiene todo claro, que sabe lo que quiere, alegre, feliz. Y supe que, para empezar algo contigo, tendría que ser la mujer en la que había estado aplazando convertirme. Y pensé que no estaba preparada.

—¿Y ahora lo estás?

—Te mentiría si te dijera que lo tengo todo claro, pero sé que no quiero perderte.

Se acerca a mí en el sofá, coge mi cara entre sus manos y me besa. Huele a perfume del día anterior y a pan horneado. Se aparta unos segundos para mirarme a los ojos y me vuelve a besar poniendo su mano en mi nuca. Nos vamos desvistiendo hasta que se coloca encima de mí y yo lo rodeo con las piernas. Pienso en aquel breve espacio de tiempo en una relación en el que la erótica lo impregna todo, una palabra, un gesto, incluso cuando ver a alguien haciendo la cama o preparando unos huevos fritos es mejor que el porno. Sé que esa etapa se termina y comienza la de la rutina. Y cuando esta llega, te obliga a forzar el erotismo comprando ropa interior sexy o encendiendo unas velas de vez en cuando. Al final, pienso que siempre terminamos engañándonos, primero para acercarnos y después para no parecer distantes. Pero, en algún momento, la cama deja de hacerse y es el motivo de una discusión y el amor deja de serlo para convertirse en costumbre, compañía, aburrimiento o medio alquiler. Recuerdo las palabras de Mauro cuando me dice que deje de preocuparme por estar viviendo una fantasía. «Al menos te estás divirtiendo—dice—, y cuando llevas un tiempo en pareja, ya nadie lo hace».

Me abandono. Me dejo llevar entre besos y caricias porque no quiero pensar más. Una parte de mí deja mi corporeidad y recorre la habitación como una espectadora aplaudiendo y gritando: «Así se hace, tía, me alegro por ti». Solo quiero fluir, como diría un centenial, aunque nunca supe qué significaba eso. Como si fluir fuera tan fácil, yo soy más de estamparme y hacerme añicos.

Nos quedamos desnudos tumbados bocarriba en el suelo del salón, uno frente al otro, acariciándonos con las yemas de los dedos.

—Me apetecen baklavas —digo.

Me voy a levantar para ir al baño, pero él me tira del brazo.

—Espera un poco, ¿o ya estás pensando otra vez en salir huyendo? —dice mientras me rodea con los brazos y siento el sudor de su piel—. Ahora preparo el desayuno.

—Me marcho mañana.

—Me da igual.

—¿Te da igual? ¿No me odias?

—No, ¿por qué iba a hacerlo?

—Si me echas de menos, te puedes tomar una cerveza en The Doors.

Mientras cocina, Niko me cuenta la historia de cuando nos conocimos. Dice que el día del curso, cuando me vio fuera del restaurante, ya sabía que quería estar conmigo y que le pidió a Zeus, aunque no cree en Dios, que mi cita no acudiera.

—O sea, que fue culpa tuya que me dieran plantón.

—Oye, que tú tampoco me lo has puesto nada fácil. Me has dado bastantes calabazas. Solo he tenido que suplicar durante varios días.

—Tampoco ha sido para tanto.

—¡Quizá para ti no! ¿Quieres otro baklava?

—¿Estás intentando seducirme?

—En realidad, ya lo he hecho, pero creo que deberíamos hablar de algo.

—¿Estás casado?

Y al ver que me pongo pálida decide continuar.

—No, no es eso, pero quizá debamos hablar de cuando volvamos a Madrid. Me gustaría seguir viéndote.

Aunque he de confesar que me he dejado caer por Ilusionlandia, ando por allí algo perdida, pero como me ha enseñado Pantelis, tampoco puedo hacer oídos sordos a mi intuición y esta me dice: «¿por qué no?». Entonces me pregunto si estoy lo suficientemente centrada para hacerlo. Para mí, salir con alguien siempre ha sido tan divertido como el trabajo, porque me acerco a ambos con una estrategia: largas listas de Excel y mucha ansiedad por mostrar lo mejor de mí y ocultar mis defectos. Con Niko, sin embargo, me preocupa no estar preocupada.

—Cuando volvamos a Madrid veremos qué será de nosotros —digo.

—No sé qué nos deparará el futuro, pero sé que el tiempo pasa volando y, a veces, uno se cruza con algunas personas simplemente para decirles lo que se merecen, así que celebra siempre quién eres, Lena.

Dejo de darle vueltas al coco y me abrazo fuerte a él. ¿No me estaré enamor...? Nah.

Después de desayunar voy andando a Kokoras y, por el camino, pienso en que me he pasado la vida esperando a que alguien celebre estar conmigo, pero nunca me he parado a pensar que la mayor celebración se hace cuando te descubres a ti misma.

Según llego al hostel mi móvil suena. Es un mensaje de Niko que dice:

Hoy, mientras me contabas tus historias, imaginaba que podría repetir eso en cualquier suelo, cama, ciudad, sofá, restaurante o playa del mundo. Gracias por hacer que un lugar sea solo un fondo para lo bonito, que es estar contigo. Nos vemos en Madrid!

Definitivamente, sí. Lo estaba haciendo.

35

Han pasado algunos días desde mi última conversación con Pantelis. Entre su viaje a Paros, mi historia con Niko y los problemas con Mauro, hace tiempo que no pasamos una mañana cocinando y hablando de la vida. Entro en el hostel y no está en la cocina. Salgo a la terraza y lo encuentro sentado en el borde de la piscina con los pantalones remangados y los pies metidos en el agua. Está leyendo un libro de poesía.

—*Kaliméra*, Pantelis, ¿cómo estás? —digo sentándome a su lado.

—Todo está bien, Lena —me dice con una sonrisa desviando los ojos de su libro.

—¿Tú descansando?

—Siempre hay tiempo para ello.

—Me voy a marchar pronto.

—Sí, me lo ha dicho Mauro.

—Quería darte las gracias porque, si no hubiera sido por ti, no me hubiera ido tan feliz como lo hago —digo mientras dos lagrimones me caen por las mejillas.

—No te pongas triste, Lena, esto es lo que ocurre siempre. Todo lo que se disfruta tiene su momento álgido, luego debe pasar. Debemos estar contentos de haber tenido el privilegio de disfrutarlo. Además, siempre puedes volver —dice sonriendo—. ¿Ya no tienes insomnio?

—No, ahora duermo plácidamente aunque me pase un camión por encima, ¿te lo puedes creer?

—Me alegro.

—Pero tienes que eliminar esa estúpida regla de las camas.

—De eso nada, algunas cosas han de tener un límite.

—Así vas a acabar solo, Pantelis.

—Solos estamos todos.

—Pues también es verdad. ¿Y tú? ¿Volverás a Atenas?

—Sí, cuando se termine el verano. ¿Vendrás a visitarme?

—Cuando se me rompan las sandalias —digo mirando a mis pies.

—¡Eso será en mi funeral!

—Entonces prometo volver, siempre y cuando pongan jazz, sirvan ouzo y empanada griega y pueda sacarme un selfi con el ataúd.

Los dos estuvimos riéndonos un rato de mi última frase, entonces le conté la historia del funeral de mi abuela materna, Mercedes. Ella siempre había sido una mujer elegante, coqueta y reservada. Después de quedarse viuda, acudía religiosamente a misa de doce todos los días. Se vestía cuidadosamente con un traje de chaqueta y falda, zapatos de tacón, se hacía un moño bajo tirante y se adornaba con su collar y pendientes de perlas. Llevaba una vida como ella: prudente, discreta y callada. No tenía muchas aficiones ni vida social, salvo jugar a las cartas con sus amigas tomando un gin-tonic los martes y sábados por la tarde. Era una mujer de costumbres.

Siempre había repetido a toda la familia que, para su funeral, quería que le pusiéramos el traje que se había encargado hacer y que guardaba en una caja encima del armario de su habitación. Cada vez que la escuchábamos decir eso, la tranquilizábamos diciendo que no se preocupara, que para eso todavía quedaba mucho. Pero ese día llegó. Y mi madre y mi tía cogieron la escalera y se subieron para coger la famosa caja que contenía el famoso traje. Cuando la abrieron, y para su sorpresa, encontraron un traje de flamenca rojo con lunares negros y bata de cola. Junto a él, además, había una peineta y unos grandes pendientes de sevillana. Mi madre, mi tía y yo nos quedamos a cuadros, pues nunca pensamos que mi abuela fuera aficionada al flamenco, pues lo único que se escuchaba en su casa era música clásica y ópera. Después de haber insistido tanto con el traje del armario, lo último que queríamos era ir en contra de sus deseos, así que el día del sepelio le pusimos el vestido de marras y cumplimos con su voluntad.

En el tanatorio hubo un gran desconcierto, se mezclaban las lágrimas con alguna carcajada, ya que nadie, ni siquiera sus amigas o familiares más íntimos, se esperaba verla de esa guisa en su funeral. Lo que imaginábamos que sería una ceremonia triste acabó en llantos, pero de risa, pues resultaba muy cómico verla con el vestido y todos aquellos complementos. En mi opinión, le faltaba solo el lunar junto a la boca, pero no me dejaron pintárselo porque, según mi madre: «Eso ya era demasiado». ¿Demasiado? Joder, mi abuela había pasado de ser la señorita Rottenmeier a Concha Piquer, ¿y un lunar era demasiado? En fin, yo tenía quince años y, por aquella época, nada me parecía demasiado.

Un par de días después fuimos de nuevo a su casa con la intención de desmantelarla y ponerla a la venta. Vendimos algunos muebles, dimos toda su ropa y nos quedamos con lo más valioso: sus álbumes de fotos. Cuando el piso ya estaba casi vacío y revisamos cómodas y cajones, fue precisamente en el armario de su habitación donde vimos una caja oculta entre él y la pared. La abrimos con cuidado, sacudimos el polvo y encontramos un precioso traje gris satinado de chaqueta y falda. No nos lo podíamos creer. Nos entró un ataque de risa que nos duró varias semanas. Me imaginaba a mi abuela descompuesta desde el más allá el día que encontramos la caja con el de flamenca. La veía dando golpes en el cristal que la separaba del mundo de los vivos gritando: «¡Esa caja no, idiotas, la otra, la otra!». Podía visualizarla encendiendo y apagando las luces, usando una ouija, incluso mandándonos psicofonías por nota de voz, con tal de que le pusiéramos el traje que había guardado durante toda su vida.

Decidimos no contarle a nadie aquel hallazgo y guardarlo para nosotras, al fin y al cabo las mayores tragedias conducen al festejo. Nunca lo habíamos pasado tan bien en un tanatorio ni estado en una ceremonia tan divertida.

—El desconcierto también es una bonita manera de vivir —dice Pantelis después de escuchar la historia.

—Te voy a echar mucho de menos. Siento nostalgia, incluso antes de marcharme, ¿te lo puedes creer? —digo siendo consciente de que echaré de menos ese preciso momento con Pantelis en la piscina.

—Nostalgia es una palabra griega, formada por *nostos*, que significa «regreso», y *algos*, que significa «sufrimiento». La nostalgia es el sufrimiento causado por el deseo incumplido de regresar, pero tú me has prometido hacerlo. De lo único que hay que tener nostalgia es del futuro.

—¿Del futuro? ¿Eso no es un poco incongruente?

—Pregúntaselo a él —dice señalando a un tío que yace sobre una colchoneta con una camiseta del Bayern de Múnich.

—¿Al alemán?

—Sí, mientras la nostalgia es el deseo de volver al pasado, los alemanes utilizan la palabra «sehnsucht», que puede traducirse como el «deseo de deseo», un anhelo que nos lleva a no contentarnos con lo que tenemos, sino que nos mueve hacia nuevos objetivos.

—Nostalgia por el futuro —repito en voz alta para acordarme—, por lo que tiene que pasar, por lo que está por suceder. Me encanta.

36

El día antes de mi regreso cojo la moto y me voy a una playa solitaria donde no hay nadie. Siempre he sentido una fuerte conexión con los lugares vírgenes, observar un paisaje sin presencia de humanidad es algo que muchas personas nunca experimentarán, pero tener ese espacio vacío frente a mí elimina la presencia de los ideales sociales y me proporciona una mayor percepción de mí misma, dejando atrás la del mundo que siempre he conocido. En esta isla he vivido las historias más reales de mi vida y también las más difíciles. He llegado a la conclusión de que, para ganar algo que valga la pena, un poco de sufrimiento debe acompañar al proceso, y no hay mejor forma de ilustrarlo que el paisaje de Antíparos.

El color tierra y el azul son los únicos que puedo ver. Sentada sobre mi toalla a la orilla del mar, escucho el sonido de las olas. El mundo que me rodeaba se condensa solo en lo que es visible. Marrones, azules, los sonidos del viento y los del océano. No existe nada más allá de eso. A pesar del calor, cada parte de mi cuerpo está fría. Me siento como si sostuviera un gran trozo de hielo mientras mis ojos se llenan de lágrimas y mi mente vaga distraída. El tiempo parece detenerse; un barco pirata podría atracar frente a mí y no me enteraría. Hace apenas unos días estaba sentada en un despacho de oficina y ahora lo estoy en uno de los espacios más crudos e increíbles que jamás he visto. Siento la soledad, que deja que las voces que hay dentro de mí hablen más fuerte. Mi voz interior empieza a gritar: «¿Por qué demonios vuelves?». Marrones y azules. Por unos momentos cuestiono mi regreso. Respiro, cierro los ojos, escucho el rumor de las olas y me pregunto por qué no abandono la vida en la ciudad, con sus alquileres por las nubes y los empujones en el metro, para acercarme más a lo que me hace feliz.

Me levanto de golpe y nado hasta el fondo del mar donde no hago pie. Metida en el agua, flotando, miro al cielo con los brazos extendidos y comienzo a llorar. Entonces todo empieza a salir a flote. Todo lo que me preocupa o temo emerge. Lloro muchísimo, pero no quiero salir de allí, porque sé que tengo que pasar por ello. Y ahí flotando sobre el mar recuerdo que una vez alguien me dijo que las células de nuestro cuerpo se renuevan por completo cada siete años para convertirnos en personas totalmente diferentes. Y mientras mis lágrimas se funden con el mar, pienso en todas mis células efímeras y en cómo seré yo la que cambie. Que un día me despertaré y de repente todo será distinto y todo lo que me pone triste me la sudará, y todo lo que me la suda me hará llorar. Pero, claro, eso ocurrirá dentro de un tiempo o quizá está ocurriendo justo en este momento.

«Vamos, Lena, esta es tu oportunidad. Lloralo todo», me digo. Y es cuando mis recuerdos más tristes, mis inseguridades, mis culpas y mis vergüenzas siguen saliendo en forma de lágrimas. Estoy segura de que, si mi mente en ese momento tuviera subtítulos, me meterían en la cárcel. Creo llorar todo el mar Egeo. Entonces me vacío, y aunque sé que ese vacío es temporal, lo único que me queda es un sentimiento de libertad y euforia.

Es en ese momento cuando aprendo más sobre mí misma, incluso más de lo que querría. Sin pretender sonar cursi, hay algo revelador en estar completamente sola. También pienso en la mujer en la que me he convertido. La rutina me ha obligado a experimentar una parte limitada de la realidad. Al viajar, he escapado de ese aprisionamiento y comprobado que hay muchas otras maneras de ser, otras formas genuinas de realidad. Por eso viajar sola me ha hecho libre, tanto como que quien es libre viaja. Y el viaje más ocioso es el tiempo que me he dedicado a mí misma, tiempo para descubrir mi yo más auténtico. Probablemente, en soledad, somos dioses o demonios, quizá una mezcla de los dos. Pero el placer no se encuentra escuchando en una playa abarrotada a alguien diciéndole a su hijo: «Por favor, échate crema en los hombros», sino en la sensación de que el tiempo se detiene con olor a sal.

Cuando salgo del mar y me acerco a la orilla, veo mi reflejo en el agua y me doy cuenta de que despegarse de una misma es importante. Mirarse de frente y contemplarse. Me digo «te quiero» en silencio.

No sé qué me llevó a qué. Si tanto trabajar me enseñó algo. Si llegué a perdonar a los demás y a mí misma. O si fue la suma de todo lo que hice antes lo que me trajo aquí. Pero sé que dejar que todo fluyera ha sido liberador.

37

Acabo de llegar a mi viejo piso de Madrid. Llevo allí menos de una hora y suena el timbre. Son los de la maleta, «Vaya, justo a tiempo». Pienso en cómo he sido capaz de sobrevivir dos semanas solo con una mochila, pero el aprendizaje siempre llega tarde. Vuelven a llamar al timbre y creo que son ellos de nuevo para pedirme que firme algo. Pero, cuando abro, no son ellos, sino Vera. Tiene un aspecto horrible: el pelo sucio y encrespado, el rímel corrido y lleva una botella de vino barato en una mano y en la otra una bolsa de sobaos pasiegos.

—¡Lena! —grita al verme—, ¡sorpresa!

—Hola, Vera —respondo desconcertada sin saber si quiere que nos reconciliemos o seguir discutiendo—, ¿qué ocurre?

—Nada, que tenía tantas ganas de verte que le he pedido a Santos que se quedase con el niño —dice como si estuviera ida—. Qué mejor manera de darte la bienvenida que con una buena borrachera como las de antes, eh.

—Estoy cansada, la verdad, acabo de llegar de viaje —contesto algo seca mientras la dejo entrar.

—No sé por qué te vas de esta casa, siempre me ha gustado —dice mientras se tumba en el sofá.

—Ya lo sabes, es la casa que compartía con Ese y me trae demasiados recuerdos. Pero ¿qué haces en Madrid?

—Uf, es una larga historia, ¿tienes un sacacorchos?

Definitivamente está borracha. Hace mucho tiempo que no veo a Vera en ese estado. Está muy graciosa y reconozco que hasta divertida, pero estoy segura de que hay algún motivo.

Se levanta del sofá y da un traspiés antes de llegar a la cocina y aparece con el sacacorchos en la mano. Consigue abrir la botella a duras penas y empieza a beber de ella a morro. Después, abre la bolsa de sobaos y se mete uno entero en la boca, el cual consigue que pase por su garganta con varios tragos de vino tinto. Es la viva imagen de la decadencia.

—Pon algo de música.

—¿Qué te apetece escuchar?

—No sé, ¿Maluma?

—¿Maluma? ¿Desde cuándo escuchas eso? Siempre has dicho que no te gustaba el reguetón.

—Lo decía porque Santos lo odia, pero te confieso que me encanta. Chisss. —Se pone el dedo en los labios en señal de silencio—. Pero de esto ni una palabra. ¿Te apetece que vayamos a perrear?

—La verdad es que no mucho —digo mientras me siento en el sofá observándola—. Estoy muerta.

Pongo la playlist «Fiesta en casa» y empieza a sonar por los altavoces. Vera intenta incorporarse para bailar *twerking*.

—Venga, Lena, ¡baila un poco! —grita eufórica.

¿Puede haber algo peor que aguantar a alguien borracho mientras tú estás sobria? Sí, aguantar a un grupo de gente borracha si tú estás sobria.

Saco un par de copas de vino antes de que acabe derramado por toda la alfombra. Hay personas a las que no puedes enfrentarte sin una copa en la mano. Llevo también una botella de raki, unos vasos de chupito y me sirvo uno para mí. Necesito igualar su nivel de borrachera, pues estoy segura de que si no lo hago, cualquier cosa que diga podrá ser utilizado en mi contra.

—¿Qué es esto? —pregunta.

—Es raki, el licor de la amistad —le explico—. Dicen que una es para toda la vida cuando se comparten un viaje, un préstamo y una cena con raki. Nosotras ya hemos hecho las dos primeras, así que solo nos falta esta —digo en tono conciliador.

Brindamos y se me olvida decirle que hay que beberlo despacio, así que se lo toma de un trago y se caga en mis muertos.

—Bueno, ¿cómo estás? —dice recuperándose y cogiéndome de las manos mientras mastica el segundo sobao, que se le ha quedado en los carrillos.

Tiene la mirada totalmente perdida y me recuerda a una de esas imágenes de las revistas donde pillan a alguien famosa en una noche de excesos.

—Estoy bien, Vera, el viaje me ha venido muy bien.

—Claro que sí, joder, estoy orgullosa de ti.

—Vera… —intento cortarla porque sé que, en ese estado, comenzará una enumeración de cumplidos que forman parte de las conversaciones vacías que últimamente sostenían nuestra amistad.

—No, Lena, te lo digo en serio, eres una tía de puta madre, guapa, lista, inteligente, divertida. Tengo mucha suerte de haberte conocido.

—Gracias.

Empieza a sonar J Balvin.

—¡Sube el volumen! Dios, este tío me pone tan cachonda —dice poniéndose de pie mientras sus hombros se mueven arriba y abajo al compás de la música.

—Por Dios, Vera, nunca lo hubiera dicho, no entra en absoluto dentro de tu estereotipo de hombre culto y refinado.

—¡Pues por eso!

No me acordaba de lo mal que bailaba Vera. Dicen que para saber si alguien es bueno bailando basta con verlo caminar, pero eso no funciona con ella. Es patosa y entre sus movimientos se intercalan caídas y tropezones. Vera tiene muchas cualidades, pero nunca la habrían elegido en el casting de *La La Land*, menos mal que su belleza y elegancia compensan su arritmia.

—¿Me vas a contar qué te ha pasado? —pregunto.

Vera deja de bailar y vuelve al sofá. Puedo notar que algo pasa, tantos años de amistad hacen que sea difícil disimular secretos.

—Lena, me voy a separar.

—¿Cómo? ¿Por qué?

—Santos y yo llevamos bastante tiempo mal. Hemos intentado arreglarlo, pero finalmente hemos decidido dejarlo.

—Pero ¿qué ha pasado?

—En realidad nada, que ya no le soporto más. No soporto su olor, no soporto cómo come, no soporto a sus amigos ni a su hermana, no soporto nada de él. No sé por qué nos fuimos a vivir a las putas afueras ni por qué vamos de vacaciones a esos incómodos hoteles de diseño ni por qué tenemos que ponerle a Leo videoclips de David Bowie en lugar de Pepa Pig, joder. Lo único que quiero es volver a ser yo y dejar de tomar esos asquerosos chupitos de jengibre cada mañana para dejar de estar amargada.

—Pero el otro día subiste un story de los tres en el que parecíais muy felices.

—Tú lo has dicho. Parecemos la familia perfecta y la realidad es que no compartimos nada y nos aburrimos juntos como ostras. Por no hablar de que hace siglos que no echamos un polvo. Si hasta tengo sueños eróticos con el becario.

—Vera, ¿estás segura? —pregunto sin tener muy claro qué decir.

—¿Segura de qué? ¿De no querer una relación de mierda? ¿De no querer convertirme en una amargada? ¿De no querer ser una infeliz toda mi vida solo por tener un hijo? ¡Sí, joder, muy segura! —grita como resignándose, y se echa hacia atrás en el sofá.

De repente se pone la mano en la boca como si quisiera contener el mayor de los secretos y se va corriendo al baño. Desde allí escucho cómo levanta la tapa del váter para después vomitar. Cuando dejo de escuchar arcadas me acerco a la puerta y le pregunto si está mejor, a lo que ella responde que sí con un hilo de voz.

Todavía con los ojos llorosos sale del baño.

—¿Puedo quedarme contigo esta noche?

—Por supuesto que sí, ¿te apetece un vaso de agua?

—Sí, por favor —dice ya más tranquila y algo avergonzada—, y también un cepillo de dientes. Putos sobaos.

Le doy un chándal gris viejo y una sudadera y nos sentamos las dos a ver la tele con dos poleos menta.

—Cuando todo va mal, divertirse es la única manera de sobrevivir —digo parafraseando a Pantelis—. ¿Cómo estás? —pregunto.

—No estoy segura, creo que lo peor está todavía por llegar.

—Eres muy valiente, no todo el mundo es capaz de tomar una decisión así, la mayoría termina conformándose.

—Lo sé, estoy segura de que si Santos y yo siguiéramos juntos tendríamos otro bebé. La inercia en una relación te lleva a hacer cosas de las que no estás segura, pero cuando te paras a reflexionar, se desata la tormenta.

—Sabes que puedes contarme cualquier cosa, nunca voy a juzgarte.

—Es que me paso el día cansada —dice—, me levanto cansada, me acuesto cansada, voy a trabajar cansada, conduzco cansada, juego con Leo cansada. Todo lo hago muerta de sueño, por no decir que creo que me he vuelto tonta y que sospecho que perdí neuronas durante el embarazo, se me olvidan las cosas, Lena.

—No eres ninguna tonta, simplemente estás pasando por una época difícil, pero estoy segura de que saldrás de ella.

—Me siento desubicada en casa y en el trabajo. En la agencia no termino de encontrar mi sitio porque, desde que volví de mi baja maternal, mi puesto y mi situación han cambiado. No tengo tanta responsabilidad, no trabajo tanto y no estoy acostumbrada a eso. Y en casa tampoco estoy cómoda, por eso llego tan temprano a la oficina últimamente. Además, después de haber pasado el día fuera, Leo está muy conectado con Santos y me siento una extraña. Es como si no encontrara mi sitio en ningún lado. Ahora toda mi vida se reduce a ser madre y cuidar a mi hijo, no tengo vida, no me relaciono, ni siquiera hago bien mi trabajo. ¡Hasta una mierda es más útil que yo!

—Vera, es totalmente normal.

—¿Crees que querer separarme me convierte en una mala madre? Puede que esto le afecte a Leo en el futuro.

Dos lágrimas resbalan por sus mejillas.

—Desde luego que no, eres una madre estupenda. Puedes mentir a los demás, pero no a ti misma.

—No más mentiras. Ni siquiera entre nosotras.

—Hecho —digo extendiéndole la mano en señal de trato—. Si no podemos ser quienes somos realmente la una con la otra, entonces ¿de qué nos sirve ser amigas?

—Tienes razón. Lo siento, me he portado fatal contigo.

—No pasa nada, yo tampoco he sido del todo sincera.

—¿Crees que seremos amigas toda la vida?

—«Joroña que joroña».

—¿Y eso qué significa?

—«Años y años» en griego.

—Pero, por favor, no me des más raki de ese. Y tú, ¿cómo estás? —me pregunta con interés.

—No lo sé —contesto—. Este viaje ha sido inspirador y duro a la vez, pero creo que todavía tengo que solucionar muchas cosas aquí dentro —digo señalándome el pecho.

—¿Sigues pensando en Ese?

—Sí, creo que siempre voy a hacerlo, pero he dejado de odiarlo. Creo que he estado equivocada mucho tiempo pensando que mi relación se acabó por una infidelidad simplemente porque así es más fácil justificarlo. En las relaciones de pareja hay un montón de problemas más graves que una infidelidad, esa solo es una falta de respeto más dentro de los miles que hay. Pero cuando te ponen los cuernos, todo el mundo está de acuerdo en que es un motivo justificado y te apoyan para que lo dejes. Sin embargo, creo que hubo otros muchos problemas en nuestra relación y, aunque mucha gente no los veía, cuando me fue infiel, yo pude justificarlo de cara a nuestro entorno. Lo bueno de las rupturas es que hacen que te reencuentres con viejos conocidos, incluso que aparezcan en tu vida personas nuevas que llegan para ocupar esa ausencia.

—¿Eso quiere decir que has conocido a alguien?

—Es posible —respondo misteriosa.

—Necesito saberlo todo —dice mientras se le escapaba un bostezo.

—Mejor esa historia la dejamos para mañana.

—Te quiero, Lena.

—Y yo a ti.

Nos abrazamos en silencio hasta quedarnos dormidas y mientras lo hago imagino las playas en las que he estado, en que esa tierra es libertad, amor y conflicto. Y pienso que la amistad es como Grecia.

El volumen de la televisión me despierta una hora más tarde. Están echando un programa de esos en los que entrevistan a gente que viaja por el mundo. Una abuela hace derrapes sobre una moto en Bali sosteniendo un cigarrillo en los labios. Me cuesta reconocerla, pero es ella: Candy. La reportera le acerca el micro y le pregunta: «¿No debería estar usted criando a sus nietos?», a lo que responde que no tiene que cuidar de ellos, pues está muy orgullosa de cómo ha educado a sus hijos, a quienes ya ha dedicado toda su atención como madre. Candy asegura que las personas mayores también tienen derecho a una vida privada y, cuando la entrevistadora le pregunta si no le da miedo viajar sola, contesta sonriente diciendo: «No puedo tener miedo a lo que no conozco y mientras pueda montarme en un avión no dejaré de viajar».

Me alegra mucho volver a verla y también me hace pensar que da igual la edad que tengamos, las mujeres siempre seremos objeto de críticas.

38

La vida tiene una manera divertida de decidir cosas por ti. Durante mi viaje no tuve ningún momento en el que dijera: «Guau, menudo descubrimiento», pero todos los días aprendí algo.

El día que volví a la agencia todo el mundo me recibió con alegría y muchos abrazos, pero al contrario que en otras ocasiones, no me incomodaron. Al revés, fue reconfortante y agradable sentir el cariño de mis compañeros y que pertenecía a un lugar. Uno que daba igual dónde estuviera porque lo mejor de él era la gente que lo formaba. Había quienes necesitaban de la cafeína, el alcohol, el juego o el tabaco, pero a mí ese lugar me creaba dependencia. Era mi placebo necesario para dejar de pensar en mis otros problemas y, al mismo tiempo, el impulso que me daba cuerda.

El día anterior me lo había pasado cocinando. Preparé diferentes platos, pues sabía que en la oficina la comida se recibía con la misma emoción que un aumento de sueldo. Había aprendido de Pantelis, Eleonora o Thanasis, que disfrutaban de su trabajo porque hacían más felices a los demás, así que decidí probar a hacer lo mismo, al menos con la comida. Con mis antecedentes, nadie se creyó que hubiera preparado todo aquello, pero Vera, que había estado en mi casa, dio fe de ello. «Comeos la vida, antes de que la vida os coma», les dije antes de volver a mi despacho.

Muchos comentaron mi aspecto físico: que si estaba más guapa, que qué brillo en el pelo, que si había engordado, que si seguro que no me había blanqueado los dientes o usado Invisalign o que tenía buen color. Sin embargo, nadie mencionó mi coraje para marcharme ni alabó que me hubiera ido sola. Estaba claro que en la edad adulta la gente no aspiraba a ser valiente o decidida, sino a tener pelazo y unos dientes perfectos. Y no es que estuviera en contra de la frivolidad, todo lo contrario, había aprendido que se podía ser valiente y llevar las uñas perfectas.

Yo nunca me consideré en la cima de nada. Sin embargo, sentí que había llegado a ella tras aceptar el nuevo puesto. Para mí fue simple. Había invertido mucho tiempo y energía en preparar presentaciones, propuestas, organizar equipos y conseguir nuevos clientes. Pero al poco tiempo de regresar al trabajo el insomnio volvió. Gestionar mis nuevas responsabilidades, las reuniones, los viajes y compaginar todo con una vida social y emocionalmente estable me resultó difícil. Un día en el despacho me di cuenta de que todo por lo que me quejaba eran cosas buscadas por mí. En alguien tan autoexigente como yo, tener tanto en el plato no solía ser la mejor solución, así que hice un ejercicio de priorización y separé entre: esto merece la pena, esto más o menos y a esto que le follen. Eso me ayudó a centrarme un poco y a no poner bajo el mismo yugo de la perfección todo lo que hacía.

De ese modo aprendí que también necesitaba un poco de quietud en horizontal y vertical, disfrutar del vacío en plenitud de facultades, un poco como haciéndome la muerta, pero cogiendo aire hasta el fondo de los pulmones, igual que una ameba vista con el microscopio, inmóvil, sonriente y callada. Así que cuando salía de trabajar, unos días me dedicaba a dar largos paseos contemplando la ciudad, otros a escribir mi nueva novela y otros a tumbarme en el sofá y no hacer absolutamente nada. También empecé a ir a la piscina de mi gimnasio, descubrí que nadar me relajaba y me recordaba al mar de Antíparos, echándole mucha imaginación. Allí conocí a un grupo de nadadoras junto a las que me cambiaba en mitad del vestuario sin el menor pudor y hasta me paseaba sin toalla de un lado a otro como si estuviera en mi propia casa.

Los viernes por la tarde Pantelis y yo hacíamos una videollamada para seguir en contacto y cocinábamos juntos. Así, yo podía seguir practicando griego y también mis dotes culinarias. Acordamos que un viernes me enseñaría una receta él y el viernes siguiente se la enseñaría yo. Después de cocinar nos comíamos el plato juntos frente a la pantalla del ordenador con una copa de retsina, salvo los días que poníamos en práctica mis recetas, que terminábamos pidiendo comida a domicilio.

También probé mis avances gastronómicos con mis padres. Les cocinaba una vez a la semana e iba mejorando mis platos. Antes odiaba cocinar solo para mí, pero me encantaba hacerlo para ellos y ver cómo disfrutaban. Sus ojos se iluminaban cuando probaban la comida mientras les contaba historias sobre Grecia o sobre mi trabajo. Ese fue un buen comienzo para renovar nuestra relación. Así empezamos a relajarnos y a encontrar el espacio que es tan difícil hallar cuando las personas sufren en silencio de manera simultánea. Recuperamos la cercanía entre los tres y fue como si saliéramos de un vacío. Cada vez empezamos a hablar de cosas más profundas, de lo que nos preocupaba o de cómo nos sentíamos, pero no de golpe, lo fuimos haciendo entre platos, bocados y especias. Me dediqué a escuchar desde sus citas médicas, la relación con sus familiares, lo que echaban de menos hasta la situación del país, pasando por lo caro que estaba todo. Un día mi madre confesó que le preocupaba hacerse vieja, dijo que no quería serlo todavía, que no estaba preparada. Mi padre y yo nos echamos a reír, sin embargo, ella lo decía en serio. Estaba harta de escuchar hablar de enfermedades, artrosis, cánceres o de ir a más funerales que a cumpleaños. «No quiero ir acercándome a la muerte», afirmó. Yo la abracé y le acaricié el hombro con movimientos suaves y rítmicos. Después ella se levantó y dijo: «Bueno, ya está, ¿podemos hablar de cosas más agradables?». Yo también aproveché para desahogarme y, ya que estábamos de confesiones, les dije que iba a vender mi nuevo piso. No quería vivir en un sitio que no sentía mi casa, pues representaba todo lo que mi entorno me decía que debía ser. Ese era el ingrediente de la receta del que podía prescindir. Pantelis tenía razón, poco a poco la comida fue llenando nuestros vacíos y haciendo que soltáramos todo lo demás. Mientras me hablaban masticando con la boca llena de baklavas me di cuenta de que mi familia era el lugar donde me sentía feliz.

Vera se había mudado a mi antiguo piso y yo alquilé uno cerca de ella. Entre mi ayuda, la de su madre y una *nanny* con la que estaba encantada, volvió a ir a desfiles, eventos y a recuperar la vida social que tanto le gustaba. Eso también le hizo sentirse más segura en el trabajo y terminaron por ascenderla a directora de Marketing. Mauro, mientras tanto, nos mandaba fotos de sus viajes por el mundo donde seguía intentando encajar las piezas de su vida y encontrar el amor, no estoy segura de si el de los demás o el propio. Junto a una imagen suya en las pirámides de Egipto nos dijo que se sentía en una novela de Terenci Moix. Cuando terminó su viaje, los tres quedamos una tarde en mi casa.

—¿Se puede saber quiénes son todos estos tíos? —dijo Vera pasando una a una las fotos del carrete de Mauro en el móvil.

Eran las ocho de la tarde y yo abrí una botella de vino.

—¿Te has acostado con todos ellos? —preguntó.

—No, con todos no, solo con el noventa por ciento.

—¿Y el otro diez? —dije curiosa.

—Buscaban una relación seria.

—No saben la suerte que tienen algunas personas de poder estar con nosotros —afirmó Vera—. Tendrían que pasarse meses escribiéndonos cartas, metiéndolas al buzón y mandándolas por correo para conseguirlo.

—¿Por correo postal? Tía, no me seas antigua —intervine—, no puede ser algo más moderno, ¿como un mail o un mensaje de Instagram?

—¿Qué? Las cartas tienen algo de romanticismo, elegir el papel, escribirlas a mano... Ya sabes que no me llevo muy bien con tener que expresarme en ciento cuarenta caracteres.

Serví un par de copas de vino, pero cuando fui a hacerlo en la tercera, Mauro puso la mano encima.

—Yo no quiero, he dejado el alcohol, al menos entre semana. Me he dado demasiados caprichos últimamente y ahora que voy a ser padre quiero empezar a cuidarme.

—Pues yo estoy en una edad en la que ser inmadura me parece un halago —intervine—. ¿Vas a seguir adelante con la adopción?

—Sí, siempre he querido formar una familia y quizá mi obsesión por encontrar pareja era solo una justificación para hacerlo, pero me he dado cuenta de que también puedo hacerlo solo. Tengo pelazo, unos dientes blancos, un piso con vestidor, un buen trabajo y una casa con enchufes USB. Soy un buen partido, incluso para mí mismo, ¿sí o no?

Me imaginé a Mauro siendo padre soltero, con canas, algunas patas de gallo, bien vestido, cuidando de un bebé en un piso enorme, amplio y luminoso, donde no parecería desesperado o abatido, sino feliz.

—Claro que sí, eres mejor que un Madrid-Barça —dije acariciándole la mano—. ¿Sabes algo de Chema?

—Decidimos dejar de hablar durante un tiempo para pensar en lo que sentíamos.

—¿Y bien? —preguntó Vera.

—No sé nada de él desde hace semanas. Al principio pensé que necesitaba más espacio, pero poco a poco dejó de contestarme. Es como si la tierra se lo hubiera tragado.

—La tierra no puede tragarse a nadie, las personas no pueden borrarse —dije—, no vivimos en una película de ciencia ficción. Deberías poder decirle lo que necesites.

—Quizá lo haga —comentó pensativo—. Lo que peor voy a llevar es quedarme en esa casa.

Después de hablar con ellos entendí que quizá comprarse una casa en las afueras no era ir en contra de sus principios o convicciones, sino que simplemente el dónde o el cómo pasaban a un segundo plano cuando estabas con la persona a la que querías.

—Oye, ¿y tú qué sabes de Santos? —dijo Mauro.

—Nos vemos a menudo con Leo, tenemos una relación cordial.

—Entonces ¿vas a bajarte Tinder? —pregunté.

—¡Ni loca! —objetó—. ¿Ligar por una app? Yo no sabría hacer eso. Además, de momento, no quiero ver a nadie. Me apetece estar sola.

—¿De verdad? Quizá deberíamos regalarte un curso de cocina griega —comenté entre risas guiñándole un ojo—. Por cierto, quizá quede con Gabriel —anuncié.

—¿Cómo?

—Sí, me escribió hace poco para disculparse y necesito acostarme con alguien con quien después no me sienta culpable por desaparecer.

—No puedes hacer eso, además, no podemos seguir así si en el futuro queremos tener una familia —dijo Mauro.

—Y dale, aunque lo niegues, siempre vuelves a lo mismo —dijo Vera poniendo los ojos en blanco.

—Ya la tenemos. Está justo aquí delante —concluí.

Tras unos meses, Niko volvió a Madrid y volvimos a vernos. Lo que hubo entre nosotros fue honesto y refrescante.

Con él, mi habitual incertidumbre romántica desapareció. En lugar de proyectar mis inseguridades y preguntarme si yo sería suficiente, simplemente decidí divertirme, quizá porque, como decía mi psicóloga, sabía que estábamos destinados al olvido. Desde el día en que lo conocí supe que no teníamos ninguna oportunidad. Aun así, a pesar de la obvia verdad gritando en mis narices, decidí saltar al vacío esperando lo mejor.

La familia de Niko puso el restaurante en venta y él comenzó a trabajar en el departamento de informática de una empresa. Ambos lo teníamos complicado para vernos de lunes a viernes, pero intentamos hacerlo los fines de semana. De la noche a la mañana, la relación se volvió predecible, dejamos de sorprendernos y nos distanciamos olvidándonos por el camino. Él era sensible, romántico y arriesgado, y yo práctica, racional y prudente. Siempre había creído que una no debía cambiar por nadie, sino mejorar por quien lo merecía. Él tampoco creía en la atracción de los polos opuestos, así que, después de unos meses, ambos colisionamos como asteroides en el espacio y enviamos millones de trocitos de nosotros mismos al universo. Quizá parte de la gracia que había tenido estar juntos era saber que cabía la posibilidad de un final desastroso.

Un día Niko me había dicho: «Nos obsesionamos demasiado con el trabajo que tenemos o la pareja con la que estamos porque creemos que después no habrá otro. Pero siempre hay otro». Y aunque al principio me sonó un poco triste, después pensé que también era muy cierto y una manera de hacer que las cosas fueran ligeras. La ligereza me gustaba y había aprendido a valorarla. En esa relación ligera me dejé conocer por completo y revelé todos mis defectos de una manera que normalmente no hacía. Con él me sentí mi versión más auténtica, sin filtros, y fue toda una revelación. Aunque también un enigma, porque para ganarnos a la pareja o al trabajo creemos que tenemos que ser nuestra versión más perfecta. Yo había logrado ser lo suficientemente perfecta para un trabajo, pero no sabía si lo sería para encontrar el amor. Como siempre, comprender era aprender, a veces a través del dolor, que ese camino no tenía salida. La salida estaba en aceptar sin reservas lo que éramos.

A diferencia de otras relaciones yo no lloré. Un día compré su raki favorito, intenté ahogarme en él y descubrí dos cosas: la primera, que me gustaba el raki y, la segunda, que no estaba triste, pues me sentía más viva que nunca.

Un día, sentada en mi despacho, me pregunté: «¿Por qué sigo aquí?, ¿por qué sigo haciendo esto?». Era curioso cómo una pregunta tan tonta parecía relegada al olvido. Quizá porque era más fácil seguir con la inercia que cambiar todo eso que costaba. Como decían en la serie *The Wire*, la vida era «la mierda que ocurre mientras esperamos los momentos que nunca llegan». Y era verdad que lo que más miedo me daba era descubrir que lo que hacía carecía de sentido. Pero el miedo era como un resfriado, había que pasarlo sudando. Levanté la mirada del ordenador y vi el cielo azul despejado a través de la ventana. Me acordé de Grecia y de lo feliz que había sido allí. En un impulso cogí el bolso y salí a dar un paseo. No sé por qué lo hice, pero intuía que estaba cerca de algo.

No me costó mucho encontrarlo. El local estaba cerrado, pero al llegar allí sentí un escalofrío de placer. Me acerqué al cristal para observar el interior y vi su gran salón lleno de mesas y sus columnas. Me sentí en casa. En la puerta de color azul bajo el nombre «Mythos» colgaba el cartel de se traspasa, saqué el móvil para hacerle una foto y se la envié a Vera. Ella respondió con un «¿Qué piensas hacer?».

Sonreí bajo el cielo azul y una brisa que anticipaba el final del verano y el mundo como lo acababa de conocer. Y me di cuenta de que el resto de mi vida no estaba en el pasado, sino en lo que tenía por delante. Contesté a Vera con una palabra: «Kouzoulada».

La amistad, el sentido del humor, las ganas de divertirnos a pesar de todo, la alegría o lo que nos impulsa hacia adelante no hacen desaparecer las mierdas diarias, pero mientras tanto tenemos que pasarlo bien por el camino. No vale la pena preocuparse por de dónde venimos, es hacia dónde nos dirigimos lo que nos mantiene vivos, aunque la mayor parte del tiempo no tengamos ni idea de dónde es.

Agradecimientos

Siempre me cuesta esta parte de los libros, pero en esta ocasión no quiero empezar dando las gracias, sino pidiendo perdón. Por no haber devuelto las llamadas a aquellos que se han interesado por mí, por no responder wasaps, mensajes o mails, por no haber dedicado más tiempo a la gente que me quiere o por estar ausente mientras escribía. Lo siento, de corazón.

Cuando terminé esta novela, me di cuenta de que no me hizo falta viajar a ningún sitio para encontrar la sensación de que todo está bien. Aprendí que disfrutar de momentos felices paseando, comiendo o compartiendo una caña son cosas básicas para tener una mejor calidad de vida. Sin embargo, a mí me urgía bajar las revoluciones, hacer bomba de humo y ponerme en pausa. Sentir que volvía a ser dueña de mi vida para exprimir el placer, y eso también pasó por aprender a no hacer nada. Todavía no lo he conseguido, pero estoy en ello.

Hay quien dice que las piscinas vacías son tristes porque responden a algo que debería estar y no lo hace: agua, sol, calor, verano, vacaciones, descanso. Yo empecé 2022 saltando de cabeza en una y tuve que inventarme todo eso. En *El verano* de Albert Camus, hay una frase que dice: «En mitad del invierno aprendí, por fin, que había en mí un verano invencible». Así que, en pleno invierno, llené mi piscina de agua, cogí aire y busqué mi verano. De todo aquello nació este libro.

Gracias infinitas a mi familia, a mis padres y mis hermanas, que me cuidan y me reciben siempre con los brazos abiertos.

Gracias a mis amigas y amigos, por sus consejos y su apoyo, a Raquel (mi *sister* de adopción), Moyra, Manu, Carlos Miranda, Andrea Ibo, Nacho (mi Full) y Uli. En especial a Rosa, Trini, Vero y Mélanie, nunca estaré suficientemente agradecida por vuestra generosidad.

A Vera, Leia, Leo, Nina, Sebastián, Gaspar, Isabel, Daniel y todos esos niños y niñas cuyas fotos, vídeos y momentos me hacen la vida más feliz.

A mis editores, Ana y Gonzalo, gracias por creer en mí, por las llamadas de terapia y, sobre todo, por animarme a hacer este viaje con el que he aprendido tanto.

Lo mejor de los momentos de catarsis es que te hacen descubrir a gente nueva o redescubrir a la que ya conocías. Las conversaciones con ellos inspiraron algunos de estos capítulos. Les estoy especialmente agradecida a Sara Herranz, Pedrita, Molo, Loro y Antoine.

A veces tienes la inmensa suerte de que la vida profesional te permita conocer a personas que no solo te enseñan, sino que te hacen más feliz. Gracias a todo el equipo de Fly Me To The Moon, que me ha escuchado vivir cansada, me ha animado cada día y, sobre todo, me ha hecho sentir como en casa. Un gracias enorme también a Sara y a Antonio.

Gracias a Mode, por hacer de mis libros algo más bonito y sacar siempre un hueco para ayudarme entre colores, tipografías y canciones. Gracias a mis compis de Klimb, Resi, Eva y Marta, que, durante gran parte del año, me escucharon quejarme más de tener que escribir que de las sentadillas.

Y gracias también a ti, pues sin nuestra historia, no hubiera podido escribir nada de esto.

Seguro que me dejo a mucha gente, ya sabéis que nunca olvido una cara, solo nombres, hechos y fechas.

Este libro se publicó
en el mes de junio de 2022

«Para viajar lejos no hay mejor nave que un libro».

EMILY DICKINSON

Gracias por tu lectura de este libro.

En **penguinlibros.club** encontrarás las mejores
recomendaciones de lectura.

Únete a nuestra comunidad y viaja con nosotros.

penguinlibros.club